大岭

向大兴安岭开发建设60周年献礼

许祥山 著

哈尔滨出版社
HARBIN PUBLISHING HOUSE

图书在版编目（CIP）数据

大岭 / 许祥山著. -- 哈尔滨 : 哈尔滨出版社，
2025. 1. -- ISBN 978-7-5484-8246-8

Ⅰ. I247.5

中国国家版本馆CIP数据核字第2024644G9M号

书　　名：**大岭**
　　　　　DA LING

作　　者：许祥山　著
责任编辑：杨沺新
封面设计：源画工作室

出版发行：哈尔滨出版社（Harbin Publishing House）
社　　址：哈尔滨市香坊区泰山路82-9号　　　邮编：150090
经　　销：全国新华书店
印　　刷：哈尔滨市石桥印务有限公司
网　　址：www.hrbcbs.com
E-mail：hrbcbs@yeah.net
编辑版权热线：（0451）87900271　87900272

开　　本：787mm×1092mm　　1/16　　印张：23　　字数：290千字
版　　次：2025年1月第1版
印　　次：2025年1月第1次印刷
书　　号：ISBN 978-7-5484-8246-8
定　　价：88.00元

凡购本社图书发现印装错误，请与本社印制部联系调换。
服务热线：（0451）87900279

目 录

一

　　蒋兴走进青春酒吧的时候，天已经黑了。大兴安岭的冬天，暮色降临得早，也许是为了照顾那些在山林里劳作的人，好让他们早一点儿回到温暖的家中，热上一壶老酒，美美地喝上几杯，解除一天的疲劳。

　　"您要点儿什么？"

　　服务小姐走过来时并没有称呼他为"先生"，北方人还不太习惯这个字眼儿，像那样称呼的，多是在电视剧或电影里。

　　"外面下雪了吗？"

　　蒋兴没有回答什么，反而问了服务小姐一句。

　　"没有吧。"服务小姐先是愣了一下，继而扭头向外望了一眼说。其实她也不知道外面是否下雪，酒吧里面的窗户已经拉上了一帘厚重的绸布，抖动的灯光不时地掠过来，绸布上像眨动着许许多多迷离的眼睛。

　　蒋兴没有在意她回答什么，他只看到服务小姐的嘴唇翕动了几下。他觉得自己被气糊涂了，走了一路竟不知外面是否下雪，其实他只要看一下衣服就应该知道，但这些都是无所谓的事情了。

　　蒋兴心里一直很烦闷，傍晚又在家跟玉茹吵了一架，晚饭都没吃就出来了，自己也不知怎么想的就撞进了酒吧。但有一点他是知道的，饿了。胃里好像有许多小虫子在不停地挤着、闹着、笑着……

　　"我陪大哥喝点儿？"

　　一句脆生生的话落在蒋兴的耳畔。他定了下神，服务小姐身旁多了一个穿着红马甲的年轻女子，正甜甜地望着他。

蒋兴没有拒绝，也没有明确地表示接受。单身男人来这里的确需要一个陪伴的人。他把帽子放在一旁，两只手托着腮坐在桌边。"红马甲"并没有顺势坐下，依然站在那里望着他。这个女子的面容姣好，白净的瓜子脸，眉毛细而长，像是修过的样子。微笑时双眸略弯，带着几分羞涩。然而在蒋兴眼中，她的微笑多少有一些虚假的成分。幸好她有着天然的优势，她比刚才的服务小姐要高出一头，而且头发很短，使她凭空增添了一种利落感。

蒋兴忽觉心情比刚才轻松多了。

"请到二号间吧。"

服务小姐转了一圈回来说。然后她到雅间门口一只手撩起了帘，另一只手放在背后，完成了一个并不十分熟练的动作。

"红马甲"跟在蒋兴的后面进了雅间。

"要点儿什么？"

"随便来两个小菜就行，一瓶低度的板桥。"蒋兴估量自己会喝很多酒，也没敢要高度的。

"那我喝什么呀？""红马甲"提出了"抗议"。

"你自己点吧！"

蒋兴听到一支熟悉的乐曲声传来，说完那句话就努力去想乐曲的名字，但无论如何也想不起来。他就问"红马甲"，可"红马甲"也不知道，在她的记忆里，很少有客人问起乐曲的名字。

酒菜上来后，"红马甲"就开瓶倒酒。放在蒋兴面前的是一个刻着一对鸳鸯的玻璃杯，"红马甲"面前的是一只高脚杯，两个杯容量都在三两左右。"红马甲"给蒋兴倒完白酒，也为自己斟上啤酒。

看着液体流入杯子时，蒋兴产生了一种吞咽的欲望。

"怎么称呼您？"她问。

"还是让我先认识一下你吧！"

"我叫紫薇!""红马甲"柔声说道。蒋兴看了她几眼,他知道她并不一定叫紫薇,在这里,她们是不会用真名字的,通常要用一个代名,不过对于来喝酒的人来说知道她们名字的真假没有什么意义。

"很好听的名字。"蒋兴觉得自己仿佛在主演一部电视剧,每一句都像在念台词。

"您可真会说话!"紫薇的笑里透着一种媚感。

"大哥您怎样称呼?"

"王文启。"蒋兴随口编了一个名字,虽然有些别扭,但他还是下意识地吐出了这三个字。蒋兴虽然稀里糊涂地走进酒吧来,"业务"并不十分熟练,但也不至于像初次进大城市的人那样露怯。

两人端起杯呷着酒,边喝边聊着。这种感觉十分熨帖,蒋兴还是第一次体验到,它和恋爱时情侣品肴赏怀有着迥异的差别。其妙处就在于陪你的人不是定在你的情人或心上人的位置上,因此在心理上你可以很放松,不必考虑对方,而对方却是为了让你高兴而存在的。

一大杯酒消融在身体里的时候,有人来敲雅间的壁板,把紫薇叫了出去。不一会儿,紫薇拉着一个长发女子走进了雅间,抱歉地说:"王哥,真对不起,我有急事儿,让我妹妹阿兰陪您,行吗?"

蒋兴点了点头,他并不知道酒吧的这个忌讳,陪酒的人是不允许中途退场的。蒋兴想,人家有急事儿,你能说不行得坐在这儿?那像什么样子,显得缺少涵养。再说来这儿又不是为了哪个女人。

被称作阿兰的姑娘别有一番风韵,披肩的秀发掩映着的一张光洁面孔,淡淡的两弯柳叶眉下一双明澈的眸子怯生生地望着蒋兴身后的一幅画。她两只手自然地合在一起,放在膝上,直到紫薇走了之后她才勉强正过身来,她是临时被紫薇拉来应急的,本来她是在酒吧帮忙的,既不是陪酒的小姐,也不是前台的服务员。而这些,蒋兴并不知道,但他能看出这个姑娘没有沾染陪酒小姐的那种脂粉气。

蒋兴不知该说些什么好,端起酒杯时他猛然觉得阿兰有些像玉茹。玉茹在学校时也是这种风韵的,二十多岁,如盛开的芙蓉一般。只是阿兰的右眉旁边多了一颗小小的痣。这颗痣对于整个面容无大妨碍,相反,倒更显出一种与众不同的别致。

"王哥,我给您倒杯酒吧!"

阿兰薄唇微启,看样子她没涂多少唇膏,那种青春女子的红晕足以让人感受到她的活力。

蒋兴默许。

阿兰自己也倒了一杯啤酒。她也不知道该说什么好。眼前这个棱角分明、浓眉大眼的男子给她的印象并不像她想象的那样轻浮、刻薄、难以应付。

蒋兴熟悉的那首曲子又响起了。他问阿兰知道这首乐曲的名字吗。阿兰说是《孤独的牧羊人》。

蒋兴为之一震,可不是吗,他想了许久,硬是想不出来这个名字。此刻,他有一种似被仙人点拨之感。

《孤独的牧羊人》,自己也像一个孤独的牧羊人,他想着……这几年,也不知什么原因,他在事业上不太顺利,在家庭问题上,与妻子玉茹的关系也每况愈下,越来越糟。

他所在的单位是一个以加工原木为主的小厂,生产副厂长对于他来讲还不如给他挂一个实际些的头衔。他只管车间的生产,别的一概不问,也问不着,他的上司贾厂长是不允许别人真正来"分担"他的职责的。所以无怪乎玉茹唠叨:白瞎了林学院毕业的高才生,就管两个破车间,杀鸡用了宰牛刀。

蒋兴心里也窝火。到大兴安岭来得不是时候,要是早几年,赶上"火车一响,黄金万两"的年月,林区人出门往外走,兜里鼓鼓的,头也会抬

得高高的，可他偏赶上了经济不景气的时段，就像一个憧憬着去过殷实生活的新媳妇，却遇到了夫家的家道中落。

随着木材的限量采伐，他们厂的生产也开始下滑，有时也不得不上山去做点儿文章。尽管这样，厂子依然像扎了针眼的气球——吹一下，鼓一下，最后还是瘪下去。好几个月没开出工资了，职工们意见很大。但蒋兴没有办法。玉茹总是不知疲倦地唠叨，可有什么用呢？蒋兴被她唠叨烦了的时候也戗她几句，在学校时没发现玉茹有这个毛病。怎么说她也是个大学毕业的机关干部，怎么跟没多少文化的家庭妇女一样？他戗了玉茹几句就走，怕她没完没了。

蒋兴心里也憋着火，单位开不出工资，可贾厂长照样东跑西颠，南游北逛的，本来已够肥硕的身躯愈见发福，再穷的小山沟也有富户头，打着要账、考察的幌子跑了一趟又一趟，也没见他给大伙儿开出工资，更没见他拿出什么新的举措。

平时贾厂长酒肉穿肠过自不必说，更有美女身边坐，他嫌老婆已人老珠黄，常常不回家，在外面与一些小姐鬼混，新近又搭上了一个在"瑶池"的小姐，更加不管厂里的事，职工们想找他都难。有这样一个上司，蒋兴憋气上火不足为奇。

入冬，蒋兴他们厂要聘锅炉工，玉茹却擅自当了蒋兴的家，答应了一个远房亲戚，让蒋兴出面找厂长说个情，可玉茹并不了解蒋兴厂里的情况，贾厂长这人离了钱谁也别想跟他说上话，蒋兴怎好买他这个人情。

也许贾厂长能给他一个面子，但毕竟是人多活儿少，一个锅炉总不能用十个人去烧。再说想去的人多了，哪年不是一番大战。一些关系单位，一些头头脑脑都要出面来安置几个。蒋兴自觉实力不如人。所以一贯也不揽这些事情，谁想玉茹却跟人家拍了胸脯，好像他一说就十拿九稳似的。正是这事儿，给蒋兴平添了另一股火。

上班时他就憋了一肚子的气。厂里一个叫黄石的临时工干活儿时抽烟，把烟头扔在了一堆木屑上，在车间里点起了一把火，幸亏扑救得及时，没出现大的损失。蒋兴急急地赶去时，黄石却溜了，气得蒋兴忍不住骂出了几句脏话。在林区，防火第一谁不知道，哪个单位一年不喊上十遍二十遍，乃至上百遍的，可黄石这小子就不信这个邪，在厂里整天叼着小烟卷，比正式工都神气。就因为他是贾厂长的亲戚，蒋兴才一忍再忍。这次他实在不能再忍了，按规定这样的临时工必须开除。

谁想蒋兴跟贾厂长一说，贾厂长全然没当回事儿，只要没有大的损失就好，以后让他多注意，两句话就噎住了蒋兴，没等他再说什么，贾厂长打了个酒嗝，递给他一支烟，然后说"还有个会"就钻进了小车，一溜烟儿地没了踪影。

蒋兴站在那儿，把贾厂长给他的那支烟捻得粉碎。回到家，玉茹也没看"天气情况"就跟他唠叨开了她那个穷亲戚的事，一下子把蒋兴惹火了。他大吼了几声，虽然他自己觉得只是比往日里提高了几个声调，还不至于达到吼的程度，但是玉茹是绝然受不了的，结果一连串反击的炮弹打过来，就把蒋兴轰到了青春酒吧。

酒吧的灯光昏暗，但也确实让人感到柔和，甚至可以忘记外面还是冰天雪地。

阿兰很含蓄地坐在对面，她猜不出蒋兴在想些什么，但隐约觉得他并不是很愉快，也许正需要安慰与体贴。她注视了蒋兴一会儿，站起身，想到外面看看紫薇回来没有。紫薇其实叫维维，跟她是非常好的朋友，否则阿兰无论如何也不会应这个急。

维维没有回来，阿兰出去后拿了袋小食品又重新坐在桌旁。她不知道该怎样完成陪酒的使命，索性陪坐了。

蒋兴停杯住盏，看着阿兰吃小食品，仿佛在看玉茹吃小食品一样。

玉茹是特别爱吃小食品的，什么锅巴、虾条、牛排酥、巧克力豆、山楂条，本该给她女儿吃的东西却都是由她先尝为快的，也不知能"尝"到何时。

蒋兴清楚地记得那次玉茹让他去买"上好佳"的事。夜晚天黑似墨，小卖部也关了门，可玉茹非让他去买"上好佳"去，摆出了非吃不可的架势，似乎买不来"上好佳"就意味着晚上睡觉两口子就得背靠背。

蒋兴无奈，只好穿上鞋叩开了小卖部的门，觉得买一袋小食品有点儿太那个，就索性买了一小箱。回去时，玉茹眼里放着光，就像发现了珠宝一样扑上来。拿了几袋坐在床上大吃起来。那一个夜晚，蒋兴又几乎领略到了新婚时的愉悦。

"你尝一尝这小食品吧，挺好吃的！"阿兰轻声说。

"不，谢谢。"蒋兴觉得自己该走了，或许还应该买一箱小食品回去，毕竟心中的火气消了。

人啊，真是很有意思，火气一上来，什么也不顾了，过后一想，唉，还得……他不自觉地摇了摇头。

"帮我结一下账，余下的算小费。"蒋兴拿出钱递给阿兰，就站起身往外走，身体仿佛有些松散，腿有些发软，他不知道瓶里还剩多少酒，估计也不多了。好在大脑还清醒，他一向是喝不醉的，即使喝了再多的酒，也总能回到家。他心里有数。

出了门，一阵冷风袭来，他打了个寒战。

"王哥，你的帽子！"阿兰从酒吧里追了出来。

"哦。"蒋兴挤了下眼睛，忽然觉得自己这次是喝多了。

他接过帽子道了声谢谢。在又一次注视阿兰的瞬间，他又重温了一遍她那美丽的面庞，阿兰如一朵盛开的梅花，留在了他的记忆中。

回家的路上，蒋兴满脑子是阿兰的影子，他想起了玉茹说过的一句话，

"坏不坏，三十开外"。这是说蒋兴这些男性公民的。到了他这个年纪，有许多时候似乎也有了变坏的条件。今天，是不是自己也开始变了呢?

二

　　兴北木材加工厂虽然是个国营小厂，人不多，占地却不少。如果不知底细的人去看，一定会以为这是个"现代化"大企业呢。厂房虽多，但利用起来的只有三四间，还有很多间一直空着。

　　办公楼虽然不气派，但也说得过去，小二层楼的设计多多少少有点儿欧式风格，站在厂门口来看很可能认为这是个哥特式建筑，但走进来又截然不同。

　　蒋兴的办公室在二层楼上的最东侧，从窗口可以看见车间的大门。闲着没事蒋兴就到车间去看看，有时候也帮大家干点儿。大锯上的老张总跟他开玩笑说："蒋厂长对我们的工作不放心呢，总跟在身后把关。"

　　蒋兴就笑："嫌我碍事儿，我就走，谁愿意听这刺耳的声音。超过八十分贝就是噪音，对人体有害的，这车间，八百分贝都多了。"

　　大伙就打趣："啥叫分贝呀，是不是粉色的后背呀？"

　　"分贝就是……"蒋兴便不再说下去。

　　"你说了我们也不懂，"老张故意这样说，"懂了不也还是得受着？"

　　老张叫张忠民，是个挺幽默的老工人，技术好，工作向来勤恳，私下里跟蒋兴关系挺好，平时没少支持蒋兴工作。

　　一次，黄石故意给蒋兴出难题，是老张帮他解的围。

　　到山上装原木的一个职工病了，三缺一，可当天只有黄石是个闲人，蒋兴就让他去，黄石却撒谎说自己腰扭了，装不了车。车间第二天还得用料，蒋兴没办法，就要亲自上去，但就他的身板来说，还真就装不了车。抬木

9

头不仅要有力气，还要会用劲儿，没干过的人想凭笨力气去抬，抬不了几根就会受不了。

相持不下之际，老张从车间歇班出来，弄清楚原因后，他把衣服往肩上一甩说："蒋厂长，我去！"就上了运材车。蒋兴知道他在大锯上工作一天了，肯定也很累，望着汽车远去的影子，心里充满了感动。

到车间转了一圈，打个哈哈，蒋兴就往办公室走，大锯车间传出刺耳的锯木声音，远远听去，如撕心裂肺的叫喊。

冬日下午过得快，蒋兴审核完几份报表，外面就有些擦黑儿了，看了看表，才四点多，这时候又传来了几声汽车喇叭的鸣笛声，蒋兴看了一眼，贾厂长的身影正从小汽车内滚下来，之所以说滚，是因为他此时的确太胖了，光是小腹就高出胸部二十多厘米，也不知他都吃了些什么。

贾厂长向车内扬了扬手，车又鸣了两声笛开走了。

四十多岁的贾厂长脑袋光光的，秃顶，甚至胡子也跟着秃了，这倒使他显得很是白净，看上去仿佛三十几岁的模样。他还有个大包牙，如同一个耀武扬威的卫士把守在那常有鸡鸭鱼肉通过的交通要道上。让人见了一次面就会很深刻地记住他。

贾厂长没回自己的办公室，径直奔到蒋兴屋里，而蒋兴收拾了东西，正准备下楼。

"要出去？"

"有事儿吗？"

"没事儿，你有别的事儿没有？"贾厂长脸上泛着光，看样子很高兴。

蒋兴摸不着头脑，贾厂长特意到他这儿来有什么意图？像这样径直到他办公室是少有的，平时他总会在自己办公室里呼这个，喊那个，一般是不到别人办公室的。

"我也没啥事儿！"蒋兴若有所思地回答。

"咱俩下盘棋怎么样？"贾厂长显示出少有的热情。

蒋兴不好回绝，就点了点头，两人进了娱乐室。蒋兴猜不透贾厂长葫芦里卖的是什么药，以前两人交过手，但也没分出什么高低，有时蒋兴占个上风，有时贾厂长领先一盘两盘，下棋的水平旗鼓相当。

娱乐室其实就是会议室，是一楼一间闲置的大房间。

两人乒乒乓乓摆上棋子。贾厂长的蓝棋却少了一个马。

"这帮小子怎么玩儿的，连马也玩儿没了。"贾厂长四下搜寻了一圈也没有找到，桌面上光光的。

蒋兴俯下身看了看桌子底下，那个圆圆的马就躺在不远处的桌脚，他想装作未看见算了，又怕贾厂长以后再拿那几个爱玩儿象棋的职工出气，就说："在那儿！"然后就挪开桌子，拾起了那枚棋子。

"贾厂长不肯弯腰，就等着马往你的腿下钻呢。"说完啪的一声，蒋兴把马放在了棋盘上。

"开战！"贾厂长先来了个当头炮，然后又去摸烟，递给蒋兴一支。

"贾厂长的'红塔山'不会是假（贾）的吧？"蒋兴跳了屏风马。

"不是假的，是真的就行。"贾厂长也驱出了刚才找回的那匹战马。

蒋兴见贾厂长还走老套路，就改变了策略。先固守了起来，又是支士，又是飞相，让对手无懈可击。

走了几步，贾厂长就急了，自语："这仙人指路也不灵了。"接二连三地举棋不定起来。

"蒋厂长，我听说你诗写得不错，一定也没少读吧？"贾厂长忽然转移了话题，敲起了边鼓，令蒋兴感到很突兀，醉翁之意不在棋，能在诗吗？简直成了笑话！贾厂长怎么能对诗感兴趣，他还从未听说过。

"也没读多少，闲着没事儿时看点儿。"

"这首你看过没有？是关于下棋的，叫，叫《咏方圆动静》。"贾厂长动了一步说。

"怎么写的？"

"方像棋盘，圆像棋子，"贾厂长边说边皱着眉，"动像棋生，静像棋死。对！大概就这个意思。"说完就看着蒋兴用手夹着烟抽起来。那神情像是在自得其乐，又像在期望着对方的赞许。

其实蒋兴听完前两句，就知道了下文。那是唐朝诗人写的一首诗，是唐玄宗考李泌的才学时写的，他还知道李泌当时写的同题诗为"方如行义，圆如用智，动如呈才，静如逆意"。但他没说破。

"我还真没听说过这几句诗呢！写得挺有意思，不是厂长你自己写的吧？"

"我哪有那两下子！我是在一张旧报纸上看到的，想试试记忆力，还别说，真就记下来了。我到山外去要账的时候，人家酒桌上不说咱这儿那套话，要么唱歌，要么赋诗，要么接龙，贼高雅，初次遇上我还很难堪，让我来一个，我就说山里人没啥说的，喝吧，别整没用的，大家都发财！"

贾厂长滔滔不绝地讲完。各自又走了几步棋，再没寻找出新的话题来，贾厂长就看了看表，"你走得也太小心了，我看一时半会儿也分不出个胜败来，过两天再杀吧，我看也天黑了。"

蒋兴也正不愿意走下去，说了句改天再杀就推了棋。他依然没搞清贾厂长的意图，是为了拉一下关系，还是有意来炫耀自己记住的诗，也许就为了炫耀一下吧。

贾厂长见车没在楼下，就回办公室去打传呼，蒋兴推了自行车就往外走，在大门口他又改变了主意，天黑路滑干脆别骑车子了，他想把车子放在门卫室。

门卫李金见蒋兴进了屋就同他打招呼。

"怎么才走？"

"把车放在你这儿吧，我怕跟别人撞上，车闸有点儿不好使。"

李金就笑。

"啥时候你也坐上车呀？咱们的老大，连小饼（妍）都跟着借光了，你不着急？"

"别瞎扯淡！"蒋兴瞅了一眼李金。

"真的！啥扯淡呀？那阵儿贾厂长回来，我还看见那个小妍了呢，就是'瑶池'夜总会那个，穿着白色翻毛大衣，贾厂长下车后，她还在里面坐着呢！"李金一板一眼地跟蒋兴说。

蒋兴无可奈何地笑笑，没再听下去，说："李金你别把我车子看丢了。"就走出了单位。

回去的路上，他又想起了阿兰，那朵绽放的梅花，像她那么漂亮的女孩儿在这个边塞小城还是很少见的。她一定不会像贾厂长的小妍那样吧，看她的气质是不会的。可也不一定，自己怎么知晓，现在的女人呀，说变就变的。他胡乱地想着，不知不觉就到了家。

他进了屋，玉茹正在沙发上织着一件毛坎肩，桌上摆了一张纸和一封信。

"家里来信了？"

"是慧慧来的。"玉茹把信递给他。

"还有封电报。"蒋兴有点儿惊讶，家里的电报？他先拿起电报看。

"父病重，速归。"

这几个字让他刚刚升起的一丝喜悦灰飞烟灭了。他没有心情再去读女儿的来信。他知道女儿的信中也没什么事情可谈，她只是很想家。

他把电报纸揉成一团，扔在烟灰缸里。

"先吃饭吧！"

玉茹准备的晚餐很丰盛，但蒋兴并没吃多少，他的心又飞回了家

13

中，小村里那间老屋，蒋兴有好几年没回去了。即使父亲没有病危，他也该回去看看了。

三

车窗外，一片雪白。

蒋兴坐在一个双人座位上，一手托着腮，沉思着，上车之后他始终保持着这个姿势，双眼望着窗外，思绪飘向从前。

在蒋兴出生之前，他的祖辈就率领着全家从山东迁到东北，在黑龙江宾源县的向阳乡红旗村落了脚。后又搬到了石岗村，蒋兴就是在石岗村出生的。

石岗村虽然叫村，最初却只有十几户人家，村子的周围长满了蒿草，狐狼猹兔经常出没。到蒋兴记事儿的时候，蒿草已不再繁茂，小野兽也少见了，他们村也成了北大仓的一个小仓，"棒打狍子，瓢舀鱼"也成了神话。

起初大家都是勒紧裤带过日子，粮食总也不够吃。蒋兴因为小，没觉得怎么挨过饿，只是听爷爷讲过以前受灾挨饿的情形。

"我那时饿得要不行了，直翻白眼儿。"花白胡子的爷爷绘声绘色地讲，逗得蒋兴直乐。

"你爸以为过不去当晚了，急急地找来了赤脚医生，人家给我打了一针，我就挺过去了。第二天发了救济粮，我才没死了！"老爷子给蒋兴讲时眼中泛泪，那救命的一针让他看到自己的孙子上完小学。

火车慢慢地行驶着，山路弯儿多，不能开得太快。

托了很久的腮，手臂也有些疲劳。他自然地掏出一根烟，点上烟，抽了一口，下意识地向车厢两头望了望，他怕被乘警抓到。然而在这观望中他蓦地发现了一双很熟悉的眼睛。他定了定神，双眼的焦点聚集在那眉梢的小痣上。

是她？

斜对面的坐椅上，阿兰正眨动着明亮的双眸。其实她早已发现了蒋兴，上车后就看见了，本想到别的地方去坐，但座位都被占满了，她只好坐在了蒋兴的斜对面。

蒋兴要不是抽烟，也不会发现她，就在他偶然的观望中，两人的目光交织在了一起，碰击出一星火花。

蒋兴向她笑了笑。

阿兰也向他笑了笑。

"你要出门呀？"蒋兴把烟放在桌上，说这句话，他不知合适不合适，算是相识的人打招呼吗？如果不认识，为什么眼前要一亮，仿佛见到了老朋友一般？

"嗯！"阿兰轻轻点了点头。

"你出差吗，王哥？"一句轻柔的反问。

蒋兴稍愣了一下，然后忙不迭地说："不是，办私事儿。"他想起自己曾报号王文启的，要不然怎能管他叫王哥呢。那次陪自己喝酒，今天又陪自己坐车，很有缘分，他想。一口烟徐徐向车窗弥散开去，片刻阻挡了两人的视线。

阿兰把视线转向窗外，火车仍然在缓缓地跑着，从一个山洞钻向另一个山洞。

阿兰从正面看像玉茹，从侧面看又有些像蒋兴初中时的同学李可。只是李可要比阿兰大十多岁。他不好意思再同阿兰搭讪，虽然旅途寂寞一些，但两个人毕竟只见过一次面，心里多少有些隔阂。同阿兰说多了不好，他的思绪干脆就回到了中学时代。

中学时代的蒋兴长得胖乎乎的，人长得白净，学习也好，一直当学生

干部，深得老师器重。每年的三好学生、优秀干部之类的证书是必保能拿回家炫耀一番的。他自己无论在家还是在学校都算个"红人""名人"。

可没承想，李可的出现使他从"红人"的宝座上摔了下来。

初三的下半年，蒋兴的班级转来了一个很漂亮的女同学，就是李可。老师把这个扎着两条长辫的小姑娘安排在了蒋兴身后，因为他的后面有一个空位置。

刚开始几天，同学们叽叽喳喳把李可从头评到脚，从动作到嗓音品来品去，后来也都渐渐失去了热情，各自忙别的事儿去了。然而蒋兴对李可的新鲜感觉却没有像别的同学那样消退，反而日渐强烈起来。李可在他身后，他常感到心里发慌，他也搞不清是怎么回事儿，好一阵子没安下心学习。成绩骤然下降，让他的班主任陈老师惊讶不已，还以为他家里出了事儿或是他生了病。

终于有一天，陈老师找到了答案。一个星期天的下午，蒋兴正在教室里看书，李可轻轻地走了进来，见只有蒋兴一个人在，就默默地坐在自己的座位上。

蒋兴心里一阵慌乱，他努力使自己的注意力集中在书上，然而眼前总是出现一片空白。

"蒋兴！"他肩头一抖。

"能不能把你的数学试卷借我看看？"李可轻轻地说，声音甜美而柔嫩。

"哦。"蒋兴眨动了几下眼睛，忙乱地为李可找卷子，找到后转身放在李可桌上。

第二天，李可还他的卷子，并附了张小纸条，上面写着"谢谢"。

渐渐地，两个人交往多了起来，并且蒋兴隐约能感觉到李可对他有着一种说不清的热情，他还发现，即使是很简单的问题，李可也愿意同他一起再讨论一遍。

两人交往过密，一条条小道消息传到了陈老师的耳中。

早恋！蒋兴他们这种过密的交往在乡村中学是最难以容忍的问题。陈老师把蒋兴找了去，粗暴地把他批了一通儿，让他以后不要再向任何女生献殷勤。

陈老师一向是个很严肃更有些保守的人，他深为自己喜爱的学生做出这样的事而恼火，不允许蒋兴有任何辩解，辩解是无效的，他重重地敲在桌子上的那一拳把一个少年青春萌动的梦幻震到了九霄云外。

李可被调了桌后，蒋兴再也不去想这想那，他感到很奇怪，陈老师的训斥真的像一剂安神药让他重新静下心来。尽管背负了一段被同学们指指点点的包袱，但最终他和李可都考入了高中，只是后来李可又转学走了，据说她的父亲还是个下放的大官。走的时候，李可送给蒋兴一个小本子，这使那段往事在若干年后，如一抹淡淡的云，偶尔还飘荡在他的心头。

一阵吵闹声传来，几个小青年的到来打断了蒋兴的回忆。火车停在一个小站上，拥上了一些小商贩，有拎菜板的，有背松子的……

上车来的几个小青年打扮得流里流气，上了车就肆无忌惮地叫骂着，不时有唾液如流星雨般落向车厢的地板上。

这种给人平添无限烦恼的人在旅途中总会遇到，他们多是常跑车板的人，赖赖唧唧，没人敢惹的主。其中一些干脆就是小偷，在火车上扒窃旅客的钱财。他们要么跟火车上的班组人员很熟，作案无后顾之忧，要么就是几个人一伙协同作案，互相支持壮胆，即使乘警不开面儿，他们人多势众，也够乘警喝一壶的。

蒋兴知道这种人的危险，好在自己没带什么东西，不用加倍提防他们，可以径自想些事情。

果然没出蒋兴所料，几个家伙叫嚷了一阵子后就闭了嘴巴，各自散去，眼睛开始在旅客及行李架上扫来扫去，伺机下手。

大岭

一个穿着灰色夹克的家伙装作无事的样子，晃悠到了蒋兴的座位附近，他盯上了几个被火车晃得昏昏欲睡的人。

阿兰把头倚在车座靠背上，也闭了眼睛似睡非睡的样子，白色的坤包就挂在她的左肩上，对着过道。

灰夹克也许看中了白色的坤包，眼睛死死盯着阿兰的表情。与此同时，蒋兴也注意到了他，他猜出这家伙的意图。

阿兰也许睡着了，眼睛长时间没有睁开，昏暗的灯光下，她如一座玉石雕像，斜依在那里，阿兰脸上没有一丝粉饰，朴素、自然而又靓丽，披肩发有几缕垂到胸前，丰盈的胸部勾勒出青春的倩影。

如果他要到阿兰那儿下手，怎么办？应该抓住他，但万一要抓不住，被他反咬一口呢，他们好几个，一呼就会都过来，蒋兴瞥见一起上车的另几个家伙正把守在车门口附近。

灰夹克看准了时机，准备动手了，他倚在阿兰身旁的车座靠背上，凭借他个子并不高的天然优势把手垂在坤包附近，下一步，只要他手指一动，坤包里的东西就会轻松地进入他的囊中。

他向四周瞟了一眼后，手开始行动。

忽地，一个身影站起，向他倾过来，灰夹克吓得赶紧缩回手。

蒋兴没有看他，径直用手推了推阿兰的胳膊，"阿兰，阿兰！"

灰夹克咬牙切齿地瞪着蒋兴，恨不得一脚把他踢下火车去。

阿兰睁开了眼，刚才她知不觉就睡了过去。

"你带书了吗？"蒋兴收回了推她的手。

"带了，你要看书，王哥？"阿兰这才感到自己是被蒋兴推醒的。她打开坤包，从里面拿出一本书，是钱锺书的《围城》，坤包内除了这本书，还有一只银白色的小钱包。阿兰把书递给蒋兴，"我就带了一本！"

蒋兴接过书，用眼睛扫了一下封面，他读过《围城》，在大学时读的，

19

写得很有意境，很有滋味，他们班大部分同学都读过。

　　"这本我看过了，没啥意思，"他故意大声说，"不就是写外面的人想进城，里面的人想出城吗！"

　　阿兰一时搞不清蒋兴说这话的意思，也许他真的读过这本书吧。

　　灰夹克见此地已无机会下手，悻悻地转过身去。

　　开始检票了，灰夹克只好同另外几个家伙迅速转移到别的车厢去了。

　　"刚才那人想偷你的东西。"蒋兴待那家伙离去后才告诉阿兰真相。

　　阿兰一阵感动，幸亏没被偷，要不然她真的会有麻烦了，丢了书和钱事小，她的坤包里还有一件极其重要的物品，要是丢了，那将会给她留下一生的遗憾。她连声向蒋兴道谢。

　　检过票，蒋兴问："你到哪儿下？"

　　"宾源。"

　　"我也到宾源。"两人的话渐渐多了起来，直到下车，仍觉得意犹未尽。

四

蒋兴急急地赶回家，一进院子便看见弟弟蒋旺从屋里端了个盆出来。

"爸咋样了？"

蒋旺看到哥哥回来，脸上也没能露出一丝笑，"你进屋看看吧。"

蒋兴的心一紧，三步并作两步进了门，来到父亲的炕前。

"爸！"屋里很暗，蒋兴顺手打开了灯。他紧紧注视着父亲苍老的面容。

老人努力地睁开眼，"兴儿！"

蒋兴的眼泪就在这一声呼唤中落了下来。

蒋兴在家守候了几天，老人渐渐地硬朗起来，弄得村里的大夫连连称怪，本来已不行的人了，怎么又精神起来了，蒋旺就背地里骂大夫是庸医，看病看得不准，索性不再到他那儿开药，而到别处去买了。

看父亲没危险了，蒋兴又抽出身到村支书韩明德那儿去，韩明德早就跟蒋旺说了，"等你哥回来就让他去找我，有重要事儿商量。"其实他就是想让蒋兴帮他买木材，村里要建新校舍，原来的老土坯房眼看着就要倒了。这些年逐渐地重视起了教育，乡里也同意拨些钱支持村上建新校舍。

村委会的大院早不是原来的两间半房子了。崭新的一排砖房足有六七间。靠西侧还树立着一个十多米高的大烟囱。

蒋兴一进屋，韩明德便弹簧似的站了起来，问寒问暖说个不停。蒋兴环视了一下室内，两个办公桌上堆着厚厚一沓报纸，报纸旁还是多年前那部手摇电话机。旁边墙上各种规章制度杂乱地贴着，十分醒目的是几张奖状，写着优秀党支部、先进集体等内容。

"韩书记干得不错呀，得了这么多奖状！"

"不错啥呀，对付闹吧！"闲聊几句，韩明德就切入了正题，说了要买木材的事。他认为直接到大兴安岭林区买总要比买二道贩子的要省得多。蒋兴如果说了算，兴许还能在价格上便宜些，所以他希望蒋兴能帮这个忙。

蒋兴说："行，我回去就帮你办。"一句话把韩明德说得立即高兴起来，他没想到蒋兴这么爽快，原以为他不是说不好办就得说车皮紧张，韩明德原本做好了蒋兴要回扣的准备，还特意开个会研究了一下。

蒋兴详细记下了所需木材的规格、数量，以及村里的出价。临走的时候，韩明德非要留他在村里吃饭。蒋兴说："你也不必客气，怎么说我也是咱村长大的娃。只是我弟弟他人太老实，你得多关照点儿。"韩明德说："这你放心，一切包在我身上。"

回到家，见蒋旺和媳妇立玲正在往提包里装着瓜子和红辣椒，就问："现在就让我走咋的？"

立玲就进屋拿出一份电报，厂里让他速回。明知道他也是急事儿，怎么刚出来就让回去，这老贾成心和他过不去？他又仔细看了看电报，落款处却是郑延民，郑延民是厂里管政工的。难道厂里有啥事儿？可啥事儿也急不到他头上，有贾厂长呢。

蒋兴带着一串问号登上了返回的火车，幸亏老父亲好转了过来，让他减少了一些牵挂。

韩明德准备好了丰盛的酒菜去找蒋兴，却扑了个空，他把蒋旺一顿埋怨，说怎么这么快就让他走了呢。蒋旺说单位有急事，必须得走。韩明德说都准备好了，干脆你跟我去喝几盅吧。说完拉了蒋旺就走，蒋旺推不掉，就只好跟去。

蒋兴下了火车，打了辆出租车直奔单位，在李金那里才得知贾厂长出了事儿，前几天"严打"把贾厂长给打进去了。他同"瑶池"的小妍双双

被拿，又赶上检察院立了他的贪污案，这个肥头大耳的厂长一下子栽了进去。

坐车回到家里，蒋兴说不出是什么滋味，贾厂长再也不会东山再起了，兴北厂总该轻松一下了。金钱和美女，这真是让人走向深渊的诱饵！

窗台上一盆君子兰正含苞待放，一片欣欣向荣的样子，花盆檐上漫出了两根爬盆草，显得很执着。

往沙发上一坐，两肩就像刚背完沙袋一般，坐了两天的火车，浑身已疲惫不堪，他抡了几下胳膊，晃了几下头，依然不起作用，双眼皮已经不太听使唤了，睡意涌来，蒋兴就懒懒地在沙发上睡着了。

醒来时，听见一阵打杀声，玉茹正坐在身旁看电视，屏幕上一对古装男女正在空中打斗。玉茹眯着眼正专注地看着，连他醒来都未发现。

"那连吊脚的绳子都露出来了，还看呢！"

玉茹一惊，娇嗔道："呀，你吓死我了，干啥呀你？"一拳轻落在蒋兴肩上，"先吃饭吧！"蒋兴伸了伸懒腰，两个人就进了小客厅。

蒋兴家住的是二室一厅，本来这房子是玉茹的父亲陈向阳的，但他住不惯楼房，就同蒋兴他们换住了。陈向阳是个老兵，参加过抗美援朝，后来成了铁道兵，来到大兴安岭战风雪，斗严寒，修铁路。后来又就地转业，留在了这个林业局。

玉茹边吃饭边问老家那边的情况，蒋兴说还可以。"你们贾厂长出事儿了，这才让你回来的，你知道他出啥事儿了吗？我听单位人说公安局去'瑶池'突击检查，他事先不知道信儿，正和一个女的在包间乐呢，据说裤子都没来得及穿上，真丢人！"

"我看他早晚要出事儿，整天不务正业。"蒋兴放下筷子。

"这次能不能提拔你呀！要提了你，好好给他们干出个样儿来！省得他们总不信任年轻的！"

"要是你当领导就好了！"蒋兴看玉茹那认真的样子，笑出声来。

23

"我跟你说真格儿的呢，不行的话咱也走走后门儿，申同的路子广，关系多，让他帮你跑跑。"玉茹把筷子放在唇边。"人家大修厂的老李不是补缺了吗，正的升了，副的就上呗，你们厂不也该一样？"

"哪儿那么简单，我看你是官迷心窍了。"蒋兴故意开玩笑道。

"好，我官迷心窍，我能当官吗？"玉茹却当了真，"你现在可真没出息，到嘴的肉都不想吃，我是替你着急，现在跑官、要官的有的是，你却在等，你就一辈子窝在那儿管车间吧！"越说玉茹越生气，顿了顿又补一句，"当不上，也好，省得翅膀硬了，飞到外面去风流，现在的男人真不保准，有几个能过美人关！"

"瞧你都说了些什么，我跟你开个玩笑，你还当真了，我们厂的事儿你别掺和。"

"我才懒得管你们的破事儿呢。"玉茹开始收拾碗筷。

"明天，我得上方局长那儿去。"蒋兴随口说道。

"方局长找你呀？"玉茹打住了原本想说的话，局里找可是个好兆头。

"你老公的将来明天就会有分晓的。"蒋兴长长出了口气，"累了，我。"说完就转身回到卧室。

方局长明天会跟他说什么？让他代理贾厂长的职务，还是了解他们厂的情况？他的命运因为贾厂长而悠荡起来，有一种怪异的感觉爬上心头，痒痒的。

五

下了火车，远远望着蒋兴登上了一辆客车，阿兰拎着小包的手才放下来。

一阵风吹过脸颊，回到家的喜悦渐次丰盈。她多少有些不安，一路的交谈中，她似乎了解了蒋兴，因为他的善良与厚道，看到他的影子消失后，她竟慢慢产生了一种淡淡的愧疚。

自己应该告诉他真名字，为什么不跟他说自己其实叫叶兰呢？她自己也说不清，索性甩了甩手往家走。

叶兰是到大兴安岭寻找失散多年的父亲的，这已经是第三次北寻了，找了四个林业局后才得到了一点儿消息。

据叶兰的养母讲，当年她的父亲叶文峰惊慌失措地闯进了她的屋子，把一个孩子往她怀里一送，说什么也要让她收留。这个孩子就是叶兰。

叶文峰自称是受人迫害才逃出来的，现在想逃回大兴安岭，可外面正有人追他，带着孩子跑是跑不了的。

叶兰的养母叫梁秋娥，是个善良的工人，寡居在家。见叶文峰不像是坏人，就接过了孩子。仓促地交谈了一些情况，叶文峰就匆匆地跑了，外面追赶人的喧闹已不容他再说什么，他顺手从兜里拿出了些钱就夺门而出，弄得一沓钱撒了一地。

襁褓中一个水灵灵的孩子，三四个月大，在被放到梁秋娥怀中后就停止了哭声，如同见了她的亲娘一样，咂着小嘴，圆圆的大眼睛注视着她。

打开包着孩子的小被，梁秋娥发现了一个明亮的东西，那是一块小小的蓝色宝玉，这块玉本身并不是蓝色，用手一摸，滑腻而柔暖，用一根线穿着，挂在孩子的胸前。也许就因为这块玉，孩子起名为叶兰。梁秋娥最清楚地记得的是叶文峰的这句话：孩子叫叶兰。

一晃二十年过去了，母女俩相依为命，走过了无数的风雨。梁秋娥现已在家做起了买卖，经营一些小百货。

叶兰到家时，梁秋娥还没有回来，她到厨房找了些吃的胡乱塞进嘴里嚼着。然后又到附近的市场上买了些菜，在厨房里忙活起来，她想让母亲回来好好吃一顿。

到家的心情特别舒畅，疲劳感似乎跑得无影无踪了。一种无形的暖意包围在自己周围，手里忙着，嘴里不自觉哼起歌来。

正哼着，忽然听到门被打开的声音，她心中大喜。"妈！"叶兰一下子从厨房蹿出来。

"啊！哎哟妈呀！"一个中年妇女险些被这一种娇嫩亲热的叫声吓昏过去。映入叶兰眼中的却不是梁秋娥，而是邻居张姨的面容。

张姨定了定神见是叶兰才说："你这丫头，怎么不轻点儿，吓死我了，幸亏我胆大些。"边说边用手摸着额头，"你啥时候回来的，今天？"

"下午！"叶兰笑着走上前，亲热地拉着张姨的手，"我以为我妈回来了呢！对了，我妈呢？你怎么有我家的钥匙？"

"瞧，你还怕我偷了你家的东西，这不，你妈住院呢！"

"啊！病了！"

"没大事儿，你不用急，是感冒，有点儿烧，我说服她去了医院，大夫说住两天院观察观察，岁数大了，不像你们年轻人抗折腾！"

听完张姨的话，叶兰就匆匆上厨房，用家什装好饭菜，要跟张姨去医院，张姨说："别急呀，我是回来拿东西的，正好你回来了，你找吧，要不我还得乱翻一气。"于是叶兰又找了几件衣物装在兜子里，急忙忙地去了医院。

梁秋娥见女儿回来，心里十分高兴。叶兰伏在她身旁，眼泪不住地往

大岭

下淌，哭得梁秋娥也跟着抽泣，弄得张姨不住地埋怨："你们娘俩这是干什么呀，难道还让我也跟着挤点儿咋的！"

娘俩这才止住了泪，述说起离别后这段日子的情况。

梁秋娥摸着叶兰的脸，心疼地说兰儿瘦多了。

"在外头奔波哪儿有胖的，除非她有肥胖症！"张姨插话说。

问起寻找叶文峰的情况时，叶兰叹了口气，刚刚打听到知道他情况的人，但还不敢确准，所以她还没去找，出去时间太久了，她惦念梁秋娥，就索性先回来看看，过些天再去。

"你这个爸也真是的，这么多年也不来找找你，弄得闺女还得四处寻他，该不是他……"

张姨觉得下面要说出的话有些不妥就停住了嘴，顿了一下又说："也兴许他来找了，没找着你们！"

可不是吗？为什么父亲不来找自己呢？是没找到，还是他已不在人世了？叶兰看着梁秋娥。

"咱也搬了好几次家了，从河北到宾源县，从东城又到了西城的，也兴许你爸来找过，问人家也没问明白，上哪儿找咱娘俩去！过几天我回老房子那儿去问一问，看有没有找过我的。"五十多岁的梁秋娥尽管脸上还微微有些红润，但干皱的皮肤已然阻挡不了岁月沧桑的侵蚀，几道纹路肆无忌惮地在她额头左突右展，始终未能寻到合适的出口，所以挤在了一起。也许是生病之故，两三天的时间她苍老了许多。

出院后，叶兰说什么也要梁秋娥再歇两天，她一个人忙里忙外给母亲做好吃的饭菜。梁秋娥心里无比高兴，叶兰是个孝顺的孩子，从小到大，梁秋娥也从未动过叶兰一个手指头。

叶兰从小就懂事，从不惹梁秋娥生气，每次放学回来就帮母亲收拾房间、打扫卫生，看母亲累了，就去给她捶背。原本以为自己没有儿女福分的梁秋娥有了这样一个乖女儿，是打心眼里高兴，同时也格外疼爱叶兰。

梁秋娥原来的丈夫在铁路工作，因为跟她过了几年也不见梁秋娥给他生个一男半女，干脆跟梁秋娥离了婚，但跟别的女人结婚后依然没有个子嗣，弄得狼狈不堪。许多熟人都为梁秋娥不平，说她太软弱，就那么悄然无声地跟他离了，怎么说也得闹他一把。收拾包袱给别人让出了位子，实在是有些说不过去。梁秋娥听到这话时常淡淡地一笑。人生不就这么回事儿吗，再说娘俩过得也挺快乐，过去的事就算了。

叶兰高中毕业后没能考上大学，梁秋娥就花钱把她送到了一所专业技术学校，原来说是学校包分配的，可等叶兰毕业时，就不认账了，却让各自找单位，叶兰学的是文秘专业，因为没有门路，找了好几家单位也没人要，就只好在家待着。母女俩坐在床沿，皎洁的月光从窗外融进来，使彼此的话语显得愈加的亲切、清晰。叶兰在她不经意间出落得亭亭玉立了，梁秋娥注视着女儿，心想，她的亲生母亲一定是个十足的美人，要么女儿能这么漂亮吗？都说闺女像妈，叶兰的大眼睛，双眼皮，小巧的鼻子，薄薄的唇，没有一点儿不比自己强。这也好，女儿比妈漂亮，也是很幸福的事。

叶兰跟梁秋娥讲了找父亲的经历，还特别讲了蒋兴在火车上帮她的事，梁秋娥听后不住地赞叹。

"现在敢跟坏人干可得讲点儿策略，那些人是什么事儿都做得出来的，我们心善，他们心恶，可要机智点儿，你以后出门，可得注意！"

叶兰深情地望着母亲，体会着那殷殷慈母心。

"前些天，有人来说媒了！"梁秋娥忽然想起了那件事。

"人家说是人事局副局长的亲戚，如果成了，就能帮着安排工作。那小伙子你也许认识，小时候和你一起长大的，就是咱家老房子后院叫二民子的那个。"

"就他呀！"叶兰一下子笑出声来，"我们在一起玩时整天脏兮兮的，

浑身没干净的地方，大鼻涕得有这么长。"叶兰用手比画到下巴底下。

"瞧你把人家说的，现在人家可不那样了，可精神着呢，西装革履的，就是去参加劳动，他还打着领带呢！"

"你说是谁来说媒？是你于姨，就是跟我一起出床子的那个。她是二民子的姨妈，亲姨妈。你要是同意，咱就找个时间看看，我看二民子挺好的，你要是不同意……"梁秋娥没说下去，她眼睛紧盯着叶兰，看着女儿的反应。

叶兰只觉得心跳加了速，她还真没好好考虑过这件事，该到婚嫁的年龄了，一时不知道该怎样回答梁秋娥。

"我现在还不急呢。"叶兰想了一会儿低下头说，"瞧你倒急了，想早点儿赶我走呀！"

"瞧你这孩子说的，你都大了，还要跟妈过一辈子？"

"我就要跟您过一辈子，一辈子侍候您。"叶兰一下子伏在梁秋娥的肩头，双手搂住梁秋娥的脖子。

"我知道你心里的事，你父亲还没有个着落，你得有个结果才打算……"梁秋娥没有把话说下去，"你打算什么时候再去大兴安岭？"

"过一阵子再去吧，我想在家帮帮您，您一个人在家实在太累了。"叶兰心疼地说。

"啧，啥累的，只是你在外面我放心不下，我倒没什么事，你刚找出个眉目得抓紧时间！"

梁秋娥虽然知道女儿的婚事先不必着急，但工作的事不能拖得太久了，总不能让叶兰成了无业人员，所以她又建议先看看二民子，相不中就拉倒。

叶兰想了想，临睡之前同意了梁秋娥的建议。说偷偷看看吧，梁秋娥却反对，干吗要偷偷看看呀，也不是搞地下活动。怎么看她早想好了，让叶兰去照顾梁秋娥的床子，二民子去看一天他姨妈的摊位，两人就能见到了不是。

听了梁秋娥的计划，叶兰久久没能睡着。她深为养母的关怀所感动，二十年来，精心呵护着自己长大，她吃了不少的苦，一个女人支撑一个家是多么不易！自从梁秋娥告诉她的身世后，她觉得母女俩的心贴得更近了。梁秋娥的每一个温柔的举动、每一句温暖的话语，对于叶兰都成为一种崇高的恩惠。天下哪儿有比母爱更伟大的情感！

她想起梁秋娥为她缝补衣服的情景；

她想起梁秋娥站在雨中等她放学时的样子；

她想起梁秋娥送她出门时那充满了怜爱慈祥的眼神；

……

自己是不幸的，然而又是那么幸运。想着想着，又一个早晨便在一片清凉中到来了。

叶兰来到商场的时候，二民子早已等候在那里。他的大名叫鲁建民，今天，他收拾得比以往还要利落，头上打了发胶，亮亮的，一身得体的西装，很有小老板的风度。

两人彼此不敢大胆地正视，都是用余光扫来扫去，手上还忙活着。虽然小时候在一起玩儿过，但长大后几乎就没再见面，一种陌生感淹没了昔日的那份无猜无忌。

一个端庄秀气的姑娘，即使是鲁建民不知道她就是叶兰，也会十分注意她的。在人群之中，气质与容貌好的女孩子总是会被人们一下子挑出来，不自觉地多看上几眼的。

叶兰穿的是一套休闲装，合体的衣服自然地衬托着她匀称的形体，显得落落大方。

商场里的人渐渐多了起来，买货卖货，讨价还价，打听商品情况的声音汇成了一阵阵冲击波，旋荡在大厅里，嗡嗡作响。

鲁建民的床位离叶兰的床位并不是很远，彼此都能清晰地看到对方的面貌。

这一天不知什么原因，也许看叶兰长得面善又漂亮的缘故，买她东西的顾客特别多，弄得她没工夫顾及鲁建民，却为对方提供了好机会。

鲁建民眼中不时出现叶兰甜甜的笑脸，一头秀发摆来摆去，简直太漂亮了，他似乎有些陶醉了，剃头挑子一头热了起来。

他姨早把话交代给他：要他好好表现，一定要稳重，别毛愣三光地出什么差错，这是万里长征的第一步，一定要迈好。鲁建民正乐津津地想着，冷不丁两个贼头贼脑的小青年转悠到他摊位前。鲁建民看得出他们是些痞子，假装没看见，把头扭过去。

没想到这两人还专门就到他这儿买东西，吆喝他给拿这个看，拿那个瞧，气得鲁建民无法发作，还得应付。

一个挑打火机，选了几个也不满意，另一个就催他，"得了，买那破玩意儿干啥，用火柴算了！"

"可也是，啊，"想买打火机的改变了主意，"不买了！"说完他顺手把打火机扔在柜台床子上，但他没想到这一扔可惹出了事端。

卖百货的床子都是用一个大玻璃盖罩在上面的，整体像个矩形的柜子。他这一扔，赶上了寸劲儿，"啪"的一下，整个大玻璃片一下子裂出了几道裂痕。

鲁建民火一下子就上来了，但他还是强行压住，"你怎么不小心点儿！"他尽量用平缓的语气说。

"你说啥？"没等鲁建民下句话说出口，那扔火机的眉毛一立却不愿意了，"不就一块破玻璃吗！"

本来鲁建民不想让他赔，如果他说个道歉的话就算了，可没想到那个小子砸了玻璃还理直气壮的，他压不住火了。"你赔吧！"他加重了语气。

"赔什么呀赔，你贴上就得了，"另一个说，"惹急了我，别说我给

31

你全砸了。"

"你也太狂了！"鲁建民怒目而视，他真想一脚把这两个小子踢趴下。

"老子就这么狂，你是欠揍啊！"话未说完，鲁建民就一把抓住了砸玻璃那小子的手，"你别用手指着我。"

"修理他！"两个小子不再废话，一拥而上同鲁建民厮打了起来，弄翻了床子，小百货弄得满地都是。叶兰正忙着自己的摊子，猛一转头之际，鲁建民那边已经打了起来。她禁不住叹了口气，她是最讨厌打架的，她远远地看着，在一群围观的人圈里，打架的已不再是三个人，鲁建民的小哥们儿也冲过来参了战，五六个人混打在一起，整个商业大厅立刻乱成了菜市场。

警察来了才制止住打架的人，叶兰远远瞥见了鼻青脸肿的鲁建民，他本不是打架的高手，没少吃亏。叶兰不忍再去看，心里一片失望。呆立了许久，直到有买货的人唤她，她才醒过神来。

回到家，梁秋娥也没问，她已经知道了上午的事。相亲遇上了乱子，双方都觉得这桩婚姻成了一缕烟，一开头就碰上了不顺，以后可怎么办。鲁建民的姨虽知道真相，但没法跟梁秋娥说。梁秋娥也是担心鲁建民看上去虽好，万一要是看走了眼呢，这打仗生事的可不太让人放心，所以也就不再像以前那样劝叶兰了。

叶兰回来，两人只淡淡地讲了几句，梁秋娥失望，叶兰更是不必说。

日子就这么一天天过去，叶兰帮梁秋娥经营起生意来。

六

　　肖黎民已经是第三次打来电话了，催着蒋兴做出决定，南方正急着用人，如果拖时间长了，他不好说话。

　　蒋兴的这个大学同学现在是广州振发贸易公司的副总裁，当年毕业时分配到一家机关单位，后来又下海经商了，混出了模样。现在又为蒋兴准备了一个分公司经理的职位催他去做。

　　"那边还有什么留恋的，死冷寒天的，砍光了木头我看你们还干什么，趁早过来算了，房子我都给你准备好了！"

　　蒋兴不知该怎样说才好，"这样吧，过几天我给你打电话，你再给我几天时间。"

　　"你怎么一点儿从前的样子也没有了！"肖黎民还想多说些什么，后来一想说多了也没用，就答应再等两天。

　　放下电话，蒋兴拢了拢头发，他觉得自己仿佛真有了一种要走的欲望。改革开放以来，南方逐渐成了人们眼中发达的代名词、进步的象征，有志之士都到南方谋求发展，许许多多的大学生也把分配的方向指向了南方。因为南方有优惠的政策、良好的外部发展环境，让人们能够更好地施展才能，这已成为不争的事实。

　　自从自己来到了林区，见到的却是可采木材量的减少、经济效益的逐年下降、管理机制的粗放，和一些人的不思进取。

　　林区如果再不重新振作起来，发扬战严寒、斗冰雪、突破高寒禁区的大兴安岭精神，进行再次创业，恐怕就要在未来的年月里走向荒凉。

蒋兴的思绪在飘动着。也许走了就不必再去想那么多了，这里的事已成别人要思考的内容，还要等下去吗？

这里能为自己提供什么？

难道要让曾经的梦想就这样轻轻地消逝在林间，让支援边疆、建设边疆成为一句响亮的空话，让突破高寒禁区的先烈们看不到后来者的奋斗身影？

蒋兴的脑海中波涛汹涌。给方局长的报告不知道怎么样了，蒋兴一直在惦记着。

在蒋兴眼里，方局长是一位办事果断，很少有官僚气的领导，把方案交给他，就是想让他能快一些同其他领导研究一下。蒋兴的方案是要建一个山野菜、野果加工厂。林区多的是木材加工厂，但深加工的少。山野菜、野果作为一种天然资源，还很少有人开发，蒋兴过去同北方野生植物研究所的一位尚教授联系过，他们有现成的技术成果需要转让，如果这边能上项目，那边一定会大力支持，尚教授还说要亲自来大兴安岭，看一看满山的蕨菜、黄花菜、山蘑菇，尝一尝都柿、稠李子、高粱果和雅格达……

夏日的阳光并不十分热烈地照在他那棱角分明的脸上。他把头扭向窗外，莽莽苍苍的大兴安岭似一条长龙蜿蜒起伏地横亘向远处，雾霭氤氲，似一幅空灵的画卷。

在家里等好几天了，也未见个音讯。他很想给方局长打个电话，又怕方局长嫌他太着急，要决定一个项目，不是三句两句能完成的。光是论证就够论一阵子的。再说他这个代理厂长还是才代几天的，心急了反而显得他不稳重。

蒋兴想往外走的时候，电话铃急急地响了起来，他小舅子爱军打电话让他到那边去吃饭。爱军是个警察，从部队转业回来才一年多。

蒋兴问爱军在哪儿打电话，爱军说在家里，他已经告诉姐姐了，让蒋

兴直接去。

蒋兴就穿鞋，还没直起腰来，电话铃又响了，他来不及脱鞋，就冲到屋里，拿起了话筒。

打电话的却是玉茹，她也是告诉蒋兴到那边吃饭的。蒋兴说："早知道了。"就放下电话，心想，今天这是怎么了，该来的电话不来，净是些……也不能说没用的事，吃饭怎么能说没用呢，也许方局长不会给自己打电话，干脆给他打个电话得了。于是他就拨了方局长的电话，然而这次拨打没能接通。他放下话筒，下意识地看了看表，就出了门。

在岳父家门口，他按了门铃，爱军跑出来。

"还不算太晚！"爱军满面笑容地说。

"你怎么回来这么早，没上班？"蒋兴感到很诧异，爱军他们一直是很忙的。

"今天不是礼拜四吗，我们义务劳动去了，干完了就休息。"一边说着，爱军一边关上了门。

没进屋，就传出了锅勺亲吻的声音，还有滋滋的油在喝彩，被轰到外面的辣椒味正没处发泄一下，与蒋兴撞了个正着。

"怎么这么辣呀！"蒋兴连打了三个喷嚏，显然，他被这次意外的"伏击"击中了。

他止住了脚步，窗户大开着，在他把目光瞥进屋里的时候，他愣住了，陈向阳的对面端坐着一个女人的身影，正侧身向他张望。

爱军从后面抱着几块木桦子过来，笑他挺大的男人怕辣，不敢进屋。

蒋兴就只好进屋。里面的女人见他进来就站了起来："您好，王哥！"

阿兰轻声地向他问候，真的是她。蒋兴显得很尴尬，他向她点点头勉强笑了笑。他觉得自己没法儿去解释，阿兰真的以为他姓王了，他有些后悔火车上怎么不告诉他自己的真实姓名。生活里竟然发生这么巧的事情。

幸好，陈向阳没注意阿兰的问候，只当是她的一般客套。

爱军放下了烧柴进来赶紧给他俩介绍：

"这是叶兰，我们家的客人！"

"这是我姐夫蒋兴！"

双方又互相点了点头，叶兰没有像蒋兴那样感到满脸热辣辣的，冤家路窄，第三次的相逢注定是无法回避的。

蒋兴故意又提起了辣椒，就转身上厨房去看个究竟。玉茹正在同她母亲一起忙碌着，眼里也还隐约残留着一些泪，被呛的样子和在火中冲出的样子差不了许多。见蒋兴进来就抱怨道，这辣椒真辣，要知道这样，说什么也不买了。厨房的辣味还没散尽，他又回到了客厅里。

"叶兰这孩子是来向我打听她父亲的，好不容易找到了我，我也弄不太准老叶现在去哪儿了。当年我们铁道兵六师来这里修铁路，古源、碧水这条线上都分配了我们的战友，认识叶兰他父亲也是一次偶然。六几年的时候，我们毛泽东思想宣传队进驻了林业局筹建处，你父亲正在那儿当炊事员，就这样我们才认识的。后来我们撤回去了，就不知道他的情况了。"陈向阳正在与叶兰讲述着过去的一段往事。

"那时候被打倒的老关不知道在不在了，他准能知道你父亲的情况，当年是他和你爸一起跑的。详情我也不知道，我的老战友宋志成知道得多点儿，过两天我再帮你问问，你别着急。"

"开饭了！"玉茹在厨房里张罗着。

"真不好意思，还要打扰你们。"叶兰两手叠在一起放在膝上。

"你还客气什么。"玉茹娘一边笑一边摆菜，"这老头子好几年不说过去的事了，我们都听烦了，今天他可又有机会了，说出来还能多吃不少饭呢！"

"要不是我们铺了路，你能翻山越岭到这里来？"陈向阳来了劲儿，

很风趣地说，"刚来的时候，那个冷，零下五十多度啊！"

"吃饭，吃饭，吃完饭再说。"爱军连声说。

"不对，喝酒，喝酒，喝完酒……说。"陈向阳也连声纠正。

"就忘不了你那点儿酒！"玉茹把酒瓶子往桌上一放，大家都乐了。

"咱们大兴安岭人离不开酒啊，谁让天这么冷了呢。这也是咱战严寒、斗风雪的法宝呢，外面冷，咱们肚子里热乎！"六十多岁的陈向阳今天的精神比以往要好得多，饱经风霜的脸上闪烁着光亮，看样子是要大喝一场。

蒋兴在岳父家吃饭，喝酒前很少说话，常常只是陪着老岳父喝几杯，喝一会儿后陪着他再聊上一会儿。

陈向阳当了大半辈子的兵，性格豪爽，爱说爱笑，还特别爱喝酒，所以练就了一副热心肠，无论是旧友，还是新朋，只要有事儿找到他，他一向不推辞，能办就帮，不能办的也要去帮人家想办法。邻里们都夸他老革命的优良传统永不丢，他就乐，笑起来有时像个孩子。

陈向阳喝酒也很有名，四十多度的白酒，喝上两瓶都不会误事儿。当年在他们连里理所当然地当了酒头，战友们没一个敢和他较量。

他喝酒的作风是一大玻璃杯一口喝下去，像喝水一样。过去没那么多玻璃杯，还容易打碎，受拘束，干脆都用大茶缸子，那也是大缸子量酒，两口三口一缸子。大伙问他把酒喝哪儿去了，是不是胃里也结了一层冰，要不怎么喝那么多也喝不坏呢？

陈向阳就豪气冲天地说："这就是本事！"

随着年龄的增长，渐渐地他也喝不动了，特别是退休后，老伴限制他，怕喝太多身体受不了，毕竟也不比从前了。陈向阳却满不在乎："怕啥呀，我早光荣了，还能给国家节约一些粮食。"

玉茹就生气："你喝，看你喝不动了怎么办，腿不疼你就不注意！"

陈向阳有风湿病，多年在冰雪中摸爬滚打落下的，刚开始的时候他没觉出怎样，在战场上，枪炮都没把他怎样，还怕这点小事儿。可后来这风湿跟他较上了劲儿，动了真格的，他才知道了厉害，这软刀子实在让人受不了。

大家坐好了各自吃饭，只有蒋兴和陈向阳喝酒，爱军还没有争取到喝酒的合法地位，所以只有观望的份儿，陈向阳是不让他喝的，怕万一有什么紧急任务的时候误了事。

酒至半酣，陈向阳开始关心起蒋兴厂里的事来，他不相信加工厂真的不行，市场上，板方材的价位很高，怎么能不行呢！

蒋兴就给他掰着指头算，这样的加工厂实在是太多了。单一生产，并且数量多，质量差，白白浪费了资源。目前看出路只有两条，一条是上规模，搞深加工；另一条就是开发新资源，生产替代产品。

陈向阳很赞同蒋兴的观点，总不能在大木头上吊死，应该想些别的法子了。

"原来的木材生产，采打集装运，咱们这是喊着号子生产，谁伐的木头越多，谁越光荣，现在可不能这么干了。"

"你想上什么项目？"爱军问。

"我想搞个山野菜加工厂，另外把野生浆果加工成饮料，咱这野生的蕨菜、蘑菇、黄花菜有那么多，加工出来，销路肯定不错。现代人都追求天然无污染的饮食，对于我们这也是个好机会。再说咱大兴安岭那么多宝，还有好多中草药，现在不赶紧开发，还等什么呀！我们的报告才交上去不长时间，还不知能不能批这个项目呢。"

"咱们林业局好像没有这个闲钱，我听说银行有一笔贷款是要建一个娱乐宫的，就在正街右侧那个兴达大酒店附近。"

"谁说的？"蒋兴盯着说这番话的玉茹。

"当然是小道消息，不过小道消息有时是很准的！"

蒋兴沉吟了一会儿，这小道消息无疑是向他泼了一盆冷水，幸好贷款还不是全部的依靠，否则他真就傻眼了。端起杯，他咕噜喝了一大口酒，心里琢磨：林业局不会把钱投到娱乐宫上，现在资金那么紧张，怎么还搞娱乐设施呢？领导们怎么想的，除非……

"瞧我们净说些不该说的事儿，玉茹他妈也是，也不让一让叶兰，别见外，多吃点儿！"陈向阳的话打断了蒋兴的思路。他又安慰蒋兴："你们厂的事儿也别着急，现在亏损的企业也有一些，慢慢想办法吧，上个项目也不是那么容易的事儿。"

叶兰一直静静地听着，偶尔也望一望蒋兴，然后迅速地把目光收回或转移到其他人的脸上。她还没走出相见时那份不安的氛围，并不是因为蒋兴用了假名字来糊弄她，她觉得也不该过分责怪他，萍水相逢，为什么一定要人告诉你真实姓名呢。

她冲陈向阳笑笑，说了句不用客气，就伸出筷子夹了一点儿菜放在碗里慢慢地吃。

"我们那时候的老同志还有几个，从明天开始我就去打听，这么多人总会知道些的。"陈向阳酒喝得高兴，说这说那话语不绝。

叶兰注视着这位老人，内心里充满了感动。到底是一位老革命军人，对人像火一样热情，与自己非亲非故，竟然这么热心，与以前她遇到的一些人相比，要好上十倍、百倍乃至千倍。想着想着，她的鼻子一酸，泪水不禁转在眼圈里。她放下碗筷，拿出手帕擦了擦眼睛。

"别难过，孩子。"玉茹娘疼爱地说，"看看，这孩子，跟玉茹长得挺像，连哭鼻子也像呢！"

"是吗？"玉茹惊讶地说，"我还真没注意呢。"她仔细端详了叶兰一阵子，又说："可不是吗，还真像，就是比我要好看多了！"

爱军说："我姐啥时候也谦虚起来了。"惹得大家都笑了起来。

叶兰有些不好意思起来，她轻轻推了一下碗筷，说："你们慢慢吃吧，我吃好了。"

　　"就吃这么点儿，是不是大娘家的饭菜不好吃？"玉茹娘一手托着碗，一手拿着筷子问。

　　"我真的吃好了。"叶兰用她特有的轻柔而富有磁性的声音说。

七

蒋兴一觉醒来，见玉茹还在睡着，就轻轻穿了衣服，走出卧室。

正要推门，屋里传来玉茹的问话："不吃饭了？"

"不吃了。"说这话的时候，蒋兴觉得脑袋发沉。也许是血糖低的缘故吧，他经常不吃早饭，也常感到有些头晕，不过也没严重过，所以他也就没放在心上。

来到这个放假许久的厂子，他的心头沉甸甸的。他非常熟悉这里的一切，高高的铁栅栏，蓝色的油漆快剥落光了，空气中弥漫着各种树木混杂的味道。昔日那刺耳的锯木声已经杳无，厂子里出奇的静。

门卫李金正在跟两个工人在值班室聊天，见蒋兴进厂院，就从里面走出来。

"蒋厂长，啥时候开工啊？"一个刚剃了个"板寸"头的工人按捺不住心中的急躁问。

"还定不准，我等会儿到局里去看看。"蒋兴掏出烟，一人一根分给他们，然后自己点上。

"你们说咱们加工山野菜怎么样？"蒋兴试探性地问。

"行啊，咱山上不是有的是吗，去采就行了！就是有季节性，冬天怎么办呢？"

"那就用库储存起来呗。"

"我看行！"几个人你一言我一语地讨论开来。蒋兴心里很高兴，他的计划首先得到了这几个职工的认可，以后的事也好办了不少。"这几天好好看着设备，别出什么事儿，我再到局里跑一跑。"说完蒋兴就出了门，往林业局大楼的方向去了。

一天也没刮风，远处几面黄色的小旗无精打采地站在那儿，像是失宠的样子。没有风的时候人们是不注意它们的，就像被安置在角落里的灭火器一样，用不着它们时谁也不去理会。

进了林业局大院，远远便看见几个人围着一个坐在地上的人说着什么，看样子大伙已劝了很长时间。

肯定是上访的，他想。

他听一个人说："你的事我们尽快解决，你坐在这儿也不是个办法呀。"那人看上去有五六十岁的年纪，坐在地上一个劲地念叨不想活了。蒋兴看了几眼，却不认识那人，人群里的瘦瘦的高个子老信他却认识，老信也看见了他，向他点了点头。

坐在地上的人终于被大伙劝动了，才站起身来，看样子也很吃力，也许是身体有伤的缘故，蒋兴远远瞥见他用衣袖拭着泪。一个人扶着他走出大院，众人才渐渐散去。

老信跟蒋兴打了招呼，蒋兴就问是什么事儿又来上访，老信张了张嘴，挤了挤眼睛，打了个哈欠说："一个工伤，前几年生产时的事儿，现在也不好解决，嘻，有的事儿说不清。"

"方局长在吗？"蒋兴便不再问刚才的事儿。"也许在吧！"走到他的办公室时他又说，"没事儿的时候过来坐坐。"

"好，有事儿的时候我就不来了！"走到方局长的办公室蒋兴还寻思刚才那句话，没事儿的时候谁上这儿干什么。

方局长的办公室门虚掩着，里面隐约有人在说话。蒋兴就在走廊里站着等，可等了十多分钟也不见里面人出来，他心里就急了，于是沿着走廊来回走起来。走了一阵子后又伏在走廊的窗口向外看。

大街上行人并不很多，偶尔几辆小汽车驶过。在楼上看，行人的腿是那么短，蒋兴倒是第一次注意到这一点。猛然间一个穿着鲜艳服饰的女子闪入视野，引起了他的注意。蒋兴想起了卞之琳的那首《断章》："你在桥上看风景，看风景的人在楼上看你……"

方局长办公室的门吱的一声开了，从里面走出了一个胖墩墩的身形。蒋兴同他打了个照面，但不认识。方局长送走了那人回过头热情地招呼蒋兴。

"你那个方案很不错，我很赞成！"头一句话就让蒋兴感到热乎乎的，"不过，现在困难也不少，银行紧缩银根，贷款挺紧张；再说咱们还有别的项目也在研究呢。"

"是不是要建娱乐宫？"蒋兴脱口而出。

"你怎么知道？"方局长惊奇地问道，"消息还挺灵通的嘛！"

"是有这么回事，不过大家正在研究。我们建局这么多年了，连个大型的娱乐设施都没有，另外一些调材老客也提出了这个要求，如果建的话他们也愿意投点儿资，他们可是上帝呀，咱们也不能不考虑。"

"可我们也得分个轻重缓急呀，是我们职工的饭碗重要还是老客们的娱乐重要！"蒋兴很着急地插了句，尽管他知道这话很不礼貌。

方局长看着他笑，他觉得蒋兴有点儿他当年的味道。他跟蒋兴说局里还是很赞成这个方案的，只是拿不出这么多钱来上，另外大家还未形成统一认识，有几个领导还对此有异议，认为这只能是小打小闹。

蒋兴知道方局长的难处，也不好硬给方局长出难题。

"局里能给我们拿多少钱？"蒋兴试探性地问。

"大概也就能拿出二三十万吧，我看多了也真拿不出。"

"剩下的缺口我们自筹，我处理一下库存板方，连设备也卖掉，估计就差不多了，不过卖掉设备局里不知同意不同意。对了，我们那台车就值二十多万呢！全卖！"蒋兴边说边递给方局长一支烟。

"这个招儿也行，逼急眼了什么招儿都能想出来！只是卖掉设备咱这儿还没有这么干的，卖高了没人要，卖少了，局里不吃亏了吗！那可是国有资产啊！"想了一会儿，方局长说，"你回去赶紧弄一个最详尽的报告，把你们的资产情况搞清，下午我们要开常委会，我拿到会上大家讨论。"

蒋兴终于见到了曙光，乐颠颠地回到厂里，把厂里的会计、现金出纳员、检尺员、仓库管理员等一班人聚集到一起，跟大家讲明了情况，中心任务就是清盘。

这些人一听情况都很高兴，企业终于要有新的转机，在家里待烦了的人们领了任务各自忙了起来，整个中午大伙也没有休息，查库的查库，理账的理账，为蒋兴提供所需要的数据。

正忙着写报告的当口，玉茹来电话找蒋兴回去吃饭。他说了句"不吃了！"就挂了电话。这句生硬的话把电话那端的玉茹惹生气了，她不知道蒋兴怎么了，似乎跟谁怄气一般。早晨不吃，中午不吃，晚上也不吃才算好汉！玉茹一生气索性不去管他，自己一个人吃了饭把碗往盆子里一扔就出门走了。

下午三点，蒋兴才写完了报告的最后一个字，这写报告简直像在进行一场战争，他的大脑紧绷绷的，全身像上了发条一般。

整理好报告，他急匆匆地跑下楼，幸好大伙都已散去，否则见厂长这样跑准以为是发生火灾了。

在门口，正遇到司机小毛，他正和李金在聊天。蒋兴就招呼小毛："快，帮忙把我送到局里！"

小毛就乐，这厂长用车还这么客气，也许还不习惯向司机发号施令。小毛对蒋兴的印象很好，虽是领导，但从不摆架子，心里这么想脚下也不慢，从车库里提出了车就停在门口，蒋兴坐进车里，小车便风驰电掣般的向林业局大楼方向驶去。

　　方局长办公室的门关着，他连人影也没见到。此时方局长早已开会去了，等了蒋兴十分钟仍没音讯，他只好先去开会。

　　在会议室门口，蒋兴站住了，里面一位领导在讲话，他不能进去，常委会可不是谁随便就可以打扰的，那可是重要的决策会议。但蒋兴站在门口的一刻，产生了一种以前从未有过的焦急，当副手与当正职的感触的确不一样，此刻他领略到了心急如焚的滋味。

　　会议室里终于出现了宁静，蒋兴又转悠到门口，他想敲门，手刚举起，门却一下子打开了，闪出了方局长那张充满焦急的脸。见到蒋兴，他一步跨出了门，拉住他的手说："形势很好，刚才我们刚传达了地委关于开辟第二战场发展其他产业经济的指示精神，下一步就是具体落实。今天是常委来的最全的一次，一会儿你进去直接做个汇报，讲一下你们的方案，有一点你要注意，数据一定要准确。"

　　蒋兴说没问题。

　　"你再等一下，我一会儿出来叫你！"说完方局长就走进了会议室。

　　两人的行动有些像特务接头一样，蒋兴忍不住有点儿想笑。然而没时间让他笑出点儿什么内容，方局长的一只手就把他拉到了林业局这些最高层领导面前。

　　"各位领导，下面我把兴北木材加工厂的转产申请报告汇报给大家。"他逐渐消除了开始时的紧张情绪，进入了角色。

　　"面对资源的日渐匮乏，我们继续靠单一的木材生产已远远不能适应当前和未来的发展，市场经济要求我们根据市场的需求来组织生产……我们认为开发山野菜、野果乃至今后开发中草药有很大潜力……"

　　蒋兴滔滔不绝地讲着，成败在此一举，他瞥见有的领导在点头，于是情绪就更加高涨起来。"技术方面没问题，我们有科研单位的支持，如果资金充足，我们在今年就可以喝到自己生产的饮料，吃上自己加工的山野菜……"他讲完了可行性后又讲了变卖设备及小汽车筹划资金等问题。面对在座的领导们，蒋兴觉得自己俨然成了一位激情四溢的演说家，面对着听众热情飞扬，豪言壮语一齐喷涌出来……讲完之后，他才觉得自己有些渴。

领导们询问了一些问题后，方局长让他到自己的办公室里坐一会儿。出了会议室的蒋兴感觉身体比往日轻快了许多，仿佛积压了多年的郁闷一下子都释放了出来。

等待，等待，下面他需要做的就是等待和祝愿。

在方局长的办公室，他把玩着方局长的那串钥匙，桌上有好几份报纸，他却没心思去看。

一个小时之后，他听到了散会后杂乱的脚步声。林业局党委书记郑宏民和局长卢家正一起来到了方局长的办公室，他们的脸上都挂着一丝笑容，蒋兴心中暗想：有戏了！

"常委会批准你们的报告了。"方局长笑呵呵地说。

"太感谢领导了！"蒋兴显得异常的激动。

"万里长征才迈第一步，下一步就看你的了。大胆去闯，去干，我们就是要有这种精神，光走老路是没发展的，就得闯出条新路来，像当年突破高寒禁区的先辈那样。有什么困难，你尽管提出来，局里尽全力支持你。"卢局长私下里跟蒋兴接触不多，这一番话却让蒋兴感到格外的亲切。

郑书记也对蒋兴鼓励一番。蒋兴回到家门口的时候，满脑子仍是下午的情形，他似乎看到了成袋的山野菜排着队在欢呼，一瓶又一瓶的饮料在跳跃、呐喊、庆贺！

他喜气洋洋地推开了家门，屋子里却空荡荡的，没有一丝声响，桌上一盒立着的烟下面压着一张条子。玉茹出差到哈尔滨去了。他把纸条团了团扔到烟灰缸中，纸团刚落下的时候，爱军又打来了电话叫他去吃饭，蒋兴说吃过了。放下电话后，他进厨房盛了些剩饭倒了些开水，又把玉茹吃

剩的菜拿出来匆匆忙忙吃了下去，然后就奔向卧室，他感到十分疲劳，脱了衣服就倒在了床上，他想马上睡觉。此时再不睡恐怕以后就没机会能睡个安稳觉了：厂子里的设备要卖，车要卖，库存的板方要卖，新设备要买，得与尚教授联系，人员要培训，岗位要聘任……诸多的事情一下子向他压过来，他有些应接不暇，但又觉得很充实，毕竟他有了自己的事业去奋斗，这似乎比他以前写几首抒情的诗歌更有意义。他躺在床上，思绪起伏地想着这个那个，直到眼皮实在抬不起来的时候才沉沉睡去，此时他已经不知道几点钟了，一轮红日正慢慢从西半球重新照到东方，在大岭之上等待他醒来。

八

林区的夏季，空气清新，满眼是醉人的绿，无论是山脚还是山坡。特别是一场新雨之后，那种怡人的感觉令人有说不出的畅快。

叶兰从爱军家回到租住的地方已经很晚了，爱军一直把她送到了门口，没有进屋就回去了。她对爱军一家人产生了无限的好感，尽管玉茹显得有些言不由衷，蒋兴也对自己有些不自然。自己是心存芥蒂还是有一种潜意识的自卑感，她说不清，她只是觉得真是巧，自己竟然注定要和蒋兴产生一些瓜葛。

她呆呆坐在床前，要不是寻找父亲，她怎么会到这里来。父亲，你在哪儿啊？叶兰心中在默默地叨念着。长了这么大，连自己的父母什么模样都不知道！一时间曾经的酸甜苦辣一起涌上心头，泪花在清凉的灯光前晶莹闪烁。

明天还要去酒吧上班，请假的日期已满。虽然她不愿到那里工作，可是也没有别的办法，在这里适合她的工作太少了。虽然她会打字，搞文秘，会日语，可哪一个单位能用她，林业局连许多正式职工还用不完呢，更何况她一个外地人。要不是酒吧的老板娘心肠好，恐怕她的境况会更糟。一边打工一边寻找亲人，如同浮萍一般在风雨中漂泊，年轻的她饱尝到了什么是生活的艰难。

她随手翻看了一本书，看了一会儿就累了，索性伏在桌子上看，不知不觉中她就睡着了。窗外如丝如线的小雨轻轻荡在玻璃上，汇成细流，涓涓而下，从窗台落下去，发出啪啪的声音。

49

一觉醒来，她感到屋里是那么凉，不过她已经习惯了，单身一个人在外面闯荡，这点儿凉已算不得什么了。在她的心中，有一个信念始终在支撑着她：一定要找到父亲，无论多么艰难，经历多少曲折。

她脱下衣服上床躺下，关了灯，明早还要上班呢。然而她躺下之后却无法入睡，她想起了好友维维。

要不是维维她怎么能和蒋兴认识呢。那一次叶兰刚在青春酒吧上班不久，还不太了解酒吧的情况，是维维连说带教让她知道了该怎样在酒吧"混"。维维泼辣热情，只是轻浮了些，在酒吧、舞厅混的时间长了，经验也多，用她自己的话来说就是：什么事儿我没见过。

她总结的窍门很多，常跟叶兰叨念。凡是到酒吧来的人都不是普通的百姓，除了有钱的，就是些地痞流氓，商场上的人最多，特别那些单人来的大款就是到这儿扔钱的。我们呢就是在这儿收钱的，小话温柔点儿，小酒多浇点儿，小费也就多来点儿。青春饭能吃几年啊，人老珠黄的时候，你冲人家笑，人家都嫌你影响胃口，也只有扫地的份儿了。

她还逗叶兰，瞧你这么漂亮，到前台来算了，将来小费会比我挣得多。不过你可小心点，有些家伙也不是什么好饼，千万别上了他们的当。跟谁也不能讲实话，另外她还告诉叶兰，没人叫你时别乱走，待着就行。维维给她灌输了许多有用没用的东西，让她明白了许多事，两人处得特别好。蒋兴去的那晚，叶兰才应了维维的急，去陪蒋兴坐了一会儿。

叶兰睡到了第二天，起床后洗漱完毕，她穿了一套淡蓝色的裙装去上班。

走在大街上，上班的人并不很多，地面湿湿的，让人感到有层层的潮气在升腾。

青春酒吧在新开街的第二个巷口，楼上是旅店，整幢楼依稀能看出是座新楼的样子，毕竟才建了三五年。整个三层楼都已租了出去，门楣上挤满各式各样的招牌。夜晚来临时，所有的灯盏都亮起来，五彩斑斓，煞是好看。

来到酒吧，大门却仍挂着锁，遮窗的挡板尚未摘下来。早晨是没有人去喝酒的，叶兰索性转身在大街上慢慢走，若是在家里，她肯定不是慢走而是慢跑了，在这儿她却没有了这个习惯。

清晨的风让人觉得格外的凉，裸在外面的皮肤会有一些小疙瘩长出来的感觉，水泥路上的气味有些腥。

"嗨！"有人猛地拍了一下她的肩膀。吓得叶兰呀地叫出声来，转回头，是维维那张调皮的脸。

"你可把我吓死了！"叶兰扬起了手欲打维维，却被维维抓住了袖子。

"大清早出来遛啥呀？怎么回来也不告诉我一声。"

"没几天，"叶兰说，"我今天该上班了。你怎么在外边？"她诧异地望着维维。

维维的脸上涌起了一丝很不自然的皱纹，但很快又被她秘密地抹平了。"出来放放风不好吗？"

叶兰没有接着问下去，她知道自己不该多问，其实她多少也能猜出维维不在酒吧的原因。两人亲密地挎着胳膊往回走。

维维告诉她酒吧的老板回来了，又带了两个外地的妹子，个个都漂亮，只是比叶兰要逊色一些。叶兰听这话后就不要她再说下去，转而问维维老板叫什么名，维维说好像叫二峰（疯）子，两人就笑，怎么叫这么个名！

两人走到青春酒吧，大门早已打开了，勤杂工大刘见到她俩连连打着哈欠，算是打了招呼，这个二十多岁的小伙子一天总是像睡不醒的样子。

老板娘吕艳芳的侄子吕白林正伏在吧台上呼呼地睡着。这小子为人轻浮，自打被他姑找来帮忙后就不正经跟媳妇过日子了，常常跟小姐们打情骂俏，这些当然要避开吕艳芳。酒吧里的人都非常讨厌他，但是也没办法，谁让他是半个老板呢。大家没事儿谁也不理他，像今天这样睡在吧台也是常事儿，谁也不把他叫醒，爱睡哪儿睡哪儿。叶兰也从心里厌恶他，她干的是厨房服务员的活，常被吕白林吆三喝四的，也没办法。

维维要上楼去换衣服，叶兰不想上去，她知道楼上几个陪酒小姐在睡觉。折腾一晚上了此时该是睡得正香的时候。维维就自己上去，换了一套黑色的真丝连衣裙。

大刘拿了拖布一下一下拖着地，见维维一袭黑衣，就说："维维姐，你有点安娜的气质哟！"

"什么呀，哪儿有气质！别跟我瞎用词儿，不知道你姐文化少吗！"维维呛了大刘一句。大刘就嘿嘿笑了笑继续拖他的地。二十几岁的大刘其实应该叫小刘才准确，可他偏不让大家管他叫小刘，他说带了小有点儿不顺耳，谁要是喊他小刘他就不应，或叫别的，管他叫什么都行，他自有他的一套理论。大家都觉得他挺有意思，好像受过什么刺激似的，但还是都遵从了他的意见，管他叫大刘。

闲着没事儿，两人走进了一间包房，维维半倚在长沙发上，顺手抄起了一袋小食品，吃了起来。"你要不？"她望了望叶兰，叶兰摇了摇头。

"不要拉倒！上赶着不是买卖！"维维自己吃了起来，故意把食品袋弄得哗哗作响。

"那新来的两个，比你还小呢，看样子也就十八九岁吧！"边吃着维维又讲起了新来的两个小姐，细眉毛一挑一挑的，煞有介事的样子。

"有好日子过谁上这儿来呀……"见叶兰不出声她就自叹道。

叶兰的心中波澜起伏，她虽然到这儿时间不长，但她知道小姐的含义，那是在出卖自己的青春年华，在出卖自己的笑容与快乐，出卖自尊甚至肉体，是在赌明天！小费挣得容易，可那里面有多少辛酸与苦楚。那些大款们一掷千金，掷得那么轻松、从容，甚至连眼睛也不眨一下，笑眯眯的脸上写满了空虚与无聊。

她忽然感到有些头晕，在这个地方待下去怎么行呢？

维维吃完了一袋小食品，用手帕擦了擦她那比樱桃大一点儿的小嘴，拿出化妆盒又打扮起来，偶尔向叶兰看一眼，见到她蹙着眉头，就问叶兰怎么了？

叶兰说没事儿，只是有些头晕。正说话间，酒吧内侧的一个门哗的一下被拉开了，一个五十多岁的男子出现在那里。他的头发虽然有些银丝但梳得板板正正，平平的额下微微下垂的眼皮半遮着一双略显混浊的眼睛，并不很大的鼻子使人觉得他的嘴唇有些过分的宽厚。也许是刚刮完了胡子，嘴唇的四周泛着青色。

他在门口站了一下，然后走到吧台。

"这就是老板！"维维小声跟叶兰介绍。"怎么样，像不像电影里的色狼？"然后就咯咯咯地笑出声来。包厢的门半掩着，叶兰就探出头去看。

老板正在叫吕白林，听到维维的笑声，他向包厢看去，正看见叶兰探出头来望他，在这瞬间的对视里，他像被蜇了一下似的。推了两下吕白林也没推醒，他就来到包厢。

维维站起身，甜甜地叫了声老板，叶兰也站起身来。维维就把她介绍给老板。

"她叫梁兰！"叶兰在这里一直叫这个名字。

老板冲叶兰点点头，用一种怪怪的眼光打量了她一遍，似乎想问点儿什么，但又止住了自己的那个念头。打了个哈哈就又去招呼吕白林了。

"瞧瞧，什么眼神！"维维伏在叶兰耳朵上嘀咕。叶兰正待说话，见吕艳芳出来了，就走出包厢迎了上去。吕艳芳见了叶兰，十分高兴，问这问那问了好一阵子。

"你走了，有好几个客人打听你呢！"吕艳芳半开玩笑地跟叶兰说，"谁让你这么俊俏，我看坐台准能挣大钱！"

53

"我还是当我的服务员吧。"叶兰从吕艳芳的口中听出了些异味，就赶紧给她刹住了车，"我不习惯干别的。"虽然她这么说，但她实际上还是有过一次的，那次陪蒋兴已算是她的出道了。幸好蒋兴是个稳重的人，没有给她留下坏印象，但叶兰知道，自己决不能去挣那种钱，尽管会挣很多。

吕艳芳见叶兰认起真来，就打住了话题，说起了别的事情。

三天后的一个中午，叶兰正在忙着上菜，猛然间看见爱军推门走进了酒吧，用寻觅的目光看了一下酒吧里的场面，看到叶兰后，向她招了招手。叶兰就放下手中的盘子走了出去。

爱军告诉她陈向阳让她周末去他家里。叶兰以为有什么消息了，爱军说，"宋伯伯调走后，现在才回来，前天给我们家打了个电话，但不知他在哪儿打的，好像不在咱这儿，详情我也不知道。"

叶兰说她抽空就到他家去，爱军就迈着他那利落的步子走出了酒吧。叶兰稍微迟疑了一下想出去送送爱军，里面又传来了喊她的声音，她只好又去忙活。

闲下来的时候，维维就逗她，问她是不是处了对象。那个来找她的小伙子挺帅气的，叶兰就去捂维维的嘴，让她不要乱说。

维维说要不是你对象的话，你就给我介绍一下怎样？

叶兰就故意板起面孔："你再说我就生气了。"维维才作罢。

周末的时候，叶兰想跟吕艳芳请假，可偏赶上另一个服务员病了，她无法脱身，就只好给爱军打了电话，说改天再去。

维维在酒吧里待久了，常常跑到外面去买一些小吃。其实酒吧里也有一些吃的东西，她却感到厌烦，非要买外面的。忙了一阵后，叶兰有了些许的时间歇息，维维就找她一起出去买吃的。

也许是维维穿得太鲜艳了或者太暴露了，惹得大街上的人都注视她俩，看得叶兰十分不自在。

维维却高昂着头，随口骂道："有什么好看的，像土包子进城似的！"她穿的是件银光闪闪的连衣裙，胸口压得很低，下身紧贴在身上，衬出整个体态。

叶兰穿的是她件淡雅的蓝色上衣，下身穿了件纱料的长裤。

买完了小食品，两人就往回走，但一句无法阻挡的话却进入了她们的耳内："哎哎，这不是青春酒吧的鸡吗！"

她的心头猛地一震，她看了一眼维维，维维装作没听见的样子，瞪着眼回视那些用异样眼光看她的人。一只手正不停地往嘴里塞着吃的。

"快点走呀，你！"叶兰想早一点躲开众人的注意力，她嫌维维穿得太露了。

回到酒吧的椅子上，叶兰沉默了好久。她心里很不是滋味儿，人们是怎样看在酒吧上班的女人？这里的女人，难道一进来就要背上一个不好的名声，甚至就会被当作鸡来对待吗？她恨不得马上离开这个地方，但又无处可去。她觉出自己的眼睛湿湿的，用手去擦的时候，正好被维维撞上。"怎么了？"

"没什么！"叶兰连直视维维的勇气都没有了。

九

蒋兴给肖黎民回了话，说不去广州了，他要经营一个新厂。肖黎民很惋惜，他觉得蒋兴到南方会有更大的发展，然而他自己不来，别人也是没办法。

肖黎民知道蒋兴要上饮料这个项目后就推荐他们公司的产品，但蒋兴却委婉地回绝了，说自己做不了主。肖就抱怨北边管得太死，你是厂长，连设备的购买权都没有，还干什么事业。他笑蒋兴又当了空架子。

肖黎民提到给他提成，蒋兴才笑着说："我正是怕你这提成呢！再说资金还没解决呢，以后再说吧。"肖黎民又打听了几个同学的情况才放下电话。

兴北厂院里一堆高有两三米的木头楞垛蔫头耷脑地聚在一起，似在抱怨为什么不把它们加工成好材料，却让它们在外面饱受风吹雨打。蒋兴看着看着就犯了愁，总堆在这儿等着它们烂掉？

可加工出来卖掉又要不回钱来，活活气死人。想到这儿他就转身坐回到办公室的椅子上，他的下一个需要也是必须攻克的难题是讨债。

贾厂长被抓进去了，一大堆的债务还没清理出来，外面欠兴北厂的钱有二三十万没要回来。这年月，欠债的成了大爷，债主却要装孙子，求爷爷告奶奶一般，人家说"要钱没有，要命一条"，你还真没辙。对簿公堂更是难办，地方保护主义就像防弹衣一样好使，任你怎么告，就是不见效，拖你个三年两年的，把你的锐气也磨得差不多了，你还得笑着去跟人家说好话，说你还我钱吧，哪怕少给点儿，给了你算是可怜这些被派出来讨债的，要是不给，你还得跟他纠缠，也不知扯到何时是个头儿，为此，林业局特意成立了清欠办，就是专门去要债。

可再难缠也得去要啊，要等欠债的主动还你那恐怕是做梦。蒋兴把厂子里的销售科长黄玉江和会计、现金出纳员都找来了，兵分两路去讨债。

蒋兴看过一份报纸，专门介绍一些讨债的方法，蒋兴跟大伙儿一说，把几个人乐得前仰后合。黄玉江说厂长还真下功夫了。他也讲了一个关于讨债的故事：一个厂发动全厂职工去讨债，应征者却寥寥无几，后来一个女工大胆站出来，还真要回了欠款。"你说她怎么要回来的，她先用常规手段一缠二磨三盯梢，摸清了欠债单位经理的家门后，她就找到了经理老婆，告诉她如果那个经理再不给欠款，她就要进驻他们家。第二天吓得经理赶紧还了钱！"

听完黄玉江的故事，蒋兴瞅了瞅两位女士说："如果这法子行得通的话，我们就指望你二位立功了。"气得会计小毕和出纳员小姚直翻白眼儿，连说"谁能去谁去吧，我是不去了"。

玩笑说过，正事儿不能耽误，蒋兴决定马上动身。会计毕媛萍说："还要债呢，我们连路费都没有呢，蒋厂长拿钱吧。"蒋兴说："我哪儿有那么多钱，上局里去借点儿呗，可惜老贾的小金库也给端了，要不怎么也给咱们剩点儿旅差费什么的。"蒋兴这么一说把毕媛萍说得直瞪眼，她是新调到兴北厂的，原来的会计李燕被开除了。对于厂里的小金库的事儿她一无所知。

"你们回去准备准备，明后天动身。"黄玉江问怎么分工法，蒋兴说："我和小毕上山东，你和小姚去辽宁。如果要不回钱来就别回来，咱们可真是指望这些欠款了。"

"男女搭配，干活不累，我是不犯愁了！"黄玉江摸着光亮的额头乐。出纳员姚瑶却把脸拉了老长，她不愿跟黄玉江一路，黄玉江生活作风不好，

是全厂皆知的，但当着大家的面她又不好说什么，毕竟蒋兴分配了任务，自己不能马上就给驳回去。她心里不满意，但也只好照办。

临出门，蒋兴又叮嘱了黄玉江一定要千方百计要回钱来，黄玉江就从他要尚方宝剑，说得允许犯些小错误什么的，现在全按规章制度是办不成事的。蒋兴就点了头，说："这个我明白，你就看着办吧，不过也别太过头了。"他以为黄玉江跟他说花钱的事。黄玉江就一路哼着小曲儿走了。

回到家，玉茹又带回了一封信，是蒋旺写来的。信中说他父亲身体还可以，只是已不能自由活动了，经常吃药打针。信末还特意问了村里托他买木材的事。看完了信他拍了一下脑袋，后悔自己把买木材的事儿给耽搁了，在厂里还犯愁那堆木材堆在那里白浪费了，这下可找到了买主。下午他急忙去给村支书韩明德拍了电报，让他来验木料。又到财务科借了钱，拿回去分成两份，让黄玉江和小姚拿了先走，自己处理完木材再动身。

他从本子上又抄了一遍大小规格，让老张领着大锯上几个人按要求加工。到车间的时候职工们问他啥时候给开支，他说不超过俩月吧，或许过几天就能开，把这些板方卖了就开支。职工们说这还有些盼头，热热闹闹去干活了。

这样一忙活，蒋兴倒觉得有点儿累了。里里外外都扯着他，实在分不开身，他就跟局里要人手，局里也答应说给他们派个书记兼副厂长。

蒋兴让厂办的小郑起草了广告，大锯小锯连小汽车一块儿卖，拿到电视台去发布。小郑说电视台要广告费呢。蒋兴说你就找方局长，他会想办法的。没钱的滋味儿真是难受，蒋兴也恨不得马上喊几嗓子，实在是太压抑了。

四天后，韩明德带着一个人来到了兴北厂，李金把他们领到蒋兴的办公室。

韩明德没说三句话就问起了木材的事，他那边开始备料了。蒋兴知道他挺着急，就带着他们去了车间，韩明德看到一大堆规整的板方就高兴了起来，摸这摸那不住地赞叹，除了林区，山外是少见这么多散发着松香的板方的。跟韩明德一起来的会计韩金更是第一次开了眼，"这木头真好呀！只是看这里的人怎么烧火也用大木头呢，在外面谁舍得这么烧掉！"

"那是些废材，有的空心了，不能用了才烧。"蒋兴就跟他解释。

"我看有的家烧柴堆里也有一些能用的呢，咋不截下来用？"韩支书两个人是步行来兴北厂的，所以有了些观察和疑问。

韩金的这一问令蒋兴不好解释了，是啊，为什么能利用的也烧了呢？

那是没管好，他只好避开了这个问题，跟韩明德说起了加工的规格问题。告诉韩支书放心，这些都是按他的要求加工的，用不了多久就可以完工，如果不够，他到别的厂去给他买，事儿好办。韩支书没想到事情就这么简单，真是有熟人好办事，中午时分他就张罗去饭店。可蒋兴说什么也不让，到这来了不去家里吃怎么行，回去哪儿还有颜面了，怎么说家乡人来了也得先到家去。就硬是把两人让到了家里。

到家他先打开电视让韩支书两人看着，自己去市场买些菜，在厨房里就鼓捣起来。偏巧玉茹中午没回来，仨人正吃饭的时候才打回了电话，说上面来了检查组，她得陪着，晚上也不能回来吃了。蒋兴翻了两下眼睛也没办法，就只好跟韩明德两人解释说："别以为我是离婚了，媳妇实在是脱不了身，要不听着信儿早就回来了。"

晚上蒋兴又给陈向阳打电话，让他来一起喝两杯。可陈向阳说这几天身体不适，不能喝了。韩支书有些酒量，韩金却不会喝酒，韩支书笑他被老婆管住了，他媳妇腊（辣）梅可厉害了，韩金说哪儿有的事，是怕数错了钱才不喝的。

说到了钱，韩明德就跟蒋兴说起了木材款的事，他这次来只带了订金，木材款要等木材发到后才能打过来，他还要蒋兴在价格上优惠一些。起初

他不知道蒋兴已经是代厂长了，以为这话说了他犯难，后来听大伙厂长厂长地叫，一问才知道了情况。

石岗村穷得叮当响，盖这所学校也是大伙儿勒紧裤带才凑够了钱，再穷不能穷教育。镇上虽说支持但口惠而实不至，拿不出多少来，原来的镇长答应给七万块钱，可没几天又换了新镇长，答应的钱又泡了汤，新官不问旧事了，一切又从头开始。大伙儿生了一肚子的气，吵骂都没用，还得慢慢想办法。后来村里出去做生意的几个发了财的过年回家，被韩支书请了去，让他们赞助点儿，可谁也不干，最后韩支书说给树碑立传，才弄了五六万块钱。提起村里的事儿，韩支书有说不完的话。

喝酒的当儿，韩金从提包里掏出了辣椒，洗了洗给两人下酒吃。蒋兴夸他还挺懂下酒法儿的，韩金就嘿嘿笑，然后说："你家二哥在我们临来时要捎带点儿辣椒给你，这东西我家最多，就没去他那儿拿，在家拎了三串儿，你尝尝，辣得很呢。"

蒋兴就尝了一个，果然很辣，他呲啦了几声不住地点头。韩明德也特能吃辣椒，说一看见红色就增加了食欲，在家里他是顿顿吃的，吃了辣椒后吃啥都觉得香，这一点引起了蒋兴的共鸣。两人稀里糊涂一瓶西凤酒进肚仍未觉出怎样来，蒋兴就又拿出一瓶宋河粮液来要打开，韩明德说啥也不让开了。

吃了饭，蒋兴又要给他们安排住宿，韩明德说已在招待所订了房间，喝了一阵子茶水，两人就回招待所去了，蒋兴跟他俩商定第二天签合同。

去招待所的路上，韩金跟韩明德说蒋兴还挺够意思，一点儿也不生分咱们，只是钱不能赊，有点儿太那个了。

韩明德说："人家这就挺不错了，你别不知足了，他们厂也挺困难的，不是要转产吗，也正用钱的时候，钱咱们回去再张罗呗，实在不行把咱们的地多包出几年。"

韩金说："也行。"然后又建议说签完了合同去山上转转，他第一次到林区来，以前只是听别人说过，林区这好那好，但没亲自体会过，也说不出真正的好在哪儿，不过有一点他是体会到了，那就是林区的空气特清新，比村里的还要好上几倍。

现在的城市与林区相比简直是天上地下。这边虽冬季长，但夏季短也有其好处，正好是个避暑的好地方。

韩明德虽然嘴上说没闲心去游山玩水，但心底也想到处转转，所以就没有把话说死，跟韩金说签了合同再说。

第二天一早，韩金就早早地起来，向服务员打听这里的好去处。服务员说邻近有个国家级自然保护区，你们去那儿看看吧。那里面什么都有：黑瞎子、猞猁、飞龙，各种各样的野兽多的是，景色也十分美丽，有的国家级领导还去过呢。听服务员一说，把韩金弄得心里直痒痒，忙问多远。

服务员说租个车也就三四个小时吧。听这话，他的兴致一下子没了，租个车得好几百块呢。干脆在这儿转转得了，山清水秀的也不错。

回房间跟韩明德一说，韩明德说上山转一圈也行，咱那儿连个像样的山坡都没有，到山里来不去登登山回去也让人笑话。两人就下了决心，签了合同不让蒋兴他们陪，怕他们笑话，偷偷去登山，兴许还能采点儿蘑菇回来。

在蒋兴的办公室里，双方签了合同，韩金交了一万元的订金。

"人家签合同都在大酒店、大会议室里，还端着杯，咱们什么节目也没有！"韩明德风趣地说。

"那都是形式！在哪里签字都要看结果的，对吧？"蒋兴让韩支书放心，这边的事情他都安排妥当后再走，中午又让两人去他家吃饭，两个人说什么也不去了，反而要请蒋兴上饭店撮一顿，被蒋兴拒绝了。他知道，村里的钱攒得不容易，无论如何不能让韩明德两人破费了。

两人见蒋兴不去就只好作罢，借口说还有点儿别的事，就此告别，明天一早坐车就回去了。蒋兴本想让小郑陪他俩四处转转，见两人另有安排就作罢了。

蒋兴让李金拿来了两包蘑菇和三个柳木菜板送给两位乡亲，说多少是点儿意思，一人一份儿，另外一个捎给弟弟蒋旺，上次回去把这事儿忘了没拿回去。

韩明德两人喜得不得了。山里的菜板和蘑菇最受山外人的喜爱。菜板结实耐用，一个柳木菜板够用半辈子的。

山里的蘑菇味道鲜美、纯正，口感好，是人工养殖的蘑菇无法比拟的，用它炖鸡肉那可是上好的菜肴。

送走了两位老乡，蒋兴又忙着登程。正收拾着衣服，玉茹回来了。

她一晚上没回家，陪检查组下基层，晚上回来时太晚了，她以为蒋兴会把老乡安排在家里住，索性就回娘家住去了。

她没见到韩明德两人，但却看到了满屋的脏乱，蒋兴虽然打扫过一遍，但只是大体地归整了一下。沙发罩抽巴在坐垫上，烟灰缸里的烟头儿还没有倒，黄不拉叽地堆在一起，地板上脚印还十分扎眼地留在上面，一股怒气顿时涌上心头，于是几句直戳蒋兴耳根子的话便在屋里放纵起来。一阵狂舞之后却没有引起任何注意，蒋兴依然在整理自己的东西，玉茹见他不吱声就想收口，可巧打开电视后里面正播兴北厂出售设备及小汽车的广告，她禁不住又添了几句发泄的话。

已收拾完东西的蒋兴终于忍不住戗了玉茹几句，他这一还击更加引起了玉茹的不满，随之而来的是更加厉害的打击，蒋兴无可奈何地瞪了瞪眼，终于又以无声的失败结束了战斗。

沉默了一会儿，蒋兴才告诉玉茹自己要出门讨债。

玉茹沉吟了许久才平息了怒火，见蒋兴主动搭话也就顺坡下驴缓和了气氛，把蒋兴的衣服放到小皮箱里说："现在要债可是件难事，得多留点心眼儿，别让人给涮了。"

蒋兴坐在沙发上，顺手抄起一根烟，刚想点火却被玉茹阻止住了。

"别再抽那破烟了，弄得满屋子的味儿！"他就放下了烟，心想不要再惹着她了，临走前的保留节目还得她批呢，若是惹翻了她可就没戏了。刚才若不是忍无可忍他也不会还击。

玉茹见蒋兴很顺从就笑了，"刚才你的本事哪儿来的？"

蒋兴就把烟放在鼻子下面嗅了嗅，放回到茶几上，冲着玉茹笑了几下。

"看你那副德行！"玉茹娇嗔道。她下面的话尚未出口就被一阵电话铃声赶了回去。

"是慧慧呀！"她惊喜地喊道，"怎么才想起给妈打电话！妈可想你了。"玉茹眉飞色舞的表情引起蒋兴的哂笑。

慧慧上次考试考了个第二，玉茹给她一顿鼓励，然后又问文文怎样，文文是玉茹妹妹家的孩子，跟慧慧同班。

慧慧说他考了第八名后就要跟爸爸讲话，气得玉茹叨咕说女儿和她生分，不如父女俩的感情好。

蒋兴接过话筒，脸上呈现出少有的笑。孩子呵护在自己眼前，未必会显示出有什么爱怜，然而不在身前的时候，那种牵肠挂肚的感情是没有过这种体验的人所无法想象的。

父女俩亲热地唠了一阵子，站在旁边的玉茹听得直着急，她把耳朵也靠近话筒，一起听那端女儿的声音。慧慧问蒋兴什么时候去看她，蒋兴说爸爸现在忙，暂时没时间去，觉得说的时间差不多了，他就让慧慧把话筒给她老姨。

慧慧今年已经上小学四年级了，从二年级开始就去了辽宁，在玉茹的妹妹玉萍那儿读书，她和小表弟文文一起上学，成绩都很好。玉萍大学毕

64

业后同对象一起去了开发区,在外企找到份工作,现在成了富裕的白领阶层。

　　蒋兴跟玉萍说了几句话就把话筒又给了玉茹,自己把双手摊开倚在沙发上,跟女儿的一番对话使他的心情顺畅了许多。玉茹放下电话后就挨着他坐下,兴奋地说玉萍给她买了件裙子,已经邮过来了,而后又埋怨蒋兴为什么跟女儿说没时间去看她,去山东不正好顺路去看吗?

　　蒋兴说我要跟女儿说去看她,万一去不上不是让她空欢喜一场吗!

　　"你今天倒是很漂亮的?"蒋兴接着说。

　　"别煽呼我了,我还不知道你。"玉茹边说边把手搭在蒋兴的脖子上。他感到浑身一热,一种躁动渐渐奔涌起来,他用手托起玉茹,做了个要使劲儿往床上扔的架势,然后轻轻把她放下,两个人的笑声同时响起来。这笑声里夹杂着一种磁性,产生的磁波在整个屋子里弥散开来,形成了一种欢愉的氛围……

十

蒋兴和毕媛萍坐了四天的火车才到达了山东某县的昌盛木材经销公司。

蒋兴虽然也打着是山东人的旗号，但他除了体貌有点儿山东人的特点外，口音和习惯早已没有了山东的特点。自打去了东北后再也没有回山东过，因为家里经济条件不允许，另外老家的直系亲属也少了，所以父亲也就不回去了，他和弟弟也从未张罗过，到了他们这一代，恋老家的感情比上一辈要差了许多。故乡在他们的心中已经从山东转到了黑龙江，像蒋兴现在在大兴安岭，他就是把父亲所在的地方当作自己的故乡了。

他看过一篇文章，作者说：其实，所有的故乡不都是异乡吗？所谓故乡不过是我们祖先漂泊旅程中落脚的最后一站。这个观点也真说到了他的心里。

这次回山东他本来该有寻根的感觉，然而让讨债的事儿一压，原本该有的情怀却淡薄了许多。

小毕也是第一次到山东来，一路上没少遇到山东人，他们说着各式各样的山东话，让她觉得新鲜，在家里可听不到这么多种类的山东口音。

她问蒋兴会不会说山东话了，蒋兴就给她说了几句，可她总觉得不像，两人就找了一位山东老乡当裁判，蒋兴就又说了几句，山东老乡笑着点头，说能得99分。小毕这才信。

蒋兴说他的父母都操着一口纯正的山东口音，在东北待了那么多年也没变，在家时他和弟弟虽不说山东话，但父母的山东话却令他们耳濡目染，都能听懂，也就会了。

昌盛公司的副经理朱顺昌很热情地接待了蒋兴二人，把他们先安排在招待所住下。

　　他以为蒋兴是贾厂长打发来的，后来听小毕一介绍才知道缘由，赶紧调了一个公关小姐陪着。

　　蒋兴一问他们经理，朱顺昌就推说刚出差走了。蒋兴明白这是商场上惯用的伎俩，一躲了之。若按以往，你躲我就在这儿等下去，吃着喝着住着，早晚有一天会等出来，可现在家中事急，实在等不起，不过表面上还要做出个打持久战的样子。

　　在车上蒋兴就和小毕研究策略，小毕说现在要账都得给欠钱的送礼，不扔俩钱儿人家有钱也说没钱！最后决定实在不行也得来点儿那个。

　　当晚朱顺昌陪着喝酒，不等蒋兴开口说，朱顺昌就先摆出一沓困难，说他们也被三角债弄得狼狈不堪，出去要账的也常年在外驻着，实在没办法，这不，招待的水平都降低了。

　　蒋兴说你们有你们的困难，可我们更困难，厂里已经半年开不出支了，职工吃饭都成了问题，家家都有难唱的曲。这些年山东发展得挺快，这是大家有目共睹的，怎么说也比我们好过些。

　　昌盛的公关小姐倒挺会劝酒，这个形式、那个花样地敬了四五杯，喝酒归喝酒，反正要钱暂时没有。

　　晚上朱顺昌又安排去娱乐，蒋兴推辞说不习惯去玩，朱顺昌却不信：现在有几个厂长经理不会玩乐？再说不会休息哪儿会工作呀，反正待着也是没事儿干，再说毕小姐也正是年轻爱玩的年纪，你不去玩也不能让你的下属跟着戒斋吧，这么说着也就拖着蒋兴走，那个公关小姐就拉着毕媛萍。

　　小车一蹿就把四个人拉到了大世界娱乐城，这是个综合性的大玩场，歌舞厅、台球厅、健身房、桑拿浴应有尽有。据说是一个香港老板投的资，总经理也是香港人。

　　朱顺昌三十几岁的年纪，却是这里的熟人，进了娱乐城，同他打招呼的人很多，看得出他也是个八面玲珑的人物。

　　先到歌舞厅卡拉 OK 一阵子，朱顺昌为蒋兴两人点了首歌，而后又找小姐陪他跳舞。蒋兴说别请小姐，咱们正好，跳一会儿得了。朱顺昌不同意，非要客随主便，公关小姐玉娜陪蒋兴跳了一曲就换了套装束，也不知是从哪儿弄来的，朱顺昌陪小毕跳了一曲后又为她安排了一个男伴。

　　三曲过后，蒋兴觉得体力有些不支，就坐下歇息，很久不跳舞了，但也还不算生疏，虽然有点儿累，但心情却是很畅快，这也就是跳舞的妙处。上大学时才学会跳舞的他以前是反感跳舞的，后来架不住玉茹三番五次的磨炼，偶尔也去跳几曲。

　　玩了约一个小时，朱顺昌很潇洒地点给那对陪舞的男女两张票子，然后又带蒋兴两人去打保龄球。

　　蒋兴没玩过保龄球，以前只看电视里演过，不知道玩的规则，更不晓得是什么感觉了。

　　保龄球室内的人不是很多。

　　四个人换了鞋，站到了球道上。朱顺昌先托起一个球让蒋兴看，球体上有三个孔，正好插入手指。在七号线上朱顺昌扔出了球，球道末端的瓶子倒下去了四个。

　　玉娜笑朱顺昌手气不行，没弄个满堂彩，朱顺昌就拿了个球递给蒋兴，让他玩。蒋兴心想，我这不是到山东学艺来了吗，干脆扔几下。

　　刚接过球，保龄球室的门又开了，他下意识地望去，门口一个高挑女人的身影出现在那里，朱顺昌也转过头，见了来人他急忙过去打招呼。进来的女人也就三十多岁的样子，脸上却表现着高傲与孤艳。她向朱顺昌点了点头，径自去换鞋，服务员忙给她打开了十号球道。

　　她拎了球走上球道，走了几步，收腰、屈身、掷球，动作熟练而优美，蒋兴心中不住地赞叹，再看结果：满堂彩！

蒋兴简直不知道怎么去扔球了。玉娜给小毕送过一个球。"蒋厂长不扔，你扔！"小毕却让蒋兴先扔。

蒋兴就学着那女人的样子扔了一次，成绩也不高，索性不再扔了，只看朱顺昌他们扔，时不时瞥一眼十号线上的女人。

那女人梳了短发，耳垂上闪着银星，淡淡的眉毛下一双锐利的眼睛，让人见了除了觉得很有气质之余就是这样的印象：这个女人很可怕，她的嘴形就是有力的补充证明。

她的嘴不大，唇很薄，多少有些内扣的样子，浓重的口红勾勒出一丝性感。扔了几局后也许是累了，她就停下来看这边玉娜和小毕扔球。

"小朱！"看了一会儿她就把朱顺昌叫了过去。

"你们经理怎么不出来陪客人？"

"他有别的事儿，怎么你的那几个姐妹没一起来玩？"朱顺昌似乎不愿意听到对方的盘问，于是采取了反问的对策。

然而那女人并没有上他的道儿，脸色突然一变，恶狠狠地说："他又跟哪个婊子鬼混去了？"

她这句话声音特别大，根本没顾忌蒋兴等人在场。朱顺昌满脸的尴尬，看得出他十分惧怕这个女人。他直愣愣地站在那里，不知道该如何挽回尴尬的局面，刚才的潇洒风度顷刻间消失得无影无踪。

蒋兴不知道这个女人是谁，但从她的言谈判断，这个女人说的经理指的就是昌盛公司的经理吴祥。

若真是吴祥老婆的话可是个好机会，利用一下兴许会对讨债有利，许多问题都是从后院找到突破口的，想到这儿他就走了过去。

朱顺昌见蒋兴走过来，想迎上去，但由于距离太近，已经无法阻挡蒋兴与那个女人面对面地相视，就只好给他们做介绍。

大岭

　　这个女人正是吴祥的妻子叫吕雯。蒋兴恭维地说名字好听，她就笑了，一边打量蒋兴一边说他很会说话。

　　"我原以为吴经理去陪您了呢，朱经理说他一直挺忙的。"蒋兴故意提起吴祥，他判断吕雯是个急性子。没想到还真让蒋兴猜了个正着，一提起吴祥，吕雯心中的气就涌上来，但毕竟不能像刚才那样太放肆了，看得出她在努力抑制自己。

　　"吴经理净瞎忙，哪儿有工夫陪我，倒是蒋厂长挺有雅兴，有漂亮的小姐陪着。"她把目光转向小毕。她见小毕年纪要比蒋兴小很多就顺口编出一句来。

　　蒋兴不但没套出话来，反而被她将了一军，一时语塞。微微地耸了耸肩，他顿了一会儿，"吴经理一不出差，二不陪您，连客人都照顾不上，光想着挣大钱了吧？"他抛出了这样一句赶吕雯上道的话。

　　吕雯一听这话，一下子明白丈夫又把自己骗了，说是出差去，肯定又跟他的情妇幽会去了，她前几天听别人说那个倒木材的女人又来了。不过没看到她影儿，这次他又骗她，一定是跟那个女人走了。想到这儿，她心里的怒火再也压不住了。吴祥这些年发了，可钱多了，人也变坏了，与吕雯的感情急转直下，后来和一个女客户搭上了感情的列车，两人时常明里暗里地来往，把吕雯气得直摔家什，但总也抓不到把柄，这一次她可有说的了，转过身去，她向朱顺昌就开了火。

　　"小朱，你们经理到底在哪儿？"

　　朱顺昌被这突如其来的阵势吓了一跳，本来就心虚的他一想：完了，精心设计的方案就要被这女人毁了。

　　"嫂子，大哥有事，去潍坊了。"

　　"你怎么瞎说，他跟我说去济南，你怎么说去潍坊了！"

　　吕雯不顾朱顺昌的眼色非要他说出吴祥的下落。

"你要不说，我就给徐玲打电话，你那点破事儿我也知道，到时候别怪嫂子心黑！"

朱顺昌见她较了真儿，万一真要是把自己的事告诉老婆徐玲，他这个副经理也就不用干了。徐玲是他们县副县长的女儿，他要不是攀了高枝儿也当不上这个副经理，偏偏当上副经理后又家花不爱爱野花，和玉娜也有一腿，不过这事儿他老婆不知道，只有吴祥两口子知道。

朱顺昌终于狠了狠心，走到吕雯跟前说："我告诉你，不过你可千万别把我出卖了啊！"

吕雯点点头。

朱顺昌十分狼狈地走到蒋兴跟前，很不好意思地让蒋兴先到冷饮厅去坐会儿。蒋兴见他是如此境地，趁机向他施加压力。"朱经理办事儿可不实在呀，还用跟我们捉迷藏？"

朱顺昌说："蒋厂长别见怪，有些事儿实在是不好说。"他的隐私被外人知晓确实令他很脸红，原本就不大的双眼眯成了一条缝，胡子茬儿不知在谁的驱使下拼命地钻了出来。

蒋兴说："我不管你们的私事，只是你帮我把木材款弄出来就行了，对于你们来说数目也不大，要不……"他故意把话打住。

朱顺昌忙说一定尽力去帮忙，他让蒋兴先坐下就匆忙去应付吕雯。

不一会儿，他从保龄球室出来，脸上洋溢着胜利的微笑，看样子他把事儿摆平了。坐在蒋兴的对面，他又恢复了原来的风采，"实在让你见笑了！"

"如果你们能马上付款的话，我们是不会亏待朱经理的。"蒋兴故作商场老手的样子。他想趁热打铁，虽觉得刚才的话蹩脚，但又没有合适的表达方式。

朱顺昌终于等到了蒋兴的这句话，于是就坡下驴做了顺水人情。

"我一定尽力，不过我可是要戴投敌叛国的帽子了，这风险可不小呀！"

他眼睛盯向了小毕。

小毕刚才同玉娜一起先出来了，玉娜见吕雯又吵又闹急忙先躲了起来，她自知惹不起她就先溜了。此刻听朱顺昌这样一说，小毕就找个借口让玉娜陪她去洗手间了。

见两人离去，朱顺昌直截了当地问："蒋厂长能给多少风险金啊？"他一手端着杯子缓缓地晃动着。

明摆着赤裸裸要回扣，蒋兴原本想先用话套一套，没料到他还动了真的，你们欠我钱，我还得给你好处费，这啥事儿啊。此刻也不容他多想，但他也不知道出多少的比例朱顺昌能够满意，出少了他不能干，出多了，自己不当大头吗，再说那是公款。

"你给出个价吧？我怎么好随便说呢！"蒋兴把球踢回到朱顺昌那儿。

朱顺昌说："其实也不是我要价，你也知道里面的事儿，上下各个环节都得疏通，多少要表示一下的，我看你拿出三千五千也就行了。"

蒋兴心里直骂，这小子也太黑了，总计十来万块钱，他一口就吃进三五千，再去掉我们的差旅费十分之一就没了。

他沉吟了一下。朱顺昌见他犹豫就端起杯将饮料一饮而尽。

"我知道大兴安岭人性格豪爽，跟我们的实惠一样。"他还要说下去，却见蒋兴挥了一下手。

"我给你两千算了，你知道多了我回去也不好销账的，别人还以为我贪污了。这次就算我们交个朋友，你也别嫌少，咱们来日方长呢。"

朱顺昌点点头，低声跟蒋兴说："其实我真的给蒋厂长面子了，这点儿钱简直是毛毛雨，我是白忙活，借不到什么光的。"

"我也知道你的难处，不过我也没带那么多现金，等清了账再给你行不，我说话是算数的！"蒋兴很生硬地跟朱顺昌商量。

朱顺昌似乎并不在乎这些，他说："你看蒋厂长你想到哪儿去了，咱们堂堂五尺汉子，哦，是七尺，哪能随便开玩笑呢，我能信不过你吗，你就看我的吧。"

小毕和玉娜回来分别坐在旁边，蒋兴故意看了看小毕，跟朱顺昌说："全拜托你了。"就起身要回去。朱顺昌还要去找吕雯，就让玉娜送他们回去。

回到招待所，小毕问情况怎样，蒋兴就告诉她朱顺昌要两千块钱，没办法，回去想办法销账吧，就算咱们吃了。小毕说这还不算多。以前她的一个亲属外出要账一下子就给人家甩下两万呢，不过他们要的账也是多，是一百来万的债。

两个人聊了一会儿就各自休息去了。

娱乐也是很累人的活动，再说还坐了好几天的火车，睡意涌上来，蒋兴就什么也不知道了。第二天中午，朱顺昌乐颠颠地来找蒋兴。

"蒋厂长，您请客吧！"他手里拿着一张吴祥的批条给蒋兴看。"下午就能把钱汇过去，我已经跟财务打了招呼。"

蒋兴十分高兴，这钱的驱动力就是大，于是就应承了中午的宴请。他想把吴祥也请来，朱顺昌说："走了，这次可是真走了，今天早晨坐车走的，这个条子就是他在车站写的。到时候人员我安排吧，其余的事儿都好办。"

蒋兴乐得个轻快，让他张罗去吧，虽然无形中又多花了一笔，但也得挺着。朱顺昌先用车把他俩送到宏图大酒店等着，用手机挨个儿找人。这个酒店是朱顺昌的表姐夫经营的，其实朱顺昌也有份儿。

不一会儿，几辆小轿车载来了四个人，朱顺昌从门口把几个雄赳赳气昂昂的人物领进来，逐个给蒋兴介绍。这三个人中一个财务科长，一个办公室主任，另一个是银行信贷部的主任。

朱顺昌久混商场，各方面弄得条条是道儿，在席间他又说又喝，呼天喊地，倒是把气氛搞得十分活跃。

喝酒的时候行酒令，吟诗接龙，倒是把办公室主任好一顿难为，被大

伙儿多劝了四五杯酒，没等菜上齐，他已经喝多了，拍着桌子跟银行的主任打赌：他说一个电话能把县里的两个一把手都叫来。

大家就起哄，这个办公室主任拿出手机就要打，朱顺昌赶紧制止，怕弄出笑话来。小毕也不胜酒力，被逼着喝了两杯白酒，弄得两腮绯红。蒋兴就赶紧给她打圆场。这几个人以为他俩有点儿关系，时不时地用刺激的语言挑逗几句，反正是借着酒劲儿，谁也不会怪罪。

酒足饭饱之后，朱顺昌没忘正事儿，他让财务科长把两张已签好的支票给了蒋兴，然后眯着眼看着蒋兴。

蒋兴一看数目，原来朱顺昌已经把那二千块钱自行扣除用另外一张票子顶了。

"这次真是谢谢你了，朱经理。"蒋兴也觉得舌头有些硬，尽管大脑还很清醒。他收好支票，在本子上签了字。这笔钱总算讨了回来，他长长地出了口气。出了这口气后，返回的路上，他觉得天不像来时那么热了。

山东的风光也很美，有许多名胜古迹，小毕说顺便去转转，哪怕去圣人的故乡站一站也行。蒋兴虽然也有那种愿望，但时间容不得他再耽搁下去，就没有同意。路过辽宁他匆匆去看了一眼女儿，便赶回了大兴安岭。

十一

回到厂里，蒋兴就问另一伙讨债的回来没有，李金说没见到影儿，而后又递给他一份电报。电报是韩明德发来的，那边催着发货。蒋兴纳罕怎么没把木材发出去呢，就给小郑打电话，拨电话的时候注意到李金的脸色不太好看，就问他是不是病了，李金忙说没什么。

小郑告诉他厂里发的木材被扣了，三句两句说不清，然后就问蒋兴在家还是单位，他当面汇报。蒋兴就上楼等小郑。

整个楼里静悄悄的，偶尔发出一些木板干裂的声响。他从窗口望四周的山岭，天还阴着，绿色笼罩下的大岭泛着蓝色，像在沉思着。不一会儿郑延民匆匆赶到，跟蒋兴说了木材没发走的原因。地区资源局等几个部门联合检查，把上一个计划的车皮全扣下了，查出了几车黑材，兴北厂的没什么问题，明天就放行了，不过到那头儿时已是耽误好多天了。蒋兴心想，这事儿闹的，竟出了这样的岔子，让韩明德他们着急。

"哪个单位发黑材了？"

"好像是一个个体厂的，我也说不准，反正地区的人在宾馆住着呢。"小郑幸灾乐祸地说。另外还有一件事，郑延民转到这个话题的时候立刻收起了刚才的表情。他告诉蒋兴的事是厂里车间的小锯丢了。加工完板方材不久，就有人买设备，郑延民带人去车间看货，却发现一车间的小锯被人偷了，别的东西一样也没动。

"光偷个小锯干啥！"蒋兴一脸的不高兴，"那李金天天睡大觉了！我说见到我时，他好像有啥事儿似的呢！"

"有没有买车的？"沉默了一会儿蒋兴又问。

"有，就等你回来定了。钱要回来了？"

蒋兴点了点头，过两天先给大家开一次支。

"可得开支了，要不日子还真就过不下去了。老张的闺女得了一种怪病，正在家犯愁呢，咱们医院看不了，到外面去又没钱……"小郑叹了口气。

"是车间那个老张吗？"蒋兴关切地问。

"可不正是他，咱单位的另一个老张不是搬到营口去了吗。"蒋兴很熟悉老张的情况：他这个人平时挺风趣，嘻嘻哈哈的，好像没愁没怨的，实际上日子过得也很清苦，孩子多，负担重，媳妇又不上班，在家养一些鸡、猪之类的，卖钱来贴补家用。可不知什么缘故，他家养的鸡和猪胃口都很大，光吃不长肉，老张买了许多催肥长膘的药，喂了也不见效，所以也没挣多少钱。老张又是个要强的人，有困难轻易不开口。原来贾厂长执政，即使他开口也未必能得到什么帮助。因为在此之前，厂里魏元化的父亲病重，临时向厂里借些钱到医院交押金，贾厂长硬是没点头。说厂里没钱，其实他顺手从兜里拿出个三千两千都不成问题，打那以后再没有职工向厂里伸过求援的手。

蒋兴听郑延民这么一说，就想去老张家看看，生病的这个张佳妮是老张的小女儿，他见过多次，现在也该上高中了。小郑一听他要去，就说明天去吧，你今天刚回来也挺累的。

蒋兴笑笑说："没什么，累不了什么样儿。"两人就出了办公楼。

在大门口，蒋兴见到李金在屋里向外张望，本想进去，后来一想，平时李金还是很认真负责的，也不必难为他，等事情调查清楚再说吧。这次他在屋里不出来，可能猜出小郑已经把事情汇报了，不好意思照面儿，若是以往他肯定出来打招呼了。

心里这么想着，就出了门，往老张家走去。

小郑手脚快，抢先买了些水果拎着，蒋兴给他钱小郑说什么也不要。两人站在老张家大门外的时候，老张还没有回来，老张的媳妇骆敏听到门响就跑出来开门。

她不认识郑延民，所以先贴在门上从缝隙中往外看。"你找谁？"

"嫂子，我是蒋兴。"没等郑延民回话，蒋兴却听出了骆敏的声音，骆敏"哦"了一声赶忙打开了门。

进入两人眼中的骆敏满脸的皱纹，一副饱经沧桑的样子，生活的重负把那张本来十分俊俏的容颜挤压得改变了样子。此时的骆敏与刚刚结婚时的那个她已经是天壤之别，找不到原来的一丝生机与活力，哪怕是一丝欢喜的影子。看上去她有五十多岁的样子，实际上她才四十多一点。

"老张呢？"小郑问了一句。

"他出去很长时间了，估计快回来了，蒋厂长你快进屋。"她十分热情地让两人进去。

穿过两旁堆满了样子的过道，一座低矮的小屋映入眼帘，一缕轻烟环绕在屋顶，骆敏好像正做着饭。

"蒋厂长出差刚回来，听说你女儿病了，特地来看看。"没进屋小郑就向骆敏做介绍。

"是啊，还让你们费心。"她应和了一句。两人在外间坐下，外间里没有什么过多的摆设，一个餐桌，四把椅子，拐角一个旧厨桌上面放着一台小黑白电视机。

小郑顺手把水果放在桌子上。骆敏端出暖壶，要给两人倒水。也许是找茶叶，骆敏打开了一个盛装过滋补品的铁盒子，但她看了看后，又失望地盖上了盖子。

"瞧我们家连茶叶也没有了！"她很不好意思地向两人说，灰黄色的脸上又攒起了几缕皱纹。

"不用忙活了，一会儿我们就走，还有事儿呢！"小郑赶紧说。

蒋兴也让骆敏不要再忙活，而后问张佳妮得的什么病。

骆敏没说话前先叹了口气，然后坐在椅子上给他们讲了生病的经过：最初佳妮只是感冒，但在个体诊所打针吃药治了很长时间不见好，才又去医院检查。医生一检查觉出不对劲儿，说从来没遇到过这种病况。

现在佳妮的双脚肿得像面包，一点儿也不敢动，医生也定不准具体的病名，只说可能是某种病毒引起的。在医院治了一个星期也不见好，大夫就让赶紧转院，可转院哪儿来的钱啊。这一阵子，家里的积蓄都已经光了，还欠下了三千多的债，实在是走不了。二女儿外出打工才走两个月，还不知咋样呢！说着说着骆敏眼中就噙满了泪，她用手拭了一下，没想到却再也止不住了，眼泪刷刷地落下来，她只好转过身去。

蒋兴的心里也酸酸的，他不知怎么去安慰骆敏。"你别难过，我们大家一起想办法，我们看一看佳妮去。"

骆敏这才擦干了泪，站起身来进里屋，边走边喊："佳妮，你蒋叔他们看你来了。"

在里间的床上，佳妮静静地躺着，脸上的泪水还没有擦干净，她母亲在外面的话她都听到了。

蒋兴同小郑进了屋，她只好把脸转过来。她认识蒋兴，轻轻地喊了一句蒋叔。那声音柔弱而苍白，没有一丝少女青春的气息。蒋兴向她点了点头，关切地问了几句话。佳妮脸上泛着黄，原来圆圆的脸庞一下子瘦得只剩下骨架了，双目黯淡，小小的年纪，眉心却凝着一个结，足见疾病给她带来的痛苦。上午的时候，她的几个同学来看望她，同学们走后她又哭了一场，被浸湿的枕头尚未全干。

蒋兴不忍再看下去，安慰她两句后，转身出了屋，拿出一百元钱放在桌上，对骆敏说："嫂子，给孩子买点儿营养品吧，多少是点儿意思，治

病的事儿你别着急，我们大家再想想办法。"骆敏推辞了几句也只好收下了钱。

蒋兴两人走到大门口的时候，老张推着他那辆破自行车回来了。见到蒋兴忙问厂长啥时候回来的。蒋兴说才回来。小郑补白道，蒋厂长下了车还没回家呢。老张本想让两人再坐一会儿，听小郑一说就改变了话，跟蒋兴客气起来：一路挺劳累的，还惦念我们……他们又聊了几句，蒋兴便和小郑走了。

骆敏回屋跟老张又讲了一遍两人刚才来的情况。老张很感动，作为一名普遍的工人，除了心里感激还能用什么来表达呢？骆敏问他借到钱了吗，老张又蹙了蹙眉头，上哪儿借钱都犯难，现在效益不好，谁家都挺紧张，跑了一天才借了二百块钱。骆敏默默地把蒋兴留下的一百元钱递给他，两人相对无言了许久。

蒋兴回到家，故意在门口听了听里面的动静。玉茹不知道他今天能回来，虽然他带着钥匙，但他想给她一个惊喜，就站在门口敲门，但敲了一阵子也不见里面开门，就只好拿出钥匙开了门。

屋里空荡荡的，没有一丝声响，蒋兴很失望，原本想跟玉茹亲热一番的，这下子没戏了。放下包他往陈向阳家打电话，正巧玉茹接了电话。她一听是蒋兴的声音，马上高兴起来，蒋兴让她回家，玉茹答应了一声好，就回头跟她妈说："他回来了。"玉茹妈说："你就让他到这儿来呗。"玉茹还想说什么，蒋兴却挂了电话。

蒋兴见桌子上弟弟写的一封信正躺在那里，还没拆封，一看邮戳，是昨天才到的，他就急急地打开来看。弟弟说他父亲的病情又严重了，还得去住院，但家里的钱也花得差不多了，让蒋兴再给拿点儿钱。信里还说上次在村上韩支书那儿借了五百元钱还未还呢。

看完信后，蒋兴本来很愉快的心情一下子变得沉重起来，这该死的疾病！他拿出烟点上，心想着怎么跟玉茹说用钱的事儿，上次已经给拿了三千块了，家里的积蓄也并不多。玉茹想买辆新自行车，但掂量来掂量去还是没舍得买，依然骑着旧的，她单位女同志都换了新车，只有她还保持着老传统。

蒋兴厂里一直也未开支，坐吃山空了好一阵子，要不是玉茹每月的工资还准时开的话，恐怕吃饭都会很紧张，更何况还有个孩子每天在花销。可父亲的病总是要治的，怎么也得想办法。他抽第三支烟的时候，玉茹回来了，拎着一大包菜，兴冲冲地进了屋。

"回来也不打个电话。"玉茹边往厨房走边说。

"我打电话时谁让你不在家了。"蒋兴应道。

"看慧慧去了没有？"玉茹从厨房出来就望着蒋兴问，似乎要从他的脸上看到一些见过女儿之后的喜悦然后共同分享的样子。

当她听到蒋兴说没来得及去看时，一进门所出现的笑容一下子被另一副表情取代了。

"就你们的破事儿重要啊，连这么点儿时间都没有。啥没有啊，就是不想去！"她一屁股坐到了沙发了，"我罢工了，你爱吃自己做去吧，我时间也紧，得写个材料。"

"你真罢工了？"蒋兴笑着问。

"谁跟你开玩笑！"玉茹索性把头扭了过去，她不愿见到蒋兴的笑，那简直是在气她一般。

"你看这是什么？"蒋兴从包里拿出了一张慧慧在海滩上照的相片，把它在玉茹眼前晃动了几下。玉茹瞥了一眼，明白了刚才蒋兴在骗她，又气又羞地走到他跟前一把抢过照片，仔细端详起来，边看边笑着说："瞧我闺女都瘦了，哎，你给她买什么了？"

"什么都买了，也一大包呢，她和文文三天也吃不完。她老姨说这阵

子两个孩子学习都挺努力，我还能不奖励他们。"蒋兴又拿出了用贝壳做的一件小工艺品，是一个小飞鼠，"这是慧慧给你的，还是你们娘俩亲。"

玉茹拿着小飞鼠，笑了许久嘴都没有合拢，直到蒋兴说饿了她才扯过围裙下了厨房，回头又问蒋兴看了信没有。蒋兴说看过了后，她又问详情，他不好直说，就让她一会儿自己看看，他怕说了又引起玉茹的不快。才高兴了一会儿又让她不高兴，总有点儿那个。

玉茹在厨房里忙活了一阵子，而后又探出头来说包里有一份关于股份制内容的报纸。蒋兴就打开了玉茹的坤包，取出报纸看了起来。

吃完了饭，蒋兴才拿出给玉茹买的一条米色的西裤，玉茹甜滋滋地试穿上，稍微肥了一点。蒋兴赶紧说自己的眼力不行，玉茹说能记着给她买就行了，其实她心中并不十分喜欢这条裤子，但依然表现出很满足的样子，这总比什么没给买要强得多，最起码说明他心里装着你。

蒋兴在桌旁拿出笔记写了一阵子，他在计划厂里的事情：卖掉旧设备，购进新的，请教授来，培训职工……也不知林业局的资金到位没有。正想着，那边玉茹大叫了起来："又要钱哪！"她看了蒋旺写的信禁不住叫嚷起来，"哪儿有那么多钱给！"

蒋兴没言语，他无可奈何地听着玉茹的抱怨。

"你说零了巴碎的钱不算，光整数咱就拿三千了，还要，多少是个头啊？现在效益又不好……你看人家那些当厂长的，哪个不有十万八万的，再看看你们那个破厂，啥也没挣下。"

抱怨一阵子后，见蒋兴不出声，玉茹就停下了，"反正我没钱再拿了，要钱你自己想办法吧。"

说了半天，蒋兴就觉得最后这句话刺耳，本来他不想说一些玉茹不爱听的话，没想到听到最后玉茹却扔出了这样一句，他沉不住气了。

"拿多少钱也得拿，你爸有病你能看着不管吗？"

"拿，拿什么呀你，砸锅卖铁吧，看你那穷样儿，真后悔看走了眼，现在跟你遭这个罪，要知道你这样……"

"我这样咋的啦，不是你自选的吗？"蒋兴截住了玉茹的话。玉茹就更加生气了。

"人家厂长经理吃穿用都不用自己掏钱，谁像你这么窝囊，那么点儿破钱还从家里要，你也好意思……"

"为了钱我就去贪污，去犯罪？"他说出这句戗人的话之后有些后悔了，自己的脾气怎么越来越糟了，他不知道是什么原因，三十多岁不会是提前进入更年期吧，若是在学校时，无论玉茹说什么，只要不是骂人的脏话他是怎么都能忍的。

玉茹气得直抖："好呀，我盼你回来就是想跟你吵架是不？蒋兴你真行，反正这钱你别想从我这儿要了，我现在开服装店的钱还没借够呢……"

说着说着，战斗的气氛渐渐缓和了下来，玉茹感到有些头疼，几个冲锋之后也需要歇息一阵子的，再说蒋兴已经不作声了，吵架也是一种很累人的活儿，不仅要集中精力来考虑一些周密而具有攻击性且会产生威力的语言，而且还要不时转动眼睛望一下对方，调动听觉系统接受好反馈的信息，随时调控好从肺部，经由喉管运动出来的气流，掌握好火候……如何不把气憋在腹内，也许这也是一种好的健身方式。

于是，蒋兴在回来的当天跟玉茹睡了一个背对背。

十二

第二天，蒋兴问李金关于丢锯的详情，李金有些害怕，一副心惊胆战的样子。他担心蒋兴会炒了他的鱿鱼。蒋兴知道他人很本分，也没太责怪他，但制度还是要坚持的，该怎么处理就怎么办。报案之后，公安局也正在查这个事。

蒋兴让李金好好想想这期间都有哪些人来厂闲逛了。外面不知厂里底细的人是偷不走的，这偷锯的肯定是厂内的人，至少是厂内的知情人。李金拍了半天脑袋说："我琢磨也是这个理儿，昨天我还跟邻居说这事儿，现在小锯不好买，哪个加工厂没了它都得耽误不少活儿，前几天有个家具店的小锯坏了，这几天又干上了，我心里犯嘀咕，能不能跟这事儿有牵连。"蒋兴说："你也别乱联系，不过琢磨一下内部的人还是主要的。"李金就提出了黄石，说他有个亲属好像就是开加工厂的，要么就开家具店，以前来厂里要木材，就是他领着找贾厂长的。蒋兴让李金再好好想想他来过厂里没有，李金想了一会儿说吃不准，好像来过，不过他没来，也逃脱不了嫌疑，厂里就他这号人不地道。

蒋兴也觉得黄石可疑，但没有证据也不能随便怀疑。他狠狠地清了清嗓子，而后就去了办公室。刚坐在椅子上，李金又在楼下喊他，他就打开窗户问啥事，李金说姚瑶来的长途电话。他想，怎么不往办公室打呢，转念一想，小姚怎么能知道自己是否回来呢，他就噔噔地跑向了门卫室。

刚拿起话筒，就听小姚急急地问："是蒋厂长吗？"

蒋兴说是我，之后就听到小姚细细的带着哭腔的六个字："出事儿了，

85

蒋厂长！"

蒋兴以为出车祸或者是钱丢了，要么能出什么大事，就问咋的了。

"黄玉江被人家抓起来了！钱也未到手，你快点来吧。"

蒋兴心里一沉，他搞不清黄玉江好端端怎么会被抓起来。他让小姚别着急，慢慢说，小姚顿了顿才讲清楚事由。

黄玉江和小姚去要钱，还真挺顺利，人家答应给钱，但说得凑够，让他俩再等两天，两人就在那儿等，有人陪吃陪喝又陪着玩，过得挺好。可过了三四天也没见他们把钱凑够，黄玉江说这有点儿不对劲，这不是耍我们吗，得想个办法。

他就私下里请了对方一个知内情的人撮了一顿，才知道，钱早就准备好了，就差财务处主管黄胖子卡着了。本想放出风让他俩知道，但又怕影响大，所以干脆采取了拖的办法，让他们主动上门。黄玉江问黄胖子喜爱啥，对方说这还用问吗，满大街花花绿绿的啥最好看，黄玉江就明白了，这小子跟我是一路货色。

回到招待所黄玉江就跟小姚说，这事得他单独去办，让姚瑶在家等着拿钱，而后就出去设宴请黄胖子。

酒桌上两人搭上了关系，一笔写不出两个黄字，后来黄胖子终于吐了口说明天就给钱，令黄玉江挺高兴，就放开量跟他喝，没想到一高兴还真喝多了，原来的小算盘也就乱了套。黄胖子酒量不大，也喝了个东倒西歪，但心里不糊涂，喝完了酒说什么也不走，非让黄玉江请小姐陪他，如果不请，喝酒时的话全不算数。黄玉江酒劲儿一涌，豁出去了，两人就一人拉了一个小姐进了包房，后来就稀里糊涂地被抓了起来。

在派出所他才寻思过味儿来，肯定上了人家的当了。

派出所要罚他钱，让单位去领人，小姚一听就傻了，赶紧往回打电话，一问李金说蒋厂长回来了，她心里这才有了底。听小姚这么一说，蒋兴心里直骂，可骂也不顶用，人还在派出所押着呢。

"要罚钱，你就交吧。"蒋兴一时也想不出办法来，谁让这小子不争气呢，他说自己没嫖谁知道啊，只能认了。

"可人家让单位来领人，我一个女的咋办哪？"姚瑶一个劲儿地追问。

弄得蒋兴有些焦头烂额，这事儿怎么都一块儿找上来，我这个破厂子干点儿啥都不顺。他心里火火的。末了他只好跟姚瑶说晚上再往回打电话，又特意叮嘱了一遍他家的电话号码，他说再想想办法。放下电话时他脸色都有些发青了，李金站得离他很远，但多少也听到了一点儿内容。

郑延民找蒋兴商量卖车的事儿，蒋兴说不用商量了，就那个价交钱开车就行了。随后又让他去起草关于技术转让的合同，眼看五月就要到了，再不着急恐怕今年的计划就要泡汤。

坐在办公室里，蒋兴想了半个多小时，也没想出什么路数去救黄玉江。辽宁那边人地两生，他考虑陈向阳有战友在那边，估计能帮上忙，可这老爷子如果知道是这事儿他是不会管的。最后他想到了一个同学吴斌，他的老爸当过公安局局长，他就急急出了办公室，赶回家翻箱倒柜找同学录，查出号码就拨。

吴斌单位的人说他没上班，蒋兴又往他家找，正巧吴斌在家，正装修房子呢，电话里还不时传来叮叮咣咣的声音。

吴斌问是哪位，蒋兴就大喊："吴老三，我是蒋兴呀！"

吴斌就哈哈大笑起来："你这小子一下子扎到大森林里，年八辈儿也不给我打电话，今天是怎么了？"

蒋兴就把事儿跟他一说，想求他当公安局局长的父亲说个人情放人。

吴斌说："我爸去年就退下来了，恐怕不好办。"

"退下来也总有点儿面子吧，跟他的部下一说还能不行？"蒋兴就干脆赖上他了。

那边吴斌苦笑，说蒋兴你太不懂行情了，这么点儿事也去找公安局局长，大家都这么找，恐怕局长不干别的了。刚才是开了个玩笑，这事他就能摆平。蒋兴这才转忧为喜。就跟吴斌约好，让他在单位等着，而后让姚瑶去找他。

放下电话，蒋兴心里才平静了许多，在家坐了一会儿，他又去找方局长问钱的事。方局长说钱已经拨过去了，要买设备就去吧。临别又告诉他组织上打算把物资科的老王安排到兴北厂去，征求一下蒋兴的意见。

蒋兴问："就是那个大酒包王富楼啊？"方局长说："大酒包归大酒包，不过他为人还不错，除了爱喝酒别的毛病什么也没有，让他去当书记、副厂长，不会跟你尿不到一个壶里的。"蒋兴就点头，"组织上看着安排吧，我没意见，不过要快点儿，现在厂里正缺人手。"他心里寻思，这上级派领导有好处也有坏处，班子要合的话工作还好干些，要是书记厂长拧了劲儿，啥样的厂子也够呛，光说企业亏损，领导班子里的人不往一个地方使劲儿，不亏才怪呢，自己得吸取点儿经验。从方局长那回来，他琢磨了一路。

回到家，玉茹正在做饭，两个人谁也没主动说话，直到饭做好了，蒋兴还坐在里屋不出来，玉茹沉不住气喊了一声吃饭了，就独自坐在桌旁吃了起来。

蒋兴走出卧室站在桌旁拿起了筷子。玉茹白了他一眼说："坐下吃吧，妈让咱们明晚上回去，说明天叫叶兰去吃饭。"玉茹装作不经意地说。

"不是请你回去吃饭啊，我看你妈对叶兰那么亲，好像是她闺女似的！"蒋兴故意说。

"啥呀，你别烦我了行不！"玉茹不愿意起来。

蒋兴跟她说过两天要去买设备，玉茹对此不感兴趣，说买就买去吧，也不是给我买，两口子正说着话，电话铃急急地响起来，蒋兴接了电话，是姚瑶。

"怎么没到点儿就打呀。"

"我着急呀，蒋厂长，咋办哪，人家那个黄胖子可啥事儿没有，咱们老黄还在里面呢！"姚瑶不待蒋兴再说什么就一股脑儿地跟他说起来。

蒋兴能理解姚瑶的心情，先安慰了她两句后告诉她去找远发贸易公司的总裁吴斌，已经和他说好了，他会帮着办的，另外等老黄出来赶紧通知他一声。

"那若是要不出人来呢？"姚瑶心存疑虑，她此时已是归心似箭了，在那儿靠着又着急又上火的，跟着黄玉江注定是要倒霉的。她这一问还真把蒋兴问住了，他先怔了一下，真若是要不出来咋办？

"要不出来再说吧，我想没问题。"末了他只好跟姚瑶这么说。放下电话他觉得心里有些不安起来，实在不行，自己还得亲自去一趟。他觉得头发有点干燥，用手一摸，全都硬硬的，没有了往日柔软的感觉。他大约半个月没好好洗一次头了，于是就进了厨房，弄了盆水洗了起来，可洗完之后仍觉得头发根儿很硬，就拿起香波来看是不是假货，瞅了许久也没找出点儿毛病，在外包装上真货和假货区别不明显，要不怎能以假乱真呢，只有使用的时候，假货才能现出原形。没找出毛病，蒋兴就把洗发香波往台上一放，骂了一句"该死的假货"，就转回身去搭毛巾，却又听到香波瓶倒下的声音，刚才放时用力过大，香波瓶没放稳又倒了，他又无可奈何地把瓶子放好，这次再也不敢用力了，心想，这假货也是不好惹的。

玉茹已经在那儿看电视了，新闻联播之后，局里的有线电视就开始放听众点歌，二十块钱一首，电视台的效益也不错，甚至有人提出延长播出时间，幸亏领导没同意，要不然天天晚上大家就只看听众点歌了，可今天点发财的，明天点庆祝开业的，翻来覆去总是那几首歌，于是大家就看烦了，索性不再看了。点歌之后又放起了录像，今天正放着一部香港武打片，声声怪叫不绝于耳，把玉茹看得手舞足蹈，她在学校时就愿意看这样的片子，片中的演员身着奇装异服，哇哇怪叫，一会儿上天，一会儿入地，一通儿神打……蒋兴最不愿意看这类片子，他进了屋，把音量调小了许多，玉茹就不同意，干吗放那么小，她又站起身把音量调大了一些。蒋兴只好梳了梳头斜着身子跟她一起看起来，边看边说这片子有啥看头，可又不能去换频道，遥控器牢牢地把在玉茹手里。

看了一会儿电视，两人的关系自然而然地缓和了，这也许就是夫妻吧，蒋兴拿起一支烟想抽，玉茹轻声阻止了他，他顺从地把烟放下，如果玉茹每次都这样柔风细雨的，怎么会吵架呢。

"听说贾厂长判了？"玉茹肚里搁不住话。

蒋兴问判了几年。"两年！"当他听到玉茹说出的结果之后惊讶地重复了一遍，他觉得判两年太少了，现在不正是严惩经济犯罪吗，怎么判刑这么轻？

玉茹看得出蒋兴的意思，索性又说："人家贾厂长贪污的钱不多，有些没证据，再者说还有人替他活动，判两年就不错了。"

蒋兴叹了口气，没再说下去。坐了一会儿睡意袭来，他就三下二下把衣服脱了，倒在床上。玉茹说怎么这么早就要睡，你还没给我说说山东的情况呢，这几年山东发展挺快，咱这儿真不行了，就往那边去。

"山东发展是很快，现在搞市场经济了，谁的头脑来得快，谁就发展得快，认识要上不去就不会发展。"

"别跟我讲这些破理论，说点儿新鲜事儿来听听，现在山东人可不愿意往北大荒跑了吧？"蒋兴没说完玉茹就打断了他的话。

蒋兴就点头，"同咱这儿一比，人家那儿显得啥都比咱新鲜一些。"玉茹就笑他瞎吹，"阁下出生在山东，现在又帮老家吹了。"

蒋兴也不顾玉茹的嘲笑继续讲他的，他也没到山东各地逛旅游景点，也没啥说的，回来的途中正遇到一个黑龙江的参观团刚到山东取经回来。

"听参观团的同志介绍，到了山东，负责接待的同志十分热情，在没

介绍经验之前，先对黑龙江表示了感谢：第一感谢黑龙江在他们过去最困难的时候收留了许多困难人口；第二感谢黑龙江现在又为山东输送了大量的人才。人家这些话把咱们参观团的同志弄得很不好意思；第一个感谢能承受，可第二个感谢大家就受不了，参观团里一位管人事的同志当时脸就红了，虽说是同为国家尽力，但咱北方不是更需要人才吗？为什么不远千里都跑到山东去，还不是咱们思想上跟不上形势。"

玉茹说："可不是咋的，我们单位大伙儿也没少议论这些事儿，要不怎能说：从南往北走，越走越保守呢！"

"山东的经验就是实干，不过思想也开放，一些国有小企业都被拍卖了，怕犯错误是不行的，中央也早有精神，胆子要大一些嘛，我也受了不少的启发。"

"你们厂子不也在卖吗！"玉茹说道。

"这叫除旧换新，总卖木头也不是长远之计，我还得琢磨琢磨！"讲了一大通儿，蒋兴睡意全消，索性坐了起来，看起了电视。

山东早已春暖花开了，而大兴安岭在他走后的日子里依然下了一场雪。好在他回来的时候，气候也变暖，山坡上的映山红正在养精蓄锐，寻找一个合适的天气将她们的花苞绽开，山溪早已欢快地唱起歌了，哗哗哗地迎候着每一个上山的人。

坐了一阵子，蒋兴感到两肩沉沉的，就把头一歪，倚在床头板上。

"你是不是忘点儿啥事儿？"玉茹看他欲睡的样子，禁不住挑逗道。

蒋兴心中一动，他以为玉茹不会主动提出那事儿，即使他要求，还要看她高兴不高兴，两人刚吵了一架，气氛缓和得有些太快了吧，然而事实上，玉茹已经在暗示他了。

他眯着眼看了一会儿玉茹，故意装作脊背痒痒的样子。

"快帮我抓一抓，痒死了！快点儿！"玉茹信以为真，就走到床前，把手伸到蒋兴的背上抓了几下。蒋兴趁势抓住了玉茹的手，一下子带到自己的怀里，厚重的嘴唇亲吻着她的脸。

玉茹挣扎着说："瞧你那样儿，八辈子没挨过女人似的，等会儿，我去关了灯。"

……

十三

　　叶兰到爱军家去的时候，只见到了玉茹。她一问才知道蒋兴去购买设备了，爱军笑着说局里安排了一个大酒包去给姐夫当书记，还干什么事业。玉茹问他怎么回事，爱军让她去问陈向阳，他说咱爸对他熟，原先王富楼就在后院住，还在咱家喝过酒呢。

　　玉茹一点儿印象也没有，多少年的事儿了，她问陈向阳的时候，陈老爷子倒对王富楼的印象很深刻：说他长了个方脑袋，三角眼，酒糟鼻子，嘴唇挺厚，脑袋上头发也不多，大伙儿都说他是喝酒喝的，头发都麻醉了，长不起来了，他这么一说把大家都逗乐了。

　　他说王富楼能喝酒时，玉茹娘就插话说再能喝也喝不过你，哪次来不是让你给喝跑了。玉茹又模仿他的样子说：想当年，我三瓶两瓶不在乎！

　　坐了一会儿，陈向阳跟叶兰讲起宋志成的事，他的这个战友当了几年副书记，才退休没多久，出去到全国各地转了一圈后回来了，陈向阳说找个时间要领叶兰去一趟。陈向阳又问叶兰办临时身份证没有，爱军说现在要搞综合治理了，得办个临时户口关系。玉茹娘就让她落在她家的户口上，叶兰想客套，但没等她表态，爱军就说这小事一桩，这件事儿就这么定了。

　　玉茹没有参与他们的谈话，独自摆弄着一件小东西，她不理解家里人究竟是怎么了，无端对一个不相干的人表现出这么大的热情，即便是爱军的对象，恐怕也不过如此吧，何况还不是。

　　吃晚饭的时候，爱军挨着叶兰坐下，张张罗罗的。玉茹环视了一下大家的位置总觉得有些不顺眼，以往爱军总是坐墙角吃饭，那是他的宝座，每次即使有客人来他也不愿意让出地方，而这次他却让给了叶兰，自己坐在了一旁，她心里想笑，自己这个弟弟是不是萌发什么情愫了，自打认识了这个叶兰，他有许多地方发生了变化，心情比以往要好多了，办什么事情也不再像以往那么急躁了。他能不能对叶兰有意思？但转念一想，她否定了这个想法，无论从家庭还是工作以及其他方面都不可能。尽管叶兰长得十分漂亮，但漂亮不能代替一切，玉茹打心眼里不太喜欢叶兰，也许是出于女人间的嫉妒。

吃完了饭，爱军说："姐，我请你们去跳舞怎么样？我的一个朋友开的，才开业不长时间，环境挺好的。"玉茹看了看爱军的脸，她看到了他热切的表情，她点了点头，而后又说："我不想去了，岁数这么大了……"

"瞧我闺女说的，她妈还没这样说过呢，她就先摆上了！"玉茹娘截住了她的话。其实玉茹很不满意弟弟，自结婚之后，她几乎没进舞厅几次，弟弟的邀请无疑是让她去当"灯泡"，她虽然想跳舞但又不愿同叶兰一起去。然而没想到她妈却十分支持她去散心玩乐，她劝闺女去吧，蒋兴不在家，若是一个人去她还不放心，现在有弟弟陪着，就安全多了。老太太这样一说，玉茹只好同意，陈向阳对此没有丝毫的兴趣，但也不反对年轻人玩，就假装找什么东西进了屋。

叶兰跟玉茹娘道了别，又向里间陈向阳喊了声大伯我们走了，三个人就离开了。

夜色阑珊，霓虹灯闪烁，人们缓缓走进了温馨的夜生活。

爱军带她俩去的舞厅叫"梦幻歌舞厅"，原来是一个单位的仓库，后来租了出去变成了一处歌舞厅。

在歌舞厅门口，玉茹望了一眼不时闪射出红光的门牌说："爱军，瞧你这个朋友，怎么搞的，梦幻的幻字怎么少了个点儿呢？"

爱军一听也抬头去望，果然闪烁的字牌中只能见到没有点儿的"幻"

的字样，他挤了挤眼睛仔细看，他以为晚上那个点儿上的灯没亮，可看了很久也没找到那个点儿。心想，这小子也真够马大哈的，人家给他的门脸弄得似是而非的也不知道，虽然这么想，但他还是跟玉茹说："姐，一会儿问问我那个朋友就知道了，兴许书法上允许这么写吧。"

叶兰看完之后也皱了皱眉，这么明显的错误怎么没有被发现呢？也许是发现的人以为老板有意这么写的，所以谁也不去跟老板说，而老板也没注意这事儿。"你的朋友，上几年学呀？"叶兰转过身问爱军。

"上什么学呀，也就会数钞票，今天他可给我丢人了，一会儿我得训他一顿。"三个人径直进了歌舞厅，激昂的乐曲声一下子灌入耳内，一个胖乎乎的青年正穿梭在这激昂的乐曲声中，见三个人进来，急忙迎了上来，十分热情地招呼。

"兄弟，你也过来捧场，我可太高兴了，快坐快坐！"他一招手叫来了服务生，让他端上饮料。

"这是？"老板把目光对准了玉茹和叶兰。

"宾子，你可真逗，这是我姐，这是……"当他介绍叶兰时一时不知怎么说才好，他说是自己的朋友，怕引起宾子的误会，说别的又想不出什么好的称谓，于是就说：你也得叫姐。玉茹和叶兰都向宾子点头笑了笑。

歌台上，一个俊俏的女子正唱着一支缠绵的爱情歌曲，舞池内人头攒动，弥散着一种慵懒而惬意的气息。爱军让宾子招呼别的客人去了，三个人先坐在椅子上看着。玉茹问爱军宾子全名是不是叫胡玉宾，爱军惊讶地问她怎么知道。

玉茹说我还知道他有个姐姐，只是精神不太好，我们高中时是同学，不过交往不深。她那时学习成绩比我好得多，人也傲气，可惜的是高考时发挥失常，没考上，所以精神受了刺激，就失常了。

"不过这两年好多了，宾子光给他姐治病就花了好几万呢。"爱军补充道。

叶兰没有参与姐弟俩的对话，但玉茹提起了高考，却令她想起了自己的高考失利，禁不住心头酸酸的，自己虽然没有精神失常，却永远留下了一丝遗憾，一片抹不去的阴影。

一曲结束，又一支新曲子开始了，爱军就邀叶兰跳舞，玉茹独自坐在那儿观赏，宾子眼尖，随手招来一个小伙子陪玉茹跳，小伙子一口一个大姐叫着，令玉茹感到特别的舒服，自己仿佛比他亲姐还亲。

很久不跳舞，玉茹多少有些紧张，幸亏陪他跳舞的小伙子舞艺高超，令她没觉出不和谐。两曲过后，她觉得浑身有一种松散的感觉，心胸宽畅了许多。这使她禁不住又回忆起在学校时参加舞会的情形。

玉茹在班里当过文艺委员，组织舞会也是她分内的工作。每个周末，她们就在班级组织游戏、舞会，还有生日舞会，系里联合组织的时候，就到大礼堂。刚开始学跳舞时班里的女同学瘾头都很大，可男同学爱好的并不多，她们常常为缺少男舞伴而犯愁，为此玉茹和几个头头还专门研究过方法，甚至用全部邀请外班外系的男同学来向本班男同胞们挑战，但这些方法都失败了。最可气的蒋兴虽然也同玉茹跳过几次，但他总揽学生会的朝纲，常常脱不开身参加舞会，他的会哪一个都比舞会重要。另一个就是肖黎民，无论哪个女同学邀请，他自岿然心不动，每周末钻图书馆里那是没商量。宾子亲自为玉茹这边端来了饮料。爱军要去吧台付账，被宾子一把拉住，"你这不是寒碜我吗？今天算我请客了，以往想请还请不来呢，更何况今天还来了两个姐姐，我可是蓬荜生辉。以后没啥事儿尽管来玩。"

玉茹称赞宾子真会说话，宾子就嘿嘿笑，胖乎乎的脸上出现了几道肉堆成的山包。

玩了个把钟头，叶兰要回去，爱军就去找玉茹，而玉茹却想再玩一会儿，她今天难得有了兴致，爱军就说先送叶兰回去再来接她。玉茹就又跳迪斯科去了。

叶兰两人走出了"梦幻"。

"打车吗？"爱军问。

"走走吧，"叶兰轻声说，"这儿离我那儿也不远。"两人就慢慢走着，清凉的夜风吹过，让人禁不住地打寒噤，偶尔有车辆驶过，车灯将两个人的影子时不时地拉长，缩短。

"你冷吗？"

"不冷！"但爱军还是把外衣脱了下来，披在叶兰的身上。

一股暖流涌遍全身，叶兰深情地望了爱军一眼，他只是憨厚地一笑。

"你怎么没问问那个幻字到底怎么回事？"叶兰俏皮地问。

"我问了，宾子说原来有点儿，后来一个算命先生说这个幻字的点儿应该除去，否则会影响他的财运，宾子就把那个点儿拿去了。"

叶兰就笑："怎么还真有信这个的人呢。"

不一会儿就到了叶兰的住处，叶兰让爱军进屋坐一下，爱军却没有进去，说下次吧，会专程来做客的，临别叮嘱叶兰准备好照片办户籍用。

送走了爱军，叶兰躺回到自己散发着兰香的床上，想着爱军一路上憨厚的样子，在舞池中轻盈的舞姿，忍不住扑哧一笑，这个夜晚，她在荡漾着无限愉悦的回想中睡去。

日子过得飞快，蒋兴从外地回来的时候，大岭上早已紫气氤氲了，映山红漫山遍野地开着，清风微送，夹杂着那种沁人心脾的花香，整个小城沉浸在醉人的芳香里。

映山红，通常叫杜鹃花，在大兴安岭被叫作大兴安岭杜鹃，是一种生命力十分顽强的灌木类花卉，每年的五月，无论在山坡上，还是石缝间，都会有这儿一丛、那儿一簇的杜鹃花在争妍。折一束用水养上，能鲜活好一段时间。摆在屋里，会有一种醇正的香味弥漫，让人感到格外的舒心。

和蒋兴同来的尚教授一下车就不住地赞叹，"林区真美呀，山清水秀花又香，只在书屋真是难以领略这种大自然的魅力呀。"

蒋兴把尚教授安顿好，径直奔向厂里。小郑向他汇报了厂里的情况，所有该卖的东西都卖得差不多了。只剩下两个架子和电动机了。蒋兴就让郑延民通知全厂正式上班，并且发放一个月的工资。

郑延民还以为资金全用于买设备了呢，一听说开支，十分高兴。很久没开支了，大家日子过得都很紧，蒋兴特意嘱咐郑延民先借给老张一千块钱，治病要紧啊，他事先已与小毕打了招呼。

林业局正在进行公司制改革，兴北正好赶上，已经正式定名为兴北野生资源开发公司。蒋兴跟局里汇报完工作后又跟方局长闲聊了一会儿，他下了保证，在年内一定让方局长喝上兴北产的红豆饮料，尝到兴北的风味小菜。方局长也满怀喜悦地期待着这一天的早日到来。

方局长也知道兴北厂丢锯的事，他问蒋兴案件调查得怎么样了，蒋兴叹了口气，方局长就没再问下去。

出了林业局的大楼，他又转到尚教授那儿陪他坐了一会儿，王富楼去的时候，两个人正谈培训的事。见王富楼来了，蒋兴忙给他俩介绍。王富楼身材高大，红光满面，确实很有领导的风度，要不是蒋兴介绍，尚教授还以为他是林业局的领导呢。

与王富楼相比，尚教授显得更单薄，本来就瘦的身体，再加上他的长形脸，甚至会让人觉得尚教授是先天性营养不良，幸亏尚教授的眼镜是浅色的框架，如果是深颜色的话，真会让人担心他承受不了。

蒋兴让王富楼陪尚教授中午喝几杯，自己趁机溜回家，嘴上说有其他的事，其实他只想回家静一静，考虑一下下一步的计划，捋捋工作思路。

正午时分，电话铃扰乱了蒋兴的思绪。姚瑶告诉他黄玉江已经被放出来了，马上准备返回了。吴斌帮忙把钱也要了回来，已经汇回来了。姚瑶

是请示蒋兴，人家帮这么大忙，怎么感谢人家，是不是该表示一下。蒋兴想说不用了，但又考虑自己还被挤去两千元的回扣呢，吴斌帮这么大忙，怎么也不能白帮。于是就让姚瑶看着办，末了还加了句"咱们也挺困难的，别装大方。"这句话让姚瑶吃不准，他是舍不得还是有别的意思。想再问时蒋兴却问黄玉江在身旁没有。

"他不在，是我自己来打的电话！"姚瑶这样说，蒋兴是不会相信的，黄玉江可能不好意思跟他说，所以让姚瑶请示。实际上黄玉江就在姚瑶跟前，他示意姚瑶那么说的。

蒋兴放下电话后自语："总算了却了一桩大事儿。"下午到厂里，早有工人在收拾房子了，大家都盼着厂里早点有活儿干，给开支呢。李金站在门卫室外的窗户下拿着一块抹布正使劲儿地擦着，屁股一扭一扭的，像一个摆动的木偶一般。

回头瞥见蒋兴进了厂门，他就停下手里的活计跟他打招呼，而后又悄声地跟蒋兴说："我有点儿事儿跟你说。"

蒋兴就同他一起进了门卫室。

"咱的锯可能是黄石偷的，我琢磨来琢磨去，肯定是他了。"

"你有证据吗？"

"有一阵子，他倒是跟我弟弟来厂里转过，问他啥事儿，他也没说，瞎溜达。后来我听弟弟说那几天他输光了钱，不敢在家，躲债呢。"顿了顿，他用征求的眼神望着蒋兴，"要不，让公安局把他抓起来问问？"

李金那狠狠的样子让人觉得他对黄石恨之入骨似的。蒋兴摇了摇头，让他找个时间跟公安局的同志汇报一下，这条线索很有用。

开了一个月的工资后，厂里又热闹起来，走动的人也多起来，仿佛刚从冬季走出来，人们又焕发了青春一般。

黄玉江回来后没敢去厂里，而是在一个傍晚去了蒋兴家。

一放下手中的包，他坐在沙发上，没等蒋兴开口就诉起了苦。蒋兴知道他遭了不少的罪，也就不好说他什么，不然的话他会觉得厂长这是在雪上加霜。所以他就半开玩笑地说黄玉江坏就坏在这个姓上了，姓什么不好，偏偏跟这个有关系。这话说得黄玉江直咧嘴。

他从包里拿出一件衬衫放在桌上说："我买了两件衬衫，给你一件，别的东西也没买，买贵的，怕你不要……"

"你没把要回来的钱全花了？"蒋兴严肃了起来，他认为黄玉江这次肯定没少花钱。买这些乱七八糟的东西，他能自己掏腰包吗！

"我哪儿敢啊，要回来的钱我一点儿没动，不信你问小姚。"

蒋兴不再跟他绕道，让黄玉江说一下在那边的经过。黄玉江嘴上说冤枉，其实他一点儿也不冤枉，谁让他见到人家小姐漂亮就管不住自己了。

那晚请黄胖子喝酒不假，但两人谁也没喝多。在包房里两个小姐陪着他俩吃喝完之后，黄玉江故意找借口说四人一个包房太挤，就领了小姐另开了一个，各自回避，谁也不影响谁的情绪。可没想到当晚赶上了治安联防大检查，结果撞到了枪口上被当场抓获。幸亏吴斌帮忙才把他弄出来，交了罚款才算完事。要不是吴斌出面，人家还要送他去学习班学习一个月呢。

当然，黄玉江没完全照实说，他跟蒋兴说主要是为了要钱，黄胖子要叫小姐，如果不叫显得咱山里人土气，哪承想不赶点儿呀，他说他也没干啥，被罚款有点冤枉，还要厂里给他分担罚款。

本来蒋兴不想提这事，但听他说要厂里分担罚款，气就不打一处来。

"亏你还说得出口！"

"好歹我也是为厂里呀，"黄玉江的小眼睛也瞪了起来，"再说临走时我也跟你请示了，你就看着办吧。"他以为很有理。

"看着办也没让你去干那事儿呀，你犯错误还让厂里给你报销！你怎么……"蒋兴想说你怎么那么不要脸，但还是没有让后面的几个字说出口。

黄玉江见蒋兴生了气，就不敢再硬碰硬，只好耍赖皮。

"不管怎么说，我去要钱也没少费心，他们玩儿花招我有什么办法！"他还想说下去。

蒋兴没让他再说："我知道你出门要钱也挺辛苦，就是多花俩儿钱也行，可这事儿给传出去多丢人哪……"

一听这话，黄玉江有些怕了，忙问还有谁知道。蒋兴说没别人知道，他才把从沙发上探出的身子重新倚到靠背上去。

"你可千万为我保密呀，蒋厂长，这万一让我老婆知道了，我以后的日子就没法儿过了。"他一脸乞求的样子，"你怎么安排都行，只是千万要为我保密。"

看着黄玉江的样子，蒋兴又好气又好笑。答应替他保密，但罚款得自己支付。黄玉江为了保住名声，只好吞掉了这个苦果。幸好他这些年挣了些钱。

吴斌一分钱也没要，黄玉江和姚瑶去感谢时，吴斌干脆拿出一沓子钱，说你们要实在想给，能拿出这个数我就要。吓得两人吐了吐舌头，不敢再谈感谢的事。黄玉江临走的时候把这事转告给了蒋兴，把他的这个同学称赞了一番。

直到玉茹回家，黄玉江才起身告辞，蒋兴又把衬衫给他拿上，说什么也不要，弄得黄玉江十分尴尬，只好拎回去。走出楼房很远，他一生气把衬衫扔到了沙土地上，走了两步后又转回身去拾了起来，拍了拍上面的沙土，摇了摇头。这一晚的月亮半明半暗的，好在让他还能看得见路，他点了根烟，慢慢地往家走去。

十四

新公司的样子跟过去比虽然没有什么显眼的差异，看起来仿佛只是要挂上一个新牌子。然而，里面的内容却全然不一样了。

一切准备就绪后，蒋兴依然没能静下来，他同王富楼四个轮子转，依然显得很紧张，得不到片刻的喘息。局里的领导要亲自剪彩，不管怎么说，这也是件大事，开辟第二战场的一个良好的开端。作为一个经济增长点，宣传部门早已经捕捉到了这个亮点，三天两头来要文字材料。

八月的兴安，满眼的绿，空气清新得让人感觉一切都是透明的、畅快的。

兴北野生资源开发有限公司的牌子披着彩、挂着花，如一个待嫁的新娘在等待新郎来挑开盖头。蒋兴率领全体职工到大门口，等待着方局长等领导的到来。

八点钟未到，一辆黑色的小轿车便将众人企盼的人物送到了眼前。电视台的记者脚步匆匆地抢占着有利位置，镁光灯咔嚓咔嚓先吞咽了几下，摄像人员扛着机器左转右挪忙个不停。

时针指向八点，一阵鞭炮声响起，伴随着方局长剪彩的熟练动作和雷动的掌声，一个新型的公司诞生了。

方局长的讲话简短而有力，甚至短到大家刚记住他站在那儿时，人已经消失在车中了。他还有个紧急的会议要参加，所以匆匆地走了。

蒋兴趁热打铁，讲了一阵子话，将自己的一些想法公布于众，然后下达了他的第一号指令，全体员工各自走上岗位，正式进行生产。

蒋兴陪同尚教授亲自指导，每一个环节都不马虎。

在流水线的末端，蒋兴像看自己的孩子一样看着一袋又一袋真空包装的山野菜，脸上是许久未绽的笑。尚教授也很满意，他多年的梦想终于成了现实，他激动得流下了泪……

兴北公司的职工每人拿着一袋山野菜高高兴兴地回家了。这个消息成了整个小城街头巷尾议论的话题。

当第一瓶红澄澄的果汁也摆在蒋兴眼前的时候，他说不出感觉是酸，还是甜，品尝果汁时似乎没有了其他的味道，只是甜！

王富楼喝了一口笑呵呵地说："就是没啥度数，要不然以后就不用喝白酒了。"

一次性生产成功，全公司上下都沉浸在无比的欢乐之中。

尚教授要回去的时候，蒋兴再三地挽留，他才答应再逗留几天，公司正准备派人到省里去办理相关手续，正好与尚教授同路，当尚教授知道公司资金周转有困难后，毅然减免了一半的专利转让费。中国知识分子的高尚品德在这位老教授身上辉映闪烁，感动得蒋兴握住他的手久久没有松开。

呼中国家级自然保护区内，导游同王富楼、尚教授一行三人穿林海，过石山，一路访幽探奇游兴正浓。此行是蒋兴特意为尚教授安排的，虽然坐了半天的车，但浓浓的兴趣使尚教授这位五十多岁的老人依然神采奕奕。他第一次来到中国最北部、面积最大的，而且是寒温带原生落叶松生态环境的自然保护区，觉得特别高兴。

看完了"天然喷泉"和"海底珊瑚"，三人又来看"老头林"。这"老头林"是由于土地条件冷湿和冻土分布的影响，林木生长得缓慢矮小衰弱而形成的。它们的树干弯弯曲曲，枝条却如老发一样密密匝匝，酷似老态龙钟的长者，因而得名。听导游的小伙子一说，尚教授乐得合不拢嘴，他问王富楼，他像不像"老头林"中的一棵。

王富楼说不像，倒像那边的"旱地莲花"。飘过一片白茫茫的云雾，

呼玛河的两个支流似两条玉带蜿蜒在林中，哗哗的水声更平添了几许清凉爽心的感觉。

尚教授面对大岭，感慨万千，他抱怨自己没有好文笔，要不然非得把这处仙境描写出来，让更多的人来享受。

那"醉林"，盘旋曲折，伸手探足，敞开胸怀伏在崖畔，俨然是一个个醉酒的山里汉子，睡在那里，风云徐动，隐约似有鼾声传来。

那"孔雀开屏"，一簇簇冬青夏翠的偃松轻柔漫展，突起在山岭，如同一只等待赞美的小孔雀在摆动着尾屏，让你看得流连忘返……

直至暮色渐灰，三个人才觉得该回去了。尚教授很知足地登上了返回的汽车，他想留一些余韵，日后再来细品。一天游览只是欣赏了保护区内的一部分美景，尚有许多可爱的小动物没能一一观赏。倦意不由自主地涌上来，王富楼也感到十分疲劳，欣赏美景时让人忘记的疲劳在归途中慢慢涌了上来。

产品生产出来了，下一步就是销售，蒋兴的大脑一刻也不休息，在他的办公室里，好几个"烟囱"不停地冒着烟。

一个又一个销售计划在烟雾中产生、升腾。王富楼主张先在当地里的电视台做个广告，由内向外做宣传。郑延民主张先打到外地，闯出牌子。只有黄玉江耷拉个脑袋没说出一二三来，他这个销售科长，自打从辽宁回来仿佛换了个人似的，往昔威风凛凛的架势一扫而光，也许是被海风吹跑了的缘故，私下里有人说他在边等处理边托人往外地去联系工作。

他手下的销售员小丁也蔫不唧的，让蒋兴看了就觉得来气。一点儿精神也打不起来，指望他们怎么去干好工作？看来他的招聘计划必须提上日程了。既然变成公司了，就该按公司的路子来进行经营、管理。

他把招聘计划转交给郑延民让他去执行。这个管政工的小伙子兼着秘书、纪检员、办公室负责人等诸多的职务，除了经理，就他最忙，等聘了秘书后他也许会轻松一些。除了招聘秘书、销售员之外，公司还要找两辆签约卡车，负责运输。用签约卡车是很合算的方式，既省了汽车的耗油维修与保养费用，又少了人员开支。

公开招聘的那天，蒋兴早早来到公司。太阳还没有出来，远处的山岭上空还躺着几个不愿意睁开睡眼的云朵，看样子，昨夜里它们走了很远的路，有些倦了。

院子已被李金打扫得干干净净，蒋兴到的时候，他正在听着广播。别看李金文化水平不高，但他关心国家大事的热情比全公司任何一个人都高。非洲、东南亚一些小国的动态他都摆弄得清清楚楚，更不用说美英俄法德等大国的事儿了。大伙常听他讲国家大事，美国进军海湾的时候，有人问李金说战争能不能打起来，他说肯定得打，那神情好像他是美国总统似的，他自有他的理由，美国是靠喝油过日子，扼住他的油路，他不急才怪，所以必打无疑。

今天因为有外人来应聘，所以李金也打扮一新，他把一张写着文化考试相关内容的告示牌放在大门口醒目的地方。此时已有职工三三两两地上班来了，大家围着告示牌指指点点地谈论着，互相还说着笑话，因为车间的职工也可以去应聘公司所需要的职位，所以不愿在车间干的小青年对此也是十分热衷的。

郑延民具体负责应聘事务，楼上楼下地跑个不停，考场设在三楼会议室。蒋兴去的时候，王富楼正在安排考务，见他来了，冲他点了点头。

蒋兴发现王富楼的脸红扑扑的，准是早晨又喝了几杯，这大酒包，他心里想。但走到王富楼跟前却没闻到一丝酒味儿，他用怀疑的目光打量了一下他，然而他的确没喝酒，他就问王富楼脸怎么那么红。

王富楼显然对蒋兴的这一问感到很热乎，他觉得蒋兴在关心他，就抹了一下腮说有点儿发烧，随口又自嘲道："人家是孩子发烧时腮烧得红，

106

我这么大年纪了也跟着红，算咋回事儿呀。"

他这么一说，把来应聘的人们逗乐了，一个个看着他，倒是让考试的气氛松弛了不少。

参加考试的二十人当中，考文秘的五人，另外的那些人是应聘销售员的。

蒋兴从后往前走，一个熟悉的身影映入了眼帘，是她！

在中间的一个座位上，叶兰正抬头望着他。蒋兴轻轻点了下头，算是打招呼，这种场合是不允许他对任何一个应聘者表示亲近的，否则会让人们怀疑考试的公正性。

叶兰的出现令蒋兴感到很愉快。很长时间以来，在他的心中总有一种说不出的感觉，叶兰的影子闲暇时总像一片轻飘飘的云朵荡来荡去、若隐若现在他的视野。他不知道叶兰为什么在酒吧干得好好的，却来到这里应聘，但从内心来讲，他却不愿去探究这个原因，反而有一种庆幸，那就是没有将招聘的条件限制得太窄，否则公司如果要求必须是本地人才可以应聘的话，恐怕叶兰会失去这个机会。也许这就是缘分……

文化课的考试，叶兰考了第二名，同其他两名一起进入了打字的竞赛。阅卷的时候，蒋兴特意看了叶兰的卷子，叶兰写一手漂亮的楷书，明显练的是庞中华的书法，字写得潇洒，人长得也漂亮。蒋兴的心中渴望叶兰能够聘上。

中午回到家，玉茹正在做饭，见蒋兴高兴的样子，以为招聘结束了，就急忙问起银行李主任的一个亲属小刘是否被聘上。蒋兴说好像是没有。玉茹就生气了，在厨房里使劲儿用勺子敲了一下锅。

"人家不是先打招呼了吗，你倒是帮个忙啊！"

"他自己若是没本事考上，你把锅敲碎了也没用！"

"你不是经理吗，这事儿不都是你说了算，考试也就走个过场罢了，谁拿它当回事儿呀！"玉茹心里火火的，虽然她知道蒋兴不愿她参与公司的事，但这次她是有事求到了银行的李主任，李主任打来电话的时候正好是玉茹接的，李主任很含蓄地让她关照一下他的这个亲戚，说他在家待了半年了，也没找到合适的工作，所以希望他能聘上，让蒋兴帮个忙。玉茹虽然答应跟蒋兴说，但她也没敢把话说死，她有了上次的教训，知道这次再给蒋兴当了家他会急的。然而她贷款的事还得求这个信贷部的主任，这次本是个很好的机会，如果帮他这个忙，贷款的事不会成问题。

玉茹早已经不愿意上班了，整天闲着没事儿，人都待瘦了。她看搞服装生意很挣钱，也想大干一场。他们单位里一个科长下海才两年的工夫就净赚了四五万，把整个机关的人羡慕得不得了。中低档的工薪阶层得多少年才能攒下四五万块，玉茹心里早长了草，虽然还没有正面跟蒋兴谈过，只是偶尔提过几句不想上班想做生意之类的话。蒋兴也不表示反对，她愿意干什么就干，只是轻易不要辞了工作，虽然搞市场经济了，也并不是让所有的人都去上市场、做生意。看人家先下海的摸着鱼了，有的摸的还是大鱼，可等你下去了，或许连虾米也捞不到，反而被呛了几口水。

玉茹也没声张，私下里找朋友串联，合计了许多次，暗中也掌握了一些做生意的技巧及上货的方法，但苦于没有足够的资金。到银行去贷，正赶上银根紧缩，没有关系，找不到熟人贷款也不好办。可巧刚搭上一个李主任，听蒋兴如此一说，这条路恐怕又走不通了。

玉茹炒好了菜倒入盘中气嘟嘟地说："看你这次不帮忙，以后有事求人家的时候怎么开口！"

蒋兴张了张嘴没说出什么。他知道有个叫刘贵的已经在复试的名单里了，作为一个经理，对于将要聘用的人员没有个印象那怎么可能。

第二天的复试如期进行，参加面试的六个销售员依次做了推销演讲和答辩。评委除了蒋兴和王富楼之外，还有几个是从组织部和人事局请来的。

最先敲定的人选是原来在车间当助工的江文，他不仅在全局的演讲比

赛中拿过第一名，而且早有推销经验，业余时间他还为当面包厂老板的叔叔跑销售，人勤快得很。另外一名也被几个人认可了，只剩下刘贵和一名叫于军的青年人。

刘贵虽然没有于军的口才好，但是于军的脚多少有点儿跛，虽然不会对工作有太大影响，但众说不一，几个人没能达成一致意见。人事局的同志说："这是你们公司的事，我们的意见只是参考，你们还是自己定吧。这刘贵有个亲属在银行挺有门路的，我知道，但不能这样替他说话。"

蒋兴看了看王富楼，王富楼也看了看他说："我不认识他，事先他也没请我喝一顿。"然后挤了挤他那三角眼干笑了几下。

此时蒋兴完全可以做一个顺水人情，选择刘贵，然而有一种直觉告诉他必须选择于军。

于军的演讲风格同他大学时的风格是那么的相似，虽然他腿有些跛，但他的目光中充满了坚毅与自信。蒋兴相信这个年轻人会做好他要做的一切，最终他表了态，用笔将刘贵轻轻划掉。

王富楼似乎想替刘贵找个机会，"要不两人都留下，反正得看试用期的表现，谁干得好就用呗！"

他的这个建议也无可厚非，但此时在蒋兴心中已经产生了对刘贵的厌烦，也许李主任不要求他关照的话，他会同意留下他，然而此时他是无论如何也不愿接受这个刘贵了。

"就定于军了。"他用了一个不容置疑的口吻。王富楼点了点头，但似乎又不像在点头，就这样默许了。

会议室里，叶兰和另一个女青年正准备打字，文化课考第一名的男考生不知什么原因不参加复试了，所以只剩下叶兰两个人。

蒋兴一进来，叶兰的心立刻紧张起来，她匆匆忙忙地看了他一眼，就低下头去，作为被考的人在心理上总有一种居低面上的感觉。叶兰几乎能听见自己的心跳。

郑延民拿出两份相同的材料放在打字机旁，蒋兴向他点了下头，"开始吧！"口令一发，嗒嗒的敲击键盘声便紧张地响了起来。

"时间到。"叶兰应声停手。

另一个女青年也许是过分紧张，有几个字没打完，听到停的口令后依然在补打，这个动作显然已经表明她略逊一筹了。

两份材料放在桌上，两人就走出了会议室。经过叶兰的打字机旁，那个女青年故意低头看了一眼叶兰打的材料，险些没晕过去，她狠狠地看了叶兰一眼，面对这个无论是外貌还是才干都比自己强的对手，她的心里只能是嫉妒。

她的这些心理，叶兰丝毫没有觉察，她不知道自己的命运会如何，但她已付出了最大的努力。掏出手帕，她擦了擦额上的汗珠，走出了办公楼，她不知道蒋兴对自己会是什么看法，至少不会有恶意，毕竟两个人已不是第一次见面了。

在大门口，一辆警车已停在那里，她惊喜地发现，爱军正从车窗里探出头来向他招手。

"怎么样？"深厚的男中音传入她耳内。

"还行。"叶兰用手扶在车窗上说，"明天才公布结果。"

"用不用我给你开个后门儿，跟我姐夫说说？"

"不用，不用！"叶兰拢了拢从肩上斜下来的坤包，甩了甩秀发。

"那就开这个后门儿吧！"爱军打开了后车门，让叶兰上来。爱军办案经过这儿，见叶兰从大门里出来才停下了车等她。叶兰坐稳之后，警车箭一般地向前飞驰而去。

十五

叶兰回到住处，脑海中依然浮现着考试时的情形，那种滋味儿绝非一个紧张所能形容。要不是爱军鼓励她，要不是吕白林的逼迫，她也未必到蒋兴的公司来应聘。

十天前，吕艳芳和老疯子双双外出去办事，酒吧交给吕白林料理。然而这阵子到酒吧的人越来越少，大家就都闲了下来，有几个人也请假去放松了。

傍晚的时候，叶兰忙完了厨房的活计准备去休息，吕白林却像幽灵一样出现在她的面前，手里端着一摞刚用过的盘子，他匆匆地往前走，似乎没看见叶兰一般。叶兰急忙闪开路，然而吕白林的手一侧歪，盘子里的菜汁像流线一样射洒到了叶兰的身上，弄了叶兰一身油污点。

吕白林赶紧道歉，叶兰也不好发怒，瞪着眼看了看他，只好上楼去换衣服。叶兰在楼上有一个单独的房间，是她晚上不能回家时用的。

叶兰关上了门脱去沾了油汁的外衣，可外衣已经浸透，星星点点油污出现在内衣之上，她心里不住地责骂吕白林。这个季节穿的衣服薄，怎么能不透呢。

她只好穿了短袖衫去换衣服，在门外，一双色眯眯的眼睛正透过一道缝向内窥视着。银色灯光下，一朵洁白的莲花正吐露着醉人的清香，那纤纤的玉臂，滑润的肌肤，细腻而富有弹性的修长的大腿，他真要感谢这个门缝了，让他饱了眼福，唾液流下来的时候他都没有觉察。他忍耐不住了，轻手轻脚到服务台摸起那把与众不同的钥匙。

叶兰刚穿上长裤，上衣还没来得及穿，忽听到房门轻微地响动。

"谁！"她惊慌地问了一声。

门"嘎"的一下开了，吕白林一脸堆笑出现在门口，"妹子，你真是太美了。"

"快出去，快出去！"叶兰一下子明白了刚才洒菜汁是他的阴谋，他故意的。

吕白林用身体使劲儿靠了一下门，然后肆无忌惮地猛扑上来。叶兰想拿起衣服穿上已经来不及了，她只好扯下衣服跟吕白林厮打起来。

"你快滚，我喊人了！"

然而吕白林却不管她怎么威吓，像一头发疯的公牛一般把她按倒在床上，"嘶"的一声，内衣被扯裂了。叶兰心中一片黑暗，两手顿时失去了抵抗的力量。

"啪！"门开了，正当吕白林往下撕扯她衣服之际，维维出现在门口。吓得吕白林惊恐地向门口望去。

"你干什么呢！"维维冲上来一把抓住吕白林的头发，啪地打了他一记耳光。

吕白林慌乱地站起来，转身就跑了出去。

"你想玩儿就跟老娘说一声！瞧你那副德行！"望着吕白林的背影，维维骂道。

叶兰的泪水已像断线的珍珠一样流淌下来，连衣服都顾不得穿就抱着维维大哭起来。

维维不停地安慰她，拾起衣服让她穿上，然后关好了门。

"你别哭了，咱们去告他，这个王八羔子！"

叶兰止住了哭泣，她摇了摇头，过了许久，她又看着维维张了张嘴，想说什么，但语言又被酸楚的泪水代替。

大岭

叶兰没有去告吕白林，也再没有去青春酒吧上班，她决心不再踏进这个酒吧大门一步，此时的酒吧对她而言就是一头张着血盆大口的猛兽，只要她一靠近，就会被吞噬掉。

吕艳芳回来的时候，找不到叶兰，就问维维是不是她又找父亲去了。

维维说不知道，问你侄子去吧。

吕白林面对姑姑的询问显得十分从容，而内心里却像揣了一只兔子一般，后怕不已，万一叶兰告发了他，他就完了。别说法律的惩罚，就是他老婆也会拿刀追他二里地，虽然他有些后悔，但此时已晚了，他跟吕艳芳说叶兰辞职了。弄得吕艳芳惊讶不已，怎么好好的不干了，不在这儿干她到哪儿去？这个四十多岁的女人的确很惦念叶兰。她问维维究竟是怎么回事，维维没有告诉吕艳芳实情，吕白林正贼溜溜地望着她，她也懒得说，毕竟他们两人是一家的，跟她说了有什么用！

爱军到酒吧没找到叶兰就去了她的住处，他不知道叶兰辞职的原因，正想去问一问。

他去敲门的时候，叶兰正在屋里独自垂泪，从"青春"回来她发现自己的那块玉没了，让维维去找却没有找到。命运是如此的不公，自己为什么要历经这么多劫难！听到敲门声她赶忙拭了拭泪，去开门。爱军给她送来了临时身份证，她道了谢，但不敢抬头正视爱军。爱军觉察出她的神色有些不对，明显看出刚刚哭过的样子。就轻声问："你怎么了？"

"没什么。"叶兰对爱军的关爱十分地敏感，他的问候如同一股暖流在温暖着她，让她觉得不再像一个人时那么冷。

爱军问起她辞职的缘由时，她依然没有说。她缓缓将秀发拢到脑后，给爱军倒了杯水，爱军便不再追问下去，而是跟她通报了宋志成的消息。

前几天陈向阳张罗去找宋志成，打过去电话，他女儿说老两口到南方疗养去了，尚不知啥时候回来。所以还需要等待。

爱军问她下一步打算，叶兰伤心地叹了口气，没有说出来。

"不如你去兴北厂应聘吧，那儿招聘销售员和秘书，正用人呢！"听到秘书的字眼儿，叶兰抬起了头，这句话像强心剂一样有效，因为叶兰正是文秘专业的毕业生。可她转念一想，我能行吗？

她用疑惑的目光望着爱军，被泪水洗过的双眸格外清澈而明亮。

"我不是本地人，行吗？"

"怎么不行，他们面向社会招聘，再说咱不还有这个吗？"爱军指了指桌上的身份证。

"我看你当秘书正合适，要是成了我姐夫的秘书，那可就……"爱军忽然觉得自己说得太远了，于是中断了刚才的话而又问她需要哪些资料他去帮着借。

就这样，在爱军的鼓舞下叶兰终于走进了兴北公司的考场。

明天就要公布结果了，这一夜叶兰辗转反侧没有睡好。

第二天，她早早地起了床，梳洗完毕就坐在床边出神。那本《围城》静静地躺在桌上，现在就急着去看结果未免太早了些，她在室内转了几圈，又重新回到床边，顺手抄起《围城》又看了起来。当作家多好，可以在家中守着一沓子稿纸想写什么就写什么，累了就出去散散步，她这样想着。书中"方鸿渐出了门"，去干什么她一点儿也不知道，眼睛里只有"方鸿渐"这三个字。

总算挨到七点多钟，叶兰就出了门往兴北公司走去。她知道，兴北的大门口会有一张大红纸贴出来，上面会写着谁的名字，是那个女孩还是自己？一定是自己，她禁不住抿嘴一笑。

她来到兴北公司大门口的时候，那里已站了许多围观的人，他们在议论着，她的心不自觉地加快了跳动。离人群还有十几步远的时候她听到了有人在念自己的名字，一阵喜悦掠过心头。

这个声音鼓舞着她大胆地走上去看个究竟。红纸上只有四个人的名字，她排在第一行，她盯着红纸足足看了三分钟，而后才转过身去到经理办公室报到。

太阳出来了，照在她的身上，暖暖的，叶兰精神抖擞地走进了办公楼。她接到了蒋兴的衷心祝贺以及他亲手递给她的一个精致的公文包，此时的蒋兴，让她觉得不仅是个经理，更像是一个大哥哥，憨态可掬，热情而亲切。

叶兰的办公室里，一台中英文打字机端正地放在桌上，另外几件办公用品已然整齐地摆放在那里。

"咱们现在还很穷，买不起微机，不过，这台打字机也不会使多久的！"蒋兴信心十足地说，"你明天就可以正式上班了！"

这时候于军和江文也走上楼来，蒋兴迎了上去。

叶兰走进办公室，坐在椅子上，顺手敲了几下键盘，心中涌动着一种说不出的愉快，她幸福地闭上了眼睛。窗台上，一盆睡莲正好奇地望着她，欣赏着她甜醉的样子。

为了打开山野菜的销路，蒋兴亲自率领销售大军开赴各地市场。郑延民拿了产品去参加一个全国性的绿色食品博览会，王富楼在家主持生产。几天后，江文白搭了一箱山野菜返回公司，蒋兴也跑了几个林业局，只有一个批发点留下了两箱，蒋兴干脆告诉对方，卖了算你们的，卖不了你们就扔掉。

黄玉江去推销饮料，被别人一顿打击，说你们生产那玩意儿能比过人家椰风、芒果、菠萝汁吗。他顶着白眼销售出去十多箱，还有几份是不给现金的，说卖完算，明显一个买方市场。

蒋兴跑了两趟，跑了满嘴的火泡，这节骨眼儿上，真是让人上火，车间机器隆隆地响着，产品一袋一瓶地生产出来却卖不出去，那不是等着亏损吗！他又一次焦头烂额了。

王富楼说不行找局里吧，各单位先分点，也不能眼看着饮料过期变质呀！

蒋兴摇了摇头，现在是市场经济了，可不能再那么搞，如果这样搞肯定砸了自己的牌子，卖不出去的东西硬性摊派，不正说明你生产的东西不好吗？以后谁还买。

"这要是过去，我一个电话打出去，他们都得抢着来拉，还用现在这样求爷爷告奶奶似的让他们买。"王富楼愤愤不平。他要出马去试一次，毕竟他的关系户多一些，有一些熟人好说话。

于军回来的时候带回了令大家高兴的消息，他销出去两车饮料。他把订单递给蒋兴。蒋兴暗道自己没有选错人，当即表扬了于军几句，于军谦虚地笑了笑，只有他自己知道这其中的辛苦。

从整个形势看，饮料的销售好于山野菜，人们对山野菜的认识还不太深。虽然在当地电视台做过广告，但丝毫没有引起人们的购买欲望，看来由内而外的策略是行不通的。蒋兴皱着眉头，思考着新的方案。

叶兰拿了一份材料进来，放到蒋兴面前。

"您看行不，蒋经理？"

"很好。"蒋兴扫了几眼后说。

叶兰今天穿了一套淡蓝色的连衣裙，外罩了一件白色镂空坎肩，宛若一朵盛开的兰花，袅袅婷婷。

她出去后留在办公室里的是一缕缕薄荷的清香。

蒋兴偏着头，望着她的背影，依然在沉思，远处不时传来叮叮当当的声响，十几个建筑工人正在修建一个储备库，这响声如同催促着他快些想出办法来一样，隔几分钟，催一阵儿，响一阵儿，停一会儿……

一路焦虑着回到家里，玉茹却没有回来，他只好自己进了厨房。早餐总不吃，中午饿得也早，他浑身累得要命，三十多岁的年纪就已经腰酸腿

116

疼了。

玉茹这一阵子也正忙，在机关里待着，她实在是一点儿心情也没有了，她一直在寻找个管理松一些的地方。虽然她此时的工作很清闲，但毕竟每天都得去签到上班，一点儿也不自由，想要干点儿啥还得请假，总在领导眼皮底下转，想放松一下都不可能。

虽然是开放了，观念变了，但坐机关的再去搞第二产业总归是不允许的，除非你辞职不干了。几天前一个副科长同别人合伙做生意被领导发现了，被叫去好一顿批，吓得这个副科长赶忙撤了挑子，重新回来奔他的前途。

她见蒋兴一天到晚忙得不可开交，也没法跟他商量，独自跟几个朋友串联，终于找到了合适的地方。

局团委正好有个同志调走了，闲出一个位置，她就主动要去。虽说年纪大了一些，但她管理个图书资料、文书档案，写点儿什么还是可以的，找领导谈了几次话还真通过了。

领导也知道她一天上班也心不在焉的，索性做了个顺水人情，成全了她。

团委的办公室在一所独立的小楼里，离机关大院有半里多地，在这儿不用担心领导们看见你进进出出了。三天五天不去上班也不会被人发现。爱干点儿什么就干什么，有事的时候就去忙一阵子。团委的事务比别的单位要少一些，再说还有好几个小年轻顶着，现在的团委书记跟玉茹坐过一个办公室，两人关系自是熟到不能再熟的地步。另外，玉茹还是他和他媳妇的介绍人。所以事先她就跟书记通了气，实在不行，书记就替她顶着干了。她好一心一意去做她的生意。

玉茹这一路忙活，倒挺顺利。不知不觉，冬天的脚步就迈进了大兴安岭。短暂的秋天，甚至来不及看一眼白杨的叶子是否落净，就匆匆收了兵。

117

十六

雪花纷纷扬扬地落下，站满了冬季应该把守的每一个岗位。

喜欢捕猎的人们早已磨拳霍霍，盼望着一个令人高兴的丰收。尽管政府不允许猎杀野生动物，但是还有一些人投机钻空子去追逐獐狍野鹿，铤而走险。

蒋兴没有闲情去想这些，他忙得几乎喘不过气来。现在的兴北公司真可谓惨淡经营，产品销售成了最棘手的问题。郑延民上次去参加博览会，几千块的参展费是交了，然而却没能换回一份订单、一种奖项。现在想获个奖，光靠产品质量还不够，如果拿不出个十万八万的别想捧回个奖杯，谁知道这展会搞的是什么景儿，反正不管你产品怎么好，不拿点儿钱是不会发给你奖的。

蒋兴气得久久不语，这市场经济怎么这么搞啊，也许这个博览会不正规。要么怎么好产品也得不到认可呢？以后必须得参加正规的博览会，下次拿到北京去，他暗自下着决心。

王富楼却不以为然，拿哪儿去都是那么回事儿，舍不得投资不行。你看现在卖的东西，哪个商品上不标着金奖、银奖，最次也弄个部优、省优的，实在不行，咱也贴上一个吧！

蒋兴摇了摇头，那是违法的。

"现在我是看清楚了，什么违法不违法，只要能挣钱就行。我有个远房亲属，在家里做酱油，用食品袋一封，照样有人疯抢，这两年可发了，也没听说他怎么样，好像是挨罚过，可罚俩钱儿他几天就挣回来了，这就叫……"王富楼的话还没说完就被郑延民接了过去。

"撑死胆大的，饿死胆小的！"

"得了，咱们别发牢骚了，'牢骚太盛防肠断，风物长宜放眼量'，主席不早就告诉我们了！"蒋兴像是在宽慰别人，更像是宽慰自己，但不管怎么说，他的胡茬儿却一直在拼命地疯长。

他又去问毕媛萍，公司里的现金够不够开支，小毕说够。

"那就开一次吧！"他是十分了解职工们的，忙活快半年了，不开一次工资哪行。双职工的家庭还勉强维持，单职工的日子可就难过了。

如果开了支，公司的资金周转更紧张，但不给大家开支，日子是没法过的，许多张嘴要吃饭，孩子要上学，保不准再有个头疼脑热的，生活就更艰难了。

开支的消息，就像一缕春风吹散了初冬时节人们干燥的心情，财务室的门里门外到处都洋溢着笑声。职工们没有抱怨，他们很满足，终于开支了，尽管只是一部分，但与不开支相比，毕竟好多了。

看着来来往往的职工们，蒋兴的心里酸酸的，也恨自己太无能。曾经在他心中是如何瞧不起那些公司经理总裁，认为他们是那么平庸，无法把一个企业搞好，反而连年亏损，然而今天把自己推到这个位置上时，他才体会到了艰难。

也许不改革就好了，生产出的产品往外一拨就算了事，不必要费这么大力气。然而不改革也不是个办法。

眼下，首要问题是要加大宣传力度，本地市场打不开，跟大家熟悉山野菜并且每个家庭都可以自己动手到山上采有关系。往往是远道的和尚会念经，人们不太相信本地和尚本领高，所以要走第二种战略。孔府家集团的成功给了蒋兴很大的启示，他考虑了很久，这个计划终于形成了。

他把想法跟叶兰讲了一遍，让她草拟一份营销战略，刚说完，就听到

财务室那边传来了争吵声，蒋兴就站起身去看个究竟。

黄石和张五正站在小毕面前争吵，黄石原来欠张五的赌资，张五要在工资里直接扣下，黄石不干，于是两个人吵了起来。

张五说："你欠我钱凭啥不还哪，这次说什么也得还。"

黄石死皮赖脸不认账，一个劲儿强调说张五答应他下个月再还，也不差这几天了。

张五不干，硬让小毕把工资开给他。

蒋兴也不愿听他们说什么，大声止住了他俩的争吵，张五就上前跟蒋兴诉苦。他想寻得蒋兴的支持，然而蒋兴的决定却令他十分失望。工资还是开给了黄石。

"他若是欠你钱不还，你可以到法院去告他，按规定，你没权领他的工资！"一听这话，张五也不再等蒋兴说完就径自去追开完工资溜掉的黄石去了。

在办公室里，蒋兴透过窗户看见张五和黄石在院里拉拉扯扯的，看样子，黄石仍然没还钱。

这算什么东西！蒋兴回家的路上很生气，后悔接手厂子时没找个机会抓住把柄，把黄石开掉，留下了这个祸患。

在他家的沙发上，玉茹正和两个铁姐妹聊天。已经是正街百货商店老板娘的雅芬见蒋兴一进门就开口："怎么进门也不敲就进来了！"

"噢！我走差门了吧！"蒋兴故作惊讶。

"杨娜能够到我家来，可真让我家蓬荜生辉了！"

蒋兴故意不去理睬雅芬而是对着另一个不苟言笑的女人说。

"你可别逗了，姐夫。"被称作杨娜的朱唇微启。

玉茹的这两个朋友都是当地的商婆，杨娜跟她丈夫倒木材，雅芬开百货商店，穿金戴银的，一副雍容华贵的姿态。

雅芬嘴尖舌快，常跟蒋兴开玩笑，因为比玉茹小，所以以小姨子自居，跟蒋兴说笑惯了，把平日不轻易跟别人开玩笑的蒋兴也培养出来，两人相遇的时候，总要逗上几句。

杨娜却不太爱说笑，俨然一副贵妇人的样子，也许是她的一种追求，也许是受了某个电视剧中人物影响，似乎让人觉得她总要给人留下一种华贵高雅的印象。因为她爱静，所以乍一见面会让人觉得像一幅画一般，她长得虽然细高但并不让人觉得单细，成熟女性的风韵使她看上去别有一番品味。

而雅芬则不同，虽然个子不矮，但她的全身到处都圆滚滚的，不该丰满的地方也像跟谁赌气一般不愿意隐藏在里面，虽然够不上臃肿的标准，但可以肯定的是，她照现在的标准发展下去，不出半年就可以达标。好在雅芬有一副俊俏的面貌，在三姐妹中雄居榜首，所以与其他两人相比，她也还有一些优势可言。

雅芬爱动，手中从来不愿意空着，也许是开商店总要拿货、点货形成的习惯，蒋兴一进门的时候她正拿着一把小折扇，反复地呼扇着。

"你那大商店那么忙，怎么忍心出来，挣钱挣多了没意思吧？"见雅芬一副悠然的样子，蒋兴就打趣道。

"钱是没少挣，可是不能天天守着钱啊，最重要的是心情要好。今天可算完了，走错了门喽，是不，娜娜姐？"雅芬故意拉长了声调。

杨娜又笑了笑，依然没多说话，她倒是很愿意看蒋兴两个人斗嘴，热热闹闹的。蒋兴不再跟雅芬逗，要去为她们买啤酒，他知道这两个都是喝酒的高手。

"我只喝饮料。"杨娜见蒋兴要出去，就补充了一句。

"但绝不是你们公司生产的那种！"雅芬趁机又加了一句。

"我们生产的怎么了，能药着你们哪？"蒋兴听了这话感到很不得劲

儿但又无可奈何。"你们喝过没有就这样断言不喝,你们还不知道吧,喝我们公司的饮料还能美容呢!"

"得了吧你,跟我们姐妹搞上推销了!"玉茹从厨房里走出来,"你快点去吧,菜都准备好了。"

蒋兴就去了小卖店,买回了一打拉盖的啤酒,他知道这两个主儿连瓶装的啤酒都不喝,真正过着山里贵族的生活。不过他还是拿了两瓶兴北产的饮料,心想非得让她们尝尝,瓶装的未必就比听装的差!

拿回去之后,又被玉茹一顿埋怨,说不让你拿,你偏拿,怎么这样啊你?蒋兴却坚持让两人尝尝,雅芬虽然说不喝但毕竟不能驳了蒋兴的面子,就尝了尝,觉得挺好喝,然后她又动员杨娜喝,杨娜品过后也不住点头,说还行。

蒋兴心里挺高兴,但不知道这两人说的是真是假,当雅芬说愿意为兴北做批发商后蒋兴才信以为真,不管怎么说,又增加了一个销售渠道。

四人喝酒的时候,窗外下起了雪。漫天的雪花轻柔地落下来,纷纷扬扬,如同仙女撒下的碎花瓣一般。这天的雪很有特点,不像以往伴着干彻的寒冷而来,而是款款地降临到这片广袤的大地之上,没有呼啸,没有肃杀,甚至也没有一丝一毫的颤动就来了。人们说这是因为全球变暖。这天的雪纯得很,没有咔吧咔吧木质裂挤的伴奏,径自落下来。孩子们在雪地上随意地奔跑、扑打、嬉戏却不必担心冻坏了手。

杨娜两人确实都很能喝酒,但这次只喝了三听就不再喝了,而是同玉茹谈起了生意经。

"眼下干什么都不容易,各有各的难处。"杨娜喝了点儿酒之后话稍微多起来,"光说倒木材挣大钱,可风险也大呀,一旦算计错了,哭都找不到地方去!"

蒋兴听她这么说就笑了,这哭经多少人都念过了,别人说的要比她说的深刻得多。这句话从杨娜口中说出来，怎么也无法让人感觉到其中的苦味。

大家都知道杨娜没遭多少罪，论吃苦还是她丈夫申同吃得最多。刚开始倒木材时让人一下子就骗走了十万。后来又吃一堑长一智地爬起来，成为今天的百万富翁。杨娜充其量是帮着跑了跑腿，遭罪的时候却没赶上。

雅芬机灵得很，净说些玩笑话，惹得大伙哈哈直乐。

玉茹对他们的谈论不满足，抱怨这些生意人说不出个准话来。很怕别人学了去，抢了她们的饭碗。

雅芬却不认账："玉茹姐，你这说到哪儿去了，想学你就跟大经理好好学，趴在被窝里学还热乎，我俩都是土包子。姐夫才是正规军呢！是吧，姐夫？"

这话弄得蒋兴一脸的尴尬，倒不是因为她说让两口子到被窝里研究，而是想到了兴北公司，心里话：跟我学什么呀，产品都卖不动呢！

他拿起啤酒又给两人各自拉开了一听。让她们再喝点儿，但两个人谁也不再喝了，杨娜急着去叫车来接她，进了里屋从包里拿出她那摩托罗拉手机传了司机。

雅芬脸喝得红红的，笑嘻嘻地说她可以等现成的了，等会儿还能先到家。

玉茹劝她在这儿住一宿，大家可以好好聊聊。雅芬就眯了眼，作醉酒状，"可不敢打扰你们，想把我稳在这儿，你们好去抢我的商店呀。"

玉茹等杨娜回到桌前就张罗把最后一听啤酒干了。她陪着也没少喝，舌头多少有些硬硬的，与另外两个女人相比，她喝酒的本领要差得多。

吃罢饭，玉茹把蒋兴赶到里屋，三个人聊起来，天南海北、东邻西居地说了十多分钟，窗外就响起了喇叭声。杨娜站起身，匆匆忙忙往外走，好像有什么急事的样子。蒋兴夫妇把两人一直送上了车，直到小汽车扬起的雪尘慢慢落下。

雪地松软如棉。

玉茹今天把两个朋友约来，是向她俩筹集资金的，两个姐妹自当鼎力

相助。玉茹心里很高兴，所以非要跟两人喝几杯。

　　她这两个朋友，高中毕业后都没有考上大学，为此事雅芬还要死要活。后来各自找了出路，雅芬跟父亲开了个小商店，渐渐发展壮大成今天的大百货店。

　　杨娜上学时学习成绩最差，不爱说话却爱打扮，现在却成了三人中最富有的。

　　两人走之后，玉茹又是一番慨叹，后悔自己不该考大学，四年的书白读了，现在一点儿也用不上，何苦呢！

　　蒋兴心里一直不轻松，公司里的事铅块一样压着。虽然同雅芬说了些玩笑话，然而她们走后，那些许的轻松又不知隐藏到何处去了。

　　他没有去听玉茹的抱怨，对于她的唠叨他已习惯，尽管他搞不清一个大学文化水平的妇女为什么也这样唠叨。

　　他心里一直对玉茹有点怨气，上次弟弟来信要钱，她真的镚子儿也没拿，蒋兴只好偷偷在外面借了一千块钱给弟弟寄去。他没有什么外快可挣，原来当副厂长时还能写点儿小说之类的东西挣点儿稿费，现在却什么也挣不到了。他摸了摸口袋，今天发的工资还是要如数上交的，于是把买完啤酒剩下的钱都放在了桌上，等着玉茹收拾完碗筷后查收。

　　他上次出差剩了点儿补助，但数目太少，他就放在办公桌里没往回拿，想攒着备用。

　　"你们总算开支了！"玉茹惊喜地见到了钱。查完之后她把钱顺了顺，放到了兜子里，又抱怨太少了，甚至还不够蒋兴的伙食费。蒋兴也不去理会她，爱说什么说什么去吧。

　　雪夜是如此宁静，宁静得让他想起了在《大兴安岭日报》上刊登的一首小诗：

冬的影子

重重叠叠地

伏在老屋的背上

仿佛已经困倦了

而桌上一壶老酒

早已温好

正弥散着醉人的香

今夜，雪山离我们是那么迫近

一枚松针的距离

睡着历史的凝重

而此刻真正安然的

一卷诗书在静静地睁着眼睛

想着温馨而又飘逸的那个话题

自己很久没有写点儿什么了，他不禁慨叹起来。

窗外，雪已渐小，稀稀落落……

注视着窗外的雪，他想起公司的锅炉房已经开炉，不知情况怎样呢？于是就给李金拨了电话，让他去看看。

不一会儿，李金回了电话，一切正常。蒋兴这才脱下衣服躺下，点上一支烟，边抽边想着心事。

玉茹穿了一身内衣打开电视，坐在沙发上看了起来，嘴里还嚼着小食品，她看蒋兴望了她一眼，就冲他挥了挥手，让他尝尝。

蒋兴扭过头去，她不禁怒道："不吃拉倒，我还舍不得呢。"说完又拿了几块一齐塞到嘴里大嚼特嚼起来。也许是吃得太急了，所以呛了一下，让她一阵咳嗽。

她此时的动作在蒋兴看来很是不雅，绝找不到昔日校园里的万种风情了。也许是年龄会彻底地变换一个人。曾经活泼浪漫、浑身散发着一种春天气息的玉茹已无处可寻了。

蒋兴清晰地记得玉茹坐在丁香满径的一个台阶上吃一袋小食品时的情形，那时的神态、表情、风姿是那么优雅、美丽，简直令蒋兴倾倒。而此时，还是明眸皓齿、纯洁如玉的那个她吗？他暗自叹了口气，不敢承认对玉茹已经厌倦了，但他已经承认两人之间的距离在慢慢地增大、增大……岁月能改变的东西太多了，甚至爱情。

他的脑海中浮现出一个很靓丽的影子，他努力让自己不去想她是谁，使劲儿闭上眼睛。

一种轻柔小夜曲慢慢拂过他的脑海，缓缓地、缓缓地，那个美丽的影子又浮现出来，并且愈见清晰，她在向他微笑，她轻轻地吻了他的额头，他伸出了双手去拥抱她……

雪夜，梦一般迷人。

十七

父亲终于没能再过上一个春节，在山外的冬天来临时，永远地合上了双眼。蒋兴接到玉茹的电话后匆匆从办公室赶回了家，拿起电报，泪水模糊了他的视线。

他没有想到父亲走得这么急，甚至连什么话也没有留下。蒋旺把父亲送进医院后，状态一直很平稳。可住了一周之后，老人就要儿子把他送回去，他说不想在医院待了，也许他知道自己要不行了，想回家看看，看看他生活了大半辈子的村庄。其实老人更想见蒋兴，然而他始终没有让蒋旺拍电报或打电话，他知道儿子忙，正干着一番事业，他不想让他耽误时间回来陪他，老人很开通，既然让孩子去支援了边疆，就不该牵扯他，影响他的工作。

然而在回村的途中，他闭上了双眼，静静地长眠了。临闭上眼时，他对蒋旺说："我要睡一会儿。"但他这一睡，任凭蒋旺怎样呼喊也不再醒了。

蒋旺打电话时，两人都不在家。他只好拍了电报。因为玉茹在机关时负责取信件，所以每次联系都用玉茹的地址。

玉茹已经到团委上班了，接替她工作的小李见了电报就匆匆给她送了过去。

蒋兴心里虽然早有准备，但依然无法抑制住内心的悲痛。三十多年来，他哪一刻离开过父亲的挚爱与呵护！

在乡里上中学的时候，蒋兴个子很矮，骑自行车都困难，每周末都是父亲骑那台破自行车来接他回去，在周一的时候再把他送到学校，四五十

129

里的路途，不知洒下了父亲多少汗水。父亲在家中劳动，过着十分清苦的日子，每次母亲为蒋兴装好干粮后他都要说：再装上两个。他担心儿子在外饿着，虽然他知道，家中同样需要那黑糊糊的干粮。

十八年的风雨之后，他把蒋兴送进了大学的校门，而让蒋旺务了农。尽管蒋旺学习也并不差，但家中实在是供不起他们两个一起上学，特别是蒋兴他们的母亲因病去世后，他自己一个人已没有能力再让蒋旺去上学，他不得不让蒋旺放弃了学业。

供蒋兴上完大学，又为两个孩子各自成了家，完成了一个父亲的使命之后，他便迅速地老去了。岁月的沧桑深深地刻入他的每一寸肌肤，多年积累起来的劳疾压倒了他，让他不得不离开了他所喜爱的儿孙，以及他一生眷恋的土地。这就是中国式的农民父亲，他们奉献了一生，最后化为泥土，仍然去滋养他的后代子孙。

蒋兴跟王富楼通了电话后就匆匆回家奔丧。到家的时候，韩支书正在张罗着里外的事宜。老人的遗体停放在院子里，正准备去火化。

蒋兴三步并作两步地跪扑到棺木前，泪如雨下。

韩明德上前把他扶起来，蒋兴握着他的手几乎不知道怎样感谢他。蒋旺戴着孝帽从外面回来，他去找车准备送父亲，见哥哥回来，兄弟两人又抱头痛哭了一场。蒋旺的嗓子已经哑得说话含混不清了。邻居四婶把早准备好的孝帽给蒋兴戴上。由本村的蒋姓长辈大伯领着蒋兴，补办丧葬的礼数。

从村东头第一家起，开始给当家的人叩头跪拜，领路的人替他告知他的父亲已离世。如此下去，蒋兴不知磕了几百个头，跪了几百次。当他浑身疲惫地回到家中，又同蒋旺一家人最后看了父亲一眼后，棺木就被抬上了车，在一阵悽凉的唢呐声里缓缓地离去了。那一刻，天上下起了小轻雪，苍茫的大地上一片洁白。

办完了父亲的丧事，蒋兴又把韩支书找到弟弟家，说起了欠村里钱的事，

韩明德却没让他说完，就告诉他上面农业税减免，他把蒋旺报上了，用那钱一顶就行了。他特意提起了木材的事，在兴北厂买回的木材比本地市场价要节省好几千块。蒋兴知道他能够关照一下弟弟也就放心了。

第二天他又特意赶到新学校去看了看，学生们此时再也不用担心教室会倒塌了，全砖瓦结构的新教室在阳光下显得十分坚固敞亮。

当天，韩明德又把蒋兴叫到他家喝了顿酒，韩支书家里是大砖房，宽敞的大院，足有二百平米，在这个村里，这个房子自然属于一流的。只是蒋兴不会知道，买回的板方盖学校是用不完的，于是韩支书的儿子韩举的房子也就有了支架。

韩明德不知道蒋兴他们厂子已经转产，后来蒋兴跟他做了一番介绍他才连连点头，说确实应该发展多种经济。只是石岗村一直也找不到合适的门路，这农业区，连农业还未搞好呢，哪儿有心思搞别的，他心里琢磨的是下一年怎么进上文明村。这教育刚达标，已经把全村弄得精疲力竭了，再进文明村，又得往大伙身上摊钱，不摊派村里哪有钱，至今仍欠二十来万呢。

蒋兴感到很惊讶：年年收钱，怎么还欠那么多？

韩明德就掰着手指头给他算，一年不算别的，光吃喝招待费就得五万多，原来村里就欠这个欠那个的，光利息就两三万，还有各种摊派，这个部门来要点儿，那个乡干部来蹭点儿，没有三万五万的也打点不下来，这一年下来，最少也得十多万。老账新账一搅和，背的包袱越来越多，石岗村还算少的呢。

"村里的空猪圈你都见到了吧，那就是上头让发展养殖业盖的，砖头没少费，可猪却没养几头。老百姓都骂我，说我为了拿锦旗，其实不是那回事儿，谁知道我的难处，乡长指着我的鼻子让我带头完成任务应付检查，我不干行吗？我的这顶小乌纱要想保住就得办。钱从哪儿来？借呗。"

"谁都知道养猪是好事儿，这么一搞，好事儿也没人干了。大伙说人还没住上砖房呢，猪先住上了！"借着点酒劲儿，韩明德发了发积攒了多少天的牢骚。

回到弟弟家，已是晚上八点多了，蒋兴又问起父亲治病的花费，想跟弟弟算一算，自己该摊多少，明天就要回去了，心里得有个数。蒋旺犹豫了一下说，加到一起有一万来块吧。

蒋兴点了点头，他知道弟弟的难处，可这次回来他带的钱也不多。他想了想，就拿出了一千元放在桌上，跟蒋旺说：

"这次我回来也没带多少钱，这些你们先拿着，回去以后我再邮。"

蒋旺没有说话，他的媳妇立玲坐在炕下的一条板凳上，搂着怀中欲睡的孩子，脸拉得挺长。

蒋兴看了看他们，明白立玲是嫌钱少。

蒋旺本想跟哥解释两句，但见立玲满脸的不愿意，也就咽回了想说的话，他怕万一立玲扔出几句不中听的话会让蒋兴下不了台。他清了清仍有些沙哑的嗓子说："孩子要睡着了，放到炕上去吧！"

立玲不满意地看了看他，抱着孩子去了西间屋。蒋旺家住的是三间房，原来哥俩住在西间，他们的父亲住东间，后来蒋旺成家后西间就给两口子住了。

立玲到西间去不一会儿，就喊蒋旺过去，蒋旺无可奈何地站起身，不一会儿，立玲数落蒋旺的声音就清楚地从西间传到东间，蒋兴知道这是故意给他听的。

"就那点钱儿，要他的干啥？就是平摊的话，一万块，他还得出五千呢，就不用说这么长时间整天侍候了，哪个儿子不该尽孝！还当官呢……"

蒋旺让立玲小声点儿，可立玲却提高了声音，"要不是你干活儿，供他上学，他能有今天？你们兄弟没说的，我还不愿意呢，你不好意思要，

我去……"立玲的话把蒋兴的心搅得乱糟糟的，本来父亲去世就够让他上火的了，让立玲这么一闹，火气更大了，嘴唇上几个火泡又鼓起来了。

"啪！"西屋里的蒋旺终于忍耐不住了，他打了立玲，立刻就有呜呜哇哇的哭声响了起来，其间有立玲的，还有被惊醒的孩子的。两个人的哭声混在一起，让人听了恨不得一脚踢飞一只凳子，一拳击倒一面墙。

蒋兴推门走了出去，在院子里站了一会儿，他后悔自己没多带一些钱，哪怕硬跟玉茹要点儿或是向别人借点儿，也不至于生这个气。冬夜，寒风凛冽，冷得他禁不住两股抖战，无可奈何地回了屋。

他刚坐下，蒋旺就从西间过来。

"哥！"他要跟蒋兴说什么。却被蒋兴挥手制止了。他知道弟弟要说的话。

"我不会让你犯难的，我回去一定把钱给你们寄过来，以后还要好好过日子，你为哥吃了不少苦，我心里知道……"余下的话他有些说不下去了，鼻子一酸，泪水又盈满了双眼。不用说别的，仅蒋旺供他读大学这一项就足以让他一生感动了，还需说什么呢。忠厚老实的蒋旺，虽然有时脾气躁一些，但对于哥俩之间的那份情义却是十分看重的。

蒋旺递上一支烟给蒋兴，自己点上了一支，顷刻间，小屋便被烟雾占满了，兄弟俩默默地抽了一会儿烟，蒋旺就回去睡了。

"明天跟韩支书打个招呼，我就不再去了。"蒋兴在弟弟临走的时候说。

蒋旺在门口迟疑了一下，就关好了门，墙上的老挂钟敲响了十二下。

蒋兴脱了衣服躺下，自己曾经多少次像刚才弟弟在门口迟疑地走出这间屋子那样，父亲每次都要在临走时再叮嘱几句：或说要多吃一点，或说路上要小心，钱要保管好，虽然总是那几句话，然而每次都是要说的。虽然蒋兴也觉得父亲有些唠叨，然而那是父亲涓涓爱心的倾注啊，他没有任何理由去拒绝，所以他总是默默地听完这些话，然后轻轻关好门回去睡觉。

人去屋空，一种异常的凄楚占据他的心头，形成了他内心世界的冬季。

躺在炕上，他始终睡不着，双眼干涩灼人般的疼，虽然眼皮沉重得像有谁在往下拉一般，但大脑中某些神经依然在打闹着，不肯歇息。

好容易迷糊了一觉，醒来之时天仍未大亮，看了一下表，已经五点多钟了，他觉得身体是那么疲劳，胃部也隐隐作痛，实在是不愿意起来。索性就睁着眼躺在炕上，望着窗外一点一点明亮起来的天空。

客车六点钟才经过石岗村，是一辆个体车，这在前些年是没有的。蒋兴上大学的时候，还是由父亲或者由弟弟用自行车送到乡里去坐客车，四五十里的路途，常常令他们汗水津津。现在好了，客车经过家门口，不必再走那么远的路去坐车了，然而仍有点儿遗憾的是石岗村的那段路却是坎坷不平，出了村还要颠上半个钟头才能安稳。

立玲两口子也许是还没醒，西间里静悄悄的没有一丝动静。蒋兴穿好衣服洗了脸坐在炕沿上，又点上了一支烟，肚子里叽叽咕咕的，似乎有一群小鸡雏一般，连日来一直也没能吃上一顿安稳饭，脸上明显地瘦了一圈。他对着镜子看了看，额头上已不知何时被犁下了两道深深的沟壑。今年是他苍老得最快的一年。

正看着，西间里传来了蒋旺起床的声音。蒋旺起床是有特点的，这个体貌与蒋兴相差无几的蒋旺因为抽烟，起床的第一件事就是清理嗓子，发出几声，将一口或两口痰吐出，方才做其他的事情。

他起来后，让立玲去做饭。立玲虽然醒着却不动弹，躺在炕上也不作声，也许还记着昨晚的那记耳光呢。蒋旺穿着衣服，长条形的脸上浮满了怨气。

蒋旺到外面给牛添了些草料，回来就进了东间。此时立玲已在灶旁缓缓地收拾着，锅碗瓢盆不时跟着她发出一种不满的声音。

"你别让立玲忙活了，我不吃了。"蒋兴对弟弟说，虽然他经常早晨不吃饭，然而这次他确实有些饿了。但他忍着，因为即使立玲为他做好了饭，

134

他也是无法咽下去的。

"很快就做好了。"蒋旺一边说着，一边向外间厨房望了一眼，然而立玲迟缓的样子无异于回敬了他一记耳光，他大声冲外间喊："你快点儿！"

立玲回头向东间望了一眼，没应声。

蒋旺气得恨不能出去照着她的屁股踢上两脚，挂钟已经指向五点五十分了，每次这个时候，车就要来了，虽然是六点钟的车，但每次都提前几分。

蒋兴已经拎起了包，跟弟弟说："走了，我中午再吃就行了。"蒋旺只好跟他出来。

立玲已经点上了火，灶膛里冒出的烟，呛得她正在咳嗽。

"弟妹，别忙活了！"蒋兴说完这句话后就出了大门，不远处已隐约能听见客车马达的声响。

蒋旺在寒风中缩着脖子，两手抄在衣袖里，双目呆滞地看着哥哥上了客车。冬季的早晨，清冷而干涩，一股凉气纳入腹内，他忍不住全身一抖。

"回去吧！"蒋兴在车门口跟他说，客车鸣了一下喇叭，缓缓地开动了。

火车内的温度远不及客车里的，也许是蒋兴没选好车厢，他又不愿意再挪动，幸亏他衣服还厚实，不至于冻得发抖。这是一辆通往大兴安岭加格达奇的普快，来往搞贩运的小商贩特别多，车厢里的鱼腥、菜腐之味儿让人无法拒绝地盘旋在周围。

车窗玻璃上，厚薄不均地挂着霜。

"查票了！"车厢一头的门哐当一声关上之后检票员开始了工作，蒋兴对面的一个小伙见检票员过来了，眼睛就不停地东张西望，见他只半个屁股搭在座位上的样子，蒋兴就知道他没买票。

果然，查票的过来之后，他就被驱赶着往前面走，统一补票。

过了一会儿，那小青年就骂骂咧咧地又回到了座位上。

看他的样子好笑，蒋兴就问他补多少钱。

"开始要我二十，那我还不如买票了，后来我就给他十块。"

"你不是去统一补票了吗？"

"没有，一起去，说不上让我补多少呢！"那小青年抽出一支烟点上，又递给蒋兴一支，蒋兴摆手拒绝了。他把头靠在背椅上，思绪又飞回到公司里……

十八

回到兴北的办公室，蒋兴翻看了几个文件，整个林业局正要着手进行体制改革，初步的方案已经拟好了。

他正仔细看着，叶兰敲了敲门进来。她把一份材料放到桌上，本来她不想今天就给他看的，但事情又不能拖，所以她不得不拿来。

一车刚出厂的饮料运到白桦林场的客户那里没几日，对方发现了瓶中有些不该有的杂质，要求兴北厂马上给予处理。

蒋兴看完了详细材料，眉头又紧紧地锁了起来，他将双手按在办公桌上，站了起来说："租一辆车，咱们马上去白桦！"

冬季的兴安，遍地银白，一些未挂雪的树木泛着青灰色，依然挺拔地站立着。

汽车在盘山路上如一个红色的小点慢慢移动着。

车里，蒋兴和叶兰并排坐在后座上，蒋兴只穿了一件毛马甲，而叶兰却把她那毛领的大衣穿上了。两个人谁也没说话，相处虽不算久，但叶兰已很了解蒋兴的性格。他平时不爱多说话。

叶兰手中握着一个黑色的公文包，正是受聘之时，蒋兴亲自发给她的那个。

出租车司机看样子是个新手，经验并不十分丰富，听汽车的声音，就知道汽油没少费，但车速并不快。由于道路只有一条，还经常有弯儿，时快时慢，不停换挡惹得司机有些急躁起来，偶尔也要骂上几句，抱怨天气和道路。

"不用着急，慢一点儿。"这样的路上一不留神很容易出事，蒋兴特意叮嘱了一句，尽管他心中也很急躁。

白桦林场在全局中虽算不得年纪最大的，但至少要排在前几名之列。此时的模样已经让人无法想象出它是由最初几架帐篷发展起来的：一排排整洁的砖房之中，虽然零零碎碎夹杂了几间木刻楞，但丝毫不影响它整体上的美观，十几座二三层的小楼像几只引颈的松鹤恬静地站在广阔的雪原之中。

问题解决得很顺利，蒋兴同商店的老板一起验了有问题的饮料后就查明了原因，是质检员的疏忽造成的，所以不用再有太多的解释，蒋兴就同意赔偿。

在仓库里，蒋兴让叶兰同店老板商量赔偿的有关问题，自己又看了几箱饮料，这一车之中装的是两批产品，生产日期相隔五天。他随手取了几个样品，准备拿回去。

走出仓库门的时候，一辆吉普车刚好驶过这里，见他站在那儿，吉普车便"嘎"地一下停下了。车上下来的人老远就向蒋兴喊："老蒋！怎么来也不打声招呼啊。"

蒋兴一看，白桦林场的副场长赵成义，正大踏步乐呵呵地向他走来。他们俩是老相识了，去局里开会的时候总坐在一起，关系处得不错。

"我也是刚到！"蒋兴勉强笑了笑："出了点儿小麻烦。"蒋兴展了一下浓眉。

"怎么了？"赵成义声如洪钟。

蒋兴就把事情跟他一说，然后拿出打火机点着了烟。

"多大个事儿啊，我帮你处理，到我这儿哪儿能让你犯难，有多少，都算我的！"赵成义不以为然的样子令蒋兴很不好意思，他连说："不用不用，我们自己处理。"

　　叶兰和店老板走过来，蒋兴就把头转向了店老板，他要加倍赔偿店老板的损失。

　　然而赵成义却阻止了他，不就是那几箱破饮料吗，换几箱好的算了！他见店老板不说话就有些急了，"同不同意，你倒是弄出个动静啊！"

　　店老板看了看赵成义，干笑了两声，依然没有表态。

　　"那哪儿能行呢！我们该怎样赔就怎样赔。赵场长别管这事儿了。"

　　蒋兴见店老板不好在赵成义跟前开口，就让叶兰把协议准备好了，让店老板签字，因为出来的时候，蒋兴已经同叶兰商量了赔偿方案，主动要加倍赔偿，这里面还有企业信誉的问题，能尽量挽回名誉上的损失是最重要的。

　　赵成义转身到车前跟司机说话去了，店老板才看了看协议说："你们公司太客气了，不用加倍赔的。真的不用。"他原以为这件事说不准要拖多久呢，没想到会有今天的结果。蒋兴说："你没意见就签字吧，过两天我们会按约赔偿给你的。"店老板很是感动，非要留蒋兴两个人吃饭，这么多年，他还第一次遇到如此认真负责的贸易伙伴。赵成义转回来的时候就粗着嗓门招呼蒋兴两人去吃饭。听店老板要请吃饭就不屑一顾地说："别听他们花里胡哨的那套，他们净整些虚的，我已经安排好了，跟我去招待所！"

　　蒋兴推辞不过，只好跟他去。上了车，赵成义仍不满意："到我这儿来的人，不去喝一顿那也太不给我面子了！"

　　白桦林场的招待所里，已经有三桌酒宴开席了，他们进去的时候赵成义的小车司机正站在一个雅间的门口，见了他们正欲喊，赵成义急忙摆了摆手，他担心别人听到他的名字。

　　连同出租车司机以及赵成义的司机五个人围了一桌坐下，桌上早已摆好了几道凉菜，两瓶五粮液挺拔在盘子边缘。

"我真是不敢同他们照面儿呀，要不我的胃就不能要了！"赵成义满脸痛苦的样子。"我知道这两天要来检查的，就躲开了，王书记去应付了，今天这是你来了，要不我真不能在这屋里吃，被他们抓住了，我又得喝个'仰勺'。"

说话间出租车司机看见了熟人，起身去雅间外聊了起来。

喝酒又按老规矩，先白酒，后啤酒"盖帽"。赵成义是酒桌老手，左一个说道右一个名堂，张罗了好几杯。叶兰实在推托不过，也被灌了一杯啤酒，作为女宾客，在这里没有光喝饮料的待遇。

出租车司机看样子很贪杯，赵成义给他倒上，他只是谦让却没有拒绝，让蒋兴看得直皱眉，但又不好说什么。这里的司机不喝两杯的并不多。

赵成义尽量压低了声音劝酒，实在是担心被别人听到过来跟他喝上几杯，所以不像以往那样放开嗓门吆喝，他这个人长得也结实，胡茬子也重，豪放的性格在他的大眼睛和粗嗓门上体现得淋漓尽致。

看蒋兴心情不太好，他还劝了几句，没逼他多喝，喝了两瓶五粮液，又各自喝了一瓶啤酒就结束了晚宴。

临别的时候，赵成义还不大满意，嫌蒋兴不先和他打个招呼，让他有个准备，下次这样可绝对是不行的。

蒋兴再三道歉，保证下次再来一定先到他赵成义那儿，这才踏上了归程。

夜色迷蒙。群山银装素裹，一片寂静与空灵。

被雪覆盖的路，不知道哪里高哪里低，蒋兴特意又叮嘱司机不要开得太快，晚上行驶的车辆不多，偶尔有一辆二辆地交错而过。

司机打开了音响的开关，他头脑还很清醒，虽然喝了酒却丝毫看不出车技比原来逊色多少，尽管他的技术原来就不很出色。

车内响起了一首让蒋兴觉得很熟但叫不上名字的歌：

一段情要埋藏多少年，一封信要迟来多少天……为什么你还不能明白，

不愿保留你的爱……那是对她无言的伤害……

"红光！"

恍惚间蒋兴看到了一道鲜红的光影，前方的司机禁不住脱口而出。

"狐狸！"

三个人再定眼观看时，前方什么也没有，夜幕下的山路一片茫茫。

"这狐狸真红啊！像一团火！"司机惋惜地称赞道。

蒋兴转过头问叶兰看见了什么，叶兰也说只见到红光一闪，尽管她眼睛睁得大大的，但还是没看清是否是一只狐狸。

她感到很兴奋，像个孩子似的叹道："闪得真快。"

"快看，它又出现了！"司机猛地刹住了车。

两人由于没提防，身体同时向前倾了过去。慌乱之中，叶兰一下子抓住了蒋兴的肩头。

车前方不远处，他们真的看见了一只狐狸晃动了一下身子，消失在银色的世界里。

"又跑了。"司机重新驱动了车，他加了速。

叶兰注意到自己的手还在蒋兴肩头时，微微一笑，不好意思地撤回来。

蒋兴一手扶着靠背，一手去摸烟，"没多远了，别太快了。"他又一次叮嘱司机。

"还是快点儿吧，遇到这玩意儿不是什么好兆头！我烦这东西。"司机接过蒋兴递给的烟。

绕过最后一道山梁，依稀可以看到小城闪烁的万家灯火了。

"啊！"司机来不及点上这支烟，那只狐狸又出现在车前，立在了车道的中央。

"这不是找死吗？"司机猛地提了一挡，脚下加大了油门，车飞也似的向前冲去。

那只狐狸并没有躲闪。透过车窗，蒋兴和叶兰都惊讶地望着前方的这只怪异的狐狸，在车灯的映照下，狐狸的表情清楚可见，细长的胡须如钢丝般分布在尖尖的细嘴两旁……

他们看呆了，甚至觉察不出车子正在翻滚。司机已经不知道他在踩刹车还是在踩油门，刚才的那句叫喊成为他留给这个世界的最后一句语言。

蒋兴醒来的时候，一种剧痛涌遍了全身，然后是彻骨的寒冷，他意识到自己被人背着，他想睁开眼睛，却无法做到，但鼻子下面的淡淡清香已经告诉他谁在艰难地背着他向前走。

"叶兰！"他轻声嗫嚅了一下，又昏了过去。

黑夜，如此的安静，甚至听不到一只鸟鸣。

叶兰不知道这两里多的路是怎么走过来的，幸好车没有爆炸起火，要不然，她就没有机会呼吸这寒冷的空气了，她只伤了一只胳膊，头磕破了皮。而蒋兴伤得很重，脸上流了很多的血，也弄不准其他什么地方还有伤，司机的境况更惨，他已经不能再醒过来了。

她费了好大劲儿才把蒋兴拖出车外，背在身上一步一步往有灯光的方向走。

怎么一辆车也不来啊。

灯光闪烁，却在两里地之外，然而那也是希望，给她力量的希望。

心急如焚的叶兰，不停地大口喘着气，她走不动了，生平她第一次背负这样一个重量，尽管她抱着爬也要爬回去的信念，然而事实上，她连爬的力量都快没有了。

起风了，迷蒙的夜空不再宁静，呜呜的风声像饥饿的野兽在号叫，遍地白雪反射着青色的光。

这一带的气温，曾经零下五十多度。

曾经让红红的苹果在一会儿工夫变成黑黑的带把儿"铅球"！

望着闪着光的远处，她多么渴望听到马达的声音，然而没有。

她把蒋兴放下来，抱在怀里，把大衣盖在他的身上，尽管她也在瑟瑟发抖，汗珠在额头早已结了冰，秀发沾满了雪。

在这寂寥的大岭雪原之上，没有谁会知道这里有两个急需救助的人。

这样等下去，会冻僵的，她告诫自己。

往前走，她又背起了蒋兴，一步，两步……

灯光是那么迫近，仿佛大喊一声，就会有人听到。她张开嘴喊，然而没有声音，一缕风把一丝细微的响动送到她耳畔。她已经支撑不住了。

也许生活中注定我要这样结束自己的生命，她想。命苦吗？从一出生后就不知道自己的父母是什么模样，而今又孤独的一个人在寻找父亲，饱受屈辱与心酸，漂泊在茫茫林海……

叶兰精疲力竭地坐在雪地上，双眼已经睁不开了，然而她仍在想，不能停下来，我还没有找到父亲……

十九

　　玉茹知道蒋兴出事的消息后，顾不得再去张罗服装店的事，匆匆地赶到了医院。

　　推开病房门的她，第一眼见到的是满头秀发的叶兰的背影和蒋兴头上一圈又一圈的绷带。两个人正在说着什么，听到门声，叶兰转回头，她的一只手用绷带吊着，太阳穴旁也贴了一块纱布。

　　"玉茹姐！"她轻轻叫了一声。

　　玉茹本想一下子扑到蒋兴床前的，见叶兰在，她的心头产生了一丝不快，在门口略停了一下，而后才快步走到蒋兴的床前询问他的伤势。蒋兴眯着眼笑着说："没事儿。"

　　"还没事儿呢。"玉茹心疼地说，眼睛禁不住湿润了。结婚十多年来，她这是第一次遭遇这样的事情，在医院里见到丈夫。蒋兴从来是不愿到医院去的，有什么小毛病也忍着，懒得上医院。他的胃不好，偶尔就要疼上一阵子，还是玉茹来医院替他问诊，买了些药。他也有自己的理论根据，正常人在三十五岁之后属于疾病正在形成期，不过稍加注意，疾病是不会轻易缠到身上的。

　　叶兰见玉茹来了，就寻了个借口回自己的病房去了。

　　玉茹见叶兰出去了，才一下子拉起了蒋兴的手，关心起来，抱怨起了开车的司机。蒋兴让她别说了，司机本来就够惨的了，你还雪上加霜。

　　玉茹这才知道司机早已死了。

　　两个人谈了一会儿，不知不觉太阳已经升得很高了。蒋兴的身体还很虚弱，医生又给他挂上吊瓶，玉茹就一直守在旁边，她本来有好多话要跟蒋兴说，但看他那个样子，就都埋在肚子里了。

其实她已同别人约好了，一起去哈尔滨上货，偏巧丈夫又出了事，她心里也非常着急，忙里忙外这么多天，刚安排好，准备大干一场，却眼睁睁不能再继续下去。

她憋闷了一会儿，没再跟蒋兴说话，双眼盯着输液管中间，数着一滴一滴流下来的药液。

蒋兴闭了眼，许久也没动，也许是睡着了。窗台上，一盆水仙花刚刚绽放，洁白的花瓣，娇嫩欲滴，煞是惹人喜爱，还有两个骨朵儿也在默默积蓄着力量。玉茹站起身走过去，伏在花瓣跟前闻了闻，没有什么香味，花瓣之中，金色的花蕊挺拔地站立着，很有一种坚强不屈的态势。

叶兰轻轻走了进来，玉茹才觉得自己有必要关心一下叶兰的伤势了，尽管不重，尽管对她有些想法，但终究不应该在礼数上让人笑话，于是她就和叶兰聊了起来，问起了出事的经过，叶兰就慢慢讲给她听。

玉茹简直不敢相信这是真的，尤其是不相信关于狐狸的内容，这只能在传奇小说中才会出现的故事竟会是真实的，她原以为是司机酒后驾车造成的呢。

正惊讶时，兴北公司的几个闻讯者来看望蒋兴。

黄玉江打头，后面跟着车间主任汪童民，还有另外两名职工。每个人手里都没空着，各自把东西往桌上一放，桌上放不下的就放到地上。黄玉江手里拿着一束花，他捧到叶兰面前。

"叶秘书还没等到我们祝福就快康复了！"他笑眯眯地说。

叶兰接过花说了声"谢谢"。

蒋兴已经醒了，护士来为他拔吊针时见来了这么多人，十分不满意，好在蒋兴已没有什么危险了，她甩下了一句"早点离开"的话就出了病房。

"那什么，蒋经理，你怎么这么不赶点儿啊，坐了这个倒霉的车。"汪童民是个很实在的人，刚坐在椅子上就瓮声瓮气地说。

黄玉江听了他这话就讥讽了他一句，用汪童民的口头语说他说的话："那什么，这么不中听。"汪童民说："咋不中听了？"惹得大家都笑了。

蒋兴抬了抬缠在额上的纱布，说："谢谢大家来看我。"

玉茹见病房里很挤，就拉了叶兰去她的病房。她还有许多话要说，也许是很久也未找一个人倾吐一下心里话的缘故，她也不顾及自己对叶兰有些芥蒂，把她调转工作、筹备服装店的事东一句西一句地讲给了叶兰。

在叶兰眼里，玉茹充满了对富有的渴望。她不满足现在的生活，她甚至想成为刘晓庆那样的富婆。在现在的社会上，没有钱是被人瞧不起的，在学校时是那么单纯，没有想到现实生活并不像小说中描写的那么浪漫。

玉茹两人走后，汪童民仍然很认真地讲他的实在话。"那什么，真的，蒋经理，那个出租车司机我认识，他家离我家不远，有个瞎子给他算命，说他这个月有'坎'，要是能度过去以后就能发达，要是过不去……"他还想说完，却被大家的哄笑所干扰，大伙儿批评他传播封建迷信。他就撇嘴说："你们爱信不信。"

黄玉江说："得了吧，谁让咱们公司穷呢，连个车也没有，现在哪个厂长、经理没有专车呀。"大家就唏嘘不该将车卖掉。

蒋兴惦记公司的事，让他们各自汇报了一下情况。他们都说挺好，公司又增加了几份订单，大伙儿热情正高呢。蒋兴不知他们的话中是不是有水分，他担心这些人是怕他着急安慰他，就追了汪童民问，直到汪童民拿了他的名誉担保他才相信，又拜托这些人好好负责公司的事务。大家觉得坐的时间也不短了，就让蒋兴休息，一起回公司去了。

玉茹听见众人离去就从叶兰那儿回到蒋兴的病房。

叶兰去了趟洗手间回来，在走廊里碰到了公司的质检员邢云。她先是唏嘘了一阵子，询问了叶兰的伤情，而后就转入正题问起了经理的情况。最后又低声问叶兰是否听到过蒋经理要跟她算账之类的话。

叶兰摇了摇头。这个三十多岁的妇女见从她这儿探不出什么口风就急急奔向了蒋兴的病房。

她要到蒋兴那儿去检讨一下自己的疏忽、自己的过错。她敲了两下病房的门后小心翼翼地先把头探了进去。

玉茹正拉着蒋兴的手说着什么，听到敲门声猛地一回头，见到一个陌生的女人面孔。

"蒋经理好些了吗，我是……"她忙不迭地说。

蒋兴已经看见了她，所以她的半截介绍自己的话就没有说下去，她想把东西放在桌上，但桌上已满，就只好放在地上。

她向蒋兴先检讨自己不该大意，给公司造成了如此损失。而后才认真地关心起他的伤势，邢云在兴北也算得上是个巧嘴妇。尽管蒋兴厌烦过分能说会道的女人，但又不得不耐着性子听下去，毕竟每个人都会有过失，自己还是要宽容她的。

邢云说了一阵子，觉得该走了，蒋兴的脸色依然很苍白，让她理解成经理对她很不满意，所以她出了医院的大门后仍觉得心里沉甸甸的，暗自打了自己几个嘴巴，后悔不该惹下这祸端。

叶兰静静地在床上坐了一会儿，玉茹的话还萦绕在她的耳边，玉茹说的是气话吧，她怎么会厌烦蒋兴，嫁给这样一个有气质的男人她还会后悔吗？真是身在福中不知福，如果换了自己，一定不会有她现在的感觉，玉茹在这个时候跟自己说这样的话是为什么呢？叶兰有些搞不懂，她还在想着。

几下轻轻的敲门声把她唤到了门口，打开门，爱军拎着一包水果出现在她的面前，叶兰心中一热，脸上绽放出了明媚的笑。

爱军穿着棉警服，身形显得十分魁梧，白净的脸上写满了关爱，他用喜悦的眼神抚摸了叶兰的全身之后才说出了那句温习了许多遍的问候："好些了吗？"

他把水果放在桌上，打听起详细情况，职业的特点让他听得全神贯注，仿佛正在听取案情汇报一般。那模样令叶兰忍不住笑出了声。

又一阵"咚咚"的脚步声急急地在走廊响起，停在了叶兰的病房门口，略顿了一下，门就被猛地一下推开了，维维一身劲装出现在门口。紧身的黑皮夹克，敞开着衣领，皮裤紧紧地贴在腿上，脚下蹬了一双白色的高筒皮鞋。这身打扮使她在冬天亦显得十分苗条。

见爱军正坐在那里，她不自觉地吐了一下舌头，一下子把刚要说的话咽了回去。"这么巧啊！"

叶兰用诧异的眼光望着维维，她弄不清维维说这话的含义。爱军向维维点了一下头。

"你们认识？"

"认识，不过也是刚认识！"维维调皮地说。她这天的唇膏也许涂得多了，颜色显得很深重。

刚才她到水果店买东西时，正赶上爱军也在那儿买，水果店里的水果快卖光了，剩下一些爱军要都买了。

维维不想再跑远路到别的地方去买，就跟爱军商量，匀给她一些。她见爱军穿着警服，还一个劲儿地打着助人为乐的旗号来作论据，至少把水果让出一部分也算是警民共建了。

爱军见她还挺能说，就匀给了她一半，没想到两人来看的是同一个病人。叶兰当然不知道其中的故事，心里纳闷他们是如何认识的。爱军坐了一会儿就去看蒋兴，他先来看叶兰而后才去蒋兴那儿，并不是叶兰的病房离大门近的缘故。因为他知道姐姐已经来了医院，一定陪着蒋兴，另外，他心里也十分惦念叶兰，或者准确地说他已经爱上她了。

爱军走后，维维才恢复了往日与叶兰的无拘无束，东聊西扯了一番，她又让叶兰讲了一遍出事的经过，她也不相信关于火狐狸的事，她十分肯定地说，也许是从哪儿跑来的，但她也没有过多地深究这个问题，而对狐狸毛领产生了兴趣，跟叶兰谈起了大衣配毛领的方式与颜色搭配，还一个劲儿地惋惜，若真是有这样的狐狸，用它的尾巴做成大衣领该是十分讲究。

"你净想美事儿了，若不是这只狐狸我们能出事儿吗？"叶兰嗔怪道。

"我们是谁呀？"维维一下子抓住了字眼儿，而后又神秘兮兮地跟叶兰说："你知道外面怎么传你们的故事吗？"叶兰就催她讲，维维却怕她生气不讲。但在叶兰的坚持下，她就简单地谈了外面的传闻。

"外面都说你跟你们经理关系亲密，这次出车祸，是你把他背出了四五里地的，舍命救了他，要不然他早冻成冰棍儿了。救你们的那辆车的司机说：你把他抱在怀里，自己的衣服都盖在他的身上，你怎么比救自己的亲人还豁出去呢，傻不傻呀你，要是换了我，肯定不会像你这么干的，这年头哪儿有不顾自己的。"

维维还说："别人都说你们俩有那种关系，是吗？"

听到这儿叶兰不愿意了，她没想到短短的时间消息传得这么快，人们怎么会这么说呢？她不让维维再说下去了，生气地把头扭向了窗户。

维维也觉得不该惹叶兰伤心，就过去抚着她的肩说："我不想说，你非让我说，说了你又不高兴。这点儿事儿算什么呀……若是他换成我，你还救不救呀？"她又调皮起来，想逗叶兰笑一笑。

"我才不救你呢，让你冻成雪糕！"叶兰娇羞地转头瞪着维维，两个人对视着笑起来。

第二天，吕艳芳也到医院来看叶兰，她进了病房见叶兰正在睡着，就慢慢坐下来，用手轻轻抚着叶兰的头，她十分喜欢叶兰，常常感叹，自己

没有个儿女，挣了钱有什么用。年轻时候她因病做了子宫摘除手术，所以跟霍云峰也没有孩子。前些年领养了一个男孩，后来又被人家要了回去，常常感到寂寞。她之所以对叶兰那么好，是因为叶兰曾在车站救过她。

吕艳芳虽然看上去像四十左右的样子，其实是保养得好的缘故，实际上她已经快五十岁了，还有心脏病。

那次从外地回来，下火车时，由于人多拥挤她脚踩地时摔了一跤，心脏病就犯了。叶兰正好在她的后面下车，见她倒地，急忙喊人抢救，她稍懂一些医疗知识，一边把吕艳芳平放在地上，一面求人去叫车把吕艳芳送到医院。所以吕艳芳非常感谢叶兰，知道她的情况后就让她在自己开的酒吧当了服务员。

叶兰醒来时，见吕艳芳正坐在她身旁，慈爱地看着她，心中十分感动，她轻轻叫了声"吕姨"就坐起身。

吕艳芳嘘寒问暖关心了一阵子后，又问起她寻父的情况，叶兰摇了摇头，吕艳芳于是就转移了话题，说起了酒吧的经营。

吕艳芳临别的时候给叶兰留下一沓钱，让叶兰好好补一补身体，在大兴安岭的寒夜冻上一场可不是闹着玩的，需要及时补养，叶兰推辞不过，只好收下。吕艳芳走后，她拿起钱看了看，整整五百元。

二十

蒋兴出了车祸，这无异于给兴北公司雪上加霜，王富楼深感独木难撑，急急地来到医院。

锅炉房的人说煤烧得差不多了，今年也没买新煤，原来剩的煤质又不好。王富楼就让他们省着点儿烧，结果他们真的节省着烧了，整个办公楼冷得像冰窖似的，气得王富楼直骂，这不是成心跟他过不去吗！王富楼边说边拍着大腿。

他听人说又要召开一个商品博览会，是由国家一个部门组织的，跟蒋兴就想再去试一次。

"酒香也怕巷子深，大山里的好产品一定要打出去，让人们知道、了解才行。"蒋兴深锁眉头，心头急火火的。

沉默了一会儿，蒋兴又问起了老张的闺女怎么样了，王富楼说正在地区医院住院呢，好像病情得到了控制。但老张家也是够难过的，那台小黑白电视都卖了，粮食也就够他媳妇吃一个月了。工会主席王厚正张罗着给他家要救济粮呢，据说局里专门拨款买的粮食还有一些。

蒋兴想起前一阵子王厚请了一个星期的假，不知去干什么去了，虽说是看病去，但究竟是否去看病别人也不知道。

今天跟王富楼一说，王富楼跟他交了实底。王厚和他女儿王飞飞在新市场附近开了个小吃部，这两天才忙活完，已经开业了，他家孩子也多，也挺犯愁的，我离开时，他还吵吵要退休呢。

两人正说着，玉茹拎着鸡汤进了屋。王富楼用鼻子使劲地嗅了嗅，肯定是黄芪炖的鸡汤！

玉茹就笑了，说，"这王书记的鼻子还真好使，一下子就闻出来了。"王富楼连向蒋兴竖大拇指，夸玉茹真关心他，蒋兴不好意思地摇了摇头。王富楼又说了几句就回去了。

病房里只剩下了蒋兴和玉茹，玉茹把吃的东西放到桌上，就坐在了一边："自己能动手了，还用我亲自喂汤！"

"我也真想让你喂呀！"蒋兴咧了咧嘴，一只手抄起了小勺尝了口鸡汤。

鸡汤的味道有些怪怪的，他就问玉茹往鸡汤里都加了什么。

"还能加什么，我把泡在酒中的黄芪加在里面了。"

说得蒋兴哭笑不得，用那样的黄芪哪儿行，他说立柜下面不是有一包吗。但玉茹不耐烦地说："我哪儿有时间去找啊，人家上货的都走了，谁让你出车祸的，要不然我别的都准备好了，早去把货上回来了。"

蒋兴也知道她急，就说："你走吧，不用管我了，现在已基本康复，也不必扯你的后腿了。"

这些话惹得玉茹一阵不快。好心留下来照顾他，他却不领情，正欲再补白几句，让蒋兴知道知道自己的辛苦，叶兰却敲了敲门走了进来。

她已经出院去上班了。

叶兰穿了件淡蓝色的羊毛衫，里面配的是白色棉线高领衫，如瀑的黑发披散在肩头，轻轻一动，百媚顿生。手里拿的文件夹内，是她刚拟好的营销计划，玉茹没有跟她太客套，点了下头坐在那儿用眼看着她。

叶兰见蒋兴还没吃完饭，就坐在旁边，问起玉茹办服装店的事。玉茹说我这也正要走呢，可后面这儿还有个累赘。

"你放心走吧，蒋经理我们会照顾好的。"叶兰故意用了我们，她生怕用了我字会引起玉茹的不良反应。维维跟她说的话给她敲了警钟。她不得不更加小心地来处理三个人之间的关系。

大岭

　　其实玉茹已经决心明天就去上货了，如果再晚的话，她的冬季服装发回来时，别人早已卖了一阵子了，根本就挣不到钱了。现在来讲，时间就是金钱，所以她见蒋兴已没有什么不能自理的，就准备走。

　　蒋兴知道叶兰是给他送计划的，所以就向叶兰要了计划，边喝着汤边看，不时地询问叶兰几句有关的内容。玉茹见两个人又谈起了公司的事，心里就愤愤的，可她插不上嘴，索性给两人让出了地方，到雅芬那儿取钱去了。

　　一路上，感觉总是酸溜溜的，走到雅芬的商店时这种感觉仍未消失，于是顺手拿了一块糖吃了起来，弄得雅芬愣愣地望着她，以为她吃错了什么药，玉茹一向不爱吃糖的。

　　蒋兴对叶兰的计划十分满意，字里行间处处体现着她的细腻认真，他为有叶兰这样的帮手而暗自高兴过，这次叶兰又舍身相救，他内心深处对叶兰的感情已经无法用语言来形容与表达。这份厚重的情义是比金子还要珍贵的。

　　他抬起头深情地望了一眼叶兰，她也正专注地望着他。两束真挚的目光交织在一起，爆发出璀璨的火花。

　　不知过了多久，叶兰才低下了头，羞涩地拢了拢秀发。

　　"还有其他需要补充的吗？"她问。

　　"不用了，你写的已经很完备了，等于军他们回来再商量一下。"

　　谈完了公司的事，两人又谈起了各自的学生时代，一朵朵花絮扬起，一件件往事盈出记忆，是那么的温馨与惬意……两个人互相倾听，互相喝彩，互相感受那些相同的机缘，在各自的经历中，也许从没有过这样的相伴相随，如行云流水般的畅谈，这种愉悦甚至超过了他曾经与玉茹谈恋爱时的那种快乐。

　　暮色降临的时候，叶兰才恋恋不舍地站起身，她第一次与一个充满了成熟魅力的男人谈得这么深、这么久、这么投机，她所了解的蒋兴，内心世界是那么的丰富,她觉得自己始终被一种什么东西吸引着,但又说不出来。

她回去,蒋兴非要送她,怕路上不安全,叶兰执意不肯,外面的天气很冷,她担心蒋兴再冻感冒了,引起别的炎症。蒋兴举了举胳膊让她看,已经完全康复了,明后天就要出院了。但叶兰还是不肯,他只好把她送到医院的大门口。

蒋兴回到病房,见玉茹正生气地坐在床边,她从医院的后门进来时见到蒋兴去送叶兰的身影,虽然生气,但也说不出什么。所以板着脸,坐在了床上。

蒋兴知道她这几天不高兴,也就没在意,依然笑呵呵地说这说那,他这笑逐颜开的样子更添加了玉茹的气愤,她实在忍不住了,就拎起了包,狠狠地摔了一下门,回家去了。

蒋兴直愣愣地坐在床上,搞不清她又怎么了。默默地拿起一根烟,又放下,而后又拿起来,又放下……

重新回到办公室的蒋兴有一种再一次参加战斗般的兴奋,在医院的十多天里,他实在是太腻了,本来他得住上个把月的,但他惦念公司事务,所以匆匆出了院。

窗台上,一盆仙人掌一如既往地泛着绿,凸起的一处似乎在孕育着花苞。自从蒋兴搬到这个办公室,它始终没开过花,另一盆放在地下的菊花也四伸五展的,不过好像有些缺养分的样子,叶子微微泛白,有一小株还蔫了吧唧的。蒋兴就去打了点水,这么多天也把它们忘了,要不然怎么这样呢,俯下身去倒水时,发现盆子里的土湿湿的,早已被人浇过了。他才明白,这盆菊花是才缓过来的,前几天王富楼说办公楼里像冰窖,还不把花冻坏了才怪呢。于是他就坐在桌前想煤的事,今年煤又涨价了,可能已到二百多元一吨了,现在公司里也没买煤的闲钱,正算计着,王富楼兴冲冲地进来:

"五百箱!五百箱啊!你看订单,快来看!"他把五百箱山野菜的订

单放在蒋兴面前，不住地夸赞于军，"别看他腿不利索，办事儿可比谁都利索！"

蒋兴也被这份大宗订单所带来的喜悦感染，脸上的皱纹打开了许多。

"黄玉江呢？"

"谁知道他跑哪儿去了，听说他老婆正跟他闹离婚呢！前几天还在办公室睡了一宿。"王富楼边说边笑，"办公室那么冷，就他那身子骨也能挺住？"

说到办公室冷，蒋兴就问起锅炉房烧煤的事，王富楼说："反正他们说不够了，谁知道还剩多少，上次成心和我作对，我说省着点儿烧，他们就想冻我，烧得暖气片连点儿热乎气儿都没有。"

蒋兴就跟王富楼一起去了锅炉房，看看到底还有多少煤。也不能太官僚了，连看也不去看。蒋兴心里这样想，但没有说。

锅炉房的门虚掩着，引风机的轰鸣声老远就传过来，但门内叫嚷声在蒋兴两人走到跟前时就无法被掩盖了。

一听他们吵嚷的声音，便知道里面正在进行着狂赌。

王富楼一脚踢开门，先闯了进去，如此一比，他比蒋兴的性格要急上半拍。

里面的人被这突如其来的阵势镇住了，扑克和钱也来不及收拾，小段、张五、黄石以及李金的弟弟李银依次映入蒋兴眼中。四个人面面相觑了一阵子，最后还是锅炉班班长小段硬着头皮说："我们，我们这随便玩一会儿，打饭……"

他的饭店两字还没有连在一起就被王富楼硬顶了回去。"别扯犊子了，你们赌博还说随便玩玩，我送你们上公安局去玩玩怎么样！瞧你们把锅炉烧的，不想干就拉倒，痛快地滚！"他这一顿骂，倒是发泄出了前几天的气。

这几个人谁也不敢再出声，赶紧收拾扑克和钱，灰溜溜地想往外走。

"今天每人罚款五十，小段一百，谁不交就走人！"处理这样的问题王富楼比蒋兴有经验，他没征求蒋兴的意见就宣布了。三个人灰溜溜走了之后，只剩下小段尴尬地站在那里。

"咱们还有那么多煤，你怎么说不够烧呢？"蒋兴走到小段跟前问，"光煤底子就够烧两三个月！"

"我是怕不够！"小段讷讷地说。

刚才来时，蒋兴特意用锹去挖了一下煤层，仅运煤路两侧煤底子就有两米深。足够烧到春节的，剩下两月那些木杵子也够用了。

小段默默地去往锅炉里添煤，王富楼又批评了他几句，他被抓住了把柄，也不敢反驳，只好静静地听着。

等蒋兴两人走出锅炉房不远时，听到里面扔铁锹的声音。气得王富楼说："明天就让他们滚蛋，烧锅炉的人有的是。"稍停他又问蒋兴有没有人找他要来烧锅炉的，这倒令蒋兴想起了玉茹的那个亲属，但他又不知道现在他在哪里，就跟王富楼说没有。

第二天，公司告示牌贴出了对小段等人的处分决定，引得大家议论纷纷，不过大家都十分服气。这一告示的公布，标志着兴北的管理进一步严格起来。

蒋兴深入到车间，仔细检查了每一个生产环节，他告诉职工们，公司是绝对不允许第二次质量事故发生的，这需要大家的共同努力，他知道，任何时候，没有全体员工的团结合作，公司都不会有发展。正给大家鼓劲儿之时，叶兰出现在车间门口，向他摆了摆手，他就停下了讲话走出去。

在车间的外面，叶兰告诉他，王富楼让黄石和李银给打了！

二十一

蒋兴急匆匆赶到办公楼，那里正吵吵嚷嚷的。黄石摆出拼命的架势要往楼里冲，几个人拉着他，那边李金和李银兄弟俩也在撕扯着，看样子李金也急了。

王富楼站在楼门口，一手捂着鼻子，手背上也沾着血，嘴里仍在说着什么。

"你们都住手！"蒋兴离老远就喊。

大家把目光转向了蒋兴，蒋兴站在王富楼身前询问事由，问伤怎么样。

"他们这两个家伙不服，跟我找碴儿，我是不能惯着他们！"这个时候黄石和李银已经不再要往前冲，而是远远地叫骂着。

蒋兴要让人给公安局打电话，却被王富楼制止了。他擦干了鼻子上的血迹说："不用麻烦人家了。"

黄石同李银两人不情愿地去交罚款，一直气鼓鼓的，正好在办公楼前遇到了王富楼，两人就故意说些风凉话气王富楼。王富楼刚在家中喝了酒来到公司，哪里受得了这两人的挑衅，就粗着嗓门训了他们一顿，顺口还骂了几句话，还说如果不交罚款就马上走人。

本来黄石没钱，害怕真的开除他，就东挪西凑了五十块钱和李银来交款，一听王富楼这般说，干脆不想去交了。他原本就不是正式工，所以就跟王富楼干上了，他和李银都想打王富楼一顿解解气。

李银只是上前撕扯了几下，黄石却是动了真格的，一拳打在了王富楼鼻子上。众人赶来拉住他俩时，血已从王富楼的鼻子里流了出来。

"从现在起，你们俩不用再上班了，愿意上哪儿去就上哪儿去吧。"蒋兴弄清楚原因后就毫不犹豫地通知了这两人。

"老子正不想在这儿干了，此处不留爷，自有留爷处。"黄石一脸满不在乎的样子，吐着酒气。他心里明白，蒋兴早晚会收拾他，这次虽然是王富楼做出的决定，但黄石同样把它归到蒋兴的头上。原来他就抱着能混一天是一天的想法，现在开除了他也不觉得怎样。而李银却是正式工人，一听蒋兴的话有些傻了眼，因为这点事儿丢了饭碗的确划不来，刚才仍欲冲上前，恨不得把王富楼踏在脚底下的激情早已消失得无影无踪了，他挤了挤小眼睛看着黄石"潇洒"地扬长而去，而自己却不知如何收场。幸亏他哥李金斥责了他几句后把他拉进门卫室。

一场风波过后，公司里又恢复了往日的忙碌。

黄石再也没出现在兴北的院内，李银的位置被别人顶上，李银原来和小段烧锅炉一直干得很不合，这次丢了饭碗，就去别的单位寻求门路，但没人愿意接收他。最后，这个矮墩墩、黑乎乎的锅炉工只好转了工种，上山抬木头去了。

一个星期四的下午，蒋兴正阅读着《人民日报》，忽然隐约听到了叫喊之声。他吃了一惊，以为单位又出什么事了，忙站到窗口向下面看。公司院里没有人走动。声音是从公司大院外传过来的。

他就噔噔噔下了楼，往公司大门口望去：一个女人尖尖的叫声引导着让他看到了两个正在厮打的身影。

"这个瘟犊子！"当他看清那个男人是黄石的时候，心里禁不住骂道。

李金已从门卫室出来，劝阻他们。路上已围过来几个看热闹的行人。

"黄石，你到这儿打什么！"蒋兴上前斥责道。然而黄石却根本没有理会他的话，依旧挥拳向女人身上乱打着。黄石的老婆是他从山外领回来的，还带着一个十四五岁的女儿。自打她跟黄石来到这里之后，一直实心实意

地跟他过日子，夏天种菜，秋天上山采蘑菇、松塔、山野菜，还养了猪，里里外外很能干。然而黄石是一个不着调的家伙，整天在外面赌钱喝酒，喝得醉醺醺的，回到家就惹是生非，尤其是输了钱之后，回来就拿她出气，非打即骂。刚开始那女人还忍着，后来实在忍不住了也就还手跟他厮打。

今天，黄石又不知在哪儿喝了酒，回到家又骂又摔的，两人就吵了起来，没吵几句黄石手就痒了，上去打了女人一个耳光。于是战争就由内而外地扩展开来，一直漫延到兴北的大门口。

黄石的家就在兴北大院后侧的平房区，黄石这次打他老婆也是憋了满肚子的气，加上又输了钱，所以这次打得比以往都狠。他老婆就往兴北跑，想找他们领导解围。自打她跟了黄石以来，黄石一直瞒着她，说自己是正式工人，至于他被开除的事儿也没有让她知道。

黄石的老婆不认识蒋兴，但也看出他是个领导的模样，当李金拉住黄石后就向他哭诉起来。蒋兴听她这么一说，心中十分愤怒，黄石这人也委实可恶，但愤怒归愤怒，此时自己又不能把他怎样，他已不再是兴北的一员了，自己也管不了他。他十分同情这个苦命的女人而又无可奈何，最后告诉她："你到妇联去吧，那里会有人帮你的！"

那女人痴痴地望了蒋兴一会儿，她以为蒋兴也许不是领导，或许是领导但也不愿意管这事，就哭了一阵子，一瘸一拐地往回去了。

她后悔被黄石骗到了这里，受尽了他的欺凌。在她的背后，洒下了一路的辛酸。望着女人远去的背影，蒋兴叹了口气，他深深地为她的不幸所触动，但又无法给她一些帮助，哪怕是几句支持的话语也好。

回到办公室，叶兰通知他去参加局里的一个会议。见他气色不好，就关切地要为他叫车。"不用，我骑自行车去就行。"蒋兴说完就要往外走。

叶兰却又轻声叫住了他，向他请假，陈向阳要领她到宋志成那里去。蒋兴点了点头，"希望这次能获得一些好消息！"

他和王富楼打了个招呼就去开会了。会议的内容没有什么新东西，一个领导似乎又把去年的讲话稿内容略作改动给大家读了一遍。蒋兴坐在最前排，想走，但又没法走，前排在领导眼皮底下，这站起来一走太扎眼。但这个会对于他来说确实没有什么意义。若早知道是这样的会，他就不来了，瞎耽误工夫。

第二天一上班，公安局的人就打来了电话，说上次的案子破了，偷锯的就是黄石，一会儿就去拘留他，让兴北派人协助一下。

公安局前天破获一起盗伐林木案，一个家具店被连窝端了，这个家具店半年时间里偷伐了一百多米原木。说来有意思的是，这个家具店所有的设备，没有一件是老板正道买的，全是赃物。公安局发布了告示，把清单列出，哪个单位或个人丢了什么东西赶快去认领。老板供出几件新购进的赃物，其中小锯是黄石偷去卖给他的！蒋兴十分解气，这小子总算蹦到头了。

不一会儿，一辆警车便停到了兴北的大门口。蒋兴快步走出了办公楼，来的两个警察中有一个小李他认识，客气了两句，他就让李金去领路，李金有些担心，面有难色地说这可不是什么好差事。但又转念一想，黄石这小子把自己也坑得不浅，就咬了咬牙跟着上了车。

蒋兴坐在门卫室里，托着腮望着窗外。厚厚的积雪堆在道路两旁，两道车辙印迹明晃晃的。被往来的车辆压得很坚实的雪道，中午时被太阳一晒，融化的表层到了晚上韧带般地结成冰，于是就形成了两条白亮亮的冰道，人在上面走，也需加倍小心，特别是骑自行车的，一不留神就会有摔倒的危险。所以这个季节，所有的机动车辆都行驶得很慢，否则是很容易发生交通事故的。

兴安岭上，白雪皑皑。

蒋兴在门卫室等了半个小时，也不见警车回来，就有些着急了，他走出了门卫室。外面已经刮起了风，一道道的雪墙像竞赛一般地在大路上奔

162

跑着、呼啸着。终于看见了车的影子，由远而近。

李金从车上下来，警车就鸣着笛呜呜地开走了。他使劲儿跺了跺脚，对蒋兴说："咱进屋说去吧！"

看李金的表情，蒋兴觉得十分别扭，或许抓到了黄石。他在门口磕了磕鞋面上的雪，忙进屋听李金说详情。李金领了两个警察来到黄石家的大门口，敲了敲门，可里面一点儿反应也没有。两个警察就跳了进去。可谁知抓出来的不是黄石，而是黄石的闺女黄可娟。

黄石已被黄可娟在昨晚用刀砍死了。

"黄石那小子也太不是人了，前几天刚打完老婆，昨天又不知怎么把老婆打得跑到别人家躲起来。好像是他喝了一斤酒没够，非要他老婆出去给他买，她不去，所以黄石就动了手，把老婆打跑。黄可娟从外面回来，不见母亲，就问黄石，这一问又把他惹火了，又把他闺女打了一顿，光打了还不算，他还把黄可娟摁到炕上给……给糟蹋了。你说这猪狗不如的东西！"李金吐了口唾沫，"听她闺女说这已不是第一次了，母女俩一直忍气吞声。后来，黄可娟实在是被逼急了，趁黄石睡觉的时候，一顿菜刀把他砍死了。她母亲回来的时候已经晚了。这下被害者却成了杀人犯。母女俩哭了一晚上，直到我们走还在家哭呢！可哭有什么用！"

李金的话音有些沙哑了，他也十分同情这母女俩的悲惨遭遇。

蒋兴又默默地点上一支烟抽了起来，这只是在报纸上才见到的案件竟然发生在自己的身边，简直令他不能接受。回到办公室的时候，他的大脑里还是一片空白，他似乎又看到了黄石的女人披头散发地哭喊、悲鸣，又看到了黄石那张刀条脸上狰狞的狂笑，又看到了黄可娟呆滞凄迷、充满了仇恨的眼神……

王富楼走进办公室的时候，他没有一丝一毫的觉察。"哎，想什么呢？"王富楼把一包东西放在桌上。

"我给你带来一点儿精品，"说着打开了纸包，"这可是上好的饮品，比毛峰都要好呢！"

蒋兴转头去看时，见里面放的全是黄芪叶子，就说："是给我的？"

王富楼点了点头说："这个常喝还能治胃病。"

"黄可娟很不幸，至少我们可以帮她找找律师，她还未成年呢！"蒋兴说。

"这事儿交给我办吧，我有亲属在律师事务所！"王富楼把剩下的黄芪叶子重新包好，放到蒋兴面前："喝点儿这个吧，也提神醒脑呢，那事儿你放心，怎么说咱也能做点儿人道主义援助！"

干冷的天空又涌现了许多灰色的云朵，一种阴冷从四处偷偷地往人的衣服里挤着。好在暖气片一点一点热起来，若是以往，又冻得人发抖了。王富楼走后，蒋兴又叹了口气，窗外零星的雪花像荡秋千一样落了下来，整个山岭渐渐隐没在一片灰蒙蒙之中。看样子，要下一场大雪。

二十二

叶兰到了陈向阳家，老两口正在聊天，见她来了，十分高兴。玉茹娘乐颠颠地又拿椅子又倒茶。

宋志成回来之后，给陈向阳打了电话，两个人多年未见了，正想好好聚一聚。宋志成身体一直不好，到处治病，也未彻底治愈。

陈向阳知道叶兰已请好了假后决定下午就走，他的心情也很迫切，希望早些见到老战友。给宋志成打电话，但他家没人接。"没人接不要紧，我能找到他家的。"他放下电话对叶兰说。

"你可得小心点儿，一把老骨头了，别有个什么闪失！"玉茹娘不放心地叮嘱，"到那儿可别多喝酒啊，出门可不像在家里。"

"还没走就唠叨，你也不嫌烦得慌！"陈向阳乐呵呵地收拾着东西。

爱军拎了蔬菜回来也一个劲儿地叮嘱陈向阳要注意身体。陈向阳说："今天你们娘俩这是怎么了，都犯一个病！"

爱军原打算同叶兰一起去，但是老爸不同意，多年没出门了，他在家也憋闷，这次去看看战友，也散散心。在陈向阳心里，出趟门并不算什么，想当年，大兴安岭滴水成冰的时候都未能把他怎样，还怕旅途的劳累吗？然而爱军娘俩却不这样想，毕竟年纪大了，若是没人陪着，无论如何也不会让陈向阳出门的。

叶兰拒绝了爱军家留她一起吃午饭的邀请，回到住处收拾东西。站在镜子前，她有些激动，也许这次就能打听到父亲详细的情况了，二十年来，她无时无刻不惦念着此事。找不到父亲，自己的身世就依然像谜一样无法解开。

　　她拎了一包水果到爱军家时，却见桌上已经摆放着一大包东西了，爱军说："你还买水果干什么！"叶兰笑笑没作声。

　　上了火车后的陈向阳向儿子挥了挥手，找了个车厢坐下，刚才上车时人们一窝蜂似的拼命往车上挤，把陈向阳挤得直喘。

　　"这车梯也太高了，铁道部也不做一下调整，老年人上车多费劲啊！"叶兰一听就忍不住笑了。到底是革命的老一辈，总能找一些问题出来。她从兜里拿出几块纸擦了擦茶桌上的灰尘，同陈向阳面对面地坐下。

　　陈向阳一身老兵的装束，连帽子都是原来当铁道兵时戴的。爱军和他妈劝陈向阳换一身新衣服，可陈向阳说什么也不换。他觉得这一身才是最新最好的。上了车，引来了不少好奇的目光。

　　这一天虽然晴朗，但有种干涩的冷。叶兰把陈向阳的帽子挂在衣挂上之后仍未从等车时的寒冷中解放出来，禁不住说："这天真冷，若是再等一会儿车恐怕要受不了。"

　　陈向阳由此开始便打开了话匣子，他是一个非常健谈的人。

　　"你呀，还没遇到过真正的冷呢，六几年的时候，我们修大长山那段铁路，那年冬天才叫冷呢。你一出屋子，就让你满脸挂霜，想喘气说话都困难，嘴都张不开，两片嘴唇冻到一起了。你信不？真的！要不是嘴里面还有点儿温度，你一用劲，准会扯下来一片！"

　　"真有那么冷吗？"

　　"真的！"陈向阳神情庄重地回答叶兰的疑问。

　　叶兰虽然没有亲自体验过那样的一种寒冷，但上次车祸时她也领教过这寒冷的滋味了。幸亏那时没赶上最冷的时节，否则她就不会有今天了。

　　"你们不是学过毛主席那首诗词吗，那可真是'千里冰封，万里雪飘'呀！"陈向阳已忘记了刚才的不满，兴致勃勃地同叶兰聊了起来。

166

"望大岭内外，惟余茫茫，兴安上下，顿起萧萧。"

"这也不是毛主席的诗词啊！"叶兰打趣道。

陈向阳却不好意思起来，说是他填的词。叶兰再让他讲下去，他却怎么也不愿讲下去了，连说："瞎填的，没啥意思。"叶兰拿出一个苹果，用小刀慢慢削着，让陈向阳讲他过去的事情。陈向阳就一下子回到了他永生难忘的60年代。

"1964年，我们铁道兵按中央的指示，来到这莽莽苍苍的大兴安岭，冲进了这块蕴藏着无数宝藏被誉为'高寒禁区'的大地。"陈向阳先来了个开场白，而后缓缓地讲起来。

"那时候，我们唱着《铁道兵之歌》，一路浩浩荡荡来到这儿，也不知道大兴安岭会冷成什么样子，反正再冷也能想出办法对付。10月份没觉出怎么样，可到了11月就见识到这高寒的厉害了，我们带的猪肉拿出来吃时，你说怎么样？一斧子砍下去，只砍了个小口，硬是没砍断！气温下降到50度，外面连个鸟影都没有。"

"那时候哪儿有砖房啊，我们全住帐篷，晚上冻得都睡不着觉，不戴手套连枪杆都不敢摸，若是摸上了，不黏下一层皮才怪呢。别看这么冷，我们照样顶风冒雪去修路，那罪那苦你们现在的年轻人只能当故事听，那可是真的。冬天大雪封山，呼吸都困难，我们还要去河里弄冰，刨不动就用炸药炸，用麻袋把冰运回去。"

"用冰干什么？"叶兰插了一句。

"那哪里是冰，那是水呀！我们喝的是河水，冬天河水一冻到底，全是冰，再用水桶挑，那怎么行？"陈向阳摸了摸胡茬望了一下窗外。

"那时候，你们连主要负责什么？"

"我们主要是开山打隧洞。等会儿再过几站就会见到山洞了，那几个山洞就是我们开的！"陈向阳十分骄傲地说。他见身旁的几个旅客也在静静地听着他的讲述，心里十分高兴。

铁道兵在大兴安岭修了八百多公里的铁路，如果没有他们，没有这条路，这里依然会是一片沉寂的土地，会"千山鸟飞绝，万径人踪灭"！

然而当陈向阳讲述到他的战友时，他的心情陡然在下沉。在前面山洞，长眠着他的一位战友，一位叫张永青的英雄。1965年，陈向阳他们连打2号隧道。他和王战成、张永青等八个战友往外运石渣、石块。那正是映山红满山的时节，隧洞外，花香扑面，苍翠的樟松、落叶松正在努力地拔高自己的身体，百鸟正在尽情地鸣啼……而洞内，几个战士正挥汗如雨，满脸的灰尘与汗水混合在一起，像是被涂了油彩一般。陈向阳推了一车石块走出隧道后，拿起水壶想喝口水，忽然听到隧道里传来了呼喊声，他就扔下水壶往里面跑。隧道里正在噼里啪啦地掉着石块，在外面的几个人也往里跑，他知道，肯定有战友被埋在里面了。这时候，班长喊他们不要往里进了，可谁也不听。

王战成被上面掉下的一块石头砸倒后，班长就明白要塌方，他和张永青就不顾一切地去拖王战成，想迅速撤出来。然而当他们往外撤的时候，一个更大的石块落了下来，把张永青全部罩在了下面，班长也被砸伤了腿，王战成也被一堆碎石块所埋。外面冲进去的几个战友拼命地往外搬石头、扒石块，才救出了王战成，但大家无法再去救张永青了。即便抬起巨大的岩石，也已经无法再唤起张永青的身躯。

永青！隧道里响起了撕心裂肺的哭喊……这位后来被追认为烈士的英雄战友就葬在那个隧道旁边的山坡上，他的遗体是战友们一片一片从岩石下"抢"回来的。

英雄的战士，托体同山阿。

讲述完这个真实的故事，陈向阳已禁不住老泪纵横，周围倾听的旅客眼睛也都湿湿的，大家都被深深地感动了。

大岭

　　列车缓缓地在一个小站停下来，又是一阵拥挤与叫嚷。也许人口真是太多了，或许是素质不够的缘故，即使没有几个人上车，大家也还是要挤一挤的，否则就会没了紧迫感，没有了效率。然而事实上恰恰相反，这样一挤，常常几个人卡在车门口，你上也费力气，我上也不容易，最终大家都累得直喘。如果赶上冬天还好些，若是赶上盛夏，那罪可就多了，闷热的车厢里本来就热得像着火，挤车时再出一身汗，其滋味不言而喻。

　　列车做了短暂的歇息又"走"了起来，这段路弯道多、弯度也大，所以行驶到这儿的时候不能快跑，只能减速慢开。

　　"再过两站就到了。"陈向阳已经恢复了平静。叶兰把削好的苹果递给他，他咬了一口说："这苹果若是在当年，咬一口不把你牙硌下来才怪呢！冬天里，土豆一个个冻得像铁丸子，那才叫硬呢，现在不打鬼子了，要是再打，咱们不用子弹，用这冻土豆就行，准能一个土豆打倒一个鬼子！"

　　"那你们怎么吃这土豆啊？"

　　"用斧子砸碎了再吃。"

　　列车驶进一个山洞，光线一下子暗下来，阵阵阴冷的风从车窗的缝隙钻进来，让人感到浑身不舒服。列车出了山洞，陈向阳就指着车窗外告诉叶兰，从这往后的三个隧道都是他们开出来的。叶兰抬眼望去，灰蒙蒙的天空下，一个黑黑的小洞口，列车基本和它处于垂直的位置。就在这个洞口旁边，陈向阳还照过相，不过因为战友的照相技术太差，不知怎么把底片弄跑光了，连个黑的影也没有留下。

　　突然一阵冷气乍起，列车上售货员的声音也随之而来："火腿香肠豆腐卷啦，啤酒白酒饮料啦，花生米烤鱼片五香瓜子啦。"一个中年妇女推着小货车慢慢地走着，用一种搜寻的眼神拂过她所经过的每一位乘客，只要视野中的人们向她表示一个异常的举动，哪怕是不经意地抻一下懒腰，也会把她的注意力吸引过去，面带着一种询问望着你。不过在乘客看来，

169

她走路的时候，既像目中有人，又像目中无人。

推车女人刚过去，另一个卖大碗面的男子就拎着水壶一路吆喝着跟上。

"大碗面啦，现吃现冲啦……"

叶兰问陈向阳饿不饿，他摇了摇头说中午吃得很饱。"你要是饿了，就吃点儿！"他关切地问叶兰，叶兰也摇了摇头。

卖大碗面的见两人有吃的意思，就走过去热情地招呼："吃大碗面吗？正宗'康师傅'，五块钱一碗！""不要，不要！"陈向阳连连摆手。他一听大碗面的价格这么高，就不解地问叶兰，"在商店里这大碗面没这么贵呀？"

"一看你老就多年不出门了，"旁边一位爱搭茬儿的乘客说道，"这大碗面贵在水上，不是在面上，你若是图便宜在车下买，上车后你就得干嚼！"

"车上不是烧开水吗？"

"要是有开水，那肯定又来了检查的，要不然那些水箱不是空的，就是水早已凉了！"看样子那个乘客也是常外出的人。"你这60年代的人过不惯90年代的生活吧？"

临近傍晚，车厢里气温下降得很快。叶兰又把丝巾围在脖子上。

"您要是铁道部的大官就好了，一声令下，哪次列车没有开水也不行，为人民服务嘛，这样子哪儿行！"叶兰跟陈向阳开了个玩笑。

陈向阳被逗得直摸胡茬，连说："我这辈子是当不了官的。"此时车正在慢慢地减速。

"我们到站了！"虽然列车上没有报站名，陈向阳却兴奋地指着车窗外告诉叶兰。这个被叫作榆林的林业局他十分熟悉，年轻的时候不知道跑了多少趟了。

火车站与住宅区有一条水泥路相通。水泥路旁停满了各种车辆，有机

动车，也有人力三轮车。兜揽生意的车主们纷纷向旅客询问："坐车吗？"

陈向阳拒绝了一个三轮车主的询问后跟叶兰来到一个电话亭旁给宋志成打电话。宋志成的老伴赵玉梅接了电话，但她没有听出是陈向阳的声音，直到他报上名号，才大悟道："原来是你呀！"

这两天宋志成正住在医院，赵玉梅也忙得不可开交，她知道陈向阳已经到了，又是高兴，又是着急，因为身边也没个闲人，所以不能去接站，幸亏她家还是老住址，陈向阳能找到，所以就约好在家门口等他。

二十三

宋志成家依然住着那间平房，虽经岁月的洗礼，却也不失当年的整洁别致。

从三轮车上下来，叶兰的脸被冻得通红，像个熟透了的苹果一般。打完电话，叶兰要打小汽车，而陈向阳却见一个没揽到生意的人力车主在站门口跺着脚，就十分同情地非要坐他的车。死冷寒天的，挣点儿钱不容易！

赵玉梅站在黑漆漆的大门口正在等着陈向阳。她和房子构成了一种很有情趣的画面映入两人眼中，陈向阳高兴得老远就喊："嫂子！"

赵玉梅笑呵呵地迎了上来，仔细端详了陈向阳后说："还挺年轻的嘛！"

"别逗了，老嫂子，我主要是又把胡子刮了，要不这么冷的天，黑胡子变成了白胡子，你还能认出我吗？"两个人就摇头晃脑地大笑起来。

"这是你儿媳妇？"玉梅指着叶兰问，"啥时候办的事儿怎么没通知我们一声呢？"陈向阳还来不及介绍，就被她抢先发问了。叶兰不好意思地笑了笑。陈向阳赶紧跟赵玉梅说："可别弄差了，这是我闺女。"这样一说倒把赵玉梅弄糊涂了。她知道陈向阳就两个孩子，玉茹和爱军，怎么又多出了个闺女呢？来不及细问，赵玉梅先把两人让进了屋。

宋志成复员后与陈向阳虽不在一个单位，但是两个人三天两头就聚上一聚，多年的战友情义把两个人的心紧紧地连在了一起。那时候宋志成的家已经搬到大兴安岭，而陈向阳却一个人在这边，玉茹娘仨搬过来是后来的事了。所以陈向阳长年待在宋志成的家，成了宋家的编内一员。陈向阳最爱吃赵玉梅炖的鱼，说她比玉茹娘炖的要好上一倍，听这话，赵玉梅就抿着嘴笑，批评他不要学得油嘴滑舌的，要不然等玉茹娘过来了，一定要告上他一状，让他吃不了兜着走。后来宋志成调到榆林局当了计委主任，玉茹娘也搬了过来，由于离得太远了，两家的走动也就少了，但逢年过节的总还要聚上一聚，每一次的聚会大家都倍加珍惜，宋玉成和陈向阳都要好好喝上一顿。后来孩子们长大了，常派他们代表全家来回看一看。

陈向阳八年前还来过一次，但近几年身体不比以前，也就不折腾了。有时通一通电话，有时让爱军来。但爱军不太愿意来，这主要是宋志成的独生女儿宋丹的缘故。宋丹跟爱军一起长大的，可以说是青梅竹马，宋志成也十分喜欢爱军，他这个人喜欢儿子，却没有得到儿子的命。孩子们长大后，他还有把宋丹许给爱军的意思，他跟陈向阳也有过话，陈向阳也就半开玩笑地答应了。爱军高中毕业去当了兵，而宋丹还没有考上大学。在当年，宋志成就想把婚事订下来，但遭到了宋丹的反对，她还要继续考大学，所以已经接到宋家通知的陈向阳只好把事情搁了下来，但寄给爱军的信却无法再取回了。为这事儿爱军还特意请假回来了一趟。后来宋丹考上了大学，并且自己处了对象，就是现在的女婿小向。宋志成两口子别了很长时间也没阻拦住，所以心里也一直过意不去。陈向阳很开通，既然孩子不同意，也就不能勉强，强扭的瓜不甜，但爱军十分腼腆，除了万不得已，要不然他是不愿来的，他怕见到宋丹，心里别扭。

宋志成的家里烧得很热乎，一进屋一股暖流就拂过脸颊，不一会儿便让陈向阳两人忘记了外面的寒冷。陈向阳把大衣扔在沙发上，就打听宋志成生病的原因。

宋志成的身体也一年不如一年，每年的冬天都要病上一场，这次住院是因为得了哮喘。玉梅说他也活该，都是退下来的人了，还去管闲事。陈向阳问他又管什么闲事了，赵玉梅就说："上次省资源部门来榆林搞调查，确定木材产量，局里为了多伐点儿木材，就虚报了几个数字，不知怎么被

174

老宋知道了，就去局里闹了一场，批评局里领导弄虚作假，幸好省里的人走了，要不传出去，影响多不好！这不，他一下子气病了。人家看在他过去当过副书记的面子上没有跟他计较。"

"如果今年把木材生产量减了，咱们靠什么开支呀！这老宋非较这个真儿，说不减以后日子怎么过，吃完了木头吃西北风去呀！我是说不过他！"赵玉梅愤愤的样子倒让陈向阳不知道说什么好。他接过叶兰端过的茶水对赵玉梅说："我先给你介绍一下我闺女吧，一会儿就去医院看老宋去。"于是他把叶兰的情况跟她说了一遍。

赵玉梅拉着叶兰的手，仔细端详了一阵子，不住地夸奖叶兰长得俊，眉清目秀的，像个电影明星。陈向阳让叶兰陪着赵玉梅在家做饭，自己去了医院。他对这里还是很熟悉的，哪个单位在哪个位置都记得很清楚。

陈向阳推开病房的门，浓重的药味儿一下子侵入了已经干干的鼻孔，直捣腹内，他不自觉地皱了一下眉。宋丹正坐在床边，惊奇地望着他，以为他找人走错了门。

"小丹！"陈向阳摘下了帽子。

"陈叔叔！"宋丹这才看出了陈向阳的模样，轻快地站起身跑上前，一下子抓住他的手臂高兴地问："您怎么来了？"

"不让我来咋的？"他轻轻地拍了拍宋丹的肩膀，这个他看着长大的孩子已经不比他矮多少了，宋丹小时候，两个人一见面时，陈向阳都会一只手把她抱起来，现在却不能了。

"你爸咋样了？"

"好多了，刚睡着！"

宋志成躺在床上，右臂上盖着一条毛巾，一瓶葡萄糖液正通过那根细管一点一滴地输入他的血管。陈向阳走到宋志成跟前，仔细地看着这位曾经与自己同甘共苦、亲密无间的战友。此时的宋志成，两鬓已经花白，黑黄黑黄的脸上星星点点分布着老年斑。也许已经几天没刮胡子了，灰白的胡子杂乱地疯长着。他双目紧闭，眉头紧锁，仍在思考着什么。这就是自己的战友，为大兴安岭的建设洒下血汗的战友，此刻正渐渐地老去。陈向阳默默地坐下来，他感到一种苍凉与悲壮正穿过脊背，又在顷刻间消失得无影无踪。宋志成咳嗽了一下，接着又喘了起来。陈向阳立刻把手伸到他的背后，把头部抬高，一只手在他的胸前揉动，宋丹也忙上前扶着正在输液的胳膊，爱怜地望着他。喘了一阵子，宋志成睁开了眼，他还以为是女儿托着他，所以没有睁眼。

他看到陈向阳的面孔时，感觉像在做梦一般，几乎有些不敢相信。

"是你吗？向阳！"他眨动了几下眼睛。

"是我呀，老宋！"陈向阳紧紧地抱着他。

"你也不知道注意身体，瞧我至今还没住过院呢！"

宋志成紧紧抓着陈向阳的手，激动得再也说不出话来，双眼溢满了泪水。

输液完毕，宋丹拔出了针头。

两人慢慢地交流，不时被宋志成的哮喘所打断。宋志成到外地疗养了一段时间，回来后本想去看看陈向阳，但赵玉梅不让，她担心他的身体会吃不消。另外加上女儿的反对，他就没去成。

"你的老毛病也得治治，别总管闲事儿，能管好自己就不错了。"陈向阳慢慢地劝他。

"可不是吗，现在谁还像你们那么认真！"宋丹插了一句，"像你们……"

她还想说，见宋志成正瞪着她，就吐了下舌头不言语了。

宋志成虽然很娇惯她，但真要向她瞪眼睛时，她也是害怕的，在原则问题上，宋志成丝毫不向她让步。她和小向工作分配时，她本想让父亲出面说句话，她和小向都安排到公安局，不成问题，可宋志成硬是不管，让他们听从组织分配。结果她被分到中学当了教师，小向能进税务局还是赶

上税务扩编，他自己考上的。为这事儿，父女俩还别扭了好长一段时间，一直到她和小向结婚之前，这种冷战状态才宣告结束。

夜色悄悄包围了这间病房。

陈向阳的到来，给宋志成带来了无限的喜悦，他的精神好多了。他问陈向阳陈玉梅做好饭了没有？

陈向阳说："老嫂子在家给我炖鱼呢，一会儿回去就开饭。"正说着，小向推门进来，他穿着一身税务系统的棉大衣，头上的帽徽闪闪放光。一进门就跟陈向阳打招呼。他和宋丹结婚时，给陈向阳家寄去过照片。小两口还专程到陈家去了一趟。

小向把保温瓶放在桌上，里面装的是鸡汤，他除了给岳父送饭，也是来请陈向阳回去吃饭的。宋志成觉得自己的身体轻快了许多，喘得也不像以往那么严重了，就要回去，却遭到了宋丹的强烈反对。他却用医生最后一个点滴作为论据轻而易举地把女儿给驳到了一边，最后不得不把医生请来查看一遍，才得以放行。医生嘱咐说回去要注意休息，千万别再感冒发烧的，否则会加重病情。宋志成让女儿记住医生的话就乐颠颠地出院了。回到家，他的气色确实显得格外的好，原来的哮喘也成了偶尔调节一下气氛的插曲。

他见到叶兰，听明白了陈向阳的解释，禁不住感叹叶兰和她父亲叶文峰长得真是相似，据说女儿与父亲的相似之处多在脸形，而与母亲的相似之处多在眼睛，更有一些国外学者宣扬从额头上与眉形上能够更好地辨认出父女间的相同特点。

吃饭的时候，宋志成讲起了叶文峰的过去。

叶文峰具体是哪一年来大兴安岭的，他记不太清了。他只记得叶文峰在林场伐过木头，后来又去场部食堂做饭。军宣队进驻场部时，宋志成作为军代表在那里待了一段时间，正好同叶文峰同住一幢房子，他为军宣队做饭，两人混得很熟。

当时林场正在斗党委书记老关，后来又把叶文峰带上了，因为他和老关私下里关系很好，叶文峰之所以在食堂做饭，是老关安排的，造反派就说他是老关安排在食堂里的内奸，要拉上他一起斗。可没想到叶文峰手中却有一张王牌，他知道造反派头子老达子偷过食堂的豆油，所以听说他们要斗他时就去找老达子摊了牌。

"你们之间的事我不管，你要是往我身上扯，别怪我把事都抖出来！"他扔下这句话就气嘟嘟地走了。没想到他这张牌还真管用，造反派再也没去找他。但他们把老关锁在一间仓库里，狠狠地斗起来。白天让他写反省材料，晚上给他挂上铁牌子批斗，他们用一根铁丝把铁牌穿上，在上面贴上白纸，写上走资派字样的大黑字。沉重的铁牌压得老关的头想抬也抬不起来，细细的铁丝勒进了脖子的肉里。他的妻子早已被迫跟他划清了界限，只有叶文峰偷偷为他送些吃的。后来老关实在忍受不了造反派的迫害，就求叶文峰帮他逃走。叶文峰知道放走了老关，自己也好不了，干脆领着媳妇同老关在一天晚上扒上运材火车逃出了大兴安岭。

宋志成也是后来才知道的，军宣队驻了没多久就撤走了。

据说老关也曾救过叶文峰的命。在山上伐木头的时候，老关带人去送粮，把粮送到后，没有回到山下，而是组织了一场技术比武，八个小组竞赛伐木头。叶文峰在伐一棵樟松时，出现了危险，锯完了树，几十米高的庞然大物却没有倒下。正好老关到他这边查看进度，他是伐木老手，十分熟知这种情况的危险程度。

树枝在天空中呜呜地响着，风虽不大，却吹得人心惊胆寒。叶文峰没有太多的经验，一下子不知怎么处理这样的情况。老关站在离他不远的地方，让他别动，然后指挥他先把帽子扔出去。

大树依然未倒！

接着又扔了棉袄!

大树依然不动!

叶文峰的鼻子上冒汗了。他最后把手中的油锯拼命扔了出去,大树还是没有反应。他忍不住了,转身就向外跑。

"别跑!"老关喊出这话的时候已经晚了,大树轰然砸倒下来,直扑叶文峰。千钧一发之际,老关冲上前推了一把叶文峰,自己也扑倒在雪地上。只听得轰的一声!

咔咔咔……他俩睁开眼时,这株半径约有一米的樟松正好砸在两个人中间的雪地上。一根长枝压在叶文峰背上。

老关爬起来,跑到叶文峰跟前,只见叶文峰满脑袋是血,也许是枝条砸的,身背后的一个大粗枝刚刚碰到他的衣服。

叶文峰慢慢地爬起来,没有受到大的伤害。幸运的是两三个大断枝将这株大树支撑住了,因而使砸在他身上的枝丫没有实实在在地砸下来,要不然,叶文峰肯定会成为肉饼。

他紧紧地拉住了老关的手,忘记去擦脸上的血迹。自此,两人成了生死之交。

宋志成喝了口水,从过去的回忆中走出来。他对叶文峰的印象一直很好。这些事,虽然不是他亲眼所见,但他还是很坚信的,毕竟他在军宣队的时候,对他们都有所了解。

"我知道的就这些,你父亲逃出大兴安岭之后的情况我就不知道了。"宋志成喘了几下说。

大家吃完饭,又在一起热烈地交谈,在冬夜里,围在火炉旁促膝交谈的确是别有情调的。小向陪陈向阳喝酒,酒量却不如他的一半,喝完之后就悄悄躲到小屋里醒酒去了。陈向阳又不住地夸奖赵玉梅炖的鱼好吃,而宋志成却说他没觉出这鱼炖出什么特色。

"你这是身在福中不知福！"宋丹很为母亲抱不平，"妈侍候你这么多年，也没听你说个好字！"

"可不是，可不是。"赵玉梅就笑。

屋子里温暖如春，大家的心里也格外舒畅。帮母亲收拾了桌子后，宋丹就把叶兰拉进了自己的屋子，说起了悄悄话。两人倒是很投机，宋丹从进屋后见到她的第一眼，就觉得亲，颇有相见恨晚的意思。她自打毕业之后，再也没遇到过和自己谈得来的女友，单位的女同事除了工作之外多谈论的是家长里短之事，她没兴致。今晚可巧天上掉下个林妹妹，也真像一朵轻云刚出岫，她欢喜得不得了。两个人正亲密地交谈着，忽听到外间两个老头不知怎么说到兴头上，唱起了《铁道兵之歌》：

打起了那个背包，扛起那个枪，

铁道兵的队伍浩浩荡荡。

同志呀，你要问我们哪里去呀？

我们要到祖国最需要的地方……

宋志成也不顾自己的哮喘，时断时续地跟陈向阳哼着，他们的声音虽然有些苍老、沙哑，然而是那么饱含深情，他们似乎又回到了过去的年代，又回到了他们无比眷恋的军营……

小向睡了一觉醒了后，就出了屋来找宋丹回去了。赵玉梅就不让这两个老头子唱下去，给两人各冲了一杯茶，催他们快点休息。但两个人像服了兴奋剂一般，一点儿睡意也没有，气得赵玉梅径自去了小屋，铺好被，叫叶兰过去睡了，这两个老头究竟什么时候睡下的，她不知道。直到第二天一早，她才发现，陈向阳和宋志成都伏在沙发上，头挨着头，手拉着手，仍在打着呼噜，那样子简直就是两个亲密的小伙伴。

陈向阳去拜祭过战友，当天下午就要返回，宋志成一家非要留他再住几天，他推托叶兰还要上班，就登上了火车。

小向两口子一直把他们送上了火车。开车的时候，赵玉梅又风风火火地赶到了车站，她给叶兰送来了一张条子。宋志成偶然想起了叶文峰老家的地址，忙写了下来让赵玉梅送到了车站。这个地址实在是太重要了，叶兰激动得眼中泪光莹莹。

二十四

冬天虽然寒冷，但如果有一些令人喜悦的事情发生，那么这种感受就显得无所谓了。

于军拿到的订单和一笔一笔汇过来的订金让蒋兴感觉到最寒冷的季节过后，春天就会款款而至，这对于兴北公司来说，既是季节规律，又是经济规律。

王富楼这几天正忙着开会，每次会后主办单位都要安排上一顿，所以他总是小脸红扑扑地走进蒋兴的办公室，往沙发上一坐，就吵着下次的会让蒋兴去，他也是喝酒喝腻了，天天喝也有些吃不住劲儿。谁的身体能架住酒精的考验，他虽然爱喝，但爱归爱，精神不能替代物质，他的胃有意见，发起牢骚来，他也是吃不消的，所以也有些告饶了。

蒋兴推说公司里的几件事亟待解决，再说，那些会没有几个能涉及解决实质问题的，所以他不愿意去参加，至少这会后的宴请他不愿参加，无论大事小事都要开大会，一天的事情非要搞上两天甚至三天，主办单位忙活，参加者也白白浪费了时间，很不上算。好在上面已经有了精神，提倡不要再搞文山会海，基层的领导们当然是拍手欢迎的。

王富楼在蒋兴办公室简要传达了上午会议的内容就回自己办公室睡觉去了，这些日子办公楼里温暖如春，连蒋兴屋里那盆蔫了多日的葡萄花也已孕育了十几个花苞，正待选个良辰绽放。

黄玉江不知什么时候轻手轻脚地走到了蒋兴的办公室门口，看上去似乎受了什么打击，让蒋兴觉得他有点儿像前些日子那株葡萄花蔫头耷脑的样子。

蒋兴以为销售的事又遇到了麻烦，就半开玩笑地说："又为卖不出去饮料犯愁了？"

"库里的全都销光了，我还犯啥愁啊！"黄玉江有气无力地应付了一句。然后一屁股坐在了沙发上，肥硕的身躯压得沙发下面的弹簧吱吱地响。

"咋的了，家里出事了？"蒋兴点了支烟问，前些天听说他两口子闹别扭，也许现在还没和好。

黄玉江向外扫了几眼，见没有人来，就叹了口气说他跟立娟闹翻了，才签了离婚协议。

"为啥呀？"

"我那事儿让立娟知道了！"黄玉江一脸的愁容。他是不愿意离婚的，他的媳妇祝立娟是一个很精干的女人，虽然厉害了点儿，但里里外外都是一把好手，先后获得过不少荣誉称号。他俩结婚后感情一直很好，后来黄玉江花了心，但祝立娟一点儿也不知道，因为黄玉江回到家后像一只温顺的猫一样，跟她玩的是两面派伎俩，所以她未能觉察，她的朋友多是一些求实务正的人，很少有人说一些乱七八糟的小话儿。

前些天一次偶然的机会，她被一个朋友拉到酒店去陪朋友的同学喝酒。去洗手间经过一个雅间的时候，意外地听到里面传出了关于黄玉江的典故：里面一位南方的老客正有声有色地给其他的人讲黄玉江在辽宁怎么去嫖娼，怎么被抓，甚至还得了性病……

当时把祝立娟气得差点没昏过去，她跟朋友连个招呼也没打就匆匆赶回家，一把抓过黄玉江的衣领抽了他好几个耳光，把黄玉江打得直发愣，他不知道究竟发生了什么事，但毕竟做贼心虚，所以祝立娟骂他的那些话，他一听就知道完了，无论怎么解释也是白费了。

闹了几天之后，他也就乖乖地又无限留恋地在离婚协议书上签了字。

祝立娟长得漂亮，人品也不错，是打着灯笼也难找的好媳妇，但事已至此，后悔药吃了也不顶用了。

蒋兴还想去帮他说和一下，黄玉江苦笑着摇了摇头说："你可别去了，这事儿越搅越浑，我就认了！"蒋兴也多少为他感到惋惜，又一个家庭就这样破裂了。前些天他在报纸上看到一篇文章，预言九十年代试婚潮、情人潮、离婚潮必将涌起，并且着重指出离婚甚至会如大江东流，势不可挡。难道真会是这样子？

黄玉江点上了一根烟，然后在兜里摸了几下，拿出了一份辞职报告，放在蒋兴面前。此时的黄玉江已万念俱灰，他觉得在这里继续干下去已经没有意义。虽然辽宁事件后蒋兴仍然很重用他，但毕竟自己不光彩的事儿被别人捏着，他总有一种被人控制的感觉，所以心情一直不好。于军的工作成绩全公司有目共睹，超过了他这个销售科长不知多少倍，他自觉得工作不如这些年轻人，干脆辞职算了。

他的一个朋友在哈尔滨开了一家大酒店，要他过去帮忙打理，原来他没想去，现在正好前去投奔。

"蒋经理，你别有什么想法，别说我这小子不够意思，咱们公司最困难的时候已经过去了，以后就是如何发展壮大的问题了，再说我也没什么本事。"在临走的时候，黄玉江的话变得特别多，并且这一次他也是掏了心窝子跟蒋兴说自己的想法。

"这些年，我确实没好好干，你我以前接触得少，你不了解我，别看我整天不务正业的样子，我也是没办法，在厂里这么多年，我啥不明白。咱们年纪差不多，你知道，三十好几的人了，谁不想好好干，成就一番事业，谁愿意当狗熊啊！别人都以为我这个销售科长好当，其实这些年我还不是给老贾跑龙套了，我知道有人骂我是老贾的狗腿子，可是，不靠着他点儿，我能干这么多年？早走人了！那些年我胆儿小，别人给我送礼，我

185

不敢要，人家请我吃饭，我要问老贾知道不知道。老贾出事儿了，我为啥没跟着栽进去？我就是胆儿小留了个心眼儿才没事儿的，他的事儿我不往里掺和，爱怎么办就怎么办，只要他签了字的，我从来不问。别人说我好色，我也知道，你说现在社会上不就讲究个酒色财气吗？我那老婆你也知道，那么厉害，真正的女强人，急了眼就敢打我，咱们男的，谁不希望自己的老婆温柔体贴，可她呀！现在不说这事儿了……自从你当了经理，说实在的，起初我还真没当回事儿，后来我见你一心扑在公司的事儿上，是个干事业的人，我才决心跟你好好干的，上次我为啥想尽办法那么用心往回要钱啊，我真是豁出去了，反正栽了我也认。"

"这事让你损失可大了！"蒋兴很同情地说。

"没啥，不就那么回事吗？和那贩毒、造假药、杀人、抢劫的比我差远了，要不是因为他们是坐地户，我也不能让他们算计了。我走了，科长人选现成的，就不用我说了。我跟你说一说产品。咱们的产品还差在宣传力度不够。以后等资金充足了，上中央电视台做个广告，肯定一炮打响。另外，还要在开发上下功夫，科技含量低肯定不行。以前我在外面跑，去过一家公司，人家的生产比咱们先进得多，整个车间没几个人，现代化程度可高了，啥时候咱公司达到那个水平你告诉我一声，我一定回来看看。"

"具体的情况我都写在辞职报告后面的建议里了，你一看就知道了。"

在蒋兴的眼里，黄玉江曾经色眯眯的小眼睛此时几乎再也找不出一丝的奸邪，他的五官比往日要端正了许多。他从没有跟蒋兴说过这么多话，他临走的时候，还告诉了蒋兴一个秘密，他在地区医院的一个亲属转告他的秘密——于军的第一份订单的故事。

于军到地区饮料批发总公司去的时候，身上正发着烧，而他却硬撑着，不顾旅途的疲劳赶到了批发公司的经理室去推销兴北的饮料。批发公司的王经理正准备同哈尔滨某公司签一份合同，让他改天再谈。可他却不肯放

186

弃这次机会，直到经理签完了合同，他依然坐在接待室里等。对于他而言，时间、汗水与高烧的温度紧密地连在了一起，他坐在那里，体温在一点一点地升高着。终于见到王经理走出来了，他站起身，拿出了兴北的饮料样品。王经理见是瓶装的就淡淡一笑，虽然没有说什么，但已让于军认识到瓶装饮料在他眼中的地位。于军打开了饮料瓶，双手捧到王经理面前：

"请您尝一尝我们兴北的饮料，然后再听我下面的话，可以吗？"

王经理却无动于衷，这样的推销手段他见得多了。"我们公司已经签了合同，暂时不需要再进了，以后有机会我们再合作吧！"

"王经理，恕我直言，以贵公司目前的经营情况看，您每月批出五千箱饮料，而您每月的进货却在四千八九百箱左右，所以您至少还有一百多箱的空缺，您与哈尔滨这家公司签的是明年初的合同，所以在下个月的计划之中您还是有缺口的，我希望您能给我一个机会。兴北的饮料一定会为您带来极好的效益。您只要亲自品尝一下，如果不好，我马上就走，绝无二话。"于军滔滔不绝的讲话令王经理感到十分惊讶，他对公司的情况了解得这么透彻，看来是下了一定功夫的。他内心里产生了一种敬佩之情，原先不冷不热的态度立刻消失了。

他把饮料倒入杯中，而后轻轻抿了一小口，一种甘爽、细腻、柔和的感觉由舌尖直淌进心里，每一根毛孔都那么舒服，那么熨帖，他点了点头。"好"字尚未出口，于军却在他点头的瞬间突然昏倒了。

王经理被深深地打动了，那是一种何等可贵的精神啊！于是第二天便签订了兴北的第一份合同。

黄玉江走到桌前，拽过烟灰缸，把烟蒂在里面使劲儿地拧了几下，又说："于军是块材料，将来准能成为你的好帮手。"

汪童民不知什么时候来的，门开着，他静静地站在那儿。

黄玉江瞥见了他，就跟蒋兴说："我的事儿就这样吧，过两天就来办

187

手续。”

“关于你这事儿，公司得开个会讨论讨论。”蒋兴说。

“开啥会，就那么回事儿吧。”黄玉江急匆匆地下了楼。

“有事儿？”蒋兴回到座位上问汪童民。

“没什么事儿，”他慢慢地坐在沙发上，摸出了烟盒，蒋兴想递给他一支，但被他拒绝了。“我这是黑的，抽不惯白杆儿的。”他挥了挥烟盒，“那什么，我们家老太太快不行了，我想请两天假去护理一下。”

他这位车间主任还是第一次跟他请假。已有三十多年工龄的汪童民当过筑路工人，修了十多年的路，用他自己的话来讲：整个林业局没有他没踩过的地方。平日里他少言寡语，但大家聚在一起的时候说话从来不少，他人实在，有啥说啥，虽然文化不高，但他十分爱钻研，有一种钉子精神。在尚教授来培训山野菜生产工艺时，全车间年轻人有许多，高中、中专毕业生就七八个，学得最精的却是这位已经四五十岁的老工人。

汪童民说话有个习惯，就是不管说什么内容，都先要讲一句“那什么”，不熟悉他的人还以为他问啥事呢。

他同老张关系很亲密，年纪相仿，脾气相投，交往也多。上次老张的闺女治病，他没少去帮忙，又找车、又找人，像自己的女儿生病了一般跟着着急。这次却真轮到他头上了，他的老母亲年事已高，又疾病缠身，已快走到生命的尽头。这两天眼看就要不行了，所以他不得不来请假。

以往汪童民从不请假，一心一意地在公司工作，幸亏他有一个十分贤惠的妻子。汪童民是个孝子，他媳妇罗英比他还孝顺。整天为老人端屎倒尿，十多年来从来没有一句怨言。街坊邻居没有一个不竖大拇指的。

车间忙时，汪童民整日泡在车间，有时中午都不回去，常常带着干粮到门卫室和李金一块儿吃，他一直在琢磨着改进生产山野菜设备的事。见他这么迷恋车间，大家就说他得了工作狂的病。

他听了就笑："那什么，外国净瞎用词儿，热爱工作，就叫工作狂，那热爱祖国就叫祖国狂了？"他当了车间主任，工作更加上心，把车间里弄得比他家的菜园还规整。在地上，连烂菜叶也找不到。"那什么，车间让李国良负责，出不了差错。"汪童民听到蒋兴准了假后又补充了一句才快步走出了办公室。

"老蒋，好事儿来了！"王富楼刚上了楼梯就大声地喊。

他刚从局里开会回来，脸上依然红扑扑的。上级拨下了一笔发展非林非木经济的贷款，在局里被他软磨硬泡争取到了三十万，中午没人宴请他就自己到小酒店里喝了一顿，庆祝自己的胜利。

"三十万，我看再弄点儿钱咱们上罐装准行！"他今天喘气都比往日要粗了许多。厚重的嘴唇像两扇大门。

"那哪够呀，做宣传费还差不多。"蒋兴也喜上眉梢。公司的运作比他想象的要好许多。今年纯赢利五十万已不成问题，但流动资金仍很紧张。

"你也够贪心的了，别人连一万也没弄到呢！"王富楼打量着窗台上的那盆仙人掌。"你这屋怎么连个花也不开呢？"

"你没看在那儿吗？"蒋兴指了指地上那盆盛开的菊花和含苞的葡萄花，"你可别出去说我办公室里连个花也不开，这个宣传效应可大，别让人家以为咱们兴北人连点儿生活情趣都没有，办公室也枯燥。"

"既然有贷款了，我看把它投到广告宣传上吧，咱们还得加强宣传力度，你看现在电视里铺天盖地的广告，几乎每个观众都能背上几条来，大家买东西也去买做广告的，咱们产品质量好了，就得在宣传上下功夫，黄玉江辞职的时候还特别跟我提了这个建议。"

蒋兴一边说着，一边把黄玉江的报告递给王富楼。

"他咋不干了呢？"王富楼没想到黄玉江说不干就撂挑子走人了，市场经济真的不再只是上级炒下级的方式了，似乎人们可以不再把这铁饭碗当回事了，因为即使是铁饭碗，没钱开支碗里照样没粮食吃。

"原因多了，"蒋兴没有把真相告诉王富楼，"这时候，谁还像咱们拿着鸡毛当令箭哪，他也有自己的难处，走就走吧，到哈尔滨那儿去当个经理，兴许级别待遇比咱们还高呢！"

蒋兴主张上罐装设备的事先缓一缓，毕竟现在财力还有限，万一包袱背上了，想再翻身可就不容易了。所以他还是坚持要把贷款作为广告投入。

"缓一缓，那咱们可就跟不上行情了，你瞧现在人家到处都是易拉罐，谁还愿意喝这破瓶子……"王富楼似乎有些急了，自打他争取到这笔贷款后就一直琢磨着怎么用，后来打定主意上罐装设备，却没想到跟蒋兴拧了劲儿，两个人真就没尿到一个壶里。

蒋兴见他瞪着通红的眼跟自己据理力争，也认真起来，拿出了一连串的问题来同王富楼分析，声调也不自觉地越来越高。

两个人都试图说服对方，但对方却没有丝毫退让的意思。

最后还是王富楼吃不住劲儿了，他是个急性子，自己软磨硬泡出来的贷款却不能按照自己的意图使用，他心里感到十分不平衡，见说服不了蒋兴就索性撇下他，扔了一句"我的意见仅供参考，你看着办吧"，就回到了自己的办公室。

蒋兴也觉得自己有些过火，这毕竟是两个人搭班子以来的第一次分歧。他点上一支烟，平静了一下心情。电话铃却响了起来。电话是找王富楼的。

"老王，电话！"他站在王富楼办公室的门口，竭力用一种平缓的语气让自己的表情自然一些。

王富楼拿起话筒，一听电话里的内容，他险些没气昏过去。局里又通知他贷款由原来的三十万减到十五万了，另十五万用于搞中药材开发项目。

王富楼急了，也不管对方是谁，就喊了起来："你们说话还算数不，都当吹气了，怎么说变就变呢，干脆一点儿不给得了！"他啪地挂上了电话，

本来红扑扑的脸变成了肝紫色。

　　蒋兴也听到了电话里的内容，他尴尬地笑了笑。两个人真有点儿像兄弟打雁故事中的兄弟俩，没打到雁时，一个要烧着吃，一个要煮着吃，结果错过时机，连个雁毛也没打着。不过，他俩总算打着了一只，还有点儿油水。王富楼看了看蒋兴，不好意思地摇了摇头。

　　"刚才我有点固执，你别……"他说。

　　"咱俩也真有意思，慢慢再商量吧！"蒋兴双手递上一支烟。于是两人就在办公室里支起了两个烟囱。缕缕烟雾弥漫开来，溢到走廊里，刚上楼的叶兰还以为蒋兴的办公室里失了火。

二十五

玉茹精品服装店即将开业。

从车站提回了货的玉茹不顾旅途的劳累，一个劲儿地往衣挂上装配着衣服，雅芬的妹妹雅纯帮她打下手，正一件一件地从包里往外拿服装。

雅纯今年 19 岁，正值妙龄，一身学生装束会让人觉得她仍是个学生。而实际上，她早已离开学校。

她留着短发，发育完好的身体，充满了青春的气息。

蒋兴来到服装店的时候，两人刚刚将屋子布置完。玉茹拿着一块白毛巾正擦着汗，见他进来便没好气儿地说："你现在来干啥呀，我们都干完了！"谁家的男人不爱惜自己的妻子，玉茹虽然嘴上说不用蒋兴管她的事，但她内心里还是十分渴望他来帮忙的，总不能像个旁观者一样看自己的热闹吧。

玉茹在机关待久了，体质比以往要差了许多，上货的时候，见别的服装店的女老板各自拎了大包走得虎虎生风，而她却连个小包从楼上拿到楼下都累得直喘，这时候，她才知道，开个服装店并不像她想象的那么容易。至少也得有一把力气，幸亏现在的搬运工比较多，要不然，她这次真不知道怎么把这批服装弄回来。

蒋兴笑了一下，径自去跟雅纯打招呼。

"设计得不错嘛，花花绿绿黑黑的，有点儿现代人的气息！"他站在服装架下面说道。

"我陈姐还给你选了一件呢！"雅纯的嗓音很细，说起话来甜甜的，有点杨钰莹的味道。"不给他穿了，我卖它。"玉茹说这话时，雅纯已经把那件精致的黑皮夹克拿了出来让蒋兴试穿了。

蒋兴穿上了之后站到了试衣镜前，他有些陌生地望着镜中的自己，一只手摸了摸腮，穿上了新衣服的他显得年轻了四五岁，若不是这一年多的操劳，他会显得更年轻一些。

"这才像个经理的模样！"雅纯赞叹道。

当蒋兴得知这件皮夹克两千多时，他惊讶地摸了摸衣服皮子说皮尔卡丹才多少钱哪，这件这么贵。玉茹说这还是批发价呢。她不满意蒋兴的怀疑，做生意的，最忌讳别人说他的货如何如何价不符实了，你可以不买，但不能那样低估商家的东西。

玉茹为蒋兴抻了抻衣角，仔细端详了一下也觉得很满意：一米七八个头的蒋兴，虽算不上特别的魁梧，但也处处洋溢着成熟男子特有的魅力，与那些大款经理相比，蒋兴体魄上的缺憾也就是少了一个圆圆的"将军肚"，不过这个问题也是好解决的，搬回几箱啤酒，不出一年就会有起色的，这个比减肥可容易得多。

蒋兴从没有穿过这么贵的衣服，也没有想过，上学的时候，从来没有想过，也不敢想，太贵的衣服买不起，而现在，校园里的中学生都穿着高档服装，这一点谁也嫉妒不了，人家老子有钱，谁也干涉不着。穿了一件好衣服，引发了他许多的感慨。

准备停当，玉茹就张罗去对面的小吃店吃晚餐。雅纯要回去吃，玉茹一把拽住了她说："哪能这样走呢，你姐知道了不找我算账才怪呢！"就拉着她的手进去了。小吃店只摆了三张桌子，却很干净，三人坐下，老板娘就热情地上来招呼。

玉茹让蒋兴他俩各自点一个菜，剩下的她点。"我累了好几天了，也没人奖赏我，咱自己可得吃点儿好的！"她看着蒋兴说。

雅纯拿了双卫生筷子轻轻掰成两支，慢慢放在蒋兴桌前的小碟子上说：

"你们可真逗，姐夫脾气那么好，也不说几句，好像欠玉茹姐多少钱似的。"

"可不是欠她钱咋的，两千多块呢！"蒋兴翻了翻皮夹克的大襟。三个人就笑了起来。

"你们可比我家姐夫他们俩强多了，他们俩从来也没像你们这样有趣过，两天不吵上一架，三天早早的，要是不吵啊，就是我姐夫又没在家。他们这一吵，弄得我心里也乱糟糟的，烦死人了！"雅纯使劲地抿了下嘴说。

"他们是让钱烧的吧！咱们这儿谁不知道你姐他们俩富得流油，还不知足呢，吵什么呀，下次我见了你姐夫非训他一顿不可，不就是一个破科长吗，有啥呀！还不是你姐忙里忙外的！"玉茹为雅芬鸣不平。而蒋兴却觉得，雅芬的脾气也要改一改，也不能全怪海俊，怎么说一个巴掌拍不响。另外，雅芬这两年的思想变化也挺大，绝不像以前那样单纯了，似乎社会化的色彩在一点点加重，就像她脸上的脂粉一样，但他没有说，他知道，话一出口就会招来玉茹的封条，她是绝对捍卫铁姐妹的利益的。雅纯点了一个烧茄子，蒋兴却点了尖椒干豆腐。玉茹十分不满，"你们怎么都不吃肉啊！"于是她就点了锅包肉，又点了一个酸辣汤。征求两人意见时，蒋兴说："蝎子教徒弟，就这么蛰（着）吧！反正我也挺长时间没吃什么好东西了。"

"这不就补上了。"玉茹给他俩身前各自放了一张餐巾纸。

不一会儿，菜就上来了，热气腾腾的酸辣汤让蒋兴直到吃完了饭还觉得辣味仍在鼻腔中徘徊，也不知店主是不是买来了四川的辣子，要不然怎么这般辣。在大学校园的时候，蒋兴和肖黎民还有同寝室的弟兄比赛吃辣椒，他空嘴吃了五六个都没觉怎样，而肖黎民吃了两个就辣得一头扎进了食杂店，塞了满嘴的面包，从此再也不吃一片辣椒了。而今天的辣味又让蒋兴想起了当年。

饭后，蒋兴用自行车把雅纯送到百货商店，到那儿的时候，雅芬正站在门口同一个三十来岁的女人聊天，见蒋兴过来，就往外走了几步，她知道蒋兴是不会到她商店里坐一会儿的，这么多年，除了聚会，他很少进到百货商店后面雅芬的住宅。

"姐夫，把小姨子送回来了？"雅芬笑呵呵地说。

"啥时候都闹，不说你几句难受咋的！"蒋兴故意板起了脸。

"海俊呢？"

"找小妍去了，他能陪着我？"雅芬立刻气鼓鼓的样子。

蒋兴不敢再往下说，赶紧刹住了话，同时调转自行车头要往回走。

"瞧你这大经理骑着破车多掉价！"雅芬不依不饶地说。

"嫌掉价，你就赞助我们一辆！"

"小意思！明个儿我给你们开去几辆，就怕你们没场搁！"蒋兴不想再逗下去，说了句："没别的事儿我就走了，明天再见吧。"就骑上车赶回小店。

小店外面，爱军的自行车正停在窗下。玉茹是让他来值夜班的。他原打算让陈向阳给守着，可老爷子说什么也不干，他早已在街道办领了差事，同两个老头每天傍晚巡逻打更，干得正起劲儿。

玉茹想自己来这儿住，但家里还没收拾好，所以叫弟弟先顶两天。

窗台上放着一挂鲜红的鞭炮、六个花瓶、八个二踢脚，这叫"一路发"（一六八），店牌立在墙角，用红绸布蒙着。

蒋兴走过去拉开绸布看了看。"玉茹精品服装店"，七个金光闪闪的大字静静地嵌在匾幅上。

"这牌匾多少钱？"

"五百。"

"也真够贵的！"蒋兴抽动了一下鼻子。

"你还真信了？这是雅芬的表弟给做的，没要钱。不过怎么也得扔下

196

个三头二百的！”

爱军从里屋走出来，听见了两人的对话，就催他们快走，明天再清点家底吧！这几天爱军连查了几次夜，累得眼睛有些睁不开了。想快些催他们走，自己关上门好好睡一觉。

第二天一早，蒋兴仍习惯性地穿好衣服要去单位，却被玉茹叫住了。

“你这个人有病怎么的，商店八点钟开业，你还要上班去。”

“我在公司定的规矩，怎么能不带头遵守呢！”蒋兴戴上了手套说。

“爱军还得上班呢，你先顶了他的班，一会儿我就去，现在还不到七点呢，你忙着去干什么！”玉茹满脸的不高兴，她洗脸的时候，使劲儿地擦了几下，发出噗噗的响声。

蒋兴就去了小店。

和爱军一道吃了点儿大馃子，喝了点儿粥，蒋兴觉得肚子里热乎乎的，长时间不吃早餐猛然吃上一顿，觉得倒挺舒服。

玉茹的冬装，各式各样，有棉夹克，有皮大衣，他仔细地端详了一会儿，倒也觉得每件衣服都还有一些个性，这一点，跟玉茹的文化素质有很大关系。

不一会儿，玉茹骑着她那辆红色的自行车，穿着一件黑色的皮大衣来了。这件皮大衣也是这次上货带回来的，虽然尚未挣到钱，但是一个月下来，挣两件大衣钱还是绰绰有余的。另一方面，她穿着也是做个宣传。她刚刚放好车子，一辆黑色的轿车就停在了门口，车门一开，雅芬从车里走了出来。

玉茹迎上去，两个人也不顾天气的寒冷，叨叨咕咕地站在门外就说起来。

“你们站在外面不嫌冷。”蒋兴推开门招呼两人进去。

雅芬说她为服装店开业准备了花篮儿，过会儿送过来，保证让整个屋子鲜艳芬芳，像春天降临一般。

蒋兴看快到上班时间，就坐不住了，要到公司看一看。玉茹不耐烦地看了看他，就说：“你可得准时回来呀，别忘了，八点零八分。”

蒋兴应了一声就骑上车走了。

雅芬就抱怨，她连个笑话还没跟他说他就跑了。现在的老爷们咋都这样，一点儿也不顾家，老婆都成了花瓶，愿意看就看会儿，不愿看，任凭落多少花，甚至碎了也不管。真是没心肝。她还叮嘱玉茹，千万别放松，不能让他想干什么就干什么，这样下去，以后可就完了。

玉茹说："你累不累呀，满肚子的话，在家找不到人说咋的！"

"可不是咋的，我整天看着一大堆货，跟谁说去。那个死鬼天天泡在外面，醉生梦死的，哪儿还管我，前几天我听别人说他跟单位里的秘书有点儿不清白，没把我气死，我没有把柄，不能把他怎样，要是让我抓到了，哼！你看我不把他们单位闹翻天，让他还在那里稳稳地当科长！"

"海俊可不是那种人。"玉茹见雅芬狠狠的样子劝道。

"无风不起浪，他若是一本正经，人家能传出这些来？"雅芬依然咬牙切齿的样子，把玉茹逗乐了。"瞧你好像面对阶级敌人似的。"

"你别乐，真的，现在的男人，没几个好东西，我不是挑你们两口子的关系，你也防着点儿，别让姐夫起了外心，家花不爱恋野花！"

"我是想好了，他爱咋的咋的，我就认挣钱，只要手里有了钱，干啥都行，谁还靠他活着。现在不是提高妇女地位吗？咋提高，钱上提高，你没钱就别指望别人给你，只有自己能挣钱，有了钱地位才能提高，要不然提高个屁。"雅芬还想说什么。一辆红色的小轿车嘎地停在了门外。

杨娜来了。

申同先下了车，拉开后车门，从里面拽出一个大的匾，同后下车的杨娜抬着往店里走来。

玉茹早已出来迎上，接过匾，连声道谢。

申同身材矮小，但胖得却像一个铁球一般。一双金鱼眼下的鼻子稍稍有点儿勾，还有一张吃四方的大嘴。虽然人长得丑八怪似的，但他是这块

土地上屈指可数的富翁之一。就是他每天押在木材科的预交款就上百万，林业局每天发的木头，至少有两车是属于他的。他自己整天开着桑塔纳想上哪儿就上哪儿，把许多人气得不行，背后有人放出了风说要绑架他。可他不怕，用他自己的话说："谁来绑都行，我是要钱不要命，不信试试。"虽然他这么说，但私下里还是偷偷到保险公司办了人身保险。

也许是被他的话给镇住了，这么多年，也没人动过他一根毫毛。

有人说申同这小子有枪，整日不离身，谁也不敢碰；有人说他和公安局有联系，身上带着监控装置，公安局全天二十四小时跟踪保护。反正说什么的都有。

申同依然像个球似的，滚来滚去，逍遥自在，整日带着杨娜东走西逛，山南海北哪儿都去。

他们送给玉茹的匾额里镶着几支梅花，四只喜鹊，旁边题着一些恭喜发财之类的贺词。

"我这大妹子头脑才开窍儿，要是早开这个店，我是不是能借点儿光，穿两件好衣服。"申同是个很幽默的人，爱说爱笑的，一副火热的心肠，与杨娜的性格正好相反。杨娜爱静，从不肯轻易开玩笑，给人的感觉总是冷冰冰的，也有人背后给她起了个外号叫"冷面杜鹃"。这两口子虽然相差很多，但不知什么原因，水火相融，这些年一直生活得很幸福。

"你这大富翁还用得上到这小店拿衣服，那不太丢份儿了。"没等玉茹开口，雅芬先接上了话，她一手拉着杨娜，斜对着申同，一副轻视的神态。

杨娜腾出戴着真皮手套的手使劲儿地把雅芬的脸扭了过去说："瞧你都快成老太婆了，还不歇会儿，谁把你当衣服卖了。"

她今天穿了一件黑色的皮大衣，白色的毛领把她本来就白嫩无比的脸映衬得更加洁白，红红的嘴唇宛如在白纸上涂抹的油彩。一顶女士帽压在黑油油的秀发上，在这个季节，她可以算作是冰雪丽人了，缓步前行，顿生百媚千娇。

　　"我没夸你打扮得漂亮你有意见是不？我眼瞅着就要迷（不）惑了，哪儿还有你那么年轻，一点儿都不显老。"雅芬总有说不完的话。她看了下表然后就招呼玉茹快去把鞭炮挂好，见玉茹正忙着挂牌，就让申同去放鞭炮，嘴里还不住地抱怨蒋兴，也不知是抽了哪阵子邪风，到现在还不回来。雅芬天生就是一个张罗命，虽然上学时成绩不十分突出，但同学关系处得特别好，班主任老师也很器重她，让她当了团支部的组织委员。后来觉得组织委员不能发挥她的特长，所以又调整了班子，任命她为劳动委员。这可发挥了她的特长，她把班里卫生搞得特别出色，在她劳动委员的两年里，班级每次都在评比中获第一名，甚至连校长都点名表扬过她。工作干得确实不错，只是有一个致命的缺点，学习一直上不去，所以没考上大学，当时她懊恼得简直要吃药自杀。

　　又一辆小车把雅芬买的鲜花送到了服装店，花篮儿外罩着防寒帖。司机急三火四地把花篮儿搬进屋里，万一在外面耽误了就会把花冻死，这些花可娇贵，全是在室内培育的。花篮儿放在屋里后，果然芬芳馥郁。让人赏心悦目的"玉茹服装精品店"牌匾高高地安置在门楣之上。雅芬指挥着申同准备放爆竹，自己拿着一根竹竿准备挑去红绸布，今天她要亲自剪彩挂牌。蒋兴仍未见踪影，她又禁不住向玉茹吹去了几句抱怨，仿佛这个店是她开的一般。有这样一个姐妹帮着张罗，玉茹的确少挨了不少累。王富楼远远骑了车路过这里，望着店牌他停了下来。玉茹开店的事儿他一点儿也不知道，他从未听蒋兴说起过。见玉茹站在门口，他就走上前去问个究竟。听了玉茹的解释后他埋怨说："这老蒋也不言语一声，这么大的事儿，我们公司也该派人来祝贺一下。"正说着，玉茹原来的几个同事也都喜气洋洋地赶过来庆贺了。王富楼觉得脸上灰灰的，怎么说也是失礼了，正琢磨怎么补救一下。玉茹问他蒋兴到厂里去了吗。

王富楼说："没有啊，我还以为他在家里呢，这不局里又有事儿，我赶着开会呢！"玉茹心中一阵大怒。但转念一想不能怒，否则今天的开业大吉，就变成开业大怒了，这恐怕不好！

激昂喜庆的乐曲从窗口的录音机里传出来，让走路的人们也觉得自己是在踏着节拍，一起一伏的。

"该点炮仗了！"申同高喊。

"八点零八分八秒！"雅芬一下挑开了牌匾上的红绸，七个金光闪闪的大字醒目地出现在大家眼前。叮咣一阵的"二踢脚"和鞭炮的噼里啪啦声震得大街上的人们都赶紧挪动脚步。

白净的雪地上一片落红，让人疑心是天上哪位仙人生气时撕成碎片的晚霞落在那里。

庆贺的人们相继散去，王富楼也推了车要走。玉茹托他找一找蒋兴，两头儿都不在，他干什么去了？

王富楼答应一声就飞身上了车，慢慢地在镶着冰雪砖面的大街上离去。

从局里到公司，他仍未见到蒋兴，也非常纳闷。他去找叶兰，她办公室的门锁着，都干什么去了。

在门口他问李金，李金说一早也没见过两人的影子。王富楼就回到了办公室，翻箱倒柜地找起了文件。局党委让他汇报一下这一年多来的党建工作情况，在很早以前曾专门下了个文，里面写明了汇报要点，他刚才从局里出来，正好碰到党办主任老傅，上头催着要，让他马上弄好送上去。

但找了半天也没找到那份文件，他气得坐在椅子上抽起了烟。被他查阅的文件东一份，西一张，桌上、地下哪儿都有，一片狼藉。多年养成的习惯，文件看完了就随手一放，等到用的时候想找也找不到。

心头正火火的，蒋兴噔噔上了楼。

"看弟妹不找你算账的！"等他来到自己办公室门口，王富楼注视着蒋兴说。

"你这是怎么了，被撬了？"见他屋子里乱七八糟的，蒋兴十分的惊诧。

"我自己弄的！说说你干吗去了？"王富楼开始收拾文件。

蒋兴骑了车子往公司赶，他记得饮料生产车间一处水管堵了，若是里面还好说，要是在外面，那可就麻烦了。所以他急着过去看一看，正巧遇到了叶兰，两人就一起往公司来。没想到在大路上过来一辆运材车，蒋兴快蹬了几下抢先让过去了，而叶兰则放慢了车速等运材车过去，也许是紧张，一下没注意就被路面上的冰滑倒了，连人带车栽向了路边。幸好没栽向车里，但也把运材车的司机吓出了一身汗，他刹住车伸出头见不是自己的责任，就一脚油门开走了。

尽管车速慢，叶兰还是被摔伤了。右胳膊被车子硌了一下，脱了臼。钻心的疼痛使她眼泪汪汪的。蒋兴也不知她哪里伤了，急忙把叶兰送往医院。等大夫给叶兰的胳膊复了位，又开了些药，时间早已流转到九点半了。他虽然想起了店里的事，但已经晚了，再回去也没有意义，所以就索性到公司上班了。

"你看这事儿还弄两岔去了！"王富楼听完大笑着说。蒋兴看了他一眼说："快点儿去车间吧，万一发了大水可就坏了。"两人就匆忙去了车间。

二十六

  蒋兴反复念叨着这几句广告词："喝兴北饮料，走健康之道，兴北、兴北，让你的生活更加甜美。"

  这两个从天南地北征集来的广告词虽然不算是精品但也还能凑合，虽然在报纸上刊登出去未必会让人觉得新鲜，但重新创意编成电视广告，效果就会迥然不同。也许在报纸上刊登征集广告词本身就已经实现了它应有的一部分广告效应。王富楼手中的另两份广告是：兴北山野菜，人见人爱；兴北果茶，天然红豆，甘甜爽口。"这玩意儿还真不好弄！怎么说才好听啊？"王富楼一脸愁容地走进了蒋兴的办公室。

  兴北公司自从在省报上发出了征集广告词的启事，每天的来稿像雪片一样飞来，大家都被一万元的奖金所吸引，谁不希望自己的几个字就能换来"万"金哪！

  省电视台广告部大力支持兴北的举措，专门派了两名同志负责协助办理有关工作，完成使命后才返回。余下的一些收尾工作由兴北自己处理。他们定好了月末到省里举办颁奖大会，这无疑又是一次有着实际意义的宣传。其实蒋兴最欣赏的是长虹集团做的广告："以产业报国，以民族昌盛为己任。"多么有魄力！兴北公司虽然没有那么大魄力，但也不能太小气了，总不能跟在娃哈哈的后面叫嚷：喝了兴北茶，吃饭就是香。

  工会主席王厚前来献策，说找一个女明星让她用眼睛盯着咱们的饮料，说：兴北饮料，我永远的伴侣，然后加上一句大兴安岭兴北野生资源开发公司就得了。

"行了，行了，我一听就是个女明星的动静！我看这个创意咱就推给电视台，不省那点儿钱了，免得省里人说咱们小气，拍广告还得自己筹划。估计全国像咱们这样能算计的企业也不多，这样下去，广告策划公司不都得关门。"王富楼抹了一下眼角说。

小郑说王主席的意见也不错，虽然没有太新的创意但还是可行的。简单明了，词儿好听，人们就会记住，用不着再加渲染，不像有的广告片，先用女人的大腿开路，然后再撩上几句软得不能再软的话，实在让人恶心。蒋兴点了点头。王富楼却面带疑虑："那女明星请谁呀，咱们可拿不起那么多钱！听说有女明星给空调做广告，给她拿一百万，一百万可不是闹着玩的。"他这么一说大家就七嘴八舌地议论开来。现在的广告谁都知道怎么回事儿，一些名人拿了钱就去给商家吹上几句，也不管他说的是不是名副其实。出了问题反正也没他的事儿。不过现在的消费者也聪明多了，他们不管你怎么说，都有一条原则，那就是实践是检验一切的唯一标准，什么歌星、影星、笑星，你再有名但宣传的东西不好，谁也不会买你的账。

"我看不用找什么漂亮明星了，让咱们叶秘书去就行了，王婆卖瓜准行！"王富楼手里捏着烟又提出了新建议。

"别人也不知道做广告的就是王婆，这就叫逆向思维，这些年让大家给讽刺的，谁也不愿王婆卖瓜了，可是让别人吆喝本质上不也是一样吗？我觉得行！"

蒋兴也觉得王富楼这个主意不错，既能省一笔广告费，另外，叶兰也合适，二十多岁，长得又漂亮，并不比哪个明星差多少。大家正说着，叶兰走到了门口。

她不知道大家热热闹闹地说着什么，看样子都兴高采烈的。

"啥喜事呀？这么乐！"

"你说：兴北山野菜，人见人爱。"小郑说。

看他的样子，不知是搞什么鬼，叶兰就笑了一下，叫小郑别开玩笑。但小郑却郑重其事非让叶兰说，并说真是正事儿，不信问问咱们书记、经理。他看了看蒋兴和王富楼。

蒋兴向叶兰点了点头说："试试看，像电视广告一样。"叶兰立刻明白了他们的意图。于是十分大方地端起了茶杯，并把它放到自己的右肩部，双眸眨动了一下，向茶杯望去："兴北山野菜，人见人爱。"

"好！"王富楼第一个鼓起掌来，"比电影明星做得好多了。我说老蒋，咱就这么定了吧！"

蒋兴也觉得很不错，如果上了电视镜头，一定会产生比现实更加多彩的魅力，他也赞同了王富楼的观点。叶兰却没有马上同意，她需要考虑一下。拍广告的事给叶兰带来了意外的惊喜，这对于她真是做梦也没有想到过的事情。她虽然要仔细考虑一下，但她能感觉出，蒋兴已经拍了板的这事儿，已经不需要再考虑了。晚上下了班，蒋兴又来到她的办公室，十分关心地问了问她胳膊的伤，而后，又说起了广告的事，跟她讲明了他的想法。

见叶兰终于点了头，他也轻松地笑了。其实叶兰要考虑一下是有她的理由的。维维曾经告诉她的话时刻给她敲着警钟。本来别人已经把她同蒋兴拉在一起了，如果这次自己再去拍广告，别人不一定会怎么说呢。既有广告费的收入，又扬了名，还能在电视上风光一把，这会引来多少嫉妒的目光，别人不知又会编出什么花边新闻呢，所以她竭力推辞这件事。然而蒋兴却没有想那么多。在他眼里，叶兰是最合适不过的。他怕叶兰有顾虑，特意要跟她聊一聊。他对叶兰说，让她去拍，绝对没有什么私人感情。说这话的时候他有些激动。叶兰默默地听着他浑厚的话语，她感到自己的心跳在加速，脸在微微地发热，她不知道自己为什么会这样，自己对蒋兴是什么感觉？然而她知道有一点：她已经无法拒绝他的劝告，完完全全同意去拍广告了。

蒋兴还想再说什么的时候，电话铃不知趣地响了起来。他快步奔回办公室，玉茹打电话让他回去。这一次，蒋兴没有再问有啥事儿，他知道上次开业的时候自己对不住玉茹，那天晚上回去，他以为玉茹会大发雷霆，跟自己吵上一番，没想到整个晚上都风平浪静，尽管她脸色有些难看，但毕竟没有挑起事端让蒋兴觉得难受。

　　他没有再去叶兰那儿，径直下了楼，推了车，赶回小店。

　　小店里，一个高个子男的正在选衣服，背对前门，蒋兴没仔细看就直奔后屋。

　　玉茹租的这个门市房，后面有一间七八平米的小房间，玉茹收拾了一下后当了厨房，另一间六平米的房间成了卧室和货仓，整个布局显得十分拥挤。

　　蒋兴眼中有活，放好桌椅，又去归拢了一下服装。正忙活着，玉茹同顾客的讨价还价之声飘进了屋内。买这件夹克的顾客给价一千五，而玉茹一定要卖一千八，两个人就展开了拉锯战。蒋兴觉得买夹克的人嗓音特别熟，大嗓门跟赵成义似的，他就从后屋走过去，探出头去看。那顾客见他出来也瞥了一眼。

　　"老蒋！"

　　"老赵！"

　　两个人都认出了对方，赵成义没想到这个服装店是蒋兴家开的，他不认识玉茹，虽然听说过。蒋兴给玉茹两人做了简单的介绍，这样一来，玉茹就不好意思再同这位白桦林场的副场长讨价还价了。

　　赵成义这次是到党校参加培训的，上级有提拔他的意思，虽然他这个人略微粗了一点，但工作干得还是不错，上上下下协调得也很顺。刚才同玉茹一顿讲价，他多少有些来气，他还没遇到过这样叫死价的老板，一点儿也不让步。蒋兴给他这一介绍，他才恍然大悟。知道玉茹是个新手，还

206

不到半个老板娘水平。他跟蒋兴聊了一会儿，蒋兴就留他喝酒，他说什么也不留下，指了一下外面的车说别人还等着他呢，晚饭早就订好了。他的确相中了那件夹克，临走的时候，就没再跟玉茹讲价，也不好意思讲了，扔下一千八百元钱上了车。玉茹说都是朋友，给一千五算了，拿了三百元钱往赵成义手里塞。但赵成义说什么也不拿，他是个非常爱面子的人，怕被两口子笑话，就说："那三百元算我的一点儿意思，祝贺开业。"赵成义走后，玉茹两手拍了拍那沓子钱，笑着说："你早出来，我就不用费这么多口舌了。赶明儿个你认识的熟人都这样来买，咱们可就发大财了！"蒋兴挤了挤鼻子，没言语。

吃饭的时候，玉茹又问："白桦林场是哪个林场？"

"就是我们出车祸那次去的林场，赵成义这个人挺讲义气的，我们俩虽无深交，但常在一起开会，关系也不错。"蒋兴觉得今天做的米饭有点儿硬，说完了这话后看了看碗里，洁白晶亮的大米像有怨气似的，颗颗挨着，却不黏在一起，很零散。

玉茹不再问赵成义，说起了雅芬的事。雅芬这几天正跟海俊闹呢，据说她抓到了海俊同秘书的把柄，前天到玉茹这儿哭了一场，往日吹牛的本领都没有了。女人哪，说得再硬，其实她们的心都是软的，不到一定的极限她们是不会不忍耐下去的。

"你们男人，真不是东西，嘴里吃着，盘里看着，还惦念锅里的，那小情人就那么有魅力、有情调，老婆一点儿都不如她？"玉茹趁机发了几句牢骚。

"看你怎么都带上了，谁说男人都这样啊，前天我还见报纸上的一个报道：有人侍候瘫痪妻子一辈子无怨无悔呢！"蒋兴反驳道。他隐约感觉到玉茹有给他敲警钟的意思。

"要是我瘫痪了，你能侍候我一辈子吗？"玉茹十分认真地说。"那

207

哪儿能呢？"蒋兴笑道。

"那怎么不能！明天我真要是瘫了，你侍候我吗？"玉茹用期待的目光望着蒋兴，她让他必须回答这个问题。蒋兴注视着玉茹的脸，女人们总是爱问这些不着边际的问题。他不想回答，但这句问话已进入了他的脑海，让他不得不想，真的有了这样的情况，他是否真的也能侍候她一辈子？

"我能！"他终于深情地这样说。但当这句话传到玉茹耳中之时已经慢了半拍，玉茹刚才热切的心情已经降了温，她感到很失望。这如果还是在大学校园里，他会毫不犹豫地说我能！哪怕一百个一千个都会脱口而出。然而此时，他却迟疑了那么久，说得那么勉强。虽然这只是一种形式，但哪一种内容不是要通过形式来表现的呢。她的心猛地一紧。

"得了吧你！雅芬说得对，挣钱，只有手里有了钱才行。你不侍候我，我可以花钱雇个人照顾我，现在就是那么回事儿，靠谁也不如靠自己。"她说完，把筷子一推，算是吃完了饭。

蒋兴还是第一次见到玉茹这个样子，他想说些什么，没想到一口咬了个沙子，硌得牙床子火烧般的疼，就只好捂着腮去垃圾桶前吐。

玉茹这一段搞服装生意很挣钱，她心里也高兴，蒋兴也觉得她忙着生意，不再跟他唠叨也挺好，但他也感觉到玉茹思想的变化越来越大，两人的关系也有些疏远。

他默默地洗着碗，想着。躺在小炕上，仍在想。小火炕烧得热乎乎的，躺在上面十分舒服。

"你把车子推进来吧，外面下雪了！"玉茹一边挂着衣服一边喊他。

灰蒙蒙的暮色中，稀稀疏疏地飘起了雪花。漫不经心的样子，隐约能听到风在吹动窗棂。

看降雪的情景，似乎不能判定一年中最寒冷的季节已经来临，然而听那风声，会让人觉出寒风吹起时的冬天才是真正意义上的冬天。

他戴上手套把自行车推进屋子，把那些护窗板安装好。回到屋内，已经听不见有什么风声了……

大岭

二十七

年说到就到了，从孩子们的喜悦中，就可以看出来。虽然大人们对年已经没有了多大的兴致，甚至感到那是一种负担，因为除了要走亲访友，请客招待，给孩子发压岁钱之外，整天忙忙碌碌累得要命，已经体验不到有什么过年的快乐了。所以年渐渐成了孩子们的年，孩子们不管大人们感觉如何，他们依然要兴致勃勃地盼望着年早一天来到。性子急的孩子们甚至腊月二十三，就已经把新衣服穿了出来向小伙伴们炫耀了。

街面上的货物丰盈起来，攒动的人头也多起来，恬静的小城就喧闹起来了。

蒋兴和王富楼推着自行车往林业局大院方向走。人太多，车子是骑不了了。王富楼不时把一只手腾出来放在嘴上哈几下，暖和暖和，因为今天出门时急，戴错了手套，在半路上才觉出这次戴的手套比以往薄了许多，仔细一看，两只手套里子都磨光了。两个人边走边聊着。

"过年了，咱们不也得给领导们拍拍马屁，送点儿啥，以后还靠他们呢。"王富楼说。

"送啥呀，咱们除了饮料就是山野菜。"蒋兴瞥了一眼路上的行人。

"你没看那些大车小辆的，不都是上贡的吗？别看他们有的不开支，但该送还照样送，出钱的路子多了，偷卖几车木头啥事儿都办了。"

蒋兴没接着他的话说下去，却说："咱给谁送啊，给局长，还是书记，我看没啥意思，新来的这个局长一翻脸，再批评你一顿就麻烦了。"

"那至少也得给方局长意思意思，人家没少帮咱们，你怎么也得安排

211

一顿，我也挺长时间没喝了，攒着春节一起喝回来。那次我在宾馆碰到他，他说有急事，溜了，要不我准把他喝趴下不可！"王富楼说完就哈哈大笑起来，一阵凉风乘机向他的牙齿发动了进攻。

"啊哟！我的牙，抽筋了！"他的笑容顿失，张着口呀呀叫了起来，惹得路旁的人都惊异地望着他。

"你也不悠着点儿，把胃喝坏了就麻烦了，反正我的胃已经发出警告了，找时间得去看看！"蒋兴正说着，林业局大楼矗立在眼前了。

政府办的老杨正和几个人在雨搭下面忙活，整理着挂灯笼的挂钩。元旦时候挂上的灯笼，不知道啥时候偏向了一旁，后来一检查才发现一边的挂钩豁了个口，大红灯笼就偏了。

见蒋兴两个人过来，他还以为是来送什么东西的，但没见到后面有货车跟来。就开玩笑似的问："今年孝敬点儿什么啊，大书记、经理！"

"孝敬你，不如喂头猪，瞧你胖的，还不知足！"王富楼鼓动大嗓门，一炮打了过去。他和老杨住一个楼，而且是对门，常在一起说笑，见了面也没有什么正经话。

老杨就把脸拉得有二尺长："我看你这个书记是不想干了，看哪天我给你弄双小鞋穿！"雨搭下面的人都笑了起来，口里呼出的白气一阵阵地消散在空中。

两人上楼汇报完工作，就到方局长办公室泡了一会儿。

王富楼见方局长办公室里有一盆龙爪菊，长得碧绿的，就想要。方局长说："我都养了四五年了才长这么大，你若得了痔疮什么的，我还可以让你占点儿便宜，给你掰去点儿。再说就是给你了，这么冷的天拿过去也得冻死。过些天我弄个分枝先给你养着，暖和的时候你再来拿。"

王富楼就笑话方局长抠门，连盆花也舍不得。

方局长说："谁抠，说到底你王富楼最抠，我每次见到你不是在宾馆

就是在招待所,怎没见到你在家喝酒的时候!净喝公家的酒了,也不愧得慌。明天局里就下文件,谁再大吃大喝就撤谁的职!这都是三令五申的事了。"

"撤就撤吧,我怕啥,就怕你们光发文件不办事,现在纸还挺贵,白浪费了,干啥要三令五申,十令八申也没用,真要是认真执行,一个令就行,不信就打个赌,我输了,都到我家去,我请客!怎么样?方局长。"王富楼叫起了板,脸又不知什么时候红了起来。

"真还镇不住你!"方局长无可奈何地笑了笑。"过几天都到我家喝酒去吧,我老伴从上海回来了,她弄的小鱼特别有滋味,准叫你们吃得满意。"

王富楼说:"得了吧,方局长,大过年的去你家,谁能空着手去呀,你可真会算,这不是变相让我们给你送礼吗?我得跟纪检委老梁说去!"王富楼虽比方局长要小几岁,但他曾经跟方局长在一个科室工作过,一向没有隔阂,打诨说笑惯了。

"你这个人就坏在一张嘴上了,要不这么多年也能提个副处了,一点儿正经话也没有。"方局长摇了摇头说。

"你好好培养我们的经理吧,我就这个德行了,再提也是个酒瓶子,没啥意思,到时候占个位置干不出成绩,还真对不起党和国家。"王富楼一边说着一边抄起方局长桌上的烟,一人发了一支,三个人就对着抽起来。抽了几分钟,又抽出方局长一句注意防火的叮嘱,蒋兴两个人就出了林业局大楼。

临分手的时候,王富楼让蒋兴再考虑一下春节给局里送点儿什么,要不然作为全局最红火的企业一点儿表示也没有,不知多少人会有意见呢,等人家找上门来,恐怕连人情也不领你的了。

蒋兴点头说行,就返回了公司。

叶兰一手按着办公桌,一手拿着信,正在读着。信是二民子写来的,她想准是梁秋娥给了他地址,前几日梁秋娥才写来了信,问她什么时候回

213

去过春节。上次打架的事秋娥已跟叶兰说明了原因，二民子仍很惦念叶兰，对她一片痴情，他非常关心叶兰什么时候回去，三天两头就跟梁秋娥说起她。梁秋娥虽然喜欢这个小伙子，但是叶兰如果不同意她是不能做主的。她也相信，婚姻虽是讲缘分，但也得靠争取和磨炼。所以她鼓励二民子去努力。

二民子字写得特别好，上学的时候还获得全县中学生书法大赛的二等奖。在信中，他态度也十分诚恳，他希望叶兰给他一个机会，也就是他所说的"先处一段试试"，看得出这个小伙子第一次写求爱信，尽管有些话显得有失条理，但基本意思还是表达明确了。信末，他让叶兰放心家里，他会照顾好梁秋娥的。

读着信，叶兰的脸红了。她第一次收到这样的求爱信。心里也很紧张，有一种说不出的激动与羞涩。她反复读着信，欣赏着、玩味着，似乎还想找出点儿什么……信纸上，穿着雪白衬衫的二民子扎着领带在向她表白着："我真的爱你，小兰，从我见到你的那一天起，我就喜欢上了你，真的！"

叶兰觉得二民子真好笑，怎么这么直白地说呢？她板着脸说："我不跟你谈！"二民子立刻一副痛苦的样子："你不答应我，我就不活了。"他双手捂着脸，要往楼下跳……

"哎……"叶兰正要叫他别跳。

一阵当当的敲门声把她从幻想中惊醒，她下意识地把信拢在一起，想放在抽屉里。

蒋兴推门进来的时候，见她神色紧张的样子就问："有什么秘密？"

"没有，没有！"

"没有你紧张什么？"

"我胆子小，连女孩子这个特点都不知道！"叶兰道。

"你该不会让我道歉吧？"蒋兴收了笑容。"我哪儿敢！"叶兰说完了又向蒋兴打听什么时候放假，蒋兴知道叶兰的意思，说："你想什么时

候回去都行，反正没什么大事了，有急事找你就给你打电话。"

自从叶兰到了兴北，两人之间从未发生过一丝一毫的不快，工作上叶兰是蒋兴不可缺少的帮手，但在生活上，车祸之后叶兰也始终控制着自己对他的感情，尽量少一点温柔与体贴，她怕自己走得离他太近会产生麻烦。她知道自己已经不自觉地喜欢上了蒋兴，虽然这种喜欢还并不能完全与爱画等号，但她已经在努力地淡化这种情感了。蒋兴成熟、稳重、事业心强，身上集中了许多优点，也是一个很好的依靠，但是正如徐小凤唱的歌一样，"怎奈他的身旁有个她"。蒋兴也一直把叶兰当朋友待，从来没有让她觉出他们是上下级的关系。叶兰自己不敢往别处想，报纸杂志上介绍的厂长经理们与秘书的关系常常被一种情人关系所取代，并且现实生活中这种关系也引出了许多乱子。她时刻在警告自己不要走入这个怪圈，哪怕蒋兴再有诱惑力，她也要保持清醒，做他的朋友可以，但绝对不能成为他的情人。她更不想去从玉茹的手里把他夺过来。记得在《围城》里，方鸿渐陪苏小姐在香港玩了两天后顿悟了女朋友和情人的区别，女朋友的关系就好比两条平行的直线，无论彼此距离多么近，好多么长，终合不拢来成为一体。叶兰觉得两人做到这一点就很好。

蒋兴坐在椅子上跟叶兰说起了维维，他刚才回来的时候见维维正穿着一件皮大衣，拎着包在街面上闲逛呢。不知为什么，那次酒吧中的记忆是那么深刻。

叶兰见他问起维维，就给他讲了她所知道的故事：维维虽说泼辣一些，说起来也是个不幸的女人。在酒吧这个圈子中，没有人知道她的真实姓名，维维也只不过是她的一个代称罢了。她只告诉过一个人，那就是叶兰。说起来别人也许不会相信，维维会有一个很美丽的名字——冯雪黛。就连叶兰听到后也禁不住称叹，是谁给她取了这么一个动听、令人快乐的名字！然而雪黛却没有因为这个名字而快乐过，她二十岁的时候，也就是三年前的一个冬天，她被一个叫黑子的求婚不成后强行给糟蹋了。给她起名字的父亲早已去世，家中只有一个多病的老母亲，她的这个家软弱得只需一阵风就可以吹倒一般，出于无奈，她就嫁给了黑子。

结婚那天，泪水湿透了她的衣衫。

黑子是个五毒俱全的家伙，婚后雪黛才知道，他在外面什么坏事都干，回到家后还经常打骂她。不但不给家里挣钱，甚至十天半个月地在外面鬼混。雪黛没有办法，只好去卖冰棍儿卖瓜子度日。那时她太柔弱了，印证了女人是水做的骨肉那句话。黑子把她弄到手后，却不把她当回事儿，即使是她怀孕后都没有回去照顾过她。有一次，黑子偶尔回来一次，喝得醉醺醺的。却偏巧赶上雪黛的一个要好的男同学徐浩也在他家，这个同学是路过他家，正好雪黛到外面倒水，才应邀到屋里坐一会儿的。但黑子却不那么想，见此情景就不问青红皂白地把他当成了奸夫，上去挥拳就打了徐浩一顿。他把雪黛的这个同学打跑之后，接着又打她，此时雪黛已经怀孕四个月了。她实在忍受不了黑子如此的虐待，下了狠心豁了出去，跟他厮打了起来。这一场厮打过后，他们的孩子也成了牺牲品。雪黛从医院里出来后彻底绝望了，再也没有去卖瓜子和冰棍儿，而是去了外地，找了个酒店当了服务员，换了好几个工作，后来就来到青春酒吧，而此时的雪黛已经变成了另一个人，变成了现在的维维。

蒋兴默默地听完了这个故事，他觉得心情很沉重，怎么会有那么多不幸的事发生。他不想再去深入地了解维维，仅这些就够了，一支疲惫的队伍慢慢地从肩头偷袭上来，他挥了挥胳膊，意识到该下班了，窗外职工们正三三两两地往大门口走。讲完故事的叶兰也收拾桌面上的东西，把鲁建民的信叠了叠，放在包里，跟蒋兴一起走出办公室。一到室外，鼻腔里马上紧巴起来，北方冬季寒冷干燥的特点在这里尤为明显，她用手捂了捂鼻子，但这种方式无法阻挡里面湿润分子的挥发。

大岭

李金还在门口扫他永远也扫不干净的院子，这么冷的天，他却光着手，一只耳朵里还塞着个耳机子，见蒋兴两人从办公楼里出来，笑呵呵看了他们几眼，算是打了招呼。自打他弟弟李银惹了事后，他总觉得欠蒋兴什么似的，罚了他一百元钱，他心里有些别扭，但也说不出什么，他从内心里来说还是十分佩服蒋兴的。以往每次见了蒋兴都要聊上几句，扯个闲话什么的，然而现在却不太爱说了，甚至连他最关心的国家大事也不讲了，只是爱听的老习惯依然没改，从早到晚离不开他的小收音机。

回到住处，房东老太太告诉叶兰有一个女的来找过她。不用问准是维维。

酒吧这些天停业放假，她闲着没事要叶兰一起去买衣服。叶兰几天前就答应了她，维维的母亲去年也病逝了，她也是单身一人混日子。不过她现在手中有钱，经常买衣服，十天半个月就要买上一套，除自己买还有些是别人买给她的。叶兰知道，她现在穿的皮大衣的费用就来自一名调材老客。

叶兰曾劝维维早一天离开酒吧，那不是长远之计。

可维维觉得出了酒吧又没什么可干的，此时的她绝不会再去卖冰棍儿、瓜子了。幸好黑子在她住院的时候酗酒伤人被判了刑，她得以解脱出来。她想另找一个归宿，她才二十三岁，然而周围的人有谁会看得起她呢？她早已感受过遭人冷眼的滋味了，原打算挣够了钱就回农村，找一个老实巴交的人过安稳日子，可现在她又变了主意，混一天算一天了。

酒吧中的小姐妹们虽然表面上都很亲热，但每个人都藏着自己的心眼儿，谁都明白大家不过逢场作戏罢了。除了叶兰，她没有别的朋友。

叶兰刚到酒吧不久，正赶上维维感冒，叶兰见她有些发烧，就主动为她买来了药，送她去床上休息，甚至还要送她上医院。多年来，维维很少感受到别人给她的温暖，仅仅是叶兰的这一个小小的举动，就感动得维维大哭了一场。泪水浸湿了绣着报春花的枕套。从那以后，维维视叶兰如同亲姐妹一样。她的事也就不再对叶兰隐瞒了。叶兰心善，从不嫌弃她，她有苦处时，叶兰那儿是她倾诉的地方，在那里她会得到安慰，尽管叶兰比她还小。

叶兰也感激维维，那次要不是她及时赶到，吕白林一定会毁了自己。

叶兰决定抽空儿去找维维，这次回家，也想买两件衣服，一件给自己，另一件是买给母亲的。今年，她能够用自己挣的钱为母亲买点什么了，尽管梁秋娥对她的恩情她一辈子也还不完，但毕竟是女儿的一片心意。

她坐在床边盘算哪一天回去，还要买些什么。不知不觉目光又落在了坤包上，她又想起了鲁建民的信。那种青春少女特有的心理驱使她又把信拿了出来，就在床上又看了起来，然而尽管看了好几遍，她依然觉不出自己对二民子的感情除了一丝的新奇陌生外，还有什么。她把信轻轻燃起来，他们两个是不会有爱情的。

二十八

叶兰拍的广告已经播出了,蒋兴把这个消息告诉她时,她兴奋得直拍手,瞪大了眼睛不敢相信这是真的。

蒋兴还告诉她一会儿还要组织职工看一看兴北的宣传广告。不一会儿的工夫,闲班的职工们都聚在了会议室,大家都在等着小郑回来。

郑延民捧着放像机走进会议室的时候,他领略了一种从未有过的感觉,心情如同首长检阅部队一样豪迈、激动,数十上百双眼睛都看着他,仿佛他有着无限的魔力一般。他摆放好放像机,接通了线路,整个会议室里就只剩下电视机的响声。

郑延民按下了 PLAY 键。

电视屏幕上却什么也没有。

大家躁动起来,怎么没有图像呢?

小郑在放像机旁左瞧瞧,右看看,该转的都在转,怎么就没有图像呢?他鼓捣了好几分钟也没解开疑团,鼻子上就急出了汗。

蒋兴也没摆弄过这样的放像机,看样子还是进口的。他也着了急。"是不是省里给咱们寄的是空白带呀?"有人问。"都怨咱们这破山沟,连省台节目都转不来,要不然,在家看多方便,还看什么录像呀!"有人在发牢骚。

这时候王富楼出现在门口。"咋的了?"他的脸又红扑扑的。

弄清了情况,他走到电视机前说:"不是电视台涮咱们,拿了钱不办事儿呀!"而后又俯下身看了一眼放像机,"这是谁家的破玩意儿,砸了算了！"随手在键子上抹了一把。

他这一把还真起了意想不到的效果，电视哗的一下子放出了声音，"兴北饮料……"吓了王富楼一跳。兴北的系列产品画面出现在电视屏幕上，大家高兴地欢呼起来。

小郑赶紧去调小了音量。

"王书记你早来两步呀，也不用我们那么着急了。"大家打趣道。

"我也不知道自己有这么两下子！"王富楼笑着说。"哟，那个女的怎么那么眼熟啊？"人群里传来了惊讶的叫声。

"嘿，就跟咱叶秘书似的！"不知是谁扔出了这样一句。"就是咱叶秘书！"知道内情的职工说。是吗？大家的目光都对准了叶兰。她的脸一下子红了，极不自然地低下了头。其实片中也没有太多的动作，只有她手拿产品的几组镜头，配音也是在省里请的专业人员。

"拍得真不错，嘿，咱兴北也名扬全国了！将来还要走向世界呢，咱山野菜不是打入日本市场了嘛！以后咱去美国也做个广告，等美国佬来买时，咱轻易不卖他，套他一把！"大家议论纷纷。

"干什么呀，你们，不看广告看叶秘书干啥呀？"王富楼替叶兰解了围。

叶兰看了一下片子，平静了一下心情，就悄然地回到了办公室。她在不经意间听到不知是谁在小声地议论：

"怎么让她去拍广告，全公司就显她能耐！哼，她不是跟经理……又出了名，又能捞到钱……"

听到这样议论，她刚刚平静的心情，一下子抽动起来。怎么啥人都有呀！但又不能发火，就独自坐在办公室里，啪啪地敲着键盘。

"已经死机了！新电脑可不能这样敲啊……"

蒋兴一边说着，一边走了进来。"你怎么了？"

"没什么！"

大岭

　　"你的片酬我已经让财务给你准备好了，多少是应该给的。"蒋兴慢慢地说。

　　"我说不要酬劳的！"叶兰一听这话再也忍不住厌烦的情绪。她早已跟蒋兴和王富楼说过多次，就算为公司尽义务，不要酬劳。她伏在桌上，把头深深埋在胳膊里。蒋兴还是第一次见到叶兰这么不开心，他默默地站一会儿，转身回到会议室去了。

　　蒋兴也知道公司里有人对叶兰有想法。她不是本地人，换言之她只是个打工的，工作上干得出色，人又漂亮，难免会引起别人的嫉妒，尽管她待人接物都很谨慎，但总不能让每个人都对她满意。风言风语常常有，蒋兴也知道一点儿。然而这些闲话也会形成一种无形的压力，让叶兰有一种压迫感。那次车祸之后，蒋兴更加深入地了解了叶兰，欣赏叶兰，但是他却更加觉得自己没有资格去喜欢她。为此他也很苦恼，他努力使自己与她保持着一种距离，甚至想逃避。然而两人的工作关系又使他无法逃避。他打断了自己的思路，重新回到广告片上，他知道刚才自己不应该离开，而应该同大家在一起去品味广告的优劣得失。

　　王富楼却一刻也没闲着，一边说着，时不时还看一下蒋兴。大家对广告片都很满意，十万多的投入虽然并不算多，然而对于生活在这片土地上的人们来讲，也算是个不小的投资，至少在这个以木业为主的林业局也算是开天辟地头一宗。虽然也冒一定的风险，但蒋兴坚信这笔广告的投入必将会带来更大的效益，并且以后的事实也证明了这一点。当然效益中还包括去年荣获全国食品工业博览会金奖所产生的。

　　叶兰跟郑延民说什么蒋兴没听见，只见叶兰进了会议室又离开了。他不经意地瞥了一眼，心想她可能要走了。

　　考虑到叶兰要回家，他特意让财务为她准备了片酬然而却没有想到叶兰动了真格的，坚决不要。这令他觉得不知是佩服、赞叹还是不满意，反正自己也说不清，索性不再去想，于是就猛抽了几口烟，引来了身旁一个职工的戏谑："蒋经理您可轻点儿呀，我的肺子可不好，一会儿要是真熏过去，你们可就不用看片了。"

蒋兴看了那个职工一眼，拿出一根递了过去："你也抽一根儿就没事了。"那职工连连摆手推辞。王富楼就笑笑说道："不敢抽烟还算大老爷们！瞧你那瘦样，不抽也胖不起来！"

叶兰出楼，正碰到李金匆匆往楼里奔过来。

"正好，有个女的打电话找你呢。"

叶兰知道维维找她去逛街，接了电话，她让维维在邮局门口等着，就骑上车离开了公司。

到了邮局门口，却没见到维维的影子，正纳罕之时，一团火红色从邮局的一个出口涌出来，原来维维在里面暖和。今天，维维穿了一套红色鸭绒棉袄，蹬上一双白靴子。细高的个子使她显得丰满而不臃肿，全身上下都紧绷绷的。这身装束在雪地上行走，很有一种风韵，仿佛有一种热烈温暖的感觉。

维维没骑自行车，逛商店带自行车太麻烦，再说她也习惯扬手叫出租车了，花上一点儿钱就会少遭一场寒冷。

叶兰看了看她的脸说："你化那么浓的妆干什么，想让我认不出来你呀？"

维维拍了一下她的肩膀说："瞧你说的，让我现出原形来你高兴啊！冬天得注意保护，咱这儿死冷的，都露在外面还能有好皮肤？早成老奶奶了！"两人说笑着往商店的方向走去。

逛了好几家商店，维维也没选中一件，叶兰却是没白走，她为母亲选一件羊毛衫，店主又烧毛又让她们闻味儿地一阵推荐，叶兰才花了一百五十元钱买下。维维本想狠狠地杀杀价，可店主说："行了，行了，

怎么也得让我们挣点儿，一百五十元不贵了，看你们也诚心买。"叶兰就付了钱。出店门后，维维还一个劲儿地说买贵了，那样式也不时髦！

叶兰看了看维维说："挺不错的，像你挑花了眼，一件也买不成，杀价也不能太狠了！"

维维就不服劲儿，让叶兰瞧她买的时候，怎样杀价的。

叶兰把衣服放在车筐里，接着同维维逛。一直逛到玉茹精品服装店，远远见到牌子，叶兰就想，自打玉茹开店自己还一次没去过呢。两人正要进去时，王富楼却离了很远就喊她。

叶兰就让维维先进去，同王富楼站在外面说话。等王富楼走后，她转身进店，却在门口就听见了两个女人吵架的声音。

她心猛地一紧，这两个人怎么吵上了。

"买不起你别买算了，这可是文化人穿的，装模作样干啥呀！"

"就这破玩意儿白给我都不要，啥好衣服我没见过，在乎这个！"

"得了，你趁早走吧，多少钱我也不卖给你！"玉茹实在是不耐烦了。

"我愿意走不走，你管得着吗！"维维丝毫不让。

维维进店后，相中一件毛领大衣，可杀价的时候把玉茹磨烦了，看维维打扮得妖艳的样子，她打心里往外地烦，所以口气也不好，维维也是爱挑刺儿，结果两个人你来我往地吵开了。

叶兰急忙走进屋，两个人不约而同地向她望来。玉茹见是叶兰，象征性地点了点头。

维维见叶兰进来，像来了援兵一般，嗓门越发高了起来。

"你这是干什么呀？"叶兰上前拉了拉维维，维维才止住了话。

玉茹不好意思再跟维维吵下去，却见叶兰同自己的对手认识，看样子还挺熟，就厌烦地扭头进了里间。叶兰劝住了维维又想跟玉茹解释，却只见到了玉茹的背影，心里很不是滋味。她知道玉茹对自己有了许多想法，但想化解却又无从说起。她只好拉了维维出了精品店。

维维出了门就气嘟嘟地问她怎么认识这个女的。

"这就是我们经理家开的店。"维维简直不敢相信："那个就是你们经理的老婆？"叶兰点了点头。

"怎么那个德行啊，三句话不来就烦了，你们经理怎么这么没眼光，找了个泼妇，怪不得要去酒吧喝闷酒呢！赶明儿我给他撬来！"

"行了！"叶兰阻止维维说下去，"你也不嫌外面冷，把你的嘴冻坏了。"

维维刚才是有点气晕了，甚至想找人把这个小店给砸了，社会上的地痞她认识好几个，随便找哪个都会为她出气。出了门知道是兴北经理家开的，也就发了几句怨气了事。不过她的确看中了那件衣服，叶兰建议再去别处看看时她没有同意，刚才的一仗把她买衣服的欲望给冲淡了。叶兰就邀她到自己的住处，美美地吃了一顿。吃了饭，维维慵懒地躺在床上，看叶兰洗碗筷。顺手从包里拿出一袋小食品来吃。叶兰说："你有多馋啊，刚放下碗就又吃上了。"

维维不说话只是笑。

而后她又问起了爱军，自打医院那次相识后，爱军给她留下的印象十分深刻，也十分美好。

她试图从叶兰口中了解爱军的一切，当她知道玉茹是爱军的姐姐时，禁不住撇了撇嘴："怎么会是一家的啊！"

"你今天是怎么了，刨根问底的？"叶兰觉出维维跟往常有点儿不同就开玩笑似的问。

"咳，没，没什么，问问呗，你这么敏感。是不是成了你的心上人了，怕我抢了去？"维维反问道。

"瞧你！你愿意把他当心上人就当吧，我不跟你抢。"叶兰用毛巾擦了擦手。

"我要是找这样一位该多好啊！"维维闭上了眼睛叹道。她又想起了过去。仿佛有一种凄凉的笑意泛过心头，消融在一阵冰冷的寒风里。

二十九

腊月二十六，叶兰回到了家。

梁秋娥正盼星月一般地等她回来。摊子上也忙，这几年，置办年货的人已不再赶年前一下子把东西全买回去，而是随时买了。特别是农民们，现在进城也方便了，他们买起东西来也开始不紧不慢的，今天买不完明天再接着买，所以，这些卖货的人一直是闲不下来的。

梁秋娥的生意做得不错，用她的话说"过河的钱是挣出来了"。前一阵子，鲁建民他姨香莲要跟她合伙开个批发商店，她没有直接表态，说等叶兰回来商量一下。如果开的话，人手不够，肯定要让叶兰回来，这样，二民子的事就好办了，所以鲁建民他姨竭力促成此事。于香莲长得胖墩墩的，每年的夏天热得都呼呼直喘，往别人身边一站，简直就是一个小火炉，她自己热，别人也烤得受不了。

冬天还算凑合，而一旦她的哮喘犯了，就会让她感到人活着没有意义，每天除了喘气不能干别的事情，还有什么劲儿！她有钱，随手可以扔上一把，然而有钱也不管用，那些用钱换回的药并没有给她带来多大的欢喜。说起来她也是奋斗了几十年的女人，可直到现在年纪大了的时候才悟出了一个简单的道理：年轻的时候，用健康可以去换取金钱，而年老的时候，用金钱却无法再去换回健康。

于香莲跟梁秋娥同在一个商场做生意，相处得很好，再加上有那个想法，二民子也常主动帮梁秋娥跑前跑后的，所以感情上自然近了一层，也就成了令人羡慕的老姐妹。尽管也有人说风凉话，恐怕二民子只能是剃头挑子一头热。如果叶兰不同意，岂不是枉费了感情。于香莲也想过这些，但她是一个很有心计的人，别看她人有点儿臃肿，小账算得还是挺精细的。

叶兰把东西放到家中就到商场找梁秋娥，偶尔和摊位上的熟人打个招呼。她脖子上系了条白丝巾，紧身的真皮大衣匀称地裹在她苗条的身上，一双半高跟的小马靴把她似一朵雪莲般地托起，在大厅里一走，风姿绰约，宛如从天而降的一位仙女，引来了人们的啧啧赞叹。有两个摊位上的小伙子看得给顾客拿错了货，那忘情的样子被相邻的大姨大婶们讥笑了好一阵子。更严重的是招来了摊位上年轻女子们的嫉妒：有什么好看的，打扮得像小姐似的！未必是什么好东西……她们虽这样想，却无法否认人家比自己长得美丽这个事实。嫉妒之余，大都是酸溜溜的，她们或嘀咕，或暗想，形式各不相同，但感觉相差不远。梁秋娥见女儿回来，高兴得流下了眼泪。下午早早地收了摊，回家享受见到女儿带来的喜悦。娘俩一阵亲热后，叶兰拿出了给梁秋娥买的羊毛衫，非要让她试穿。

"羊毛衫略微肥了一点儿。"叶兰围着母亲转了两圈后得出结论，"不过肥不太多！是吧，妈？"她撒娇地问梁秋娥。

"肥点儿没什么！只是这个颜色，妈穿也太年轻了，有点儿……"

"现在老年人都穿这样颜色的，再说年轻一点儿还不好吗？您也没时间看《夕阳红》节目，您看那里介绍的老年人多年轻快乐呀，什么颜色深浅，女儿给您买的，再年轻您也得穿！"叶兰轻轻搂着母亲的肩膀说。

"好，好，明儿我就穿出去，让大家看看我闺女给买的衣服，行了吧？"梁秋娥摸着女儿的两只白生生的小嫩手笑着说。

娘俩的笑容直到第二天早晨仍未消失，也不知一晚上都说了些什么。当然并不是想同于香莲合伙开批发店，她看得出叶兰并没有回来的意思，她已经把大兴安岭当成了第二个家，所以也就没提开店的事。

梁秋娥这些年忙里忙外的，挺孤单，尤其见别人膝前儿来女往的，她

十分羡慕。这一阵子幸亏鲁建民帮忙，要不然她有些力不从心。一个老婆子维持一个大摊子实属不易，别人上货去，家中有人照看，然而她去上货得求别人帮忙照看。虽说挣了钱，但也确实挣得很辛苦。

叶兰这次回来跟母亲说起了爱军，这让梁秋娥心里一动，她就问叶兰觉得他怎么样。

"他这个人挺好，挺憨厚，特别有军人气质，他爸原来就是铁道兵，人可好了！"叶兰又说起了陈向阳一家如何把她当闺女待。

"你是不是看上人家了？"

"瞧您说的，都想哪儿去了？"叶兰娇羞地拉了拉母亲的胳膊。

"你还能唬得了我，打小你就不会撒谎。"梁秋娥轻轻按了一下叶兰的鼻子，叶兰眨了眨眼笑了。笑了一会儿，她又十分严肃地问梁秋娥："妈，我要是万一在那边找对象您同意吗？"

梁秋娥犹豫了一下，她不知道是否应该说同意，于是就反问道："你不想回到妈身边来吗？"

"不是，我无论在哪儿找对象也要领到您这儿来，孝敬您，要不也得把您接过去，反正不会离开妈就是了，您放心吧。"

"瞧你这嘴，在外面学得这么甜了！"梁秋娥质朴的脸上充满了慈爱。她此时觉得二民子的事还是不说为好。她没有回答叶兰提出的问题，而叶兰却不依不饶地追问起来。

"只要你看着好，喜欢就行，不过，千万别在外面受骗了，咱对人家不知根不知底的，一个人在外不容易。"叶兰点了点头。

第二天，叶兰问起了二民子，梁秋娥才跟她讲了于香莲的意思。当她问二民子合不合适的时候，叶兰也犯了难，她也觉出了母亲的意思，其实梁秋娥把自己的地址给了二民子就已经表明了她的意思。

"还跟妈藏心眼儿！合适就合适，不合适就说个痛快话呗！"梁秋娥自己也不知道有多大的希望能成全此事。

叶兰说："以后再说吧，妈，您还让我早出嫁呀！"她说完这话后马上神秘兮兮地问梁秋娥，"妈，你多长时间没看咱省台的节目了？"

"反正有一阵子了，妈哪有时间看哪，整天累得要命！"

"好，我现在就让您看电视！"说完她就打开了电视机，拨到省台的频道。电视里正放着一段新闻。

"妈，你看着，不出五分钟，你就有重大发现！"

梁秋娥不知她搞什么鬼，就笑眯眯地坐椅子上。不一会儿，兴北的广告就出现在了电视屏幕上。

"这就是你们公司的广告啊？"梁秋娥问。

"是！"梁秋娥就接着看。当叶兰的形象出现在屏幕上的时候，她使劲儿眨了眨眼睛，她怀疑自己看花了眼。

"那拍广告的闺女怎么这么像你？"她问道。

"那就是我呀，妈！"叶兰兴奋地搂住了梁秋娥的脖子。

"是吗，啊？快让妈再看看！"说着就站起身走到电视机前仔细看起来。可没到一分钟，就没有了，她没过瘾似的又坐在椅子上，心里高兴极了。自己的闺女也上了电视，且不说怎么样，就是凭上电视这一点也就够让她乐上一阵子。虽然中央台有个讲述老百姓自己故事的栏目，但一天讲一个，讲上十年也讲不到她的头上。

"一会儿再看看。"她跟叶兰说。

"别看没多长时间，我们公司花了十来万广告费呢。"

"就是为了让你上电视？"梁秋娥故意问女儿。

"那不是为了宣传我们公司的产品吗？"

"别人都请名人做广告，你们咋自己去推销呢？那不是王婆卖瓜了。"梁秋娥理了理头发。母女俩正说着，一阵敲门声响了起来。二民子仔细地

230

看着前来开门的叶兰，像要把她全看进眼中一般。叶兰也留意去看二民子的样子，所以一阵对视之后，两人都尴尬地低下了头。

"你，回来了。"鲁建民摸了一下头发。

叶兰点了点头，请他进屋，他是来告诉梁秋娥到车站取货的。上一次梁秋娥在辽宁发的一件货丢了，鲁建民通过关系终于把货找了回来。因为发货时，代办处贴错了标签，一下子把货发到别处去了。

二民子坐了一会儿，就把提货单放在桌上回去了，临走时还禁不住多看了叶兰几眼。心想，现在的叶兰可真漂亮，小时候怎么没看出来呢？孩提时代的叶兰扎着一双小细辫子，额头大大的，圆圆的脸庞长得不算漂亮，唯有一双眼睛长得水灵灵的，清秀传神。梁秋娥侍候得好，整天干干净净的，每次同小伙伴玩耍回来，她都要给叶兰换一身衣服，尽管那时的衣服上满是补丁，她却是小伙伴中最干净的一个。而二民子小时候却正好跟她相反，是最脏的一个，他淘气爱动，常弄得满身泥土，他家孩子多，上面有两个姐，一个哥哥，他妈也顾不过来，所以弄得脏兮兮的。

不过他家有一个优势，就是尽管这样放任孩子们，常常脏兮兮的，然而他家的几个孩子却轻易不得病，个个身体棒棒的。多年后他的母亲总结出了这一点也算是平衡了心理。那时她的确也是太忙了，但等她有工夫侍候孩子们的时候命运却像开玩笑一般不再给她机会了，一场大病从天而降，临终时她只好把孩子们托付给了妹妹于香莲。三个孩子已成家，现在只剩下二民子还没选上一个好媳妇。

叶兰娘俩一直把二民子送出很远。二民子这些天也正忙着选货，他自己买了辆客货，既自用又出租。听说叶兰回来了，他就想来看看，平日里去梁秋娥那儿从来不用寻什么借口，说去就去了，然而这次，他却有些犯愁，去干什么，怎么说？

正苦于寻不到借口之际，他的亲属给他送来了提货单，把他乐得险些没跳起来。走出了很远，二民子才偷偷回头望，心里有一种无法比拟的满足感。

以前别人也没少给他介绍对象，然而却没有一个能让他看得上眼，被介绍来的姑娘多数图他的钱，甚至没见面就问他能给买什么，气得鲁建民跟于香莲说："以后先跟人家说我是穷光蛋，然后能谈再谈。"这倒是把他姨气乐了："穷与富都是靠嘴说的吗？人家要是想跟你谈，还能不先了解一下？"

二民子自从看上叶兰以后，心里再也装不下第二个女人。叶兰虽然没有表示同意，但也并未说没有机会。闲着的时候他就琢磨，心里像抓痒似的。两个人虽说不上是青梅竹马，但至少鲁建民对叶兰是情有独钟的，他在叶兰的身上感受到了一种别的女人所不具备的气质。耐不住对叶兰的惦念，他就做梁秋娥的工作，梁秋娥虽然同意，却不能做主。

给叶兰写信之后，他天天在盼着能够收到她的回信，然而却泥牛入海，杳无音讯。

冬日的阳光，温和地将一缕缕爱意洒向这座繁华的小城。许多叶兰离开时没有的建筑带着节日的笑容站立在路边，仿佛在接受这位归来游子的检阅一般。梁秋娥乐呵呵地给女儿做着介绍。"咱们这儿现在发展可快了，去年被评为全国的百强县之一，前几天省里领导来，特意还到咱们大商场看了看，冲我们直点头，第一次见到大干部我紧张得又拽衣服又挤笑的，可又一想，再大的干部不也是人吗？"她自己一边说着一边笑。

"那天我也不知道咋弄的，扣子也系错了一个，把下面的扣子系到了上面的扣子眼儿里，我还笑别人呢！"

"啊，您可真逗！"叶兰禁不住大笑起来。

这是一座豪华的综合性商场，在这座小城中算是首屈一指的，十层的建筑，虽不是最大的，但也气派非凡。作为现代都市的标志之一，它成了

这座城市中人们的骄傲。

叶兰此时俨然成了沟里人，刚从大山中走出来，在山里，毕竟少了些大平原，视线也常常会被群山所阻挡，因而也会让人产生一种蜗居的感觉，若不是那清新的空气弥补了这一缺憾，人们自然就会产生登上山顶去一览众山的情绪，当然这种情绪并不是在游人心中产生的。

回家过了这个年之后的叶兰似乎有了更多的触动，平原有平原的美丽，山川有山川的神韵。自己正好二者兼得，大山陶冶了自己的情怀，平原开阔了自己的视野。这是久居在家的人难以得到的。她把这种触动写进了日记，载入了她永远的档案之中。

刚过完春节，人们的喜悦仍洋溢在每一条皱纹里。

在兴北的计划之中，三月是要进行技术改造的。但这两天汪童民正发着高烧，他的设计方案别人是无法完全弄清的，因为许多参数是装在他心里的，蒋兴也是干着急，怎么出了这样一个"土专家"。于是他准备让叶兰和汪童民的小徒弟两个人帮他搞文字材料，怎么说也要形成一份像样的技改方案。这个方案如果实施，能为兴北节约至少七八万元的费用，而且还提高了生产效率。汪童民此时已成为全公司瞩目的人物了。他为了搞这项技改，天天泡在车间里琢磨，"那什么"的口头语也很少说了。李金看他那样辛苦，索性把中午饭给包了，每次他做好了再去找汪童民吃。蒋兴深为公司有这样的职工而高兴，事业是靠大家干起来的。哪一个企业缺少了像汪童民这样有热情、肯钻研的人也是不会有发展的；而那些亏损的企业之中，恰恰就缺少这种人，至少这种人的作用没能得到充分的发挥。他早已下了决心，技改成功后，一定要重奖所有的有功人员，这是一种激励，更是一种催人上进的号角。

三十

　　大兴安岭的初春，才是真正的春寒料峭。任意一缕风吹过脸颊，都会让人觉得冬天还没过去。

　　爱军执行完任务后路过叶兰的住处，他想过去看看叶兰，又觉得没有借口，尽管他放慢了脚步，但直到走过一段路后仍没寻出一个充分的理由。他内心喜欢叶兰很久了，苦于没有机会表达，他不知道叶兰怎样看待他，虽然觉得出她也对自己有好感，但总不能拿着笑脸就当爱情。他的心思其实早被陈向阳老两口看透，而且陈向阳也早已有话，让他自己去争取，实在开不了口的时候，他们再出面跟叶兰说。他觉得自己的儿子在这一点上不太像自己，想当年他是很勇敢地向玉茹妈表白了感情，甚至他想儿子肯定也能继承他的这一基因。恰恰相反，爱军虽然接过了父辈手中的枪，却没有在爱情上去学习父亲，用一句时髦的话说：爱军是有点太含蓄了。

　　在一处板障子前他停下了脚步，他知道此时叶兰一定会在住处，因为走过那时他看见了叶兰的自行车，那辆鲜红的凤凰车。

　　怕什么！勇敢些！他给自己鼓劲。他转身往回走，大脑中仍在寻找着一个理由。其实爱是不必寻找理由的，即使找到了那种东西也未必是真正的理由，充其量只是一种借口或托词罢了，真正的爱是不需要理由的，至少是说不清的。站在院门口，爱军先低头从大门的缝隙中窥视了一下，而后才站直了身体推开了大院的门，心跳的加速让他觉得天气似乎暖和了许多。

　　叶兰已经从窗户里面看见了他的身影，她高兴地出来开门。

"爱军！"一句轻柔爽脆的呼唤让他觉得如果再继续寻找一个理由已经毫无意义。这甜美亲切的两个字当中饱含了无限的深情。仅凭说这两个字的语气，就可以断定这是一个年轻姑娘在喊她的男朋友，至少是相当于男朋友地位的人。

　　爱军笑了笑："正在做饭？"他见叶兰的身前围了一块碎花的小围裙。紧身加长的白色羊毛衫勾勒出她纤秀匀称的形体，黑色的脚蹬裤紧紧团结在她修长的两腿周围，开门的时候一种炒菜的清香也从里面飘了出来。"嗯，正好一块儿吃点儿！"叶兰微笑着请爱军进屋。他使劲儿顿了顿两只鞋沿上的残雪，摘下帽子进了门。

　　叶兰带上了厨房的门，让他觉出了一种从没感受到的幽香。这间卧室兼小客厅的屋子虽然不大，但被收拾得整洁利落，书桌上摆着一排书籍，旁边与之相伴的是一座蓝罩的台灯，一沓稿纸正怀着心思等待着主人的重新关注。

　　叶兰倒了杯水后让他在那儿等着，厨房里的油锅还在滋滋叫着，招呼她快去。把锅盖好，叶兰又抽了空儿进屋同爱军聊天，她今天也显得很激动，脸上红润润的，简直像是即将上轿的新娘。爱军见她让自己留下吃饭就要推辞。叶兰就故意板起来脸说："你们家可以不把我当外人，而你却连在这儿吃上一顿饭也要推辞，以后是不希望我再登你们家的门槛了？"

　　爱军笑着望了望叶兰含嗔发怒的杏眼，讷讷地低下了头。他无话可说，只有默许了。但内心里却是喜滋滋的，浑身似乎有一种无形的张力在向外延展，冬末那种特有的压抑感以及执行任务后的疲劳一下子消失得无影无踪了。

　　叶兰说："你先看会儿书，饭菜马上就好了。"爱军顺从地把目光安置在桌上，从那排书中抽出了一本；封面上一个身穿长裙的欧洲女郎正深情地望着前方。与帽檐平行的地方印着一个英国著名女作家的名字：夏洛

蒂·勃郎特。这本被叫作《谢利》的长篇小说设计得十分朴素、典雅，一进入眼帘就会让人有一种亲近感。他没有读过这种小说，但他还是知道这位女作家的，她写的《简·爱》令她蜚声世界，爱军翻看了一会儿，觉得没什么大意思，欧洲风格的小说与中国的是有很大不同的，尽管这也是一本名著，但作为欣赏者，他没有耐心去读，因为开篇的第一章的名称就让他费解，"利未人"是什么意思，他不得不去翻看注解。在主人公穆尔尚未出场的时候，爱军就合上了它，了解一个外国的资产阶级，远不及看一会儿《警坛风云》过瘾。

此时，叶兰已经准备好了午饭。

"我帮你放桌子！"爱军见叶兰端了饭菜进来就站起身，但转悠了一圈也未发现餐桌。逗得叶兰险些笑弯了腰。她让爱军把书桌上的稿纸收拾起来，两个人吃饭的地方富富有余。

"三个人在这吃饭也能挤下呢！"爱军恍然大悟道。一盘木须柿子，上面还有几许香菜，红黄绿相间，"挺香的！"他使劲抽了一下鼻子赞道。

"香可一定要多吃点儿哟！"叶兰调皮地一笑，而后轻快地出了屋。

不一会儿她像鸟儿一般地回来了，手里拿了瓶酒，还有一听午餐肉。爱军说："瞧你还买这些干嘛！"

"简单了些，你第一次在这做客，不要嫌弃就行了。"说着她拿了一个杯要给爱军倒酒，这下爱军急了，脸上似乎已经是喝过酒的样子。他伸出手去接叶兰拿的酒瓶子，不让她倒酒。情急之中，他握住了她的手，柔软而光滑的手。一种磁波从指端迅速传过来。他不知道自己是不是情愿把手撤回来的。人体是会发射光的，意中人在一起时，他们彼此发出的辉光会一强一弱，一明一暗，通过检验辉光这种方式可以确定两个人是否真诚相爱以及是否有组成家庭的可能性。这个信息是爱军在报纸上看到的，他很想知道此时两个人所发的辉光是什么样？

肌肤相触之后的两个人相视一笑，情感一如脉脉的流水在从一边流到另一边，又从另一边流回来……

　　"我可真不是招待客人的样子！"叶兰说。"不用这么客气！"爱军拿起了筷子说。两个人又重新坐下，慢慢地吃起来，并把话题转到了爱军的单位。当警察是很辛苦的，公安局百十号人几乎没有谁能够轻松地度上几个周末，他们常常都会被一些事务缠上，忙得脱不开身。在叶兰心中，警察这一职业是十分神圣的，她曾梦想自己能够戴上大盖帽，穿着警服，那是多么英姿飒爽！但梦想还是梦想，现实生活给了她另一番风韵，也应该满足了。

　　爱军说春节时如果她不回家，陈向阳老两口就打算让她到家里过年，后来听蒋兴说她要回去，也就没再提这事。叶兰听了后，脸一红，在家乡，让姑娘去过年，只有是定了亲才可以的。她心里想笑，但又怕爱军误会，于是就低下头去吃饭。她对爱军的感觉有些怪怪的，说是喜欢，但又带着许多顾虑，青春少女的那种特有心理令她也弄不懂自己究竟是怎么回事。蒋兴虽然有着十足的魅力，但他毕竟已有妻子女儿。自己如浮萍一样，浪迹林区，总不是长远之计。她抱着找到父亲后再成家的打算，而现在，有一个适合自己的人选在等着她选择。她该怎么办？

　　许久已来，她已经觉察到自己的心在有意无意地向爱军靠拢，靠拢，只是仍未找到一个合适的时机，像刚才那样，两只手碰在一起，让两颗心相连，共振……

　　两个人各怀着心事，默默地吃着饭，爱军偶尔偷眼望一望叶兰，她抬起头的瞬间他又立刻把头低下。

　　"你多吃点儿菜！"叶兰轻柔地劝道。

　　"不用客气！"爱军腼腆的样子仿佛让他成了一个娇羞女。

　　嘎的一声，一辆小车停在了门外。蒋兴走进了院子后，车又开走了。

爱军心里翻了一下：姐夫这时候来干什么？如果有事，车怎么开走了？他也曾隐约听到一些关于姐夫和叶兰的传闻，但他不信。现在社会上，闲着没事儿编花边新闻的人多了，只要肯搜集，什么样的花花事儿都有。然而有一点，他是知道的，姐姐和姐夫感情上多少出现了点儿裂痕，每次陈向阳问玉茹时，她就烦，这两年从没有听到过她称赞蒋兴的话。这样一来，爱军心底里也多多少少有那么点儿阴影，但还没有达到能够产生一些作用的程度。

小舅子与姐夫的感情是建立在姐姐那根纽带基础之上的，爱军虽然跟蒋兴相处得很好，但现实中，他偏向蒋兴的成分总要比偏向姐姐的成分要少一些。

叶兰迎出到门口，爱军也就起身跟了过去。见爱军也在，蒋兴感到有些惊讶，但他没有表现出来。而是笑了笑说："你也在呀！"

进了屋，他就闻到了菜香，"看来今天叶兰请客？"

"不是请客。"爱军忙要解释。

蒋兴却制止了他，"我又没问你，急着说啥？"

爱军就不好意思起来。他并不是担心姐夫会认为自己正在追叶兰，其实这已是正常的事，自己已到这个年龄，作为姐夫的他也应帮自己想一想。但他和一个女孩单独在一起吃饭还是第一次，所以被人遇到时总是有些不自然。

"我是想请客的，但不是今天。你也一块儿吃点吧。"叶兰的脸红红的。
"公司里有事吗？"

蒋兴点了点头，而后又摇了摇头。其实公司没有什么事，他也是经过这里，特意来看看的。刚才的小车是一个和他相熟的司机的，路上遇到，非要送他几步。

"你们先吃饭吧！"蒋兴没什么话可说。他不想承认自己有些寂寥而

239

来这里寻找一种解脱的。公司的事业正如日中天，而自己的情感却无限的压抑。他和玉茹之间越来越疏远，此时各自的追求几乎是背道而驰，叶兰早已觉察到了这些，但她又无可奈何，她甚至把二人疏离的责任归结到了自己的身上，而为此内疚，并且她也曾跟蒋兴表示过。

那个雨夜的事，蒋兴是无论如何也不会跟玉茹讲清楚的。

叶兰清晰记得就在她生病的那个雨夜，蒋兴是怎样一直地陪着自己，她是怎样在电闪雷鸣之时抱住了他的脖子，从他坚实的臂膀中获得安慰的。

那晚她只穿了件贴身的内衣，恐惧使她来不及也不想去顾忌什么仪态了。在他到来之前，她是多么无助，小屋被一种无法名状的凄凉所笼罩，狂暴的雨在窗外咆哮的时候，她甚至怀疑自己变成了被雨捶打的尘埃，在大地上翻滚……幸好他来了，给他带来了安全感与温暖。

他走的时候已是凌晨，帮助她吃了药后他才走出了小屋，因为雨已经停了，家中的玉茹还在等他回去。

他离叶兰越近，就会离玉茹越远，这一点，蒋兴自己也清楚，那一晚他依然理智地把握住了自己。今天，当他看到爱军两人在一起之时，他心里有些酸酸的，但还是由衷地高兴，幸亏自己没有失去理智，他们才是真正的一对。

爱军已经放下了碗，叶兰说："怎么就吃这么点儿，嫌我炒得不好吃了？"爱军说："不是，已经吃饱了。"叶兰放下了碗，索性也不吃了，匆匆收拾了起来。爱军今天找不到什么话题与蒋兴说，所以只是沉默地随手拿起一本书，漫无目的地翻着。蒋兴习惯性地拿出烟点上，他知道爱军不抽烟，也就不给他了。

爱军猜想姐夫可能有什么事情当着自己的面不好说，于是在叶兰放好了碗碟重新进屋时站了起来，找了个借口要告辞回家。

他这一来，倒让蒋兴觉得该走的应该是自己，于是也忙不迭地要去公司，

这令叶兰感到很有趣，说走就都走，干脆我也上班去，"你们是不是嫌这屋子太小了？"她锁好门后一边去推车一边问。

"哪呀，有事儿，真的有事儿。"爱军系好了风衣扣说。

半路上，爱军回家去，蒋兴和叶兰去了公司。

"你觉得爱军这个人怎么样？"蒋兴跟叶兰边走边聊。

"挺好的。"

"给你当男朋友怎么样？"蒋兴进一步地问。

叶兰沉吟了一会，她没想到今天蒋兴会这么直白地跟自己说这些，这显得很突然，她有些不知怎样回答才好。

"恐怕我不太合适吧！"想了一会儿她才这样回答。

蒋兴已经得到了答案，她已经默认了，他感到很高兴。"你们俩正合适，现在就缺少一个媒人了，是吧？看来我得保这个媒了。哪天我给你们把话挑明了，你不会有意见吧。我也知道他喜欢你，只是不知你的态度。"蒋兴似乎被一阵喜悦所驱动着，但喜悦之余，心里也有一些怅然若失的滋味。

叶兰很感激蒋兴的这种关怀。她说不清这种感激之中是否还有其他的成分，也许她对蒋兴的感情之中更多的是欣赏、崇拜和亲切，是一种柏拉图式的精神恋，而对爱军的感情则是率真的、说不太清的、发自心底的一种喜爱，而这种爱才是两个人能走到一起的基石。

两人走到公司的时候，李金却匆匆忙忙地跑出来告诉蒋兴，陈向阳被送进了医院，让他快去。

蒋兴吃了一大惊，急忙找了台车子同叶兰赶往医院。

医院里，玉茹一家人都守候在抢救室的门外，还有两个警察也一同陪着。玉茹娘俩脸上的泪痕尚未干去。

陈向阳本来同那几个退休老工人巡逻放哨，干得好好的，而且也取得了一些战果，抓住了几个窃贼，可后来窃贼见他们这片儿无处下手就转移到别处去了。这几个老头就闲了起来。

半个月前，爱军回家说百货大楼门前自行车丢得很多，又没人愿意去看管，陈向阳就悄悄找了管理办的领导，当起了义务看管员。戴着红臂章在那儿守着，他这一看守还真起了作用，百货大楼那儿的自行车再也不丢了。群众交口称赞，许多人把车子放到那儿后都亲热地跟老爷子打个招呼，把陈向阳乐得合不拢嘴，夕阳也红似火嘛！

但有高兴的，就会有不高兴的，陈向阳的出现把几个偷车贼气得咬牙切齿，他们恨透了这个多管闲事的老头。常常眼瞅着漂亮的车子不能偷，那滋味儿无异于吃不到挂在嘴边的烧鸡。

痛骂之余，几个小子想出了个办法来治一下陈向阳。

他们当中一个叫老五的家伙先推了自行车放到陈向阳看管的存车处，还特意让他留点儿神。陈向阳问他锁了没有，他扬了扬手中的钥匙说锁了。而后就进了大楼，把车钥匙给了他的同伙马强，马强大摇大摆地去自行车栏中开了那辆车子推着走了，将车安置好之后，又把钥匙还给了老五，老五从大楼中出来，故意装模作样地找了两圈后大叫自行车丢了。

他这一叫可把陈向阳弄蒙了，自打他来看自行车，还没有发生过类似事件呢，他跟老五挨个车子试，也没找到自行车。他有些急了，努力回忆着以前来推车的人，但无论怎么想也找不出一个鬼鬼祟祟像偷车贼的人。

老五趁机叫骂起来，惹来了一群围观的人。

"我特意让这老爷子看好，可还是丢了，你说这是怎么看的，车子锁着，却在眼皮底下丢了……"老五喋喋不休地向陈向阳施加压力。

"这车子是怎么看的，还义务呢，看不住还逞什么能呀，回家去得了！"

"闲着没事儿，还想出风头！"

老五的同伙们在人群中说着风凉话。

陈向阳毕竟是已六十多岁的老人了。这一着急上火，忽然一下子晕了

过去,幸亏交警们发现并紧急送往医院。那几个小子见把老爷子气昏了过去,也顾不得叫嚷,趁机溜走了。

蒋兴默默地站在那里,后面站着叶兰,玉茹见到他们俩一起赶到,心里十分不舒服。她没有去理蒋兴,而是扭过头去盯着抢救室的门。

陈向阳对蒋兴很器重,两人也谈得来,喝酒之时,陈向阳常讲一些他和战友们的事情给他听,玉茹经常笑他们俩的认真劲儿,现在谁愿听他们那年月的陈芝麻、烂谷子。

这次陈向阳去看自行车,玉茹娘俩是竭力反对的。这么大年纪了还逞什么能,自己行动也不方便,还要去看车。用玉茹的话说:"即便是发现了偷车贼,你也追不上!"

可陈向阳认准了的,谁也劝不了,发挥点儿余热有什么不好,也能锻炼一下身体,结果第二天一大早就离了家门,去百货大楼转了一圈后又回来了,原来百货大楼也是八点上班,一大早没有放车子的!倒是爱军被姐姐一顿埋怨,让他以后再有什么事儿不要回家说。

爱军也有些后悔,他虽然支持父亲的行动,但实在是担心他的身体。没想到过了不久真就出了事儿。

抢救室的门哗的一下开了。然而医生的表情却没有让守候的人们心里得到片刻的歇息与安慰。

"你们进去听一下老人的交代吧!"医生说。

生命垂危的陈向阳微睁双目,他先拉了拉玉茹妈的手,握了一下,而后又看了看玉茹和蒋兴。

"爸爸!"

爱军把头埋下来,握着父亲的手。

陈向阳嘴角抽动了一下,"叶兰,叶兰……"他轻声地呼唤。

叶兰急忙伏下身去。

大岭

"陈伯伯！"

"我希望，你和……爱，爱军能够……他很喜欢你，我也……"他看着叶兰，又看了看爱军。

叶兰使劲儿地点了点头，她让陈向阳放心，两人的事已经水到渠成，唯一遗憾的是陈向阳恐怕无法参加他们的婚礼了。

玉茹的哭声一下子使整个房间弥漫着一种悲凉和沉重，这位功勋累累、饱经风霜的老人在完成了为儿子找一个好媳妇的心愿后终于停止了最后的呼吸。

玉茹娘伤心得一下子背过气去，众人又忙着抢救她，整个抢救室里忙乱开来。

蒋兴擦了擦脸上的泪水，到外面去打电话，安排陈向阳的后事。

三天后，陈向阳的葬礼在一片庄严肃穆的氛围中举行。公安局、百货大楼、兴北公司以及老干部局等单位都派了人参加，宋志成不顾自己脆弱的身体，由小向陪着也来参加葬礼。战友们一个又一个离去，他的心情格外悲痛。他没有想到陈向阳会先他而去，见到玉茹娘俩时，他老泪纵横，握着玉茹娘的手不停地颤抖，始终也没说出一句话。

大街上，出殡的车辆缓缓地西行，在阴沉沉的天空下，连鸟儿的叫声也显得那么悲伤。

陈向阳的遗体被安葬在西山坡的一个小站附近，在那里，他可以看到自己曾经亲手修建的铁路，每当列车驶过，都要鸣响汽笛，那是在告慰老人：为建这条铁路奉献了青春与生命的人们是永远不会被忘记的，大兴安岭会记住他们的功勋，大兴安人会永远地记住他们的名字！

三十一

"我有重要的事告诉你，叶兰！"维维出现在她面前时高兴得眼角都堆满了笑。

"你要结婚了吗，雪黛？"

"不是，是你那串项链找到了！"

"真的吗？"叶兰兴奋得几乎要跳起来。她一下子拉住了雪黛。原来雪黛刚才遇到青春酒吧的大刘，他说老板在房间里拾到一串项链，问遍了酒吧所有的人也没有找到失主，后来大家想到了维维，她一打听颜色与样式，断定是叶兰丢的那串。她听叶兰说过这串项链的重要，就急忙来告诉她。

两个人匆匆赶到青春酒吧，吕艳芳正坐在大门口晒太阳，嘴里不停地吃着瓜子儿，见到了她俩，远远地就笑。

"这孩子也不过来玩了，工作就那么忙？"

叶兰跟她客气了几句就直奔主题，问起了项链的事。

霍云峰从外地回来后因为一些琐事跟吕艳芳吵了一架，一气之下他就独自找了个房间去睡了，脱衣服的时候用力过猛一下子拽掉一个扣子，他就低头到墙角去拾扣子，没想到在地板缝中发现了一串带蓝色玉石的项链，这串项链虽不很名贵，但很少见。这串项链的来历他知道一些，所以就让吕艳芳四处查问，但问遍了青春酒吧所有的员工也没找到失主。

"项链在哪呢？"叶兰没敢肯定说项链是自己的，但也八九不离十，她想亲眼见到项链再说。她告诉吕艳芳那玉上刻有万字。

吕艳芳说对，然后就领着她们进了屋，从抽屉中拿出了那串项链。

"是我的，是我的！"叶兰一下子抓在了手中，放在胸口上，激动得忘记了吕艳芳两人的存在。

"是你的，就拿去吧，不过那死老头子嘱咐我，一定要认准项链的主人，他还有事儿要问呢。他才出去看朋友去了，过些日子才回来，说不准还有什么事儿！"吕艳芳慢慢地说。

"那还有什么事儿，总不会把叶兰当成他闺女吧？"雪黛打诨道，"这串项链是她家传家之宝，然而不幸家中发生了变故，妻离女散，临别她父亲把这项链留给了女儿，然后苦苦寻找了多年，终于找到了。"

"你瞧你，上我这儿拍电视剧来了，我若能找回这么一个女儿那就好了。"吕艳芳用手点了雪黛的额头一下，"若真是他女儿，我怎么没见他眼里有一滴泪呢？别乱扯了，冰箱里有饮料，喝不喝？"

"不喝了。"叶兰客气地推辞。

"不喝白不喝，吕姨家有的是饮料，放在那该坏了，咱得帮她喝点儿！"雪黛冲吕艳芳做了个鬼脸。

吕艳芳笑着去拿来了饮料，一人一听放在桌上。

叶兰急于打听霍云峰的情况，就让吕艳芳讲一下关于"疯子"过去的事。

二十年前，霍云峰是林场的一个伐木工人，那时候林场的人很少，起初只有几间帐篷，天也冷得要命，吐口唾沫没到地上已成了冰块。

吕艳芳虽然没有亲身体验过，但她讲得还是有声有色的。

霍云峰所在的翠岭林场，一共十几个人，其中有两名女同志，一个叫王艳，一个叫黄玉芬。霍云峰被任命为队长的时候，她们和另外六个上海的男知青一起分过去的，他们组成了伐木队，冬天顶着大烟泡上山作业，那艰苦劲儿就没法提了，大伙儿常常不是冻坏了手，就是冻坏了脚。霍云峰常跟吕艳芳说起那段岁月。

"你们也许不知道，我和他是前几年才结婚的，他原来的媳妇就是那

个叫王艳的，两人在一起生产劳动，产生了感情，就在林场结了婚。可惜好景不长，文革也波及到了这荒山野岭。霍云峰仗着自己根正苗红，一开始还当着革委会副主任，后来工作组见他总不开窍，迟迟不向当时的支部书记叫方什么来的我不清楚，不向他下手，就动员他，实在动员不了他，干脆也把他当成了走资派，一起斗开了。

霍云峰以前生产抓得好，还获得过上级奖励，这些都成了罪名，他这叫只抓生产，地地道道的走资本主义道路。

工作组让大家揭发那个方书记，后来终于有人站出来说方书记搞特殊化，把自己的妹妹安排在山下当统计员，而且他自己生活作风也不检点。当时方书记没有成家，虽然黄玉芬对他很好，但他觉得年龄相差太多，没有同意。

后来不知谁传出了风儿，说方书记半夜才从黄玉芬的住处出去，这一下可惹了祸。工作组抓住了这一点不放，对方书记展开了斗批改运动，黄玉芬也被造反派抓了起来一块儿斗，霍云峰也成了陪绑。

他们逼着王艳同霍云峰划清界限，脱离关系，王艳誓死不同意，也被拉去一块儿批斗。王艳忍受不了造反派的折磨，结果自杀了。

后来幸亏上面有人出面保了霍云峰，才把他放到山下，当了几年食堂管理员，一直混到现在。

"那方书记怎么样了？"叶兰接着追问道。

"我也不太清楚，也许后来没事儿了吧。我同霍云峰结婚时也没见过他。听说前几年过得还算行，这两年也过得没劲了。他总往外面跑，挣了俩钱不知都扬到哪去了。五六十岁的人了！"吕艳芳讲完了一段故事，看了看叶兰。她想起了叶兰寻父的事。

"你呀，还找父亲干啥，我看你别找了，当我闺女算了，找到他有什么用！这么多年也没说来找你。"吕艳芳接着说。

叶兰全神贯注地听完了吕艳芳的讲述，在这个故事里她试图寻找到一丝与自己身世有关的线索，然而听完之后，她却一片茫然，在这里只有霍云峰的故事，而不是叶文峰。

　　能不能是一个人呢？不能，她否定了自己的怀疑，事情是不会那么巧的。再说他也见过霍云峰，自己跟他一点儿相似的地方都没有。

　　沉默了一会儿，雪黛推了推她的胳膊。"咱们该走了，别再耽误老板的生意。"

　　叶兰起身告辞。

　　她想把那串项链拿走，但吕艳芳说霍云峰回来还要用，好像是要去请谁验证一下，你改天再来拿吧，反正丢不了。

　　"人家的东西，还不让人拿回去！"雪黛讥讽道。"瞧你说的，我们若是要也就不会让你知道了，你这死丫头怎么这么多刺儿呀！"

　　叶兰想了想就把项链放下了，她希望霍云峰回来后能解开自己的身世之谜。

　　"那就等霍叔回来再拿吧！"

　　而吕艳芳又忽然让她把项链拿回去，她说："等他回来去找你也行，不过还不知他哪一天能回来，这阵子我也不知他在搞啥，好像跟别人发木材呢，他回来也没时候，你先拿回去吧！"叶兰就又拿起了项链。

　　"咱俩快走吧，再跟她聊一会儿，又得混顿饭了，吕姨又该舍不得了。"雪黛有些急着要走。

　　吕艳芳拿起了桌上的饮料瓶说："你喝了我这么多饮料还嫌少呀，你这还是跟叶兰借光了，要不然，我这点儿饮料还真就舍不得。"大家一边笑着，一边往外走。

　　叶兰让雪黛去她那儿，雪黛却说：不去了，哪天我再去找你，这些天我还有别的事儿。叶兰以为她准备上南方，她那曾被黑子打过的同学写信

要接她过去，就关切地问了一句，反而把雪黛问得伤感起来。

"我不打算去了！"

"为什么？"叶兰惊讶地问。

"我已是这个样子，有些不配他，他还没有结婚呢！我想了很久，还是跟邻居介绍的那个司机谈谈吧，至少他也是个二婚。如果跟了阿浩，我会内疚一辈子的！"

"可他不会嫌你的，你怎么又这样想啊，你不是要重新变回雪黛吗？"叶兰有些急了。她没有想到雪黛又忽然间自卑了起来，也许是因为邻居的劝说。

雪黛的邻居张婶前不久给雪黛介绍了一个才离婚不久的司机，叫倪文，大伙儿常戏称他为"泥人"。泥人离婚的原因很简单，两口子结婚五年多没有生育，后来去医院检查，才发现他老婆有毛病不能生。这个封建意识特强的泥人无法忍受没有子女的痛苦，坚决地跟他老婆离了婚。

泥人自己买了一台东风车跑运输，这些年也挣了许多钱，自打离婚后又品尝了没有老婆的滋味，常常出车回来，还得自己去做饭，一个人过单身生活实在难受，就求邻里亲朋帮他物色合适的人选。

有一天泥人的邻居王大妈到张婶家串门，说起了泥人的事。这两个女人原来在一起清过林，抬过木头，感情很好，虽然王大妈搬到了另一条胡同儿住了，但彼此间常走动。两人东家长西家短地聊了一阵子，说到泥人时，王大妈说："他这个人挺富裕，正想找一个差不多的二房呢！"

张婶就问他要找个啥样的，王大妈摆了摆手说："啧啧，他一个离了婚的还想找个大闺女？哪有那么好事儿呀，能有个离婚的将就上就不错了。"

张婶就提到了雪黛，两个女人一拍即合，仿佛他们二人是男女双方可以做主的家长一般。

张婶回去后就找雪黛说媒，她并不知道阿浩要接雪黛走的事，她抱着一片热心去极力撮合泥人和她的婚姻，于是就重新启动了多年前尘封的媒婆嘴，把雪黛说动了心。

雪黛把想去南方的想法告诉了张婶，却被张婶泼了一盆冷水。张婶一手拉着她，一手比画着，"他好端端的为什么要来找你？南方漂亮妹子有的是，他挣了钱，想找什么样的不行。再说你也是结过婚的……"

雪黛动摇了，其实她一直想成一个家，结束过去的日子，过上一种安稳的生活。可苦于没有一个好的依靠。听张婶说泥人家庭条件好，不嫌她没工作，不向她提苛刻条件，她也就同意了。

两个人见了两次面后彼此都觉得很满意，于是在一个月之后，就筹备了婚事，但天有不测风云，正当他们定好了婚期，四处发请柬的时候，泥人却意外得到雪黛曾在酒吧当过小姐的消息，他气得几乎要发疯，在已装修好的新房中，他抓住了雪黛的双臂逼问她是否真有此事。雪黛被这突如其来的事件弄蒙了，她没有想到泥人会如此疯狂地对待她。

"你这个臭婊子，为什么欺骗我！为什么？"泥人几乎要把她吞掉的样子。

"你……"雪黛奋力抽出胳膊。她无法解释，也不必再解释，在泥人的咒骂声中，她的梦想再一次被无情地打破了。小姐就都不是人了吗？看你们那些穿得像人的，不也是一肚子坏水儿，见了漂亮女人屁股就挪不动！她骂着，然而骂完之后，心里却是酸酸的。

她不止一次地问：自己真的一个可以依靠的人都找不到吗？茫茫人海，自己究竟该去向何方？自己的一辈子就这样子！内心苦楚的雪黛不仅为自己那段放纵的日子而悔恨，更为自己的不幸而悲伤。

叶兰见她此时已没有了去寻找自己快乐的样子，就劝道："别灰心，雪黛，一切会好的，咱们俩同病相连，绝不应该向困难低头，挺住就会有一切的。"

雪黛凄然一笑，而后点点头。

　　"生活，有啥呀，就是那么回事儿吧！你越看重它，活得就越累，我总觉得自己已经看开了。"她转头望了一眼大街上熙熙攘攘的人流。"人生由命，富贵由天，一切随缘吧！"她叹了口气说。

　　"瞧你快要当哲学家了，不过属于伤感型的！"叶兰轻拂了一下秀发，"快别这样了！"

　　"我没事儿的！"雪黛重新昂起了头，她的眼神里不知何时又充满了光芒，似乎充溢着愤怒，又像是充满了希望。

三十二

木材加工厂对于蒋兴来说并不陌生，但此时的他正热衷于山野菜的进一步开发，兴北饮料产品的升级换代，尚教授新研究出的结果表明，代号为 TM3 的山野菜不仅有延年益寿的好处，而且还具有抗癌的功能。兴北现在已不再是昔日的小厂小公司了，分支出来的子公司，各自都已初具规模。所以当他听到方局长说要让他兼任岭北筷子厂厂长时多少有些茫然。

一个人能救活一个企业，这样的例子在全国不少见，但他能否治理好岭北，把岭北亏损的状态扭转过来，他自己也没有把握。再说谁愿意放着一个正红红火火的企业不上心经营，而一脚踏进泥里去收拾一个破烂摊子呢？

前一年还在主席台上喝着茶水，做着先进经验报告的岭北筷子厂经理于诚此时已不知躲到哪里。厂里已放假多日了。

于诚到局里汇报说："筷子厂得不到发展的原因是资金不足，设备陈旧，工人技术水平低。"但他无法解释前八年赢利的原因，事实上大家都清楚，他那些数据是怎么变来的，光是银行的贷款就够筷子厂还上一阵子了。

国家紧缩银根，竟然让他这个年年领奖状和锦旗的大厂一下子现了原形，现在连职工的工资也开不出来了。

据说筷子厂是于诚的筷子厂，财务室会计钟玉红是于诚的小姨子，销售科的常兴是他的表弟，甚至车间主任王庆山也是于诚的一个亲属。私下里人们说于诚这几年可肥透了，给他个局长的职务他都不换，他打着考察的幌子山南海北转了好几圈，转着转着厂子里就亏了，直到上头来查账才发现这个厂早已亏损三年了。局里这才恍然大悟，采取措施将于诚调离了筷子厂，决定启用蒋兴。

蒋兴一点儿思想准备也没有，尽管他对筷子厂的情况了解一些，但都是些皮毛的东西，究竟去与不去他还没有下定决心，如果他坚决不去，局里也会尊重他的意见。这正是考验一个人的时候，他习惯性地拿出了烟点上，缓缓地坐在沙发上。

从市场上的前景来看，筷子生产还算可以，日本和韩国的需求依然很大，但国内的竞争对手也很多，要想重新获得发展那恐怕……

他正在想着，电话铃声脆生生地响起来。

电话是于诚打来的。

他也是向蒋兴摸底的，两人经常开会见面，也挺熟。于诚心里早有底了，他的信息特别灵，局里刚有动他的意思，他就知道了。气得郑书记直埋怨，这些组织上的事怎么这么快就透了气，下次再有这类事，非得严查一下不可。

"听说你要去筷子厂力挽狂澜，老蒋？"于诚笑嘻嘻地问。

"你那烂摊子谁愿去收拾呀，该不是你盯上我们这块肥肉了吧？"蒋兴反问道。

"说到哪去了，我早就不想干了，这么多年干得也没啥劲儿，身体也越来越差了。嗐，你知道，咱这个筷子厂刚起步时那德行，现在谁也不好弄呀！对了，老蒋，我可告诉你个实底儿，你若真去筷子厂的话，可要好好考虑考虑……"

蒋兴知道他的下话是什么内容，他不想再说下去，就转换了话题："听说要提升你当副局长呢，你马上就混个副处了，也挺不错的！"

"副处个屁呀，可能让我去政协。得，说这也没用，唉，你到底想不想来，说点儿实话！"于诚试图从他口中探出点儿什么，然而蒋兴却给了让他失望的回答。于是他就草草地挂了电话。

254

蒋兴不知他葫芦里面装的是什么药。然而几天之后的一场戏让他明白了于诚的真正用心。筷子厂的十几个职工联名上书，要局里不要动于诚，他们说舍不得让于经理走，大家心里明镜一般，还不让他走，好端端一个企业亏在他手里，还留他在那干什么？局里领导心里虽这么想但还是热情接待了那些被于诚收买的包括他的亲属在内的几个职工，答复他们再慎重考虑考虑。

于诚早有了自己的如意算盘，全局最有可能接手岭北的只有蒋兴，这个年纪比自己小半旬的后来人竟然能够在小小的山野菜、山野果上做出大文章，名扬省内外，看来真是不能小觑。其实他还不想离开筷子厂，虽然是亏损企业，但固定资产还是不少的，俗话讲瘦死的骆驼比马大，更何况岭北还存在着潜力。他本想干出点儿名堂后，将来混个副局长当当是不成问题的，谁承想不小心演砸了。

他任用的几个亲信一个比一个熊，生产搞不上去，销售也弄不明白，每年拿回的订单减掉旅差等各项费用后所剩无几，幸好财务上有小姨子把关，要不然早翻船了。

听到风吹草动后，于诚就不顾身体过胖不便行动的因素，东游西窜起来，他几乎找遍了所有的常委，但带给他的都是希望他让贤的消息。至此他才彻底绝望，悄悄地待在家里养起了金鱼。

岭北厂比兴北厂要大得多，在册职工少说也有八百人，这么多人的企业经营得不好，对全局的影响很大，毕竟这也林业局里最大的企业。局里把岭北交给蒋兴也确实经过一番慎重考虑，近几年木材市场疲软，随着建筑行业新的替代品的出现，木材销售的前景十分不乐观，发展精深加工企业势在必行，但最先建立的筷子厂却没有能够开出一个好头，这是最让局里的领导们挠头的。

蒋兴也明白局领导的用心，把一个烂摊子交给他是对他的考验，更是对他的信任。他轻轻地将脖子晃动了几下，头皮有些发紧，几根有意见的头发恣意地翘在头顶，让他用手压了几次也未能如愿。玉茹去南方发货已离开多日了。也许她去了深圳，但有好几天没有回电话，蒋兴感到一股火又不知何时积攒起来。玉茹才搬到哈尔滨还不到三个月，但她已经租下了三个摊位，真正当起了女老板，这是令蒋兴没有想到的。另一个令他没想到的是他突然收到了中学时代那个同学李可的信。

这封信让他无法再去想自己与玉茹的隔膜与差距。李可讲述了她的近况，回忆了他们美好的中学时代，字里行间浸透着热情的期盼。看得出来，她依然深深地怀念着蒋兴，这简直让蒋兴无法相信，人的感情真是很难说的事儿。时隔多年，人各东西，她却依然惦念着他，打听着他现在的消息。

中学毕业后的李可，考上了一所外贸学校，而现在则在省外贸部门当上了一个办公室的主任。近二十年了，李可还能找到自己，而且她的形象依然能在自己的脑海中鲜活起来；他无法想象自己曾经作为懵懂少年的样子，有时他觉得有些好笑，都已成家立业的人了，怎么还会有这样那样的波动？

那个恬静文雅的笑脸一脉一脉地浮荡在眼前，忽然变成了叶兰，又忽然变成了玉茹，继而又是李可……

蒋兴努力地挤了挤眼睛，兀自地笑自己，这都想了些什么，连正经事儿都不考虑了。但顺手抄起的还是李可的信，中学时光是那么美好，他已经有好多年没有回味了。每当看到大街上那些穿着五颜六色的服装很青春的中学生，他心中常常涌起阵阵感叹，岁月是多么无情，人生是多么需要珍惜！许多美好的回忆都是在瞬息间走进历史的。

他忽然有了激情，他觉得自己应该马上给李可写回信，于是他拿起了笔：

李可：

你好。

大岭

句号刚刚画完，一阵电话铃声如同打了个雷一般惊散了他的思绪，让他下面的话无从写下去，他只好起身去接电话。

管资源的王义要点儿山野菜，说上面来了检查组，临走送点儿，作为土特产给他们带点儿。

蒋兴说："你们怎么知道扒我们的皮呀，好像那些东西都是大风刮来的似的。"他原不想给他们，但最后还是问王义要多少。王义说就来四箱吧，末了还补白道："不白要你们的，到时候给你们钱就是了。"

蒋兴说："咱今天说准了，你明天来拿东西，可别忘了把钱带上。"

"瞧你还当真了！"王义在电话那端哂笑道："放心吧，忘不了。"

忘不了才怪呢！蒋兴心想，他早已领教过这个王义的本领。

蒋兴放下电话后再也没有心思去写信，索性把稿纸一摊，重新去思考筷子厂的事。

深圳，曾经只是一个荒凉的小镇，然而现在却仿佛是在一夜之间脱胎换骨。摩天耸立的一幢幢楼房，纵横交错的一座座立交桥，川流不息的车流……五颜六色的灯光，构成了一个大都市迷人的卷幅。

玉茹第一次到深圳，而肖黎民却是老深圳了，他们公司在广州和深圳都有写字楼。这次他是专门来接玉茹并帮他发货的。两年多的磨炼使玉茹已经完完全全地成了一个生意场上的女老板。无论是穿着，还是谈吐，绝不会让人看出她出道才两年，这也许就是十多年的文化熏陶积淀下来的东西所产生的作用。

走出了大山，告别了兴安岭，玉茹觉得自己已不再是一只小小的麻雀，而正在成为一只鸿鹄。她在哈尔滨租的摊位，每天为她赚的纯利不低于四位数，这使她更加坚信自己走这一步的正确性。蒋兴曾经的反对此时显得那么短视。远在深圳的她此时已无暇去想过去的路。

肖黎民帮着她发完了货，又陪她在深圳四处逛了一圈，一直到灯火阑珊之时，肖黎民才建议说去轻松一下。

"到哪里去，你说吧，我请客！"玉茹说。

"到底是大款了，说话都这么仗义了。"肖黎民笑了笑说。

"跟你比我只是个小巫。"

"不，是个小巫婆！"此时的肖黎民比在学校时要风趣多了。

在学校的时候，肖黎民是个不苟言笑的人。同班的女同学都不愿意接近他，他也不在乎这些，一心只读他的圣贤书。那时肖黎民准备毕业后搞些科研工作，可是他的老子偏偏给他弄进了机关，让他走仕途。他对此却毫无兴趣，在机关里混了两年后毅然下海到南方自己开创新事业去了。

现实生活不仅改变了肖黎民的思想，而且在这短短的十几年，把他的性格也改变得如同重塑了一个新肖黎民一般。

在读大学之时，他错过了花期，没有像其他的同学那样在丁香花丛中找到自己的位置，而今仍然是孑然一身。

玉茹问肖黎民什么时候打算成家之时，他笑了，淡淡地说："听从老天的安排吧！"

"可别等你成了老头！那时候可就麻烦了。"玉茹怅然地望着他。

"到时候，我请你当伴娘怎么样？"两个人开心地大笑了起来。

当肖黎民问起蒋兴时，玉茹收敛了笑容，他没什么大闹腾的，不过山野菜开发搞得还算有些名堂，但林区的可采资源越来越少，他也不会有太大的发展。

从她的口气中，肖黎民隐约感到一道裂痕已在她和蒋兴之间出现，玉茹此时已不像从前那样地对蒋兴坚信和崇拜。

当年在校园里，蒋兴这个学生会主席，曾经靠着横溢的才华让多少女同学为之倾倒，玉茹就是其中之一。

在他们男生三剑客加两姐妹的小圈子里，蒋兴与何晓文是比较活跃的，

肖黎民与他俩相比要木讷得多。所以玉茹和她的小妹关月佳向蒋兴与何晓文发动进攻之际，肖黎民还在图书馆里啃着一本又一本的书。

男追女，如隔山，女追男，隔层纱。当这两对恋人公开漫步在大学校园之时肖黎民才有所觉悟，但已经晚了。他本来很喜欢玉茹的，玉茹却没有发现，而是一心一意地追求着蒋兴。

那时的肖黎民简直糟透了，在别人看来，他内向得几乎见了好朋友都不想说什么。玉茹只把他当成好朋友，还常跟他开玩笑，而且她一开始就成了蒋兴的拥护者，对蒋兴的赞赏令肖黎民感到十分别扭，但他心里清楚，这怨不得蒋兴，更怨不得玉茹。

暗恋了许久，没有结果，却眼看着玉茹跟蒋兴一同分配去了大兴安岭，虽然已时隔多年，但在肖黎民心头的那一种情结依然久久不能散去。

这次有这么好的机会，肖黎民是十分高兴的。在他的眼里，现在的玉茹更多了一些成熟女性特有的风姿和魅力。

两人进了一家咖啡馆。"我们好像不应该到这里，我觉得最好是先吃一顿，像在学校时那样！"玉茹又改变了主意。

"我看这样，先来点儿小意思，大头儿一定要放在后面。"肖黎民伸出手做了一个请的姿势。

咖啡馆里的人并不很多，一种清新幽雅的音乐声弥漫在每个人的身际，让人觉得很放松。在这样的时候，抱着一种轻松的意念来调节自己的身心，的确是一个好的休闲方式，音乐会帮助人们忘却烦恼与疲劳，这种方式是都市中人的悠闲，而在乡间劳作的人们恐怕是很少有人能够享受的。

两人谈过去，谈今天，谈将来。此时的肖黎民让玉茹觉得，士别三日当刮目相看这句话，在眼前得到了验证，甚至她暗想在学校时的蒋兴处处要强于肖黎民，而现在的肖黎民却处处要比他高一筹，她不敢再多想。

"咱们去 OK 一会儿吧？"肖黎民建议道。他知道玉茹是十分喜爱唱歌的。他注视着玉茹。

"哦！"玉茹尚未说出下文，肖黎民的手机响了。

公司有急事儿，让他马上返回。肖黎民的脸上掠过一丝遗憾，他真的不愿意回去，但是总裁亲自打的电话，他无法抗拒。所以只好向玉茹说对不起。

"你已经陪我好几天了，还说对不起，我可要担待不起了，还没来得及谢谢你呢。"

"谢什么，我们还那么客气。你打算什么时候走？"

"在这儿也没别的事了，我想明天就回去。"玉茹似乎在肖黎民的脸上捕捉到了点儿什么。她垂下了眼眸，她觉得肖黎民的双眼充满了热情，仿佛想多看她几眼，要把她留在眼中一样。

"我不能送你了，下次再来时一定要先通知我！"肖黎民在门外摆手招了一辆出租车。

"先送你回去吧！"

"不用了，我一个人回宾馆可以。"

"快上来吧！"玉茹只好上了车，出租车便疾驰在和煦的晚风中，消隐在起伏的车流里。

三十三

　　岭北筷子厂位于小城南部的一片开阔地面上，虽然离城中心远了一些，但交通还是很便利的，一条水泥马路就横在大门口，所差的是厂门与水泥路之间没有很好地衔接，厂里的水泥路通到大门，而大门之外的部分却是沙石铺的，有些凹凸不平，这似乎像一个很会保养自己的美女，脸面和身体都滋润得洁白柔嫩，而单单忘了保养脖子，弄得黑黑的，很不协调。

　　蒋兴决心再到筷子厂去大干一场，尽管王富楼等一班人都竭力地劝阻，说那无异于自投罗网，自寻烦恼，兴北厂也不能无端背上一个包袱。想挽救一个企业，得有多少困难，要付出多少心血。另外，兴北厂已有了今天的规模，可以说蒋兴自己已打下了天下，奠定了基业，而现在却横手向外输血，这确是许多人所做不到的。

　　蒋兴不怕这些困难，更不惧别人的风言风语。局里给了他用人的选择权，哪一个单位的职工，只要岭北要，一律放行，这无异于给了他一把尚方宝剑。别人说他要出风头，逞个人英雄，他只是淡然一笑，他知道自己要面临的困难，但困难算什么，他想：当年大兴安岭人突破高寒禁区时，哪一步不是面对困难，面临危险，林区之所以有今天，不正是克服了一个又一个的困难才开创出来吗？

　　他在筷子厂周围转了一圈。

　　此时的厂子已没有初建时那么整洁气派了，厂房上早已落了厚厚一层的尘土，即使在阳光下也显不出一丝生机，院墙的周围，杂草丛生，隔着铁栅栏就可以看到厂子里面乱七八糟地堆放着一些废弃的木头、树皮、筷

261

子以及油纸之类的东西。一个打更的老头蹲在一个角落里正翻着一本很厚的书，看样子不像是专心地阅读，倒像是在找夹在书里的什么东西，远远地就能看出他不耐烦的情绪。岭北厂已经停产三个月了，工资发不出，贷款还不上，小道消息说：厂里账面上只有二百元钱。从表面上看，岭北与兴北原来的情况差不多，但兴北毕竟原来是个小厂，船小好调头，而岭北，几千万元的摊子铺上，想干别的已不可能，眼下唯一的出路就是硬着头皮往前冲。

前些日子，派出所抓了几个抢劫盗窃的，有三个是筷子厂的。他们让厂里去领人时，于诚说什么也不管，称他已经离任了，不再管厂里的事，把派出所的人气得瞪眼，后来就把电话打到了局里，局里的答复是先押几天再说。

几个被押的职工可乐了，正犯愁没地方吃饭呢，厂里不开支，不偷不抢怎么过呀，再说也没伤人命，他们还自以为有理。其中两个人去抢劫，也许是第一次没有经验，离老远就把棒子举了起来，让人家给钱，头一个说身上没钱，他们摸了摸兜没找到什么就放人家走了，你倒是再换个地方劫呀，这两位不，依然在那守株待兔般地候着下一个，结果第一个被劫的人报了案，他们俩就把警察候来了。

另一个盗窃的工人更有意思。趁一家没人的时候，撬开了门，进去倒是找到了几十块钱，可倒霉的是，撬暗锁的时候不知怎么搞的，再想出来的时候，门却打不开了，想跳窗户出去，可在高高的四楼上怎么敢跳，只好在人家等着被擒了。据说人家回来的时候他还忙着擦脸上的汗呢，把人家屋里收拾得干干净净的，也许抱着将功赎罪的心理。

蒋兴在厂门外站了一会，他不想进去，眼前一片衰败的景象唤不起他太大的兴致，尽管他有了心理准备。摸了摸兜儿，里面的烟盒已经空了。

天空猛然阴了下来，在他抬头的瞬息，他发现，周围的山岭也忧郁地伏着，像是在抱怨什么似的。也许是责怪人类，不该把它护身的外衣剥去吧，平日里它总是保持着沉默，而每当有风吹起之时，它就会表达出自己的不满。风，你使劲儿地吹吧，吹得地动山摇才好，让人们体会一下没有了树的滋味！他掏出烟盒，揉成一团，使劲儿地向路旁的垃圾箱扔去。但没有成功，烟盒落在了箱外，一阵小风吹过，它又被吹翻好几次。大街上静悄悄的，连个行人也没有。

筷子厂对面有一家小卖店，挂着的牌子早已陈旧不堪，斑驳的板面上店字的点儿已失去了颜色，其余的字也隐隐约约了。这个店曾经门庭若市，而此时也冷清了下来，原本就是面向筷子厂开的，筷子厂放了假，它也跟着萧条了下来。

去买烟的蒋兴刚刚到店门口，里面就传出了老板娘责骂丈夫，嫌他窝囊，不能到外面挣钱的尖厉之声。

她那丈夫只是嘿嘿地笑着不回话，见有人来，忙走进柜台招呼，那女人才歇了嘴。蒋兴买了包烟出门后，里面的责骂声又响了起来。

看书的老头拎着书转悠到厂门口的时候，蒋兴正在向厂里望着，两个人互相远远地对视了一下，而后老头就转过身往回走。蒋兴想跟他聊上几句，了解一下厂里的内情，就喊了他。

老头听到"老大爷"的喊声就停下了脚步，回过头用一种询问的眼神望着他。蒋兴递上一支烟，两个人就攀谈了起来。

老头岁数并不大，确切地说不应该称之为老头，只是因为留了胡子，人显得老气了一些，加上脸黑，所以很容易被误以为是老头。这里的国营企业是不雇打更老头的，这样的职位都是由正式的工人担任，常常要三四个人。如果是在其他地方，绝不会有这种现象，其实一两个人就能干的工作，却要分给三四个人干是明显不合理的，但没有别的办法，本来就是这么规定的。这种体制尚未完全改变。局里已经出现了四分之一的富余人员，还有一些毕业生尚未分配，负担自是很重。

打更的周庆安是个老工人，起初在山上清林，后来因病下了山，又找不到合适的工作，就只好到筷子厂当了更夫。他是个老林业工人，对山上山下的情况都比较熟悉。蒋兴想简要了解一下筷子厂的情况，没想到两人一谈，还真谈出了兴致。在周庆安眼里，筷子厂的亏损，就是于诚一手造成的。上一任耿厂长在时，厂子里还好好的，为了还贷，耿厂长连台车都没舍得买，每次都是用局里统一调配的车。

于诚上任后的第一件事就以工作为由花了三十多万买了台新车。为此全厂的职工意见很大，耿厂长办公可以没车，为什么于厂长办公没车就不行呢？虽然于诚在职工大会上的豪言壮语说了一大套，甚至他还讲到了下个世纪筷子厂的辉煌，但职工们心中早已对他降了温。没过多久，实践就检验了他的话，没有几项承诺得到兑现，耿厂长在时，除了还贷还能保证工人开支，可于诚干了一年不但还贷困难，职工工资也开不出来，只好停了产。而在这期间，于诚也曾多次参加了订货会、展销会，但从没有圆满地回来过。私下里人们说他到外地不谈企业，而是东游西逛，光是照片就拍了上百张。局里虽然也接到了一些匿名信，检举于诚有问题，但也没有引起太大的重视，局里只是过问了一下就不了了之了。

虽然这封匿名信没起作用，但有好几个职工反受其害，被调换到不好工种位置上。据说他们都是在被怀疑写匿名信范围之内的人。

周庆安知道的事情还真详细，哪些人踏实工作，哪些人又滑又懒，大事小情都瞒不过他的眼睛。哪个人跟领导有亲戚，哪个小头目有点儿问题，谁跟谁有点儿矛盾，他虽然没有明说出是谁，但蒋兴也多少能理出一些思路来。

这样一个几百人的大厂整天不琢磨搞好生产，净是些乱七八糟的人际关系问题，领导班子不合，怎么谋求厂子的发展？厂子不亏才怪呢。

不知不觉，蒋兴买的那盒西牛王香烟已被两人抽了个干净。周庆安见他是外人，许多事也不瞒他，仿佛那些他知道的事不说出来会堵得难受似的。最后，周庆安感慨地说："这于经理总算是走了，我们还有个盼头。可别走了个孙悟空，又来了个猴儿，咱老百姓可不抗折腾呀！"

蒋兴心里笑道：我快成猴儿了。他对周庆安说："来个猴儿没准能给大家带来个桃子或李子什么的呢！"

日渐西斜，一股凉爽的晚风从大路口吹过来，两人于是结束了谈话。

周庆安将压了许久的话一股脑儿地倾吐了出来，觉得心情畅快了许多，而蒋兴也收获很大，基本了解了筷子厂现在的情况，为他以后开展工作提供了参考。

蒋兴没有烟再送他了，惋惜地看了看两人身前的一堆烟头，跟周庆安道了别。

"没事的时候过来玩吧！"周庆安十分热情地招呼。他哪里想得到这位让他觉得相见恨晚的闲谈者，在数日后真的就应了他的邀请，但不是没事儿来玩，而是怀揣着满腹的心事，肩负着重任来到了筷子厂。

蒋兴和于诚的交接仪式十分正规。局里的领导、组织部的同志都参加了。

筷子厂的职工们是满怀着希望来迎接蒋兴的，甚至连退休的老工人也让子女扶着，他们想看一看新来的这个经理究竟会给厂子带来什么。

于诚交代完毕，把办公室的钥匙交给了蒋兴，他自觉没有什么颜面跟大家说什么。局里虽然名义上说要推荐他当了政协副主席，但大家心里都清楚是怎么回事，所以他就悄悄地跟郑书记打了个招呼离开了。

筷子厂的会议室宽敞明亮，仿佛重新粉刷了一遍似的。郑书记宣布了党委的决定后，让蒋兴讲话。

蒋兴站在主席台上，心情渐渐激动起来，他感觉到了职工们那热切的眼神，充满了无限的期待与渴望，让他觉得又回到了当初在兴北时与大家讲话的情形。

这些职工，没有太高的要求，他们只是希望企业能遇上好的带头人、好的领头雁，带领他们向前冲、向上飞。

"同志们，我到岭北来，是和大家一起克服困难的。我有信心，希望大家也同我一样。当前我们林业面临着困难，但是我们决不能畏惧，困难不会因为我们的畏惧而自行消退。我们的选择只有一个，那就是克服困难，用我们大家的团结行动去创造属于自己的明天。"

"三天后，大家会见到厂里的新举措，在这里我只想跟大家说一点，那就是：事业是我们大家的，更要靠我们大家的共同努力。"

"下面我要告诉大家一个好消息，局里为了支持我们厂的工作，特意给大家拨了一笔钱，先发一个月的工资！"

话音刚落，全场顿时响起了雷鸣般的掌声。这才说到了点子上，新领导上任伊始，他知道体贴职工，知道大家需要的是什么，有精神的鼓舞，更要有实惠的。大家议论纷纷，交口称赞。这如同一场甘霖洒向了干枯的禾苗。

蒋兴望着台下潮动的人们，不知再继续说什么了。这本该属于他们的工资，只是补发了一个月的，然而他们却是那么喜悦，眼中充满着感激。

"同志们，我的最后一句话，"全场顿时安静下来，只有麦克风嗡嗡的响声，"一年之后，我们厂不能扭亏，我立马走人，工资一分钱不拿。如果我们厂的职工谁要是干不好，也同样的待遇，立马走人！我的讲话完了。"

又是一片掌声！

散会后，郑书记又在蒋兴办公室里坐了一会儿，他知道压在蒋兴身上的担子分量有多重。"咱们建局以来，像你这样给自己上夹板的还是头一个，多少有我当年的味道，但我那时也没有你这般的魄力呀。"郑书记语重心

大岭

长地说。

蒋兴微微一笑，"总给自己留后路，心里就会有一种依赖感，那样一来就不一定能使全力，背水一战自有它的好处，反正我是豁出去了，谁让领导这么信任我呢。"

第二天，蒋兴早早来到了厂里，他惊喜地发现，厂院里已被收拾得干干净净。他问周庆安是不是他收拾的。周庆安不好意思地说：是昨天散会后几个老工人和他一起收拾的。他回答时多少有些不自然，他没想到几天前跟自己聊天的那个人真的成了自己的领导，自己还把他比喻为猴儿，所以蒋兴再给他烟时，他就干笑着推辞。

"怎么那天抽了我半盒，今天连一根也不抽了？"蒋兴故意严肃起来。"再说也不是在禁烟区吸烟，抽吧！"周庆安这才接过烟，坐在椅子上抽起来。

蒋兴的办公室装修得挺豪华，釉面砖铺地，老板椅，刨花板的办公桌面闪着亮光，一部高级电话，不过这些都是于诚置办下的，蒋兴本不想用他的办公室，但暂时又没有闲置的房间，所以就只好进驻了。

往老板椅子上一坐，的确比自己原来的硬椅子舒服多了。蒋兴到各个办公室走了一圈，其他的办公室也都不错，在全林业局来说属于一流的。光说是开不出支来，亏损，把钱都花在享受上了，怎么给职工开支。

他又重新回到了大门口，看着一个又一个上班的人，令他感到诧异的是往车间走的人都兴冲冲的，精神十足，而往机关办公室去的大都蔫了吧唧的，像霜打过的茄子。

他问周庆安，以前机关里的人也这个样吗？

周庆安说："那才不是呢，即便不开支他们也照样乐呵呵的，打扑克的声音我在门卫室都能听见。这两天大家怕你刚来，第一把火烧着他们。说白了，怕你一下子把他们减下来。历来新官上任的头一场好戏就是裁减冗员，这已成为不是规律的规律了。"

蒋兴点了点头，大凡经营不好的企业多少存在干活的人少，吃饭的人多的现象。尤其在机关里，一个人的活必须三个人干，科长一个人能忙过来，但必须要配两个科员，否则光有当官的，没有小兵，就显不出是个什么官了。当官嘛，总要有个跑前跑后的，最起码也起个陪衬作用，来个绿叶衬红花。

蒋兴早有把机关闲人充实到一线去的打算。办公室主任胡一鸣跟他汇报了机关的编制，蒋兴听完后当时就表了态，"减！小小的一个厂机关，怎么能用四五十人，最少减一半。"

胡一鸣瞅着蒋兴，也吃不准这位新经理到底有多大的魄力。

"减是该减，关键是减谁？这些在机关的，哪个不是托了关系、找了门子才安排进去的，所以说精减，减的不是人，而是他后面的领导及关系户们的面子。"胡一鸣小心谨慎地跟蒋兴说。

"该减谁，不该减谁，那不是明摆着吗？不管他是什么关系，从明天起一律重新聘任，落聘的一律到车间！"这位身兼两个公司重任的经理话语掷地有声。他的下一步还要组建总经理办公室，由兴北和岭北联合组建。他知道这是在拿自己做实验，也是拿两个厂的命运做赌注。兴北在这个时候要扶岭北一把多少显得有些力不从心，毕竟它的羽翼还并不能称得上强壮无比，他也很担心。

岭北的精减就在大家的关注中大刀阔斧地进行了。虽然蒋兴一下班家里就会有人在等他，给这个说情，给那个要面子，但蒋兴知道，松一个活口自己的满盘棋就会散。所以谁说也不行，到时候真刀真枪地比画几下，行就留，不行就去车间，凭本事吃饭，谁也不说什么。

精减选聘，说起来容易，整个机关除了几个搞勤杂的去车间挣钱没意见外，其余没聘用的都有意见。

谁的工作不重要？谁没才能？减少人员，减掉共青团？工会能减掉吗？保卫干事那可是全厂的安全栓，计划生育得常抓不懈，不设个专人管还了得，

说不上哪天就生了一个，那消息得在地报上发。没了勤杂工，自己去打水、扫地倒也没说的，可跑腿送文的，搞成本核算的，采购的，销售的，哪个是轻易能减掉的？

好在蒋兴还有些魄力，该兼的兼，该撤的撤，一顿选聘下来，五十来人只剩下了一半。他这才拍了板，就这么定了，从明天起大家各负其责，落聘的一律进车间，由车间主任安排，不愿意去车间的可以另谋高就。

可会议室的大门刚一关上，蒋兴就听到了门外的叫骂声，改革是要阵痛的，有人喝彩，也会有人叫骂。蒋兴本想忍一忍算了，收拾了东西准备去车间看看，没想到叫骂声依然不停，旁边还有人在劝，但越劝声越高，气得蒋兴把东西往桌上一扔，打开了门。

他想看一看是谁还不满意，如此大胆地在门口叫骂。

三十四

在门口叫骂的是工会副主席朱建林，他对自己的落聘十分不满，仗着自己年纪大一点，就摆开了老资格：

"老子来厂这么长时间没见谁给我戴过眼罩，于经理怎么样，都让我三分，现在让我去检尺，什么好活咋的，连我也敢涮……"

他见蒋兴出现在门口，立即停止了叫骂，斜着眼望着墙角。

"有意见，进来谈，在外面叫什么？"

"什么是叫呀！蒋经理你刚才说我是在叫吗？"朱建林一下子抓住把柄，在以静制动的策略中得了成功。蒋兴来不及后悔自己用词上的失误，无端被他将了一军。

关于朱建林的背景，蒋兴不太了解。朱建林是筷子厂有名的"三老爷子"，他哥仨之中，大哥朱建森曾当过林业局的副局长，二哥朱建中当过区人大的副主任，所以他常以两个哥哥为招牌，在厂子里横冲直撞，不把别人放在眼里，时间长了混了个"三老爷子"的绰号。

一开始他是检尺员，后来不知怎么折腾当上了工会副主席，也就是个干事的活，但毕竟戴上了官帽。

这几年，没人敢招惹他，他也摆出一副惹不得的架势。临选聘前，就有人拿话激过他，说他未必能选聘上，现在他的哥哥已经退休了，后台不硬了。他是个死爱面子的人，虚荣心迫使他跟人吹了牛，说减谁也减不到他头上。可没想到还真就减了他，让他去干老本行。

事先他跟二哥打电话希望他能出面说说，没想到朱建中没理他那套，说岭北内部事务他不好随便说话，气得朱建林骂他二哥不讲情义。朱建中说你年纪也不小了，都快当爷爷了，怎么还不寻正道，要是平时好好干何至如此。所以朱建林憋了一肚子的气，大家走得差不多了的时候，他觉得自己有一种被耻笑的感觉，站在那儿总想自己就这样拉倒了，面子上有些过不去，自己怎么说也是"三老爷子"，跟一般人不能一样，至少也要叫嚷几声，让大家知道知道自己任何时候也不是好捏的。所以想逞一下威风再走，这样多少能挽回点面子，日后在大家面前也有得吹。可没想这一叫还真把蒋兴叫出了门。他正慌乱不知怎么应付，正好抓住了蒋兴的字眼耍起了无赖。蒋兴不知他的底细，只知他对落聘的事有意见，安慰他几句算了，冷不防被他抓住了语言失误，叫起真来，弄得他很难堪，于是他转了话题。

"你有意见，不必采取这种方式，进来说说。"

"我没啥好说的，这破厂子谁还愿待咋的，老子早就不想干了！"朱建林不敢面对面地跟蒋兴对话，依然侧着身子。

旁边有人拉他走："老朱，说几句算了，走吧。"

"我不走，能咋的。"他虽然嘴硬，但脚下已经开始迈步，一步一句地向外走去。

蒋兴不再理会朱建林，这样的人哪儿都有。他回到办公室平静了一下，去了车间。

九月的阳光，并不十分强烈，仿佛受了什么打击一般。

骑车走在大街上，蒋兴没有丝毫的兴致去看街上的行人，小商贩们的吆喝不时划过，嘤嘤地落向身后。

收拾一个乱摊子真不是易事，大到原材料，小到水电费，哪一个环节都要算到，整治一个厂，要拿出治一个家百倍乃至千倍的细心和耐力。令蒋兴感到欣慰的是全厂职工热情很高，品尝过停产的苦果后，人们再也不希望第二次重演那个节目，所以蒋兴提出的努力降低成本的措施落实没有

大岭

三天，目标就实现了，平均每箱卫生筷子比原来降了五元成本。

三个业务员由副经理带队跑销售去了。整个办公楼里见不到往昔闲逛的人影。

蒋兴心里早已算计明白，按现在的状况看，到年终扭亏不成问题，关键还是销售这一环，岭北已经把成本降下来，这说明自己已在市场上抢占了优势地位。一个企业，不同的人经营，真的会有天壤之别，一心为企业着想的领导者怎么会把企业弄亏呢？除非他……他点上一支烟，心头泛动着一丝喜悦，正在美美地想着。

胡一鸣领着两个人进来。蒋兴一搭眼就认出了两人：一个是精神文明办的副主任姚文波，一个是政协的老江。

一阵热烈的握手之后，蒋兴问，二位有何贵干哪？我们可是亏损企业。

没等二人说话，胡一鸣就抢先介绍说他们是来搞调查的。文明办要拿回先进集体的牌子，政协要搞个调研，过几天记者还要来采访。

"那今天怎么不来，看咱厂是怎么被摘走先进集体牌子的？"蒋兴皱了皱眉说。

姚文波说："老蒋你也别有意见，这也不是冲着你来的，这都是过去的事了，再说今年的先进还没评呢，到时候再说，现在上级很重视双文明建设，中央还专门开会讨论精神文明建设的事呢，你以后可要重视点。"

"你们厂里有几个职工让派出所抓起来了，有……"

"那时候，蒋经理还没来呢！"胡一鸣拦住姚文波的话。

"可怎么说也是今年的事儿呀，再说那是社会治安综合治理的事儿，你先别说事儿归谁管，我看哪，这个牌子年终也都够呛拿到！岭北原来可是一大堆牌子呀，哪个企业不眼红。"姚文波眼睛大大的，抿着嘴说道。"拿不到就算了，"蒋兴给每人发了一支烟，"我能吃上饭就不错了，谁管你们那些破烂牌子，净是些虚的，到时候你们看着办吧。"

"虚的怎么了？小平同志讲过，我们的革命事业，光靠物质建设是不行的，还要搞好精神文明建设，离了虚的你能活下去吗？蒋经理你得到党校去学习学习了。我听人家党校反映说培训学习时去的净是些副手，你们这些一把手都躲到家里，看来不学习学习是真的不行了。"姚文波认起真来。

蒋兴说："得了吧老姚，别扯远了，你该拿牌就拿吧，我没意见，一会儿你拿了就走，我现在可管不起饭。老江的调研一会儿由胡主任安排。"

"我还没说啥你们就封门了，谁愿意在这儿吃呀，再说我的胃真的不行了，早喝坏了！"一边说着，姚文波一边站起了身。

"瞧你们还当真了，等会儿我安排一桌得了。"胡一鸣打着圆场。

"不了，不了，我还得到别的地方去，就你们这样的企业难办，物质文明搞不好，精神文明也抓不上去，将来也真成个问题。"姚文波一向是个非常认真的人，干工作踏踏实实，但是这几年大家的冷嘲热讽、对精神文明的轻视也确实给了他很大的打击，这虚的工作真是不好抓。他只好悻悻地走了。胡一鸣问蒋兴，牌子真就这样拿走了，要不安排一顿算了，今年的先进没准还能给。

蒋兴说不要了，咱厂这个样还先进啥呀。能省点就省点儿吧，过些天税务局、审计局还要来呢，以后人少的时候再找他们吧，一个羊也是赶，两只羊也是放，咱们不能总是单独招待啊，哪有闲钱！胡一鸣听完就急急出去送姚文波。

蒋兴也从办公室出来，见老江正在门口同周庆安聊，就笑着问："你们调研是不是就是到处走走看看聊聊再混顿饭哪？"

老江就笑而不答。

筷子厂的西面院里，几辆运木材的马车正卸着木头，不时发出木头落地的声响。猛然间一个小马驹子翻蹄亮掌跑过来，咴咴叫着，也许是找不着妈妈的缘故，在大院里一圈又一圈地转着。

大岭

小马驹不大，也就一米半左右的个子，棕黄色的细毛看上去柔软无比，蒋兴几乎想走上去摸几下，小马驹咴咴叫着，十分可爱。直到一辆运材车从木头堆后转出来，小马驹才找到了妈妈，摇着小短尾巴嗒嗒地跟在了车后，一副骄傲的样子。

车上的老板儿悠然地坐在车辕子上，指挥着一匹高大的红鬃马。远处，锯木的小锯吱吱地叫着，传扬着令人难受的声响。

一辆小轿车从大门口进来，停在了办公楼下，蒋兴一看便知道是局里的车，心想，现在来的准没什么好事儿，不是摊派的，就是蹭饭的，要么就是要债的，干脆躲吧。他快步走进了车间。

车间里，机声隆隆，职工们正站在旋切机旁忙碌着，被剥去外皮的桦木墩被旋切成片筒状，然后再被切成雪糕板，烘干好的雪糕板再经分拣工的双手捆成一捆一捆的，装好。一道道工序，有条不紊……

他在车间看了一会儿，胡一鸣就呼哧呼哧地跑来了。

"谁来了？"蒋兴迎头问，但他心里明白必须得去了，若是一般的事务，胡一鸣就打发了。

"地区领导来咱厂视察工作来了！"

"什么？"蒋兴有点不敢相信自己的耳朵，事先怎么没打招呼？

"用不用汇报工作？"

"好像不用，书记局长都陪着来了。"蒋兴急忙走出了车间，林管局新上任的副局长耿明专程来视察岭北。这个耿明就是从岭北调出的那个耿厂长，他被调到榆林局当了副局长，没出两年就干出了成绩，地区破格又把他提升为副局长，主管了林产工业。

郑书记给蒋兴做了介绍，蒋兴用疑惑的目光打量了一下这个比自己大不到哪儿去的地区领导，心中暗想：看样子这个耿局长比我还要有本事！

耿明来到这儿主要是想看一看岭北厂现在的实际情况，他听说让蒋兴

275

一人管两厂，也想认识一下这个人物，有什么本领治理两个厂，这在大兴安岭乃至全省也不多见。

在耿局长眼中，蒋兴浓眉大眼，额上显着刚毅，的确是干事业的人。蒋兴也觉得这个新局长有些不同，来视察先不听汇报，而是直奔车间，也许是他从这里走出去的，对这里较熟的缘故。

蒋兴就领着他们一行人走进了车间。

耿局长拿起了一双卫生筷子端详了一会儿，脸上露出了笑容：你们怎样改进技术的？这可比我在时生产的好上许多呀！

"才进行技改不久，还差许多呢！"蒋兴回答。

"是还差点儿，你看这毛边儿，光滑度还得提高一些，尽量减少等外品。"

"我们这儿的设备老化，技改只进行了一半儿，现在还没有那么多资金……"蒋兴看了一眼郑书记。耿局长明白了蒋兴的意思。

"贷款有问题吗？"

"岭北已经贷款不少了，如果负债率过高，他们是受不了的。"郑书记眨了几下眼睛说。

"你们局得想办法，就目前看，筷子业还是有前景的，日本、韩国的缺口很大，我们多想点儿途径搞一些资金，让岭北转得快一些，效益就出来了。"郑书记不住地点头说我们再想些办法。

"领导表态我们就好办了。"蒋兴冲郑书记一笑，心想：郑书记可别以为我这是给他上眼药呀！局里已经够意思了，我可不能再说了。

耿局长走的时候，郑书记对蒋兴说，耿局长到招待所吃饭，一会儿你也去吧。蒋兴摇了摇头，推说有事谢绝了。望着背影，胡一鸣跟蒋兴嘀咕："这小局长还真挺利落，有板有眼的，到底是个年轻干部。"

日渐西坠之时，蒋兴熄了烟，整理起桌上乱糟糟的资料，每次这些事情都是由叶兰来完成的。

　　自打他到岭北办公，兴北的事务都交给了王富楼，于军已经当了销售科长，成为兴北的支柱人才。叶兰已经和爱军正式地谈起了恋爱，前几天领着爱军去了老家，这两天也该回来了。

　　虽然蒋兴对叶兰的那种情结连他自己也说不太清，但他听到陈向阳临终那句叮嘱时，心里感觉空荡荡的，有一种失落感。不知为什么，爱军和叶兰谈恋爱对于他来说既高兴不起来又无可奈何，他不得不承认自己对叶兰的感情早已默默地根植了起来，一下子是移不走的，但此时她与爱军已正式地确定了恋爱关系，自己再想这些已经不合适了。他扭头看了一下窗外，思绪重新回到组建总经理办公室上去。这次他到岭北，局里给了他优惠政策，在人事上他可以根据需要调配，但不能把兴北的骨干人员都抽到岭北来，这无异于拆东墙补西墙。

　　岭北与兴北的联合似乎让人觉得有些不伦不类，但这种不伦不类也正好使岭北得到了喘息的机会，蒋兴试图把兴北的运行机制转移到岭北来，用心虽好，但还需要一个过程。

　　他知道盘活筷子厂的重大意义。如果岭北能够扭亏，那么林业局所属的几家小筷子厂也势必会跟过来，这样就基本可以挽回过去乱铺摊子乱上项目的失误。全省国有企业建立现代企业制度的试点已经展开，地区正在寻找作为试点的对象，听郑书记的意思，岭北现在机遇与困难并存，一旦翻过身来，等待它的将是无限美好的前景。就全局而言，岭北作为企业中的老大哥，如果真的要试点，也必定选中岭北。所以蒋兴在这一年里能否扭亏已经是一个战略性的、关系全局的大问题。

　　机关减了员，办公楼里冷清多了，财务室里的几个女同志很少走出来，除了找他签字报表，她们从不到总经理这儿打扰，这也让蒋兴觉得有被敬而远之的意思。

　　局里催要着几份材料，胡一鸣一个人夜以继日地赶还是写不完，于是又后悔机关里不该减得那么厉害，弄得现在活儿干不过来，他这个办公室主任兼秘书实在是吃不消。当初于诚的表妹在办公室当秘书，于诚一调走，她也去了南方，所以整个厂连个像样的秘书也找不出来，胡一鸣这个办公室主任，前勤后杂都管，一天到晚比蒋兴还忙。蒋兴也觉得有必要把叶兰调过来，起初他担心让叶兰过来会有不好的影响，所以迟迟未动，后来郑书记和方局长都提起过这事，用人的事尽管用，所以直到年前，他才把叶兰和小江调到了岭北，气得王富楼说他不够意思，拆兴北的台。

蒋兴说他们都是兼职工作，咱们不还是一家人吗？两头都不耽误，人尽其才，王富楼就不再言语了，他打心里佩服这个年纪比自己小许多的经理，兴北有今天，浸了他多少心血和汗水，他是知道的。

岭北比兴北穷，家底却不少，至少对于叶兰来讲是很满足的，因为岭北有一台电脑，这个起点比兴北原来要好得多。

兴北现在用的电脑是郑延民从北京打回电话报告山野菜小金菇在食品博览会获金奖的消息后，蒋兴让他买回来的。

叶兰调到经理办公室，虽然职位没有什么变化，但她还是有很多顾虑的。有一段时期她想离开兴北，但又无别的去处。自从她和爱军确立了关系之后，她再见到蒋兴总感到有些不自然，但她心中明白，女人的心是绝不允许同时对两个男人倾注感情的，所以她一心一意地去爱爱军。因为爱军才是她真正的归宿。

她有时想到几个人的关系，也常常矛盾，即使自己和爱军在一起时，也会想到蒋兴，而后又会想起玉茹，见到她那大大的、带有妒意的眼睛，甚至有时做梦都梦到她与玉茹在吵架……她努力使自己平静，也许了却过去的情怀需要一段时间。

又一年过去，而霍云峰却杳无音讯，这令她十分着急。她去了青春酒吧好多次，吕艳芳都只是摇头。也许他在外面把这事儿给忘了。除了和爱

278

军出去散步，她常陪着玉茹妈，自打陈向阳去世后，玉茹妈感到特别孤独，少年夫妻老来伴，如今她身单影孤，确实感到很寂寞，所以叶兰就常陪她，陪她的时候又会想到梁秋娥，这么多年，她是怎么熬过来的？回首往事，简直不敢相信。

叶兰到筷子厂不久，就遇到了令她担心的事：

税务局来查账，反贪局也赶来凑热闹，小轿车停在门口，让职工们也受惊了一场。大家不知道又出了什么乱子。

胡一鸣悄声跟她说："今天得破费点儿了，这个月的费用一点儿没用呢。"叶兰问多少，胡一鸣说五千。

"那不太少点儿了吗？"

"这蒋经理还嫌多呢，你知道原来多少，每月得这个数。"胡一鸣伸出三个指头。

"八千！"

"什么八千哪，三万！可吃可不吃的吃，能吃不能吃的都吃，三万还是少的呢，像今天这种情形是必吃了！"胡一鸣是"老陪酒员"，见的世面多。

他这个人头脑活，会圆场，工作上谁也找不出他的毛病，所以厂子里换了几次领导班子，减了几次人员，从未动过他，让他能够稳坐钓鱼台，成为筷子厂"三大能人"之外的又一高手。

税务局查账有点例行公事的味道，反贪局的人却像是有备而来，蒋兴心里有数，以为他们是查于诚的，可能临走时屁股没擦净，有人举报了他。但没想到反贪局的副局长却坐下来要跟他单独谈谈，这倒令蒋兴大吃了一惊：什么事扯到自己头上了？

三十五

进了大酒店，蒋兴觉得有什么东西很炫目。墙壁上，一幅闪着荧光的画赫然映入眼中：一个金发女郎正在和一个高鼻梁的青年男子接吻，一块遮羞布处还贴着一块字条，他走到近前一看，上面写着祝鑫鑫大酒店开业大吉、财运亨通等字样，后面署着单位的名称。

胡一鸣洗了手转过头来，见蒋兴正在盯着画就笑："蒋经理不是在等那块布掉下吧！"

"这些人也真能瞎整。"蒋兴把手伸到水龙头下面，哗哗地洗了几下，接过胡一鸣递过来的毛巾又说："能省就省，今天都让他们喝白酒，不要啤的，我听说税务局有个能喝一箱不上厕所的，咱可供不起他们。"

"那也不能太小气了，这些人可都是老手，档次低了他们不买账，到时候给咱们出个难题就麻烦了。"胡一鸣小声说。

"你看着安排吧。"

不一会儿几个查账的鱼贯而入，进了雅间，胡一鸣拿了两盒烟扔在桌上，蒋兴就拆开封给大伙分发。

"到你们这个穷厂来，也真是犯愁，查你们吧，没钱，不查你们吧，还是没钱，真是难整！"税务局的老霍点着了烟面带愁容地说。

"你要是能给我们查回点儿钱来多好，说别的没用。反贪局的几个小子怎么没来呢？"蒋兴问。

"他们临时有事，被叫回去了，他们能喝你的酒吗？"

老霍哂笑道。不喝拉倒，我还省点。蒋兴心想，这次反贪局是来询问

281

蒋兴在山东那次给朱顺昌两千元回扣的事，朱顺昌不久前犯了案，被拘了去一审，他就老老实实交代了这些事儿，但这些事儿的情节都轻微，他也许是争取宽大，也许是只供出些小事儿来，没说大的。山东那边的检察院委托这边反贪局核实一下。

酒菜上齐，一桌人好顿喝，蒋兴暗下决心非把他们几个喝趴下不可，省得他们馋，老想喝酒，无端找企业的麻烦，所以这一天他把所有的酒令、让客的本领全用上了。

税务局这边有个年轻的征税员第一次跟蒋兴喝酒，不知他的底，连着跟他干了三杯，还想再干一个，蒋兴说干脆来两个，双桥好走，独木难行，哪能只喝一个呢？

这年轻人也算不含糊，说只要感情铁，不怕喝出血，可两杯下肚之后，不一会儿就蔫了茄子，不能再叫阵了。这些人，哪个也得罪不起，蒋兴心中有数，但他想借这个机会把他们喝老实了，以免日后再生是非。

一直喝到晚上八九点钟，这桌酒席才散。大伙儿东摇西晃地走出酒店，一个喝得不知是清醒还是糊涂的老哥临走指着胡一鸣的鼻子说："这次放过了你们厂，以后再有这事儿，一定要严肃处理。"也不知他弄出了什么事儿。

气得蒋兴心里直骂，你们查的全是于诚的账，关我们屁事儿。好不容易把这些人送走，他才推车回了家。

第二天他还没有起床，王富楼就打来电话，说得到他儿子的学校去一趟。他那在外地读中专的儿子王浩宇一向不是个省油的灯，马上就要毕业了，还在学校打了一仗，被学校扣下了毕业证，害得他还得亲自去疏通疏通。

"现在的孩子真是难办！"蒋兴跟着叹了口气，放下电话。

王富楼这个宝贝儿子长得比他要英俊十多倍，白白净净的，一副奶油小生的模样，完全没有王富楼红扑扑脸盘的风采。但他这儿子整天打扮得

溜光水滑的，就是不爱学习，在班级里从没进入过中等生的行列，气得他的班主任教师，三天五天就要给王富楼打电话，找他共商教育大计，但研究了两年，也没能研究出可行的方案，后来王富楼也就放弃了，他愿意怎么的就怎么的去吧。上初三的时候，王浩宇的学习成绩，王富楼连问都没问过，他已不再抱希望了，说教不行，打骂不行，哄着惯着也不行，他真不知怎么才能教育好孩子。

但让他惊喜的是毕业之时，王浩宇竟然考上了一所自费的中专。王富楼高兴得大摆了一场宴席，把所有教过他儿子的教师都请了去，甚至包括了最看不上王浩宇的、打过王浩宇的教师。不管怎么说，他总算有个学校去读书了，将来能安排个工作，要不然，王富楼还真犯愁，因为学习不好的学生变成社会二流子、小流氓的太多了，所以他特别高兴。

但把他儿子送到那所学校后还不到一年，王浩宇就惹了事，跟别的同学为了一个女生争风吃醋打了架，险些被开除。王富楼差点没气晕过去，这么点儿的毛孩子现在就知道搞这些了，离法定年龄还差五六年呢，瞎忙活什么。生气之余他就抱怨现在的电视片、录像片，尽搞些三角恋、少年恋之类的东西，把孩子们也影响坏了。

临毕业又出了乱子，他也是无可奈何。儿子不在身边，将在外君命有所不受，所以他跟蒋兴打了招呼，匆匆踏上了火车。

局里要召开降低成本现场会，这下可让蒋兴犯了难，刚刚弄出点样的岭北厂可抗不住折腾，所以他极力抵制。他觉得现在开似乎有些为时过早，于是他到了局里，费了不少口舌才推掉这档子事儿，然后跟方局长研究岭北厂更名之事。令他想不到的是，岭北厂不仅要改名，而且还要壮大，局里有了新的想法，想把林场下属的两个筷子厂也并过来，组成集团公司，形成林业局的拳头产业。蒋兴切身感到了林业局改革步伐的加快。

组建集团是好事，但万一砸锅了，也不是闹着玩的，这不仅关系到改革的成败，更关系到上千人的饭碗问题，所以蒋兴和局里的领导们研究了一个下午，才拿出了初步的方案。

回到家，他仍在考虑，晚上煮了点儿面条，胡乱地吃下后，又重新在桌前思考。

夜色迷蒙，繁星点点，巨龙卧伏般的大兴安岭似乎也正在沉思。

岭北木业集团公司挂牌的时候，远比兴北野生资源开发公司挂牌时热闹，至少参加的人多，来参加的领导有二三十位，这对全公司的员工也是极大的鼓舞。集团刚组建，各方面关系要理顺，上上下下没有三天时间是理不清的，好在蒋兴认准了一个，生产第一，别的都靠后，重新编队的筷子厂内部按成本核算，既隶属于总公司，又是独立的法人。其中一个厂在并入的过程中还进行了股份制改造，吸纳了一些资金进行技术革新。

一阵子忙下来，蒋兴明显地瘦下来了，头发也长了，胡子也重了，遇到老张的时候，老张差一点儿没认出来他。

"咋造得这样呢？"老张关切地问。

"媳妇不在家呗！"蒋兴自嘲道。他又问老张的境况，老张说好多了，佳妮的病也基本上好了，现在都上高三了。只是还常吃药。这孩子学习特别刻苦，学习成绩一直是班里的前三名。老张邀蒋兴到他家吃饭，蒋兴说等姑娘考上大学的吧，现在没时间，要不能连头发也不理吗？

"你可说准了，到时候一定来。"老张一边说一边往回走。

蒋兴回到家，感到胃有些疼，就在床上倒了一会儿，没想到闭了会儿眼睛却睡了过去。直到爱军打来电话的铃声把他叫醒。

爱军找他回去吃饭，自打玉茹去了哈尔滨，玉茹娘就一直让蒋兴到那边去吃饭，可他忙，常常对付几口就了事，也不常往那边去。他不愿再让岳母为自己操劳。爱军也忙，又一阵严打，他天天在外边跑，有时半夜还要去执行任务。这样就让玉茹娘常常一个人守在家里，幸亏叶兰常去陪她，

跟她说说话，干些活计。

蒋兴来到岳母家，正好叶兰也在，在家中，叶兰已经跟着爱军改口叫他姐夫了，这一称呼的改变使他们之间产生了一种家庭的氛围，毕竟是一家人了。玉茹娘是极力赞同她这么称呼蒋兴的，在这个家里，没有什么经理不经理的，该叫什么就叫什么，必须得按家庭的规矩。起初叶兰这么叫蒋兴也有些不自然，叫经理叫惯了，有时也板不住，偶尔也要冒出几句来，爱军就会在一旁为她纠正，爱军不在时，玉茹娘也会笑上几声以示提醒。

见到叶兰与爱军有说有笑，其乐融融，蒋兴心中就会泛动波澜。有时候，也觉得自己真的像一只寂寞的鸵鸟，在一个人奔跑。也许是这一年来一个人生活的缘故，常常疲惫地回到家，而家里却空荡荡的，没有了温存，寻不到安慰，干脆有时候来不及想这些，呆坐一阵子，心中还要处理许多事情，所以就会逐步淡忘，然而并不可能全部淡忘。自打叶兰跟爱军谈起了恋爱后，他常想起的是玉茹，以前对她的反感似乎在岁月的流逝中逐渐淡忘了许多。

玉茹娘显得越来越苍老了，她唯一的心事就是爱军，她盼着儿子和叶兰早一天结婚，这样她就可以等着抱孙子了，陈向阳没有福分见到这一天，但叶兰答应做他的儿媳妇他是知道了。

连爱军都没有想到自己能够找到一位从天而降的美丽爱人。他虽不言表，但内心幸福极了。因此他对叶兰格外体贴、关怀。

四个人围在桌前吃饭，玉茹娘不时要叨念上几句让大家感到有意思甚至想笑的话。爱军献给大家的消息无非是谁又被抓进去了，某某又出了什么事、立案了、逃跑了、追捕之类的。当他讲到前几天别的区的一个储蓄所被抢时，引起了大家极大的兴趣。这可是在这块土地上第一次发生的事：三名歹徒持枪抢劫了一个储蓄所，并打伤了一名工作人员，公安人员抓到了一个，另外两个在逃，也正在被追捕之中。

"怪不得这几天总听见警车叫，原来是叫这几个家伙闹腾的！"蒋兴说。

"这不是听说他们窜到咱们局来了，我们也正埋伏着呢，都两天了，还没见到影儿呢！"爱军端起了饭碗说。正说着，外面又传来警车的鸣叫声，爱军职业性地站起来，跑到门口去看，警车正是来接他的，他匆匆跑进屋拎起了衣服，一边往外走，一边回头叮嘱蒋兴和叶兰晚上要小心点，而后就消失在门外。

从爱军家出来，蒋兴去送叶兰。一路上两人谈着公司里的事，叶兰工作了一段时间，又为蒋兴提出了一些新的建议。

晚风幽幽地吹着，蒋兴手里夹的烟很快就燃到了过滤嘴处，他又掏出一支来，想点着。

"蒋总，你以后少抽些烟吧，你们明知道吸烟对人体有害，怎么还总要抽呢？"叶兰劝道。

"你们不抽烟的人永远不会懂的，烟之所以存在，必然有其合理性，虽然有害，但也有其妙处，这符合辩证法，你说对不？"蒋兴扬了一下眉毛说。

叶兰无可奈何地摇了摇头，而后微微一笑。这一笑却被抬头望她的蒋兴捕捉到了，这一笑是那么灿烂，就宛如宁静的湖面漾起小小柔波，自然地泛动。叶兰笑蒋兴的风趣，本想大笑，然而却只通过微笑表达了出来。

这一笑，倒让蒋兴觉得路途有些太短了。拐到叶兰住处所在的胡同，光线一下子暗了下来，这里没有了路灯光，灰蒙蒙的夜空间或闪动着零星的眼睛。

"你进屋去吧。"蒋兴站在院外说。

"不进去坐一会儿吗？"叶兰谦让地问。

"不了！"他刚要转过身去。

"啊！"叶兰惊叫了一声，从阴暗处蹿出来的两个黑影已经把他们两人紧紧围住，黑洞洞的硬硬的枪口就顶在头上。

　　"往院里走！"黑影用沙哑的声音喝道。两个人只好顺从地往院里进。房东老两口早已睡下，整个院子里一点声响也没有。

　　不一会儿，远处传来了匆促的脚步声，一定是警察追赶来了，但他们没有进这个胡同，而是又向别处追了过去。

　　黑影死死地捂着两人的嘴，枪筒顶得蒋兴的头有些发麻，直到听到警车声由远而近，又由近而远，黑影才将两个人放松了一会儿，其中一个割下了晒衣服的绳子，把两人捆在了一起。而后又用手帕塞上了两个人的嘴，搜了半天，从蒋兴兜里摸出了三百多块钱。

　　这两个黑影就是爱军他们正在追捕的抢劫犯。

　　他们把蒋兴和叶兰拴在了大门柱子上，临走还向蒋兴身上吐了口唾沫，骂道："便宜了你们两个狗男女！"然后像老鼠一般向胡同的西侧望了望，蹑手蹑脚地溜走了。

　　蒋兴被那家伙一口唾沫吐中了脸颊，唾液从上面滑下来，如火烤般地难受，他努力吐着口中的手帕，但无济于事，叶兰也在往外吐，但是也失败了。

　　蒋兴真后悔自己没事儿带两个手帕干什么。若是塞了一个，怎么说也好往外吐一些，一个手帕是他自己的，另一个手帕却是酒店送的。这破玩意儿，可真坑死人了。

　　求助房东，房东已睡去，又弄不出声响来，两个人被捆得紧紧的。两个抢劫犯不知从哪儿学来的本领，绳子捆得十分标准，丝丝入扣，不留一点儿余地。

　　夜色中，两个人背对背地捆着，彼此看不见对方的眼睛，无法沟通。

　　夜晚温度很低，他们被冻得全身都发了麻。

　　怎么办？踢板障子！叶兰想出了办法，她用头示意蒋兴，同时努力用头靠向板障子。

蒋兴也用头撞向木板，但声音太小了。他又试图把腿解放出来，两条腿慢慢交错。将绳子赶到膝盖处，这样勉强才能踢到木板：

"啪！"

"砰！"

一脚、二脚、三脚……

一声、二声、三声……

约有半个时辰，房东老大爷才打了手电筒出来察看。

见屋里的灯亮了，叶兰的眼中流出了喜悦的泪，她的四肢早已麻木，而蒋兴的脚也早已肿得灌满了鞋口，疼得他满额都是汗珠。

老大爷照到叶兰时才敢给他们解开绳子，他也被吓了一大跳，解绳子的手还不停地哆嗦。

蒋兴一瘸一拐地进了屋给公安局打了电话，并报告歹徒逃跑的方向。

叶兰回自己房间时，已经是深夜十一点多了，老人回屋睡觉去了。

蒋兴跟着进了屋里，关上了门，叶兰一下子反扑过来，伏在他的肩头呜呜地哭了起来。

蒋兴知道她一定是吓坏了，女孩子，有几个能经历枪口下逃生的过程！在没有一丝准备的情况下，确实是很令人恐慌，久久不能从恐惧中解脱出来。

蒋兴用手抚摸着她的秀发，那种女人特有的气息渐渐从鼻腔深入他的身体，让他忘记了刚才所受的惊吓，让他想起了那次车祸后叶兰救自己的往事，若不是理智战胜了感情，他真不愿意把手挪开。

叶兰止住哭泣后，深情地望着这位与自己患难与共的经理、朋友、同志、姐夫。执手相看泪眼，又一次无语凝噎。

"我要回去了！"蒋兴迫使自己说出这句话。

叶兰默默地把他送到门口，看着他一跛一跛地消失在夜色之中。

新并过来的两个筷子厂原来都半死不活的，换了套领导班子后却焕发

出了无限的生机，二分厂的生产能力已经超过了岭北厂，年生产能力已达七万箱。这是蒋兴未料到的，这个原来只能年生产四万箱的厂子，在新机制下快速运转了起来。

蒋兴的步子在加快，他那台吉普车的轮子也在加快运转。这台车是林业局专门配给他的。蒋兴体会到繁忙这个词的含义，幸亏他负担少，否则加上家庭的拖累，他是无法消受的，虽然忙，但也不至于一点私事也办不了。

这不，辽宁同学吴斌来的一个电话又给他添了一份工作——买熊胆。

吴斌虽然腰缠万贯，却疾病缠身，据他自己说是吃生鱼吃多了，把肝上吃出了虫子，偏方说，得用熊胆治，本地没有熊胆，他就想到了蒋兴。蒋兴虽然以前听别人说起过，但从未买过，只好到处打听，为同学两肋插刀的原因不光是同学之托，更有上次帮黄玉江的人情还正愁没法还呢，这次吴斌有话，只要有熊胆无论花多少钱都买。

打听了几天，也没找到卖主，这熊胆确实不好买，国家是禁止猎熊的，谁敢把熊胆拿来卖呢？

偶然间他想起了王富楼。此时的王富楼花了一千块钱把儿子的毕业证弄回来之后，又在跑工作安排之事，也正忙活着。

在电话里王富楼说前几年还好买些，这两年越来越少，再说这事让局里知道，咱也犯错误，他让蒋兴等消息，他去打听一下。

第三天，他把蒋兴约出去，让他带好钱，神秘兮兮地领着他去买熊胆。

"你见过真熊胆吗？"王富楼问。蒋兴摇了摇头。

"那你怎么知道别人卖的是真是假？"王富楼故意卖着关子问，"我父亲原来搞过这些东西，后来不搞了，真的熊胆我见过，它的纹路以及顶端的小肺尖跟别的胆有差别，不仔细区分是搞不清的，一会儿见到卖熊胆的老头，你说话要谨慎点，别跟他太计较。"两人说话间，已来到了一所低矮的平房前。

王富楼上前敲了敲门，里面出来一个干瘦的老头，王富楼管他叫德叔。并把蒋兴介绍给他，德叔向他点了点头，示意他们进屋。

德叔过去是个老猎手，金盆洗手已经多年了，仅从眼神中蒋兴就能看得出他打猎时的眼睛该有多么敏锐。他闭着的眼猛一睁开时会让人觉得两束寒光闪过。他穿着一件深色的马甲，周身上下显得十分利落。

他瞄了蒋兴几眼，断定他真的不是贩子，才把他让进内屋，从柜子里拿出两只小熊胆。

大一点儿的要两千八，小的要一千五。蒋兴说是有点贵了，德叔没说话就把熊胆收了起来。

王富楼赶紧打圆场说："德叔你怎么也给个面子，差不多就卖给他吧，这也是我的老铁，要不也不能往您这儿领啊。"

德叔这才又把熊胆放在桌上。

"我是看在小王的面子上，才没多要，要不哪一个少了两千八我也不会卖的，这东西风险大，这都是前些年留下的，现在谁敢弄，你是知道的，再说，你要是到别处买，未必能买到真的，对吧？"

蒋兴一想可也是，干脆买了吧，但拿不定买哪个，吴斌让他买一个，但没说买多大的，最后他决心买那个大的。

他把一沓子钱放在桌上，抽出了几张，让德叔点一下数，德叔瞄了一眼，从中又抽出一张递向蒋兴，"这张你们拿去喝酒吧，算我们交个朋友！"没想到德叔还来这一手，

蒋兴有些不好意思接。"拿着吧，德叔就这个脾气，要是他高兴，没准儿还多给你几张呢！"王富楼看着说。

蒋兴接过钱，邀德叔出去喝一杯，德叔坚决不去，说自己戒酒已有两年了。出了门，王富楼才告诉了蒋兴关于德叔的情况：德叔原是个好猎手，枪法极准，但有个贪酒的习惯，一喝就喝得酩酊大醉，醉了就好闹事儿，

后来把老婆也闹离了婚，剩下了光棍一个。

"瞧这个人挺直爽的，看不出他是个爱喝酒闹事儿的人。"蒋兴说。

"可不！"路过酒店时，蒋兴真的要去喝酒，少要了一百块钱呢。王富楼却不去，说自己胃疼，已有半个月不喝酒了，刚好了一点儿。蒋兴这才注意到王富楼的脸色不像以往那么红扑扑的了，也许是让他那宝贝儿子给折腾的。

"少喝点儿？"他建议道。

"不行，真的不行！"见王富楼执意不肯，蒋兴也就作罢，公司里还有一大摊子事儿正等着他呢，于是两个人匆匆地分了手。

三十六

大连是一座美丽的海滨城市，气候宜人，风景秀丽。

中日箸业恳谈会就定在这座城市举行。

蒋兴和叶兰提前一天赶到了这里，连坐了几天的火车，两人都感到肩头沉甸甸的，像背着沙袋一般。

如果说向日本出口卫生筷子是加强双方贸易关系的话，那么这次恳谈会所要提出的内容无疑是向日本宣战。

其实在收到北方箸业协会的信之前，蒋兴就已经在考虑这个问题：生产卫生筷子的成本已翻了好几番，而出口日本的售价却十几年一直都没有变，这实在是不公平的交易。另外，日方竟提出要求生产筷子的材质要达到四层纹路，这无疑是要中方用上等的桦木来进行生产，本已吃亏的中方生产厂家，再不提高价格，不仅是几十个小厂的生存要成问题，中国这三百多家筷子生产公司恐怕都要面临困境，那只不过是个早晚的问题。在这一点上，北方箸业协会的同仁们早已达成了共识，所以能有这次恳谈会的召开。

蒋兴和叶兰下榻在北燕宾馆，服务生为两人分别打开了房间，就退了出去。

蒋兴一下子坐在沙发上，不愿再站起来了，旅途的疲劳仿佛攒在了一起，像一个大铅块一样压弯了他的腰。叶兰看他那样子，忍不住笑，并且用日语说了一句："先生，您不该这样！"

蒋兴不知道她说的是什么意思，笑哈哈地把脸扭过去说："我还真没有听见过真正的日本女人说话呢，也挺好听的嘛，你刚才什么意思。"

叶兰抿了抿嘴告诉他，刚才的意思是："男人不要太随便！"

"怎么才算是太随便呢？"

叶兰没有回答，她把坤包放在桌子上，从里面拿出一本日文学习资料，向蒋兴挥了挥说："要不要从这里查一查。"

蒋兴连说不用。

叶兰上学的时候学的就是日语，不过都是初级的，后来她又自己买了资料自修，现在虽然够不上翻译水平，但一般的场合也能够应付，没想到这次来跟日本人谈判，还真能用上了。

一夜无话，两人各自洗了澡回房休息，第二天匆匆吃了早点就赶往开会地点。

恳谈会开得硝烟弥漫，名为恳谈，其实各自唇枪舌剑比打仗还厉害。中方的筷子生产厂家此时显得异乎寻常的团结，二百多家公司口径一致：提高筷子出口价，涨幅百分之二十。

日方代表也毫不示弱，整个上午没做出一丝一毫的退让。

中午休息时，大家都议论纷纷，个别吃不住劲儿的代表私下里犯了嘀咕，对胜利表示忧虑，暗中也佩服小日本的刚强，面对中方的强大攻势而不慌乱。从日方商务代表的表现看，他们也确是经过了一番充分准备的。吃饭的时候，与蒋兴邻桌的一位鸿业筷子有限公司的王经理偷偷地问蒋兴，日本客商是否也找过他了，蒋兴诧异地摇了摇头。

"他们在我来之前就找过我，说如果我能单独同他们签约，他就愿意跟我签两年的合同，涨幅百分之十。"王经理说。

"您同意了吗？"

"嘻，这是什么时候，咱能不顾全大局吗？小日本是什么东西，他们想各个击破！这点事儿我能看不出来？我看，咱今天还真得叫住阵，跟日

本人较一较劲，也让那个老头看看！"

蒋兴点头称赞。

下午的会议仍没能在实质性问题上取得进展，尽管日方处在劣势，但他们声称如果中方一定要坚持涨幅百分之二十的提价，那么他们将考虑暂停进口中方的筷子。

日本关东株式会社的代表小雄一郎还威胁说：如果停止进口中方的筷子，那将会给中方造成二十万人的工作问题，而会给马来西亚、印尼以及菲律宾等国带来极大的好处。

蒋兴很反感这个日方的举动，不知为什么，他始终对日方有一种成见，当然不仅仅是因为日本侵华时的残忍与暴虐。他曾去参观过哈尔滨那处日本"731"细菌部队的旧址，目睹了日本侵略者残害中国人的照片、工具。而现在，日方还想在经济上捞中国的好处。在会上，脾气急躁的代表恨不得冲上去一拳把日本人打倒。

但这是商业谈判，环境不同，来不得鲁莽。

第二天，日方终于做出了让步，他们面对蒋兴和箸业协会会长联合设计的攻击方案哑口无言，他们简直不相信中方会有人把他们的底牌摸得那么准。蒋兴利用晚上的时间计算出了日方从中国进口筷子后的消耗成本以及最大最小利润，把提价后的价格利润再加以比较，明明白白，日本即便是在提价百分之二十后仍有相当可观的利润可赚。

所以在谈判桌上，日方不得不重新考虑原来的计划，最后原则上同意了中方的要求。

恳谈会的成功给大家带来了无比的欢乐。为庆祝胜利，初步的胜利，也是名义上的胜利，北方箸业协会举行了盛大的宴会。

在宴会上，箸业协会的会长亲自来到蒋兴桌前，与他共饮了一杯酒。

"为我们的合作与成功干杯！"两人干了一杯后，会长又向喧闹的人群看了几眼，向远处一招手。

"我再为你介绍一位朋友怎么样？"

"好啊！"蒋兴站起身。

"稍等一下吧。"会长歉意地一笑，他要介绍的人被别的客人拦住了。

蒋兴点了点头，重新回到桌上，与其他的同仁继续喝酒。

在他这一桌人中，要数蒋兴喝得最为自在，他酒量大，来者不拒，倒是别人吃不住了，他去回敬时又不得不喝，所以没多久，几个酒量小的厂长、经理就败下阵去了。

一个姓方的经理有点喝过了头，两只眼睛盯着叶兰不放，仗着点儿酒劲问："蒋经理，你的秘书出租不？"

蒋兴看了他一眼说："那要看你能不能租得起了，要是用你的那个厂来换的话，我可以作为添头！"

大家哄笑起来。

"蒋经理！"会长第二次执杯走过来的时候，他的身后多了一位风度翩翩的女士。

蒋兴扭过头去，一张陌生又熟悉的面孔让他一下子想不起她究竟是谁，但又是那么亲切，仿佛在哪儿见过。他的大脑在飞速地旋转着，但始终没能确定出在记忆中的位置。

"这位是你们省外贸委的李可女士！"李可，呵，蒋兴的记忆终于鲜活起来，但他也有些不敢贸然相信，万一重名呢！眼前这位三十多岁的职业女性，穿着一身笔挺的西装，下身是西服裙，简妆淡抹，细眉下两只大眼睛在圆圆的脸上如同两池清水。这让蒋兴无论如何也找不到昔日李可的影子。

"这就是岭北集团的总经理蒋兴！"会长用平稳的语调介绍道。蒋兴下意识地伸出了手，他怕自己喝多了酒，有些不清醒，就使劲儿地皱了几

下眉。

没等他做出反应，李可已经做出了判断。"你一点儿也认不出我了吗？从前向你借过资料的同学你都忘了。"

李可耳垂的银坠儿闪烁着光芒，她的双目中充满着与旧友重逢的喜悦。

果真是她。

会长见到这情形，很幽默地说了一句："我这第三者也该撤出了！"然后转身向别的酒桌去了。

"快请坐，"蒋兴连忙给李可拉过一把椅子，"瞧我这记性，真有点儿不敢认你了，二十多年了，光想着你原来的样子，没想到你变化这么大。"

两人见面十分高兴，蒋兴又把叶兰介绍给李可。李可见叶兰既身材苗条，又眉清目秀，忍不住称赞了几句，叶兰微微笑笑，而后找了个借口离开了，她不想去听两位旧友的交流。李可这次是作为观察员的身份来参加恳谈会的，省里很重视这次举动，这毕竟是具有历史意义的一步。在市场经济大潮中，我们主动出击，风险可想而知。

李可早知道蒋兴会参加这个会，不过她因为有事误了行程，所以晚到了一天。相隔这么多年，她也想不出蒋兴会变成什么样子，所以没有敢贸然去找，而是先跟箸业协会打听。

会长起初说你们都是一个地方的，怎么还用我介绍呢，他听李可说明实情后当即表示看到蒋兴时为他们介绍。

"同学相认，还需要别人搭桥，你看我们俩多有意思。"蒋兴扬了一下眉说。

"可不是嘛！"李可说道，"你们这次小胜，也来之不易呀，下次就看七月份的正式签约了。我预祝你们取得大胜利，大成功！"

"你们什么时候回去？"李可喝了一口酒问道。

"明天吧，家里也一直很忙！"蒋兴目不转睛地注视着李可。

李可此时的风采，绝不仅限于一个政府女官员的端庄、大方与得体，而更具有那种成熟、高雅淑女的魅力。她至今仍孑然一身，守着她那研究生的文凭过着休闲的日子。

蒋兴没有想到她至今仍未成家，也没有多问，其实这个年龄不成家的人很少了，即使是为了事业的女强人也该找一个差不多的归宿了。

"你这么快就要回去，是不是怕我让你这个大经理请客啊？"李可诙谐地问道。此时的李可浑身散发着职业女性那种稳重、靓丽而不乏娇媚的气息。她虽在机关，但看不出一丝一毫机关女性的那种自傲以及目空一切的痕迹。

"我想高攀你这领导还怕攀不上呢，怎么能谈到怕请，而应该说怕请不到，这样吧，明天我们就请怎么样？今天恐怕不行了，我想你不会介意吧。"蒋兴也觉得自己的脸在一阵阵发热，他也没少喝酒。"我在北燕住，明天我们一定好好聊聊。"

"好吧。"李可站起了身，脸上洋溢着满意的笑。她觉得自己能见到蒋兴就已经很高兴了。"我还有事，先走一步，明天见。"

李可高高的身影消失在酒店门口。

蒋兴回到酒桌座位上重新与"战友"们战斗了半个小时才算罢休。第二天大家就要打道回府去传送胜利的喜讯，都很珍惜这次的相聚，所以都喝得尽了兴。

回到住处，叶兰给蒋兴要了两份冷饮，让他解酒。

"明天订晚上的车票吧，咱们在这儿转转再走。"蒋兴说。

"那我去办！"叶兰站起身去了服务台。

蒋兴斜倚在沙发上，酒劲儿上涌，脸上一阵阵地发烧。脑海中浮现着两个女人的面孔。一个是叶兰，另一个是李可。

叶兰风华正茂，笑中含情，有着无限的生机和朝气；李可虽已过而立

之年，但风韵犹存，精明干练，虽不及叶兰漂亮，却独有一种风度……想着想着他睡着了。

叶兰回来的时候，见蒋兴已睡着，就没叫醒他，而是默默地取了条毛巾被轻轻盖在他的身上，自己拿资料看了起来。

柔和的灯光照在她和蒋兴的脸上，氛围是那么温馨，他们就像是一对相伴相随的情侣，共同厮守，共同奔波、漂泊，共同奋斗，她很容易这么想，但她努力不去想。

她合上书，悄悄把头转向蒋兴。

此时躺在沙发椅上的蒋兴正酣睡着，似一个孩子一般。望着望着，她蓦然意识到一双饱含深情的眼睛也正在望着自己。

是谁？

是爱军！

这个质朴忠厚的警察，虽不善于表白，然而他的一举一动无不在表达着自己的情怀。在他面前，叶兰真的能感受到火一样的热情。两个人挨在一起时，叶兰常常能听得到他激动的心跳。

那次两人去登山，绵亘起伏的兴安岭，满山碧翠，花香遍野。两人边走边欣赏这无边的风景。

叶兰虽到大兴安岭很久了，但登山的时候并不很多。她那天穿着爱军特意为她买的运动鞋，一身素装，让她显得更加青春靓丽。那一天，青山增色，碧空添彩。两人徜徉在山中，融融洽洽，沉浸在无边的快乐之中。

大兴安岭的山，海拔多在千米左右，其最高峰大白山也不过一千五百多米高，但这里山体宽厚，矿产丰富，腹内蕴藏着无尽的宝藏。

爱军两人所登的山，也不过几百米高，没有多久就登到了山顶。

极目四望，整个小城尽收眼底。一排排的楼房，一根根的大烟囱，此时显得那么小巧别致，往来的行人如一颗颗小逗点在晃动。对面青山如黛，间或飞起了一群鸟，直向白云深处。

就在碧枝翠叶掩映下，两人紧紧地拥抱着。叶兰忘情地闭着眼睛，体验着爱情带给她的那份愉悦和甜蜜。

正回忆着，蒋兴的手机响了。

睡梦中的蒋兴也被手机的响声惊醒，他摸起手机，整个神志尚未完全清醒过来，就听到了李可的声音。

她有急事必须今晚就回去，所以又不得不通知蒋兴，别让他空等一场。虽然她很珍惜这次相聚，却连叙旧的时间也没能争取到。

"那我去送你吧！"蒋兴抹了一下额头。

"不用了，火车马上就要开了，你就是飞，恐怕也不赶趟儿了。"李可是在火车站打的电话。"回哈的时候，一定要到我那儿去！别忘了。"她满怀希望说。

"好吧，祝你旅途愉快！"蒋兴关了手机。

"明天去看看慧慧吧！"叶兰建议道。

"哎呀，你要是不说我还真忘了，看我，这酒喝的。"蒋兴后悔不迭。

"那我回去休息了！"叶兰转身回自己的房间去了。

蒋兴已没有了睡意，他倒了杯水，打开了电视。电视里面的内容一下子把他吸引了过去。

三十七

电视新闻中正介绍的人物是他的同学吴斌。

吴斌面带笑容地出席为希望工程捐款的开幕式。他举着一个标有 10 万元的大支票正向观众致意，台下掌声雷动。

这才是正事，蒋兴看吴斌的脸，似乎他的病已经好了，也许那熊胆起了作用。原来的吴斌，在学校是吊儿郎当，一副公子哥的架势，学习从不上心，每次考试都得靠他父亲的老朋友、学校的教务处长帮忙，要不然恐怕毕业证他都拿不回去。

尽管这样，吴斌却有一副好头脑，对法律研究得十分透彻，毕业第三年就考到了律师证，而后自己又下海经了商。相比之下，在校园中苦读书本的这些好学生，走入社会后的发展明显要逊色，那些比他们差一些的，尤其是在物质生活上，差得更远。这已经成为一种事实，这让许多人感到几年大学生活结束后，头脑仍旧空空的，考试过关之后，所学的那些知识也就随着岁月的流逝飘散了，所以许多人心理不平衡。与蒋兴相比，似乎除了法律，吴斌没有一样能在校园这个领域内超过他，蒋兴盯着屏幕，望着吴斌满面的笑容，心中有些惭愧。

他忽然觉得自己应该去看望一下这个老同学，至少能从他那儿学到点儿什么。电视中的吴斌身宽体胖，西装革履，丝毫没有了"瘦猴子"模样。就连那没有几两肉的鹰钩鼻子也已经丰满得如吹了气的皮球一般。

蒋兴拿出号码本，要了外线，拨通了吴斌家的电话，但没有人接，也许这个大款又去过夜生活了。有钱的人现在常常把生活规律倒置：白天睡觉，夜间出去活动，一点也不顾忌人体生物钟会错乱。

蒋兴失望地放下电话，脱衣上床。静静地躺了一会儿，酒意又重新泛了上来。他索性闭了电视，关了电灯，扯过毛巾被盖在身上，想好好地睡上一觉。

"酒醉楼台高锁"。蒋兴不一会儿就发出了均匀的鼾声。

"蒋总，你看这达子香多好看呀！你闻闻，真香！"叶兰一脸缤纷的笑。

"那就采回去些，要采那些刚含苞的，回去插在瓶里，用水养上几天，放在卧室，到时候体会拥有一室的芬芳！"

"是吗？那我倒要试试。"叶兰天真的样子，让他几乎无法控制自己的感情，他折了几束达子香走到她跟前，一只手轻轻地递过去，另一只手缓缓揽住了她的腰。

整个山坡是那么宁静，宁静得连一枚松针落下的声音都能听到。

他宽厚的嘴唇在空中掠过一条弧线，缓缓地在降落……叶兰也已经闭上了眼睛。

"蒋兴！"玉茹突然出现在他们面前，"你，你们真是……"玉茹气急败坏地冲向了叶兰，叶兰惊慌得一时不知怎么办才好。玉茹把她狠狠地往山下一推，她就倒了下去，顺着山坡一直往下滚动……

"叶兰！叶兰！"蒋兴撕心裂肺地喊，"叶兰！"蒋兴猛地从床上坐了起来，额头上一层密密麻麻的汗珠。

"梦醒帘幕低垂"。刚才是一个梦啊！他用毛巾擦了擦汗，自语道，但梦中的情节，却历历可见。自己这是怎么了？

他又重新躺下，但再也睡不着了。窗外斑斓的晨光从帘缝中透进来，室内物品的轮廓已渐清晰。

忽而，一种清香进入了他的肺腑，他使劲儿抽了一下鼻子，深深地吸了几下，这是什么花香，浓而不艳，柔而不腻，只是从这两点判断这花也

一定是上好的品种。他向窗台望去，一盆杆茎纤细的花正默默地绽放着，花瓣紫黑色，刚刚张开蕾。

他看了一下夜光表，四点多钟了，他穿衣坐了起来，又摸出了烟。当他去拿打火机的时候，腹腔上部却产生了一阵剧烈的疼痛，这阵疼痛让他无法再把已经捏在手中的打火机拿起来。

他用另一只手按住胃部，过了许久，疼痛才缓解。他试探性地又按了按胃部周围，都丝丝拉拉地痛。

他把烟扔在桌上，倒了杯水喝下，疼痛才有所减轻。

十多年的求学，让他拥有了一张文凭，更拥有了一身的毛病，胃病首当其冲占了第一号。

在床上躺了一会儿后，他渐渐地得到了恢复，但脸依然煞白。

他准备去洗漱时，一个服务生敲响了他的房门。

"蒋先生，这有您的信！"说着他递给蒋兴一封没有写地址的信函。

他向服务生道了谢，匆匆地打开，他以为这封信是李可写的，却出乎了他的意料。

蒋兴先生：

您好。

很荣幸能够在大连这座美丽的城市与您相遇，这也许就是中国人常讲的缘分吧，我们奈川株式会社是十分珍惜这种缘分的。知贵公司在东北享有很高的声誉，所以我们十分愿与贵公司合作，以求相互间获得更大的发展。

因拜会您时间已晚，不便打扰，特留函于您，诚邀您共进早餐，恳请赏光。地点：三厅六号，时间：八时整。

礼

奈川株式会社

奈川正雄

读着这不伦不类的邀请函，蒋兴猜不出小日本葫芦里卖的是什么药。现在盯上门未必有什么好企图。

他洗漱完毕，坐回到沙发上琢磨。共进早餐，日本人真是会赶时间！

叶兰敲了敲门走了进来。"想什么呢，蒋总？"

"你想不想试试你的日语水平？"蒋兴反问道。

"怎么试啊？"叶兰惊讶地问，双眼睁得大大的，"想送我去日本深造？"

"那是以后的事！"蒋兴把信函递给她看了。

"人家能不带翻译吗？还用我？说我真达不到那么高的水平，恐怕……"叶兰面带娇羞地说。

"怕什么，自信点儿，拿出你以往的勇气。咱们去同他们共进早餐，尝尝味道。"蒋兴没想到自己竟会和侵略过自己国家的人共进早餐。自打他接手筷子厂以来，他还是第一次跟日本客商打交道。

蒋兴和叶兰步入三厅餐室，远远便望见两个短头发、站得板板的日本人，一个是奈川，另一个是翻译，在那里等候着。服务生向他们耳语了几句，他们便笑容满面地迎了过来。

"您就是蒋总吧？"翻译问道。

"这是我们奈川株式会社的总裁奈川正雄先生！"

蒋兴同奈川握了握手，而后把叶兰介绍给他们。奈川也能讲一口流利的中国话，但他故意不露出来，而是让翻译去当他的传声筒。

但这个翻译也许是个新手，多少有些紧张，或许是日本语学多了，国语说起来倒有些绕嘴了。

"很冒昧地拜会蒋先生，希望别介意。"

"没什么，但不知奈川先生此次同我们谈的是哪一方面的内容？"蒋兴问道。

"中国有个词叫开门见山，我不想拐弯抹角，我想跟蒋先生说一下卫

生筷子的事。"奈川也倒直爽，目不转睛地望着蒋兴说。

"这件事我们在会上不已经谈过了吗？"蒋兴从容地望了望叶兰说。叶兰心领神会，没等那个翻译开口，她已将蒋兴的意思变成了日语传送到了奈川身畔。

奈川惊奇地望着叶兰，她的翻译水平虽不是特别的熟练，但也流畅自然，比起那个翻译要强上许多。

蒋兴的态度，奈川也许早已料到。他仍然不紧不慢地说："会上讲的目标，我看未必就会实现的，我想蒋先生为了贵公司的发展会接受我们的诚意。如果贵公司愿意单独为我们提供卫生筷子的话，我们将按照不低于涨幅百分之十的优惠价格收购，而且年度合同还可以延长。"这次奈川的那个翻译却不开口了，他有些不满叶兰刚才的举动，这不是明摆着认为他水平一般吗？

叶兰把奈川的意思告诉了蒋兴。蒋兴早看透了奈川的意图，这不是明摆着收买自己，让自己当汉奸吗？日本人惯用的伎俩又搬出来了，在过去武装侵略时用过，现在又用在经济上来了。蒋兴的脸上泛过一丝冷笑。刚开完会，达成了协议，然而离开桌没多久他们就要变卦了。

"很抱歉，奈川先生，我们很愿意同贵社合作，但我们必须遵守自己的诺言，我们协会定的内容，我们是不能只顾自己的利益而违背的，我想中国人所讲的信誉你是知道的，如果有必要的话我们在下次订货会上再协商。"

奈川静静地听叶兰把蒋兴的意思说完，皱着眉的脸上冷冰冰的，看不出他是怎么个态度。

"如果蒋先生觉得百分之十的涨幅低的话，我们还可以再考虑。"奈川没有死心。

"如果能超过百分之二十的话，我们十分愿意合作。"蒋兴尽量克制自己的反感。这小日本精明到糊涂的地步，拿着百分之十的幌子来试探中国企业的口风，简直有些太小瞧人了。

奈川仍用沉稳的目光望着蒋兴，等叶兰把话译完。

他翕动了一下嘴唇，幸好他的鼻子下面没有留小胡子，否则的话，他也是个银幕上人们常见到的日本侵略者的形象。不过，没有了小胡子，也不见得就少了一些凶狠。奈川无可奈何地摇了摇头，他在临走之时用威胁性的语气说，蒋兴如果放弃这次机会，将来会后悔的。

蒋兴不以为然地说："谢谢奈川先生的忠告。"

奈川无戏可演，只好耐着性子陪蒋兴用完了早餐，悻悻地离开。临走的时候还接了个电话，哈依哈依了好一阵子。

奈川很佩服蒋兴，但他努力使自己沉住气，不做出一丝心虚的表现，这次失败了，他还有下次，他夸赞了叶兰几句才上了车离去。

"你的日语讲的顶好！"奈川离去后，蒋兴模仿他的样子对叶兰说。

"你的良心大大的坏了，连慧慧也不去看了！"叶兰提示道。

"可不，现在没事儿了，我们马上去。"蒋兴理了理头发，又摸了摸脸说。

慧慧的老姨陈玉萍家住在离大连不远的一个城市。

两人到她家的时候，慧慧还没有放学，玉萍两口子也没回来，只有玉萍的婆婆守在家里。老人六十左右，但身体十分硬朗，一口铁岭的口音原汁原味，听起来十分有意思。

她对蒋兴带着叶兰来十分敏感，在他们那儿老板带着小情人是司空见惯的事，但没想到蒋兴也加入了其中，所以她对叶兰的态度自然而然要冷淡了许多。蒋兴给她介绍时她只是看了一眼，没太理会。

没多久，慧慧和文文放学回来了。一进门，慧慧就感觉到气氛异常，她知道父亲来看她时，扔下书包四处寻找，见到了蒋兴后立刻扑进了他的怀里，文文也从一侧抱住了蒋兴的肩膀。

306

蒋兴紧紧地抱住两个孩子，一阵亲热。

"爸爸，这次给我们买什么了？"慧慧撒娇地问。

"一会儿你就知道了。来，先认识一下叶阿姨。"蒋兴把两个孩子领到叶兰面前。

"叶阿姨好。"两个孩子十分有礼貌。

"你们好！"叶兰第一次遇到这么乖的孩子，一下子不知道怎么应付才好，急忙转过身去给孩子们拿礼物。

俩孩子拿到了礼物格外高兴，在客厅里愉快地玩耍起来。

蒋兴跟玉萍的婆婆聊了一会，未见玉萍他们回来，就要领孩子们出去吃午餐。可玉萍的婆婆非要去做饭，"都到家了，怎么还得到外面去吃，还是在家吃实在。"

不一会儿，玉萍打回了电话，蒋兴拿起了话筒。他听出了小姨子的声音，就用训斥的口吻说："怎么这么晚了，你还不回来？"玉萍没听出是蒋兴的声音，她还以为是丈夫小海跟她开玩笑呢，就没在意，说："得了吧你，跟我装啥呀！"

直到蒋兴报出了名号，她才惊叫道："哎呀，姐夫，你啥时候来的？"

蒋兴把经过说了一遍。玉萍在单位里脱不开身，正在迎接一个检查团，所以她问文文的爸爸傅海回来没有。当她得知傅海也没回来的时候，就跟蒋兴说：

"姐夫，你先等一会儿，我一会儿就抽空回去。你瞧，说忙我们俩还都忙上了。"

蒋兴赶紧说不用了，他一会儿就得返回去，所以领孩子们出去吃一点儿算了，也没别的事儿。玉萍还想说些什么，蒋兴就打断了她的话说咱们还客气什么，而后就挂了电话。招呼两个孩子出去吃饭。

"哦，下饭店去了！"慧慧和文文欢呼起来。

"姨夫，我们要大龙虾。"文文首先建议道。

"还要炸鸡。"慧慧补充。

"好，你们要什么，咱就点什么！"蒋兴看到两个孩子可爱的样子，心情格外高兴。

他邀玉萍的婆婆同去，可老太太说什么也不愿去，多少年了，她没有下饭店的习惯。她嫌那地方吵闹，不安生。在这个老太太身上，似乎能找到一些辽宁人的影子，她们注重穿戴，不太注重饮食。

"奶奶要我们带点儿回来！"文文揭谜底似的说。每次玉萍一家人去吃饭时，都要专门给老太太买回来的。

"那好，一会儿咱们拿回来让奶奶在家吃。"

几个人走出了家门，进了一家香味四溢的饭店。

三十八

从大连回来，蒋兴就给各分厂下达了新的指令，要求新出品的卫生筷子必须提高质量，绝不能只提价不提质。

全厂的职工都沉浸在一片胜利的喜悦之中，所以干劲十足。车间里还搞了技术大比武，等外品的数量越来越少，这让蒋兴感到十分欣慰。

北国的春天，来得略微有点儿迟。江南的三月，杂花生树，草长莺飞，已是暖意醉人之时；北国却依然充盈着皑皑的白雪，依然能让人感受到冬天恋恋不舍的样子，宛如幽会的情人在分别之际一次又一次的凝望。

尽管阳光和煦了许多，但依然会有丝丝寒冷的风在吹动，像是为了给人们增添一些让春天的脚步更快一些的渴望。

这一天，叶兰早早地来到办公室，打印一份材料。一个胖乎乎的身影没敲门径自探进头来，见她在，就哇的一声挤了进来。

这个女人是车间主任寇丽娜。

寇丽娜满脸堆笑，笑意随着她那松软的面皮上下颤动。她手里拿着一沓稿纸，她是来求叶兰帮她打印的。

叶兰看了下打印的内容，是一篇关于教育的论文，她知道寇丽娜的丈夫是做生意的，就问："你怎么打印教育论文？"

"哎呀，你就别提了，我们家哪儿能整这玩意儿，都是我家那个小崽子，听说他们班主任的论文要参加什么评选，显他会来事儿似的非要帮人家打印。没把我气死，这不，拿到家硬往我身上摊，你瞧瞧，我的祖宗，真是没办法。你帮我打印四份吧！"

寇丽娜一口气说完,然后用她那绿豆般大小的眼睛望着叶兰。

叶兰让她把稿放在桌上,问她啥时候要。

"哎呀,你说这崽子明天就让我给他。"寇丽娜的表情很丰富,说话时涂抹得过厚的脂粉都被震了下来。

叶兰对她很反感,但又不好拒绝她。这个女人可是在筷子厂上数的人物。筷子厂过去一直流传着一句顺口溜:李二黑的晕,寇丽娜的嘴,霍胡子的药费,刘小曼的腿。

这寇丽娜是个十分泼辣的女人,大嘴一咧,从不管对方是谁,若不能一下子治住她,反过来,惹上她就够喝上一壶的。她仗着有个舅舅在上头当领导,从不把别人放在眼里。

有一次她在车间拿着粉饼又抹又涂的,被一个副厂长看见了,就批评她了几句,可倒好,她说自己的皮肤有病,不擦疼痒得难受,拉住副厂长的手非让人家摸摸看看。气得副厂长脸煞白,一句话也说不出来。

就这样她还不罢休,还到局里反映情况,说副厂长怎样怎样对她不尊重。局里也知道她寇丽娜是怎样一个人,后来被她逼得没法,就让那个副厂长私下里向她道歉,安抚她一下算了,封上她那张破车嘴。这可把那位副厂长气坏了,他并未怎么过分批评她,只是说:在车间里搽胭抹粉多不好。又没有说她别的什么,干吗要向她道歉,说什么他也不同意,后来干脆要求调走,在这个厂里没法儿工作了。没多久那个副厂长还真就调走了,使得寇丽娜大获全胜。这下子全厂都知道了她的厉害,平时都让她三分,谁也不想惹火烧身。

李二黑的晕也是有名的。原来他在厂直机关也算是个闲人,说他是个干事吧,一年也写不出几个材料;说他是个闲人,他还天天有事,不是往局里跑,就是到处领着找人,什么人来厂里他都熟。当时厂里没有公关部,要不然他就是个公关部主任的料。

大岭

　　每次厂里换领导，无论是厂长还是副厂长，他都要晕上一次，他的晕不是在没人的时候，即使人少的情况下他也晕。若说他是假的，可他一晕过去还真是四肢冰凉，什么事都不知道了。不晕的情况下干什么都行。有人说他自小就有这个病，有人说他害怕换了领导把他减到车间里去，反正机关减了几次，他都是"我自岿然不动"。

　　蒋兴来筷子厂搞聘任制之前，有一次找李二黑谈话，还没等他开口，李二黑就晕了过去，他以为蒋兴要拿他开刀呢。蒋兴不知他的底细，忙喊人来。正好车间的老王师傅上楼来，一见这情况就问蒋兴找他干什么？蒋兴把想法一说。老王听完说你放心吧，他没事儿，然后就把李二黑平放在沙发上，扯了扯他的耳朵说："二黑，蒋经理是找你了解情况的，不是要你去车间！"

　　李二黑慢慢地就缓了过来，坐起身来就问："啥事儿？"

　　这倒把蒋兴气乐了。

　　李二黑不一会儿就像没事儿似的，跟蒋兴把筷子厂情况说得一清二楚，倒令蒋兴觉得李二黑肚子里很有文章，并不是像大家传闻的那样不学无术。

　　李二黑虽有晕的毛病，但他为人还挺好，厂里无论谁有个为难招灾的，他都会热情地去帮忙，也是一副火热心肠。大家都希望这样的人能当个工会主席什么的，为大家多搞点儿福利。后来蒋兴真就让他管了工会的业务，工作干得也一直不错，至今还没再发生"晕"事。全厂职工都说这是怪事。

　　霍胡子是退休工人，也搞不清他是哪一年退的，反正退的时候是工伤，厂里月月给他拿钱。据会计统计说，这些年光他的药费也快十来万了，就这样他老婆汪梅还三天两日地到厂里借钱。你要是不想办法借点儿钱给她，她就得急："我们家老霍为了厂子把命都豁上了，现在你们就不管了，还讲不讲良心！"哪个领导见了她都打怵，甚至看见她都躲着走。可躲了初一躲不了十五。汪梅在办公室门口"蹲点"，你还得上班办公吧，照样得

311

硬着头皮招呼。

像他这样的情况也真就没办法，总不能眼睁睁地看着他们没钱去买药。当年，厂里失火的时候，要不是他霍胡子冲进火海拉下电闸，筷子厂恐怕还得重新建一个。对于这样的功臣，无论哪个领导来也是不能不管的。

刘小曼作风不正派，也是全厂人尽皆知的，要不然好端端的女人谁能跟肉麻的大腿连在一起。她起初只是个普通职工，后来跟后勤主任搭上了关系，两人眉来眼去的，暧昧了一阵子，后勤主任就让她去管了仓库。

管仓库可是个肥缺，库里的东西应有尽有，若想用点儿主任一签字就可以随便挑。

据说他们两个人动不动就到仓库里去点货，后面的仓库很少有人去，所以两个人可以尽情地点，随意地点，点来点去后勤主任就把手点到了她的身上……

刘小曼一头披肩发，烫了无数个小卷儿，肉嘟嘟的脸上泛着红晕，人长得还算标致，就是个子矮了些。然而这个劣势并没有阻碍她另攀高枝，寇丽娜气走副厂长之后，又调来个副厂长，这个副厂长来了没有一个月，就被刘小曼抓走了魂儿。

弄得后勤主任也戴上了一顶绿帽子，毕竟他没副厂长权力大，就只好乖乖退让了。刘小曼弃舟登岸，又跟新来的副厂长扯在了一起。

大家都把这些事儿当成笑谈，埋汰刘小曼说她的大腿谁都能枕。有编故事的人甚至绘声绘色地说：有一天晚上，刘小曼正在和后勤主任亲热，没想到那个副厂长却赶来了，两个人撞了车，怎么办？后勤主任没了主意。刘小曼却不紧不慢地冲着门外喊："你后半夜再来吧，我正忙呢！"

这些传闻在人们嘴里越嚼越复杂，越嚼越露骨，谁也说不准是真是假。后来刘小曼虽没怎样，她的这两个相好却都出了问题，调走的调走，免职的免职，这却是真的。

大岭

"你费心帮忙吧,叶秘书,我还有事儿,先走了。"说完不顾叶兰还要说什么就挤出门去。

她出了门后见蒋兴正开办公室的门,就紧赶了几步想去跟蒋兴打招呼。她话出口之时,蒋兴已推门进了屋,虽然他听到了一个女人的招呼,但觉得没有必要再转回身去,所以就没出来理会她。

然而寇丽娜见蒋兴没搭理她,心头顿生了恶气,以为经理跟她摆架子,怎么说她也是个基层小干部,她心里暗骂蒋兴臭摆,踢踢蹬蹬地下了楼。

在大门口,却正好遇到了霍胡子的老婆汪梅。

汪梅原来与寇丽娜在一起当工人,后来为了照顾霍胡子也不上班了,在家门口摆了个摊,卖起了蔬菜。两个女人很少见面,相遇后十分亲热,问长问短了好一阵子。汪梅是来厂里报药费的,而寇丽娜却明知故问。

"你干啥来了?"

汪梅一听她问这话,刚才见面时脸上的笑容立刻全部消失了,几缕愁云迅速地攒上她的眉头,而且扭挤在一起,形成一个突出的疙瘩,明显地凸在额上,像一个瘤。

"嗐,还不是因为老霍的病吗!总吃药,家里哪儿有那么多钱,这药费不及时报,我手头哪儿有那么多钱,总不能挺着,我寻思再找厂里借点儿钱,虽然是新领导,总不能不管吧。"

"那还有准儿,现在的领导抠着呢,想从他们那弄点儿钱不易,我听说这个新来的总经理更抠,不是什么慈善的主儿。"寇丽娜把刚才的不满意变成了小话吹给了汪梅,她还想添油加醋地说些什么,但见有人来了,她才止住了话扭扭搭搭地走了。

汪梅径直上楼去找蒋兴。蒋兴见到一个苍老的女人站在门口时就站起了身。

"我是霍兴民的家属!"汪梅自我介绍道。其实蒋兴已经见过她一次了,她怕蒋兴忘了所以又重新介绍自己，然后又把自己的事，说了一遍。

蒋兴没有言语，心中暗想，怎么这些难事都让我遇到了。但他不能表现出头痛的样子。谁都不容易，特别是照顾着一个病人就更不容易了。看着汪梅，同情涌上心头，他询问了霍兴民的病情。

汪梅说不严重，但总得吃药顶着。

"你要用多少钱？"

"借一千吧！"汪梅见蒋兴态度很和蔼，就试探性地说。但心里还是担心蒋兴一下拒绝了她。以前和领导们打交道她也总结出了一些经验。

"行！他的病要不再去看一看，总是这么吃药不见得就行，不就是肌肉坏死吗？我以前见过一个广告，有个医院能治，过两天我找到了给你们送去。"

电话铃响了，蒋兴去拿话筒。

"扑通！"汪梅跪在了地上。蒋兴把拿起的话筒赶紧放在桌上。站起身去扶汪梅，"霍大嫂，你这是干什么？"

汪梅已泣不成声。"谢谢蒋经理了，您真是个好人哪！"

她抑制不住心中的悲伤与感动，泪水四溢，积聚了多年的郁闷终于找到了突破口：仅仅是两句温暖关心的话语，再普通不过的这样两句话就使汪梅感到如同得到了上天的恩赐一般。在此以前，她更多的是遭受白眼与冷漠。

让汪梅这么一哭，蒋兴还没辙了，只好又拿起电话。

电话是王富楼打来的，于军要结婚了，他正在帮着张罗，他想跟蒋兴通通气，研究一下怎么置办。蒋兴说你先忙吧，找个时间我过去。

放下电话，蒋兴就去了财务室，财务室的门却锁着。

他回来对汪梅说："你先回去吧，等财务的人回来，我让别人给你送去。"

"不用，不用。"汪梅急忙擦干了泪说，"我再来就行了。"而后就

314

千恩万谢地走了。

重新坐在办公桌前的蒋兴，用手理了理头发，指缝间却带下了四五根，他一根一根地捏在一起，叹了口气，之后将它们扔进了废纸篓。

叶兰送来了一份材料，在他跟前站了一会儿，问："玉茹姐回来了吗？"

"没有，现在她比咱们还忙呢！"蒋兴叹道，"事业是越来越大呀，看起来真不能在机关里混日子，走出来是对的。"

"那也不一定，要是玉茹姐还在机关里，怎么说也混上个科级干部当了。"叶兰反驳道。

"有啥意思？没啥意思！"蒋兴摇了摇头，看着叶兰走出自己的办公室。

叶兰办公室的窗台上，摆放着一盆君子兰，那是爱军在她过来时送给她的。此时长得正欢，碧绿的叶子，含翠欲滴。

送花那天，叶兰问他为什么偏送这种花。爱军说我喜爱这种花，还因为……他没说下去而是深情地望了望叶兰，憨厚地笑了。

叶兰甜蜜地想了一会儿，任丝丝秀发散落到了肩头，散发着淡淡的幽香。

她把打好的文件调出来，按动了打印键，打印机吱吱沙沙地响了起来。

"要信吗？"蒋兴出现在门口。

"我的信！"叶兰惊喜地站了起来，快步迎了上去，接过蒋兴递上的信急急地看了起来。

这封信是从西河那个村寄来的，西河就是上次宋志成告诉的叶文峰的老家。村委会的负责人接到叶兰的查询信后很负责地回了信，但信中所提供的内容却让叶兰刚才兴奋激动的心情渐渐舒缓了下来。蒋兴没有再停留，径自回到自己办公室去了。

三十九

不知不觉中，山岭的颜色越来越深重了，似在孕育着什么的样子。

终于有那么一天，一场雨叩开了那扇神秘的大门，绿油油的意象像赶集一般涌了出来，草儿、树儿，都刚睡醒的模样，揉着迷离的眼，打着哈欠，做着深呼吸……兴安岭的春天是在一夜间铺展开的。在她来临之前，人们似乎还沉睡在严冬里，但一觉醒来，就会蓦然发现，天已不再是那个天，地也不是那块地，岭也不是那座岭了。于军的婚礼就在这个充满生机与活力的春天举行。

新媳妇在银行工作，长相虽然一般，但特别温柔贤惠。两个人相处了一年多，觉得很合得来，就拍了板。

起初女方的家长有些不同意，觉得于军脚有点儿毛病，但女儿不计较这些，看中了于军的才华与事业心，已经跟他铁了心，所以谁也没能阻挡得了，有情人终成眷属。

王富楼为他们主婚，郑延民当了司仪，蒋兴赶去的时候连合适的位置也没剩下，只好陪坐在床上。玉茹原定说回来，但直到五月中旬也未见她的影儿，蒋兴很失望，他虽然事业有成，但光有事业，没有家庭，也是让人悲哀的事。此时他的心里十分渴望一个家庭的温暖与快乐。他甚至在考虑把慧慧接回来上学。

这些年，山里的教育事业发展得也十分迅速，每年考上大学的比例已不比山外差多少。慧慧的事儿不用犯愁，令他犯愁的还是玉茹。两个人之间的裂痕究竟怎样来弥合，现在的玉茹闯世界闯野了心，还能收回心来吗？

于军结婚了，叶兰和爱军的婚期也不会是遥远的事情了，蒋兴感到自己怀有无限的愁闷。他觉得自己始终压抑着感情，他仿佛对玉茹的远离感到痛苦，又仿佛对此无可奈何。在心底里，他还是爱着玉茹的。在他们这个年纪，正是一个危险期，经过事业、生活、感情的磨合之后才能安稳下来。许多人就是在这个时期分手的。

参加完于军的婚礼，蒋兴独自回到家，因为胃有些不舒服，所以他也没喝几杯酒。王富楼见他的脸色不好看，就要叫车送他。蒋兴说没事，谢绝了。

窗外，几缕阳光惬意地照进来，落在地板上，反射出柔和的身影。沙发上放着一套西装，那是玉茹上次回来时带给他的。但他不爱打扮，再好的衣服都不能唤起他的兴趣。

他去摸烟的时候，胃部又提出了意见，丝丝拉拉地痛了起来，迫使他不得不放弃抽烟的念头。这该死的胃！他静静地躺在床上，想着公司里的事儿，不一会儿就闭上了眼睛睡了过去。王富楼喝足了酒后，惦记蒋兴有什么事儿，就到他家来看他。他敲了敲门却没有听到里面有动静，还以为蒋兴没回来呢。当他抱着最后的希望使劲儿敲了一下门时，才听到蒋兴的问话。

蒋兴睡得很死，连敲门声都没听太清，这在以往是没有过的。他浑身像散了架一般走到门口，打开了门。映入王富楼眼中的是蒋兴灰白的脸。

"你怎么了，老蒋？"王富楼关切地问。

蒋兴说："也不知道怎么了，今天睡得这么死，啥也不知道了。"

王富楼建议他到医院检查一下，说他的脸色太难看了。蒋兴说找个时间再去吧，现在正琢磨筷子厂改造设备的事儿呢，还有一部分资金没到位，光靠局里投资也不是办法，他想再搞一个股份制，吸收一些资金。他拿起桌上的报纸又说："人家伊春光明集团公司都发行股票了，咱们想上规模上档次没有钱是干不了的！落后得太多了。"

王富楼就拿过报纸仔细地看了起来，边看边说："现在都搞股份制，那还算国有经济了吗？咱们国家也是试点，我看咱还是步子小点儿，二分厂搞股份制还没取得完全成功，你现在又大搞一场，局里恐怕不能同意。"

"我们搞了股份制也未必就改变了国有企业的性质，再说了，个人的股份还是占小部分，不起决定作用，大头不还是国家吗？我看是没什么问题。"王富楼没再言语，接着看报纸。

看了一会儿他轻轻将报纸放在桌上，感叹没媳妇的日子难过，邀请蒋兴去他家吃晚饭："到我家去吧，茶水都是现成的，往那儿一坐，就有人给你倒上！"蒋兴说："你可真享福啊。"

王富楼虽为儿子弄出了毕业证，但王浩宇的工作也没分配，林业局人满为患了，谁还稀罕他这小中专。人事科长说干脆进你自己的厂子算了，免得给我们添乱。但王浩宇说什么也不干，非要他爸爸把他弄进机关，哪怕当个通信员，或其他打杂的也行，说什么也不愿进企业。王富楼又不愿意再跟别人说小话，所以这事儿一直拖着。

"我享什么福啊，有那个败家的儿子我是倒了八辈子霉了！"王富楼见蒋兴不想去他家就一边感叹着一边站起来要回家。临出门还特意又嘱咐蒋兴抽空去医院看看。

关于股份制改革的方案拿出后，厂里的领导层意见并未统一。蒋兴跟大家把想法一说，多数人没有表态。只顾瞪着眼喝水，这令蒋兴很失望。尤其对工会主席胡文的态度十分不满。

这个胡文是于诚的对头亲家，是于诚一手提拔起来的。蒋兴搞聘任制时局工会出面保了胡文的驾，说工会主席是代表工人利益的，不能随便动，所以他就没动。但在公司里也没起什么作用，多数情况下工作都是让李二黑一个人干了。平时胡文说话也不阴不阳的，像是要看谁热闹似的。上次蒋兴找他去给霍胡子送钱，他说关心职工是件好事，非要请电视台的人来，做个报道。

蒋兴说这点儿事儿不必大肆宣扬了，万一再有职工的困难你没看到反而不好，人家汪梅跑了好几次，再不把钱送去恐怕说不过去。蒋兴约好下午在办公室等他，一直等到两点半才见他的身影。可巧汪梅又来公司取钱，蒋兴就直接给了她，胡文来的时候汪梅已拿了钱走了。

听蒋兴一说，他也生气了，说了几句不太受听的话。上午他在区里开完会，区里招待了顿酒，他喝得迷迷糊糊的，又把电视台的人找了去，让他们在汪梅家附近等着，才回来叫蒋兴。没想到白忙活了。"你看，蒋经理，怎么给她了呀！我不是跟你说人家电视台要采访，你这样一来，我以后工作还怎么干！"

蒋兴始终保持着沉默，直到胡文说完，他也没表态。

胡文只好拉过电话一顿按，让电视台的人回去。总不能把蒋兴拉去排演一遍。见蒋兴不说话他就叽叽咕咕不知说了几句什么后悻悻地走了。

这次蒋兴提出股份制，大家冷了他的场，胡文觉得挺神气，他表态时虽没说什么风凉话，但怕这个、怕那个，也没少泼冷水。

但蒋兴下定了决心，必须走这条路。他散会之后整理好文件，要了车就去找方局长。他希望从方局长那里寻求一些支持。尽管方局长的态度让他很满意，但也并没有达到十分，至少方局长所表达的意思还有一些值得忧虑的地方，所以他回到公司后原初的那份热情有所降低，另外又发生的一件事令他上了很大的火。

他在出家门之前就预感到这一天不会吉祥，远处山顶上阴沉沉的，所以他的心情也不好。

木材管理处的鲁科长亲自登了他家的门，求他帮个小忙，而这小忙是要拿公司的利益做人情拱手送出的，所以蒋兴没有同意，但也没完全拒绝，因为这个鲁科长的确不是随便点头或摇头就能轻易打发的人物。

鲁科长四十多岁，但瘦得惊人，两只深陷进去的眼睛明亮得像两盏探照灯，据说数钱时，假钞票他只需扫上一眼就能看得出来。他在林业局可是实权人物，许多人想巴结都巴结不上。见到蒋兴，他就笑道："蒋经理，可抓到你啦！"

"我又没有偷木材，抓我干什么？"蒋兴又转回身把他让到屋里。

鲁科长的小舅子拼缝儿，前一段在外局拼了五千箱卫生筷子，但现在手上没货了，那个厂生产不出来，而他的合同又要到期，所以他想到岭北厂拆借一点儿一等品，先顶上。

蒋兴听完了他的介绍，沉默了许久。岭北厂现在一等品还没完成订单任务呢，不能往外拆，为了赶这个订单，车间里已经在加班了。如果再增加任务，恐怕职工们会吃不消的。他先把难处说给了鲁科长听。

鲁科长摸了一下本来已经很少的头发，干笑了几下。顺手掏出一个信封，扔在桌上，"这是我小舅子的一点儿意思，你只要帮个忙，到时候挣到钱，他也不会忘记你。实在不行的话，咱们可以合股，算上你一份儿，现在的事儿没有死的，只要你费心就行！"

蒋兴知道信封中的内容。

他拿起信封又塞向鲁科长。"你把我当成什么人了，快收起来，你的这个忙我帮不了。"

两个人撕扯了几个回合，见蒋兴是执意不收，鲁科长只好把信封重新装进兜里。他认为：蒋兴不收，就等于不能帮他这个忙。所以没再坐下去，声称还有事就告辞出了门。

作为堂堂一个科长，他很少给别人送钱的，更多的时候是别人把红包扔在他的桌上，所以这次被卷了面子，他心里愤愤的，暗骂蒋兴这小子难对付！

蒋兴打发走了鲁科长，才到公司去，但一进大院，就被十几个职工的表情吓了一跳，看样子一定出了什么事。

在办公楼门口，并排坐着十几个职工，他们正在等着蒋兴的到来，旁边还站着几个看热闹的。

胡一鸣在跟他们说着什么，似乎正在劝他们回去。

见蒋兴来了，胡一鸣就迎了上来跟他汇报情况。张明哲的三车间技改项目完成后，富余了二十几个职工，所以他就裁减了人员，但事先蒋兴并不知道。

这些都是林业局的职工，把他们减下来都很有意见，所以就闹腾起来了。蒋兴搞改革的时候，车间里缺人，原厂里的职工基本没有减出厂外，而这次却超了员，各车间用人上可以自主，减员是平常的事，也许是没得到妥善的安置，大伙儿有了意见。

蒋兴弄明白了原因，就劝大家先回去，他想办法解决。好说歹说算把十几个人劝走了。

他进了办公室，想打电话找张明哲，手刚一接触到话筒，电话铃就响了。

"蒋兴，你们怎么搞的，工人们怎么上我这儿告状来了！"郑书记一听蒋兴的声音就训斥起来。

蒋兴没想到这帮人还兵分两路了，这不是明摆着给公司上眼药吗？不等他做解释，郑书记就下了令："你赶紧把人给我领回去！把问题搞清楚，好好解决，你们公司怎么会出现这种事！"郑书记口气火火的。挺长时间以来他就不愉快了，前一段丢了好几车皮木材，他和局长都挨了批，正找不到地方出气呢，筷子厂又来添乱，这简直是节外生枝。

蒋兴也被气得鼓鼓的，这个张明哲，性子比他还急，刚研究的第二步改革方案，就被他一脚踢开了。但没有踢出个开门红来，却弄了个"开门黑"。

蒋兴打电话想让他也去林业局大院领人，但接电话的人说他去车间了。

他也顾不了那么多了，坐车直奔林业局大院。

进了院，远远望见四五个人围着局党委副书记马永年正说着什么。

蒋兴就快步走了过去。马书记见来了救兵，赶忙分开众人走到蒋兴跟前，"你们公司这几个人的工作怎么这么难做呀，你这是来了，要不然我还麻烦了，快跟他们说吧。"于是一群人的焦点对准了蒋兴。

"蒋经理，为什么把我们减下来就不管了，这还是社会主义国家不？"

"凭什么看我们不顺眼哪，就挑我们这些没门没派、没钱没势的减！"

"公司有了钱就卸磨杀驴，我们……"

大家你一言、我一语地发着牢骚。

"大家请听我说！"蒋兴挥了挥手，他也是第一次遭遇这种场面，心里也紧张得很，这可是个大问题，工人这样一闹，传扬出去，影响可大了。

"我们公司进行改革的目的不是为了减掉谁，是为了提高效率。提高生产效率，三个人能干的活儿为什么非要五个人干呢，白浪费两个人的劳动力！这次减员之后我们还要妥善安排，公司并没有说不管你们，我们正在商量，成立服务公司，至少大家可以先到分拣车间去嘛，回头我跟你们厂长再研究进一步解决的办法。"

"分拣车间早让人挤满了，哪儿有我们的地方！"有人还不想走。

"我一定想办法，绝不会扔下大家不管的，我的为人大家是知道的，请大家相信我。"蒋兴的嗓子有些沙哑了，"大家回去吧。"

这种工作是最难做的，若是这几个较起真儿来，蒋兴恐怕就要没辙了，好在大家不再难为他，有人说，"既然总经理答应了，我们就信了你，到时候我们就去找你。"

几个人慢腾腾地散去，蒋兴这才长长地出了口气。

平静了一会儿，也没见张明哲来，他就去找郑书记汇报情况，马书记早回自己办公室去了。在去郑书记办公室的时候，正碰到党办的小刘，小刘是个刚毕业一年多的大学生，跟蒋兴混得挺熟。

小刘问他找谁，他说去找郑书记。

"郑书记在会议室开常委会呢，要不先上我那儿坐会儿去吧，兴许一会儿就能开完了。"蒋兴说："不了，下午再来说吧。"小刘说："下午郑书记就要去地区开会，你见不到了。"蒋兴就犹豫起来。

小刘看了一下空荡荡的走廊神秘地对蒋兴说："咱们局长要出去考察你知道不？"蒋兴摇了摇头。"咱们局要提一个副局长，你知道不？"蒋兴又摇了摇头。见他一问三不知的样子，小刘就笑了。仿佛蒋兴这个经理当得有些迷糊，消息很闭塞。

"这次局长出国也没说带你去，你也不争取一下，公司里拿出点儿钱赞助赞助，最起码也出去见识见识，现在人们都头上削个尖也跟着往外跑呢。"

蒋兴说外面有啥看的，顺手又捏了捏鼻子。小刘见他真不知道局里的事儿，就低声跟他说："我原以为你找郑书记是为出国的事儿呢。听说局长要带他的秘书去考察，这几天正研究都让谁去。"小刘很后悔自己没能当上局长的秘书，要不然也能跟着出去风光一下。蒋兴看出了他的心思，就故意逗他说："你也争取争取。"

小刘咧了咧嘴说："我争取也没用。"就不再谈出国的事。又谈局里要提拔一个副局长的事，原来的副局长姜振勇调往别处任局长去了，出了一个空缺，所以局里正在研究副局长的人选。

小刘冲蒋兴挤了几下眼睛问："出国你不争取，提个管防火的副局长你也不想了？你不是全区扑火先进个人吗！"

蒋兴没言语，抽出两支烟来递给小刘一支，自己也点上。说起扑火先进个人蒋兴倒是当之无愧的。上一年，林业局施业区发生雷击火，蒋兴接到林业局防火办的命令，就带领100人上山打火。打火是个苦差事，特别

遭罪，王富楼要带队去，最后没有争过蒋兴。蒋兴说你在家保障后勤就行，然后坐着大汽车就先出发了。王富楼就着手买给养：馒头、面包、火腿肠、咸菜、大酱、小烧酒、大米、大葱、大蒜、猪肉、药品、方便面，成箱成捆地置办，就像上山过日子一般。

蒋兴带队来到火场的附近，远远的就闻到了树木燃烧的味道。一路上车水马龙，到处都是扑火行军的队伍，看架势火着得不小。在对讲机中，他听到除了森警部队，全区好几个林业局的扑火队都来救援了。他站在一个山坡上望去，两条燃烧的火线红红的向前延伸着，天上，一架飞机正盘旋在上空侦察火场的情况。冲吧，没有犹豫，年年都打火的队员们毫无畏惧，按照指定的坐标进入到扑火的位置开始扑打山火。蒋兴带领队伍打了七天七夜的火，浑身造得像小黑鬼一般，终于扑灭了山火。七天的战斗可以写成许许多多的故事。扑火、看火场、巡逻、扒隔离带、背水、送给养、救伤员、修灭火机，战场上的内容火场上都有。作为一个指挥员，蒋兴沉着冷静，不怕吃苦，敢于拼搏，在扑火一线表现出色，因此得到了上级的表彰。

"这事儿不是我们想的，那是组织的事儿。"蒋兴不愿再等下去了，说完这句话拔腿就往外走。他让小刘跟郑书记说公司的事儿让他放心就行了。小刘一副好心没得好报的样子站在门口点了点头。

四十

　　叶兰此时正沉浸在幸福之中，她就要同爱军结婚了。而且叶文峰已有了下落，霍云峰回来后就解开了这个谜。他找到了叶兰讲述了那一段往事。

　　叶文峰当年逃出大兴安岭，除了关书记之外，还有虽未结婚但已是他妻子的方玉娟，她就是过去的方书记现在的方局长的妹妹。

　　三人爬上运材车逃到了嫩江后，想到造反派肯定要追查到老家去，所以没敢回家，叶文峰把方玉娟偷偷安置在一个亲属家中后，就与老关躲了起来。一年之后，才悄悄回家看方玉娟，此时的方玉娟已生下一个女孩，这就是叶兰。

　　叶文峰潜回家时，把家里人吓得够呛。自打他们逃跑后，来追查的人一拨又一拨，幸亏他一个堂叔在革委会是个头头，才保住了一家人，要不然叶家早就被砸烂了。

　　方玉娟在那个亲属家住了一段后，就以那个亲属的名义和叶文峰的老娘住在了一起。但方玉娟的身体一直不好，生叶兰时落下了病，当地的医疗条件差，没能得到很好的治疗。

　　叶文峰回去后见到这种情况，心里十分难过，说什么也要跟方玉娟上县医院去治病。白天不敢走，就夜间行。方玉娟行动不便，叶文峰就用手推车推着母女俩，借着月色赶往县医院，四十多里的路，他硬是咬着牙走了下来。

　　第二天到了医院，大夫说得马上住院，方玉娟的病情已很严重，叶文峰只好办了住院手续。可刚安顿好，本家的一个侄子就赶到医院来报信，说公社知道他回来了，正在四处抓他呢，他娘让他赶紧跑。

叶文峰就抱着叶兰去病房跟方玉娟道别，没想到在门口却碰见了革委会的头头也去医院看病，吓得他转身就跑。

造反派见他跑就追了上去，一直把叶文峰追到了梁秋娥家里，叶文峰这才将叶兰托付给梁秋娥，重新又逃回大兴安岭。

他在一个林场抬了一段木头，后来又去漠河县淘金，一直到拨乱反正后也没听到关于自己的说法，所以一直没敢回原单位找。有一年他回老家看望老母及方玉娟，但家里早已人逝屋空。方玉娟在他走后不久就病逝了，老母亲在第二年的秋天也不幸撒手西去。

叶文峰悲痛欲绝，他把最后的希望寄托在了女儿身上，开始了找女儿的历程。逃跑的时候如惊弓之鸟，哪里还记得原来的地方，他在郊区的居民区转悠了一个月也没能打听到梁秋娥母女的消息。

他下定决心，一定要找到女儿，后来在施工队找了份活儿，一边挣钱一边找女儿，就这样找了三年，依然没有消息。那时的梁秋娥早已去了河北，在1985年才重新回到宾源。

在居民区找不到女儿，叶文峰就到学校，他能算出女儿的年龄，天天守在校园门口。此时他的神志已经有些错乱了，他只想着自己要找出已经十六岁的女儿，他衣衫破旧，长发乱蓬蓬，两只发呆的眼睛明亮得吓人，他一见到脸形与方玉娟长得相似的女孩就要去盯上一阵子。叶兰小时候长得十分像她母亲，所以叶文峰就以脸为准四处寻找。

有一次，叶文峰见到一个十四五岁的孩子长得特别像方玉娟，而且脖子上也戴着东西，就急急忙忙赶上去喊女儿，把那个女孩吓得拼命地跑回家，三天没敢去上学。后来她的家长报了案，公安局的人把叶文峰抓了起来。那一次霍云峰正好去那儿办事，见公安局的人正在抓一个披头散发的疯子，就驻足观望，没想到那人竟是叶文峰，他们是老朋友，霍云峰当年与叶文峰都在食堂干过。

所以霍云峰就跟着去了公安局，讲明了情况，把叶文峰送进了北安的精神病院治疗。

叶文峰的病并不重，大夫给他治疗后基本得到了恢复。但他没有什么亲人，孤身一人，医院领导很关心他就让他在医院烧水，当了清洁工。

霍云峰也常去看他。回到大兴安岭后霍云峰将这个事儿告诉了方书记，那时方书记也是刚平反不久，两个人也去看过叶文峰。

霍云峰知道项链的事儿是在方局长的家里。

方局长的女儿方美娇戴着一个带蓝玉的项链，霍云峰正在同方局长谈话时，美娇过去到桌子上拿项链，方局长看着项链说起过它的渊源。

这项链原本有两条，是方局长的母亲临终前留给他和妹妹方玉娟的。中间坠着的大玛瑙石一个上面刻着一个方字，另一个刻着万字，方局长的母亲姓万。

方局长同黄玉芬成家后，刻着方字的一串便给了黄玉芬，现在又给了女儿美娇。

刻着万字的一串由方玉娟收藏着，自从她和叶文峰逃跑后再也没有了音讯。后来霍云峰找到了叶文峰后才知道另一串戴在叶兰的项上。

霍云峰发现了刻着万字的项链后没有来得及找出它的主人就匆匆外出了。他断定这个项链的主人一定是叶文峰的女儿叶兰。但他没有跟吕艳芳说详情，只是让她找准主人。

叶兰听了霍云峰的介绍，泪如泉涌。三四年的奔波终于有了结果，自己总算知道了亲生父亲的下落，她真不知怎样感谢霍云峰才好。霍云峰也十分开心，仿佛自己找到了女儿一般。

"你怎么把这么重要的项链丢在房间里呢？"霍云峰十分不解地问。

叶兰这才说出了吕白林想欺负她的事，气得霍云峰直骂："这个王八羔子也太不像话了，看我回去跟他算账！"一边骂着一边站起了身，也不顾叶兰的劝阻一路回去找他的这个妻侄算账去了。但走到半路他又转头回来找叶兰。

"刚才有点儿气糊涂了，咱们先认你的大舅吧！"

叶兰怎么也想不到方局长竟是自己的亲舅舅，她虽然认识方局长，方局长也认识她，但那都是工作上的认识，两个人近在咫尺，却远如天涯。

霍云峰给方局长打了电话，方局长以为他是谈要车皮的事，就说回家再说吧，他正忙着。霍云峰急忙说有要紧事，特别重要的事，让他耐心听完。他把事情简要讲了一遍，把方局长惊奇得直拍桌子。旁边的工作人员一个个都惊讶地望着他，他们从来没见过方局长如此兴奋与快乐。

"老霍，你不是跟我开玩笑吧？"方局长想最后核实一遍。

"这事儿哪儿能开玩笑呢，我把人领到你家去，你马上回来吧！"

"好，好！"方局长撂下电话抓紧时间处理公务，这一天，找他请示工作的人都感到惊讶，方局长像年轻了许多岁一样，走路虎虎生风的样子，不亚于年轻人。

打完电话，霍云峰就同叶兰到方局长家住的楼前等他。

黄玉芬不知道此事，上班尚未回来，美娇正在外地读大学。

约有半个小时左右，一辆黑色的小轿车嘎地停在了楼门口，方局长下了车，带着灼热的目光，远远地向两个人招呼。

叶兰走上前去，激动地望着方局长，亲人相见，泪花纷涌，一时竟无语表达。

四目对视，那种特有的血缘亲情在顷刻间化作一种无边的温暖笼罩在他们的周围，让他们的心一点一点地靠近……

"大舅！"

叶兰再也抑制不住自己的感情，一下子抱住方局长呜呜地哭了起来。

　　方局长也老泪纵横，已渐斑白的两鬓更加衬托出他的慈祥，他轻唤着叶兰的名字，"小兰、小兰！"良久，他才轻轻拍了拍叶兰的肩。

　　"咱们快进屋去吧！"在场的霍云峰和司机也被这种亲人相见的场面感动得眼圈湿湿的。

　　方局长的家两室一厅，不豪华，但很讲究。客厅里一幅松柏图让来客一进门便会被吸引过去。一套古色古香的茶桌旁边是深褐色的沙发。墙壁没有装修，但干净素雅。

　　霍云峰在屋里坐了一会儿便说还有事儿就走了，他把时间留给了这刚刚相认的爷俩。

　　方局长让他晚上过来喝喜酒，他笑了笑说："你不请，我也要来的！"

　　黄玉芬回来的时候，见到叶兰她一下子愣住了，叶兰长得太像方玉娟了，她在方局长没开口之前简直不知问什么才好。她有些不敢相信自己的眼睛。

　　"这就是玉娟的女儿，叶兰，我们的外甥女呀！"方局长终于点破了这层纸。

　　"啊呀！"黄玉芬一下子反应过来，上前一把拉住了叶兰，嘴张得大大的，眼睛睁得似乎要掉出来。

　　"叶兰？"

　　"这不是天上掉下来的闺女吧！"黄玉芬摸着叶兰的手端详了好一阵子，才问起了详情，她也被这突如其来的喜讯感染了。方家的屋子弥漫着一种节日的喜庆气氛。

　　当晚，叶兰就住在了方局长家中，三个人回忆往事，不时有泪花溅落下来，而叶兰的眼睛哭得都有些肿了。二十多年来，她终于找到了自己的亲人，这种喜悦是无法用语言来表达的。

　　在方局长家住两天，叶兰就惦记着去医院看望父亲。到方局长家的当晚，霍云峰没有回去喝酒，方局长打电话也没找到他。方局长琢磨，这个霍云峰怎么突然失踪了。

一个星期三的中午，他让叶兰再去找霍云峰，让他带叶兰去看望父亲。叶兰就去了青春酒吧。

但来到酒吧的时候，她呆住了，酒吧的大门上贴着公安局的封条。出事了！她怎么一点儿也不知道。她问旁边卖烟的老太太，说可能是因为搞色情服务被查封，老板同老板娘都被拘留了。

她忙给爱军打电话，细问个究竟，爱军接了电话忙骑了自行车来到她的住处。

前几天扫黄打黑一连查封了好几家酒吧、歌舞厅，青春酒吧也被查封，现在霍云峰正在被收审呢。

"要不你让方局长把他要出来吧，反正是要罚款，他们交了钱也就不会有什么事儿了。"

"我想先见见霍叔叔，你帮我去见见他？"叶兰满脸的愁容。

爱军就同她一起去了看守所。见到叶兰，霍云峰羞愧得抬不起头来。吕艳芳好像被释放出去取罚款了，他弄得满脸油黑，也不知是怎么搞的。

"叶兰啊，"霍云峰似乎有难言之苦，他的目光始终不敢正面看叶兰。他知道叶兰等着他去见叶文峰呢，"我不能陪你去见你爸了！他的地址我已写好，你自己去吧！"

"不，霍叔叔，过几天你会没事儿的，咱们一起去吧！"

霍云峰摇了摇头，他为自己的事儿感到羞愧，他叮嘱叶兰不要将此事告诉她爸，此时的霍云峰，恨不得找个地缝钻进去。

叶兰出了看守所又取了钱去找吕艳芳，她怕吕艳芳凑不够罚款，没想到见到吕艳芳时她却像没事儿似的，根本没把罚款当一回事儿。

她冲叶兰晃了一下手中的包。"这一包都是上交的，交完了你霍叔叔就能出来，我也是，要这么多钱有什么用！"

当晚霍云峰就出了看守所。叶兰没有再去找他，而是同爱军商量他们两人去见父亲。

第二天，叶兰请了假，同爱军背上行囊赶往北安。列车快要开的时候他们却意外地看到了霍云峰的身影匆匆登上了列车。他接到医院的电话说叶文峰出了车祸，让他赶紧去。他一下子愣住了，他后悔自己不该匆忙地把找到叶兰的消息告诉叶文峰。

工作人员说，叶文峰接到他的电话后，这突降的喜讯又引发了他的精神病。他满口都是"我女儿找到了，我女儿找到了"的话，医院又不得不对他进行治疗。

但叶文峰时好时坏，在好的时候把自己的东西收拾得整整齐齐，还写信，每天写一封，写完后就放进他那宝贝盒子里，谁也不让动。

精神失常的时候就到处乱跑，高喊他女儿找到了，医院一时没看住，他跑出了院子被一辆汽车撞倒了。

霍云峰不忍心把这一不幸的消息告诉叶兰，但他又不得不说，在快到北安的时候他才将实情告诉了叶兰。

叶兰听完他的话由于着急一下子晕了过去，爱军急忙扶住她，进行抢救。

过了许久，叶兰才慢慢醒过来，她实在经受不住这样的打击，命运对于她实在是不公平。历经千辛万苦刚要见到父亲，他却又出了事儿。

叶兰的脸上，有擦不干的泪痕，她恨不得一下子飞到父亲身边，看一眼二十多年未曾见过的面容。

叶文峰经过抢救之后，仍然昏迷，当他的女儿就含泪站在他身旁的时候，他还没有知觉。

"爸！你要看我一眼啊，爸！"

叶兰把父亲的手贴在自己的脸上，叶文峰的手凉凉的，如冰块一般。

"爸！"叶兰盯着父亲闭着的双眼，轻声地呼喊。

333

这能够穿透一切的生命呼唤回荡在病房之中，"你醒来，看女儿一眼呀！"

　　……

　　叶文峰的手终于有了温度，他的眉毛在轻轻地颤动！

　　"爸，我是兰儿，我是兰儿呵！"

　　叶文峰终于睁开了眼睛，老人不会想到也不敢相信能见到自己的女儿，他痴痴地望着叶兰，没有任何表情。

　　"爸，我是兰儿呀！"叶兰拿出了带玉的项链放在叶文峰的眼前。

　　"兰儿！你是兰儿！"

　　叶文峰的手在不停地抖着，"我的……女儿！"一行老泪从眼角滚落出来，他此时比任何时候都清醒，他已恢复了常人的理智。

　　"爸对不起你呀，孩子！"叶文峰怜爱地望着叶兰，"二十多年，你一定吃了不少的苦……"他还想说什么，但气力不支，只好闭了一会儿眼睛，他知道自己要不行了。

　　"孩子，我临死能看上你一眼就知足，我死后，你把我埋在老家的后山坡上，你妈的坟也在那儿，那儿有碑……"

　　叶文峰向霍云峰招了招手，让他去宿舍把他的宝贝盒子拿来。

　　"爸，他就是你未来的女婿！"叶兰含着泪向父亲介绍爱军。

　　"爸！"爱军伏下身去，望着老人。

　　"好！"叶文峰的脸上露出了笑容。

　　"我恐怕不能为你们举办婚礼了，让你养母替我办吧……我这辈子遗憾太多……没能……亲自去感谢你的养母！你一定要好好伺候她。我没能尽一个父亲……的义务……"他指了指霍云峰拿回来的盒子。

　　"你不要怪我……这盒子里的东西是我……留给你的。爸欠你……实在……太多……了。"

他让霍云峰打开盒子，在一沓子信下面是几枚黄灿灿的金块。

"这些全都给你！给你霍叔叔的在另一个信封里，上面……写得……清楚。"

叶文峰把手伸向霍云峰。

"谢谢你了，这孩子……还得拜托……"叶文峰已经不能再说下去了，头一歪，永远地离开了他刚刚见到的女儿。

上天有眼，让他能够在弥留之际见到自己的女儿，了却由来已久的心愿，他知足了。

山坡上，荒草丛生，乱石遍地。伫立在坟前的叶兰泪光莹莹，她按照父亲的遗愿，把他同母亲埋在了一起。

向着墓碑，她又慢慢地跪下，磕了三个头，而后又缓缓地站起来。

"爸，妈，女儿走了！"她心中默念，"你们安息吧，不要惦念女儿。"

爱军用手揽过她的肩，走吧！风从远处吹来，清清凉凉的。

四十一

　　蒋兴去找张明哲问罪之时，张明哲正站在机器的尽头忙活着，工程师王云山正在一手按着线路图琢磨着。

　　"张厂长呢？"蒋兴喊了一声。

　　"啊？谁找我，没看我正忙着吗？"张明哲从烘干机的那端探出头来，没好气儿地问。他的脸上横竖画了几道黑黑的油泥。他还想说几句，见是蒋兴就只张了张嘴咽回了要说的话。

　　"蒋总！"

　　"怎么样了？"蒋兴脸上少了往昔的和蔼与平易。

　　"修一上午了，还不行，这台机器可是太次了，也不知是谁买的，才干两三年就完了，不是个假货也是个次品！真坑人！"

　　王云山也抬起头来说这机器毛病不大，就是毛病太多，不是这儿就是那儿的。

　　"我问你能不能耽误了合同！"蒋兴没有理会王云山的话，而是径直盯着张明哲，大家谁也没有见蒋兴发过脾气，连他自己都觉得刚才的声音有些太高了，仿佛心里积了多少怨气一般。

　　"误不了事儿，误了事儿你撤了我！"张明哲也是个火爆脾气，他心里也有气，他这个技术员出身的厂长，早听到胡文给他透的口风，蒋兴要找他算账，所以蒋兴让人通知他去时，他干脆就不去了，而是直奔了车间，修起了机器，谁愿意闹就闹去吧，他知道蒋兴会生他的气，给他当了替罪羊，不生气才怪呢，所以他也没反驳，一转身又继续修他的机器去了。

蒋兴觉得脸上有些发热，这简直不给他台阶下。他还想说什么，但又找不到合适的语言来表达。

"我们会尽快修好的，您放心吧，蒋总。"王云山赶紧给打圆场。

这个王云山也不过三十岁，分到筷子厂工作才三四年，但他是蒋兴到筷子厂后发现并任用的三大能人之一。

刚到厂里的时候，大家都觉得他是个小书生，一脸的稚气，都把他当成小鬼使，动不动就让他干这干那，他这个小技术员有什么本事，还不是跟那些打零工的人一样。可没想到这个不爱言语的小伙子没用三年时间研究出了三项发明，其中两项获得了发明专利。后来筷子厂的技术改造计划也是他一手完成的，为厂里节约了二十多万的费用。被破格提升为工程师后，大伙儿再也不管他叫小工了，见了面都称其为老王，仿佛当工程师的都是老头一般，弄得他说不得笑不得，更哭不得。

蒋兴平静了一下心情，又转向另一个分拣车间。

一进大门，他刚刚平息的怒气又升腾起来。

刚出机器的大堆卫生筷子周围，分拣工们手正不停地挑着，捆着，身旁地面上被踩断弄折的筷子到处可见。

大家没想到总经理会来车间，一些胆小的职工停下了手中的活计，不知是干下去还是停一会儿，不认识他的临时工们没理会他的到来，依然忙着。

蒋兴弯下腰从地上拾起几双被折断的卫生筷子，"你们主任呢？"

"她没在这儿！"他身旁的一个女工回答。

"在哪儿？"

"寇主任在休息室！"那个女工小声说。

蒋兴三步并作两步奔到了休息室。门里飘出了一段节奏鲜明的音乐声，一个胖乎乎的女人正扭动着屁股在跳健美操。蒋兴知道她姓寇，是厂里原来的四大难惹之一。他狠劲地推开了门，将一把断筷子扔在了地上。那胖

女人吓了一跳，见是总经理，就急忙去关了录音机。

"蒋总！"她诺诺地说，眼睛望着地面。

"你不在车间，却到这里来减肥！你，你拿起筷子看看，这是咋回事！"

寇丽娜一句话也说不出来，她怎么也没想到蒋兴会突然来到车间。蒋兴让她拾起筷子跟他到车间去。

"大家停一下手，"蒋兴提高了自己的音量，大声讲了起来，"大家仔细地看看手中的筷子！我们这一双筷子要经过多少道工序才能被叫作筷子。这个过程容易吗？从山上到山下，从车上到车下，切墩、扒皮、烘干，这一点儿小木条就那么容易来到我们脚下？我们为什么要踩断它？心里怎么想？我们的资源还有多少？！谁不知道，同志们，我们吃着喝着还要浪费挥霍着！为什么？"

大家低着头，没有一个人敢去看蒋兴的表情。寇丽娜慢慢地挤进了车间。

"你这个车间主任不能干就走人，我们这是车间，不是健身房！"他转过脸去看了一眼寇丽娜。"从今天起我宣布：谁再无故浪费一双筷子，立马给我走人，我们厂决不允许有这样的败家现象存在！"蒋兴一脸的严肃。说完之后，他慢慢地走出了车间，回到了办公室。

管理上仍需加强！他暗暗地叮嘱自己，全国亏损的企业，许多都是管理不当的因素，这个问题，在大兴安岭的企业之中，也不同程度地存在，要想搞好企业，必须在管理上下功夫，他拿着笔，勾勒着自己的想法。张明哲敲了敲门探进头来。

"机器修好了？"蒋兴问。

他点了点头。"那……"蒋兴还想问。

"那些上访的职工我想这么安排。"张明哲拦住了他的话，"我想把咱们的院墙推倒开个饭店兼食堂，这样，富余人员就安置了！"

张明哲的这个想法确实不错。临近街面的两间空库房利用起来还真行，筷子厂位于郊区，却也是交通的要道，往来的运输车辆很多，旁边修出停车场，为各地的司机们服务，另外还可以为职工供应午餐，这是两全其美的事。蒋兴笑了笑。

"我很赞同你的意见，下一步咱就这么办，不过那也用不了这么多人哪！"

张明哲拽出刚塞进嘴里的烟说："别看他们瞎起哄，有几个职工就是不爱去车间干，这两下一分流，全能消化得了！"

"如果能全消化最好，要不然还真犯愁呢！"

张明哲走的时候，蒋兴顺手塞给他一包烟，略带歉意地说，"那会儿我态度不太好，这个烟算是赔礼吧。"

张明哲推辞了一下说，"哪有上级给下级送礼的！不过有送的，咱就收了，反正不是受贿！"他一路兴冲冲地出了办公楼。

关于实行股份制的报告他早已上交到局里，正等待地区上报省里批准。蒋兴得到消息说地区要选试点企业建立现代企业制度，所以他满怀希望地在等待时机。将资产重组是件极好的事情，然而靓女是否先嫁，整个领导层意见也尚未统一。岭北此时的实力已经超出了其他的任何一个同类企业，有没有必要非得进行股份制改造，这还是一个需要深入研究的问题。

这个问题不只是蒋兴在想，方局长在想，整个领导层也都在想……

又是一个星期三的下午，蒋兴接到了赵成义的电话，赵成义让他马上去林业局门口等他，说有急事。等他到了那儿，却被赵成义拉着进了白云酒家，赵成义找他去喝酒，怕他不去就没说什么事。

"你不在白桦好好待着，跑这儿混酒喝来了？"蒋兴只好跟他进了酒家。

"你不请我喝酒，还不准我自己想办法呀！"赵成义粗大的嗓门惊得服务员多看了他好几眼。进了单间，蒋兴看到里面已经坐好了两个客人，见他进来，都站了起来。赵成义就笑着给他们介绍。这两个人一个自称是

大连福远贸易公司的经理叫武宁,赵成义说是他的表哥,另一个科长叫张于。

这个武宁有点儿公鸭嗓,两只眼睛不大,却十分有神,多少有点儿南方人的样子,但口音有些生硬,不像是大连本地的口音,他不住地跟蒋兴客套,倒让蒋兴觉得有些拘谨。

叫张于的科长名字倒是十分好记,张于跟海里的章鱼没有什么不一样的,事实上张于也许是章鱼吃得多了,身体的形状也有些与章鱼相似了。幸好赵成义先介绍说瘦的是经理,要不然蒋兴还以为张于才是经理呢,他挺起了肚子足以令人相信他山南海北的油水没少吃。

赵成义直爽,什么实干家、企业名人,给蒋兴戴了几顶花帽,而后又吹乎了他表哥几句,蒋兴不想去猜他话中的水分,赵成义找他来无非是想搞点儿筷子。没准这两个人也是拼缝的主儿。

果然没出所料,赵成义起了三瓶酒之后就耐不住性子开诚布公地跟蒋兴摊了牌,武宁想搞一批一等卫生筷子,赵成义说,好处费不用说,决不会亏了他。

蒋兴只喝酒,不表态。赵成义猜不准蒋兴是什么意思,直勾勾地望着他。他以为自己刚才说的话有些太露骨了,蒋兴不好意思说,就转换了话题。蒋兴放下酒杯,环视了一下赵成义三人,说:"实在抱歉,老赵,我们公司正忙着完成一份合同,现在没有余货。如果可能的话下一批我再想办法。"武宁没等赵成义反应过来就抢先用他特有的声音说:"蒋经理不必为难,咱们先干了这杯酒再说。"

赵成义就端起杯先喝了一口,而后又一口干了下去。他心里很生气,这事儿自己没办"亮",他觉得面子上有些过不去。以前同蒋兴打交道觉得他挺直爽的,没想到今天却没让他满意。他心里虽不满,但还是不能立刻表现出来。蒋兴见三个人相继都喝干了杯,也只好跟着喝下去。

武宁是个精明之人,干了一杯酒之后,不再谈筷子之事,而是谈起了

341

酒色财气，"酒是害人精，无酒却不成宴席；色是刮骨钢刀，无色不成礼仪……"一套嗑儿说下来，弄得蒋兴仿佛比他们少了许多知识一般，他静静地听着，甘当了门外汉。

喝了三瓶孔府家之后，两个辽宁人顶不住了，见蒋兴没有停杯的意思，他俩只好陪着，时不时地推到赵成义身上几杯，赵成义也不谦让，一个人喝了一斤多酒。蒋兴见他喝得有些打晃儿，吐字也有些不清了，赶紧打住，说什么也不再喝了。

张于两人见蒋兴要走，心里暗自高兴，又暗自着急，高兴的是这酒可算是喝完了，着急的是弄筷子的事儿没有着落。张于陪着赵成义到外面方便的时候又给他加了点儿压，埋汰他办事儿不力。这下把赵成义说来了劲，回来后又大着嗓门跟蒋兴要起了筷子，弄得蒋兴只好说改日再说，今天实在是喝多了。武宁以为他这话是还有机会，就制止住了赵成义，打电话传来车送蒋兴回去。

"这么大的经理不是车接车送，多丢脸啊！你看我……"赵成义骂骂咧咧地传了个车来。放下电话，他就后悔了，说什么也要拉着蒋兴去歌厅OK一次，蒋兴不去赵成义就急了，说蒋兴不给面子！扯住他的衣服不让他走。蒋兴只好跟他去，小轿车把他们送到了一个叫梦中梦的歌厅。

一走进歌厅，那种昏黄的灯光便笼罩上来，老板赶紧上前招呼。见带队的是赵成义，便嘻嘻笑了几声，让服务生把他们请到包房。

几个人胡乱唱了一会儿，又喝了一通啤酒，蒋兴觉得酒意上涌，借口心脏有些不舒服向赵成义打个招呼就离开了梦中梦。

四十二

慧慧被绑票的消息从玉茹的嘴里传过来的时候，蒋兴眼前一下子漆黑一片，拿话筒的手也似乎失去了知觉，耳朵里只有玉茹的哭声和嗡嗡声。

玉茹让他马上到哈尔滨去，但他去了又能有什么用，公司里正在筹划股份制改造，作为省里的重点试点企业，岭北已经被推到了时代的前沿，一大摊子事儿哪一项也离不开他。

有了钱也不是什么好事儿，无端地歹徒怎能绑架慧慧呢，玉茹也实在不像话，慧慧本来在辽宁，非把她接到哈市读什么贵族学校，贵族是那么好当的吗！蒋兴一肚子的不满，但此时也不是抱怨的时候。他虽然心急如焚，但是还硬撑着安慰了玉茹几句，说处理一下公司的事儿马上就去。

"还处理个屁呀！连女儿都不要了！"玉茹尖厉的声音传过来后话筒里全是忙音。

"失火了！失火了，蒋经理！"楼下传来了呼喊声，蒋兴霍地一下站了起来，连门也来不及关就冲了下去。车间的尽头，装有一等筷子的仓库正烈焰腾腾。赶快浇水！把那边的门打开！全厂的职工都忙乱起来。

不一会儿，三辆消防车呼啸着冲进了院子，消防队员举着粗大的水龙头一顿喷射……

蒋兴和职工们从仓库的另一端抢运一箱又一箱待运的筷子，流了一脸的汗水，幸亏发现及时，没有造成多大的损失。

这次灭火，李二黑立了大功，他率先冲进了浓烟滚滚的仓库往外抢运货物，以往晕的毛病在此时消失得无影无踪了。

面对着仍在冒烟的库房，蒋兴沉默不语，一个人是很难把所有的事儿都做好的，治理一个企业光靠一个人的力量是不行的，一个人不可能事无巨细地全考虑到。

这次火灾是电起火，库房的线路老化，漏电酿成事故。亡羊补牢，为时不晚。他下令对全厂的线路进行检修，老化的线一律换新的。这下可乐坏了电工王怀亮，有了蒋兴的这个令，他就不用天天闲着没事儿干而去陪别人聊天了。处理完火灾事故，蒋兴才拖着疲惫的身体回家收拾东西启程去哈尔滨。

玉茹此时正心急火燎地等着绑票者的电话。如果歹徒只为了钱的话把钱给了他们也就算了，万一他们等不及撕票就麻烦了，她后悔自己不该把慧慧接到哈尔滨，她后悔自己不该出来挣大钱，她后悔自己远离蒋兴而造成两个人隔阂的加重……

此时她多么需要蒋兴，多么需要一种支持与安慰。公安局的人时刻监控着电话，一有电话打来他们便会去查找。然而整个房间里安静得没有一丝声响。三十万块钱就放在皮箱里，此时钱对于她来说已经不再是重要的东西了，有什么能比自己的女儿重要呢？她的心在焦灼着，大脑里似有千军万马在奔腾，在咆哮，在撕咬……

该死的蒋兴，怎么还不来！难道连自己的女儿也不顾了！她正守在电话机旁胡乱地想着。

"丁零零……"

她神经质地抓起电话。听到蒋兴的声音她激动起来，"你在哪儿？"

"我在家里！慧慧有消息吗？"蒋兴急切地问。

"你不用管了！"玉茹实在抑制不住心中的愤怒，大声嚷了起来，她没有想到蒋兴依然没有赶到她身边来。她没有想到蒋兴在要登上列车时又被公司的麻烦拉了回去，她此时已无法体谅丈夫的苦衷，哪儿有父亲不把

344

女儿的生死放在第一位的？

此刻她对蒋兴的感情已降到冰点。正当她焦头烂额之际，肖黎民来到了她的身旁，打开门时，她一脸的惊讶，她几乎要一下子扑到肖黎民的肩上大哭一场，如果此时出现的是蒋兴，该多好，她红肿的双眼已经告诉肖黎民她正在极度的痛苦之中。肖黎民这次是专程来看望她的。他穿着一套整洁的西装，鲜艳的金利来领带款款垂下，鳄鱼皮鞋正泛着光亮。他放下手中的老板箱问道："怎么了，玉茹？"

"哦，肖……"玉茹来不及解释什么，便把女人的脆弱表现得淋漓尽致了，泪水泉水般地流下来。肖黎民急忙拿出手帕，递上去。

"究竟怎么了？"

玉茹擦了擦泪才把慧慧被绑票的经过讲了一遍。肖黎民安慰玉茹说："你不用担心，我见识过这事儿，在南方这已不是什么新鲜事儿了，公安局的人会有办法的。钱够了吗？我的皮箱里有现金，要多少都行。"

"够了。"有这样一个男人在自己身边，玉茹的心情安稳多了。此时的肖黎民已然代替了蒋兴的位置。

两个人默默地等待着绑票者的电话。傍晚时分歹徒打来了电话，让玉茹带钱去道外的建筑工地用钱换人，并警告她不要带公安局的人去，否则他们就撕票。

在刑警们的保护下，玉茹拿着钱准时赴约。但是在那儿等了一个多小时也没有人来接头，她只好又重新回到住处，肖黎民陪着她守了一个晚上。这些天玉茹头发散乱，面容憔悴，心情烦躁，一直处在深深的痛苦之中。女儿是娘的心头肉呀，她拿着慧慧的照片呆呆地出神。

她的脑海中掠过了一个个面孔，从相邻柜台的老板直到招聘的销售员，从业务关系户到出租车司机，时而这些人都像是绑票者，时而又都不像……

肖黎民坐在沙发上不知不觉地睡了过去，他也是一脸的焦虑。本来理顺的头发如今也乱七八糟的。凌晨四点，电话铃响了，歹徒十分狡猾，让玉茹马上把钱送到兆麟公园门口的一个垃圾箱处。玉茹通知了公安局后，由肖黎民陪着直奔兆麟公园。

大街上灯火闪亮，不时有车辆嗖嗖地驶过。大都市，多的是繁华、喧闹、污染，少的是朴素、安宁与清新。玉茹在哈尔滨的这段日子里，深有感触，她也体验到了鱼与熊掌不能兼得的滋味。没走出大山之前，她是那么渴望山外的世界，羡慕着繁华，不愿甘心守着那份爱。而如今，自己有钱了，可以穿高档的服装，坐高级轿车，住高级公寓，去玩保龄球，唱卡拉 OK，但除了忙碌与疲惫，除了算计数钱，她又是那么空虚，她已说不清这里对于她的意义。

生活真的像《围城》里所阐述的那样，里面的人想出来，外面的人却想进去。她已有了归意，但是蒋兴与她之间的感情距离如何去重新拉近，她没有找到答案。现在慧慧出了事儿，而蒋兴这个做父亲的却没有赶来，她实在是气愤至极，回到蒋兴身边的思想又动摇了。

肖黎民和干警们躲在兆麟公园的路口，玉茹提着钱箱一个人来到公园大门口，站在垃圾箱旁四处张望，终于有一辆车驶过来，在她的身旁嘎地停下。夜色迷蒙，阵阵阴森森的气氛笼罩在她的脸上，她觉得头皮有些发麻。

"钱拿来了吗？"一个戴墨镜的男子从车里探出头来。

"嗯，嗯！"玉茹匆忙打开皮箱。

"我的孩子呢？"玉茹几乎是喊出来的。

戴墨镜的男人一把从车后座上扶起了被塞着嘴的慧慧。

玉茹乖乖地把皮箱递过去。那男人接过钱后迅速打开车门，把慧慧推向了她。小汽车一加油门迅速逃向前方。顿时警笛大作，两辆警车从胡同里驶出来向歹徒乘的小汽车追去。

"慧慧！"玉茹一把抱住女儿，扯下了她口中的毛巾。"妈妈！"母

女俩抱头痛哭，哭声回荡在大街上，悠长而凄切。

三天后，罪犯被缉拿归案。绑架慧慧的人是租过玉茹相邻柜台的马老六。半年前马老六因为赌大钱，输光了积蓄，赌跑了老婆，生意也做不下去了，就把柜台兑给了别人，用兑出的钱翻老本，没想到又全军覆没，最后还欠下一屁股的债。走投无路之际见到玉茹接回了女儿。马老六了解玉茹的底细，知道她就一个人在哈市，所以就铤而走险干了这次绑票的勾当。

一场风波过后，玉茹的心才渐渐地恢复了平静。六月的哈尔滨风采绚丽，热闹异常，来来往往的人流络绎不绝。晚上，肖黎民请玉茹吃饭时问她是否已将慧慧被解救出来的事儿告诉蒋兴，玉茹没有说话。慧慧说："我妈妈没有给爸爸打电话。"

肖黎民拿出手机拨通了蒋兴办公室的电话，然后递给慧慧："告诉你爸爸你已经没事儿了。"慧慧没有接手机，而是瞪着大眼睛看着玉茹。肖黎民明白孩子的意思。

"说吧，你爸爸一定很着急的。"

慧慧这才拿过了手机。

电话那端的蒋兴急得嗓子都沙哑了，他没有将此事告诉任何人，但内心的焦灼已无法掩盖，局里知道这事后，立刻让他赶往哈尔滨。此时的方局长也正在他的办公室里。

"慧慧！你在哪儿？"蒋兴兴奋得站了起来。

"我们正在饭店里准备吃饭。爸爸，你怎么不来呀？爸爸，我好想你……"

蒋兴的双眼禁不住湿润了。

"慧慧！爸爸对不起你，爸爸这就去看你！"

"你不用来了！"玉茹接过了慧慧手里的手机，她对蒋兴的怨气仍未消减，"慧慧的事儿不用你管了，永远不用你管了。"

蒋兴沉默了，他不知怎样跟玉茹说，工作脱不开身已经无法作为一个借口向玉茹讲了。玉茹平静了一会儿说："咱们还是离婚吧，请你有个准备。"

　　说完关了手机。

　　"玉茹，你这是干什么！"肖黎民没想到玉茹会做出这样的决定。慧慧也怔怔地望着妈妈，心想："我们真的不要爸爸了吗？"但是她没有敢问。

　　"咱们还是先吃饭吧！"肖黎民不想让玉茹不高兴，就转移了话题。他先点了一个"丹凤朝阳"，又点了个"红烧鲤鱼"，之后让母女俩接着点。

　　慧慧的脸有些苍白，比起她妈妈要严重得多，由于受了惊吓，她本来胖乎乎的脸蛋明显地变瘦了，此时她更像玉茹了。在同龄的孩子中，慧慧也算是个高个子。只是眼睛长得有些像蒋兴。在辽宁待的这几年对她来说很起作用，那里气候温和湿润，令她的皮肤洁白细嫩，加上高高的个子，简直如出水芙蓉般漂亮。

　　人财均未受到什么大的损失，这对于玉茹来说已是很幸运的事，但她对于蒋兴的失望与怨怒又无法让她领略虚惊一场后的那种愉悦。

　　此时的蒋兴对于她已不再是生命中不可缺少的一部分了，人嘛，都是独立的人，她简直无法想象自己曾经对蒋兴说永远爱他时的话是怎样出口的，有什么能永远呢？也许过去需要的，现在就会成了历史甚至像一本翻烂了的书，再也不愿去看一眼。而她需要的男人，已不再是一心只扑在事业上、勤恳奋斗的那类人，不再是远离她，无法给她一丝帮助的、名义上的丈夫，而是一个能够和她共同撑起手头上的这些生意，与她相伴相随，能够给她支持与关怀，体贴她辛苦的人，而这些，蒋兴都已无法做到。

　　生活，就是这样，一个人的成功，必须要有另一个人在为他或她做出牺牲，如果各自都不愿放弃自己的目标，哪怕是做一些让步也好，他们就可能走上两条岔路，留下无尽的遗憾与无奈。

　　"你点吧！"玉茹看了一眼肖黎民。肖黎民就又点了两个菜。酒店很

素雅，轻柔的音乐漫过来，肖黎民逗着慧慧，他努力使这母女俩高兴起来。

"我给你们讲一个笑话吧。"肖黎民说，"有一个小偷偷了一只鸡，正在河边拔毛，正巧一个警察走了过来，小偷急忙把鸡扔到了河里。警察问他在干什么，他忙指着河里的鸡说：'那只鸡要过河，我正在帮它脱外衣呢。'"

玉茹母女俩就笑了起来，肖黎民怎么变得如此幽默了。慧慧听得不过瘾，缠着肖黎民再讲一个，服务员已端上菜，肖黎民就说先吃饭吧，吃完了再讲。

吃完了饭，肖黎民要带慧慧去儿童娱乐中心玩儿，玉茹没有同意，她依然很疲倦，这个时候，她特别想回去美美地睡上一觉。慧慧却非要去玩儿，玉茹最后还是勉强同意了。

"你回去休息，我带她去吧，等她玩儿够了，我再送她回来。"肖黎民说。玉茹就点了点头。

回到公寓，玉茹在沙发上静静地坐了一会儿，望了望天花板，这只是公寓，不是家啊！她有钱了，但没有买房子，这件大事她本来要和蒋兴商量的，而现在……她不愿再想下去，脱掉了衣服，走进了浴室。

洁白的灯光下，她把身体完全浸入水中，然后慢慢地闭上眼睛。温热的水在滋润着她，在帮助她放松，帮助她忘掉烦恼与疲劳。她真想在浴缸里永远地泡下去，不再起来。

摸过浴液，她轻轻地倒在手心上，不一会儿她就被众多的泡泡包围起来，这些可爱的泡泡！她想。自己该做怎样的选择呢？

肖黎民对她的感情仍然在压抑着，他是不会跨出那一步了，除非自己真的和蒋兴离婚。玉茹读过《廊桥遗梦》，她不知道自己是否应该学习弗兰西斯卡，尽管肖黎民并不是罗伯特·金凯那种类型的人，两人的感情也没有达到那一种地步，但她敢断定，如果按现在的形势发展的话，自己很容易真正地远离了蒋兴，而走进肖黎民的生活。

她擦干了身体，穿上了一件粉红色的睡衣，缓缓地坐在床边。对着镜子一点一点涂抹着晚霜。自己的脸色不再像以往那样光洁细腻了。看着一天天长大、一天比一天青春美丽的女儿，她感到自己有些苍老了，怎么还有心去惦念走"入时"的生活！简直是梦想，她使劲儿往脸上按了几下，脸上的肌肉也没有了多少弹性，她更失望了。操心的人易老，受伤的人易老，心境烦杂的人更易老。

她收起了化妆盒，索性不再涂抹，容颜的苍老是无法阻挡的，她懒懒地躺在床上睡了，肖黎民和慧慧是什么时候回来的她没有感觉到。

四十三

大连依然是那么风光秀丽，就像一个刚发育成熟的少女，浑身都散发着青春的气息。

然而蒋兴这次却无心再去欣赏大连的美景。他的心头沉甸甸的，像压了块石头，嘴唇上的小火泡密密地排着，谁也不肯先行消失。有一股怒火正在他的全身钻来跳去，但找不到突破口，他在屋里待了足足有一个小时，连叶兰来敲门他都没有去开。

这次贸易洽谈会之前，北方箸业协会就先给各会员公司发了函，要求大家遵守恳谈会时的约定，共同提价百分之二十的涨幅。但洽谈会的第一天，就有人传出了消息，提价百分之二十的目标已成了泡影，已有十家按百分之十的涨幅签了约。中方的阵营顿时大乱。

一时间大家为抢订单，纷纷降低了涨幅，一片内战的硝烟弥漫了整个大连城。岭北和十八家大厂仍在维持着原来的涨幅，但一份订单也没有拿到，小日本手段很精明，也很卑劣，上次失败，只是形势上的失败，而中方却真正失败了！

北方箸业协会的刘会长气得直骂：咱们中国人怎么这么没出息，抗战胜利这么多年了，照样出汉奸！

蒋兴守了一天的展位，叶兰发了一天的宣传单，做了一天的介绍，依然没有什么进展。现在他面临着这样的选择，要么空手回去，要么降低涨幅同日商谈判。

空手回去，怎样面对全公司的职工？用什么给大家开支？公司用什么纳税？

昔日的成就感与辉煌都已变成了苍凉与悲怆。第二天，仍无结果。第三天，蒋兴有些沉不住气，能够遵守协会约定的只有几家了。岭北的展位上少有客商光顾，怎么办？晚上，蒋兴只吃了一点儿面包片就放下了筷子。段明和叶兰也吃不下饭，三人焦急地商量着办法。

奈川正雄又一次像幽灵般地来拜会蒋兴之时，蒋兴正皱着眉头，他知道奈川的意图，乘人之危还是趁火打劫都可以扣在这个日本商人的头上，但无论怎么说，奈川想的是如何赚到钱，低价格地买到高质量的卫生筷子。已经蓄起了小胡子的奈川站在客厅一角正在欣赏着一幅版画，还不住地点着头。版画的内容是一群骏马，仿徐悲鸿的骏马图。看样子奈川也很内行。

见蒋兴下楼来，奈川高兴地笑了笑，同蒋兴握手。这次随他来的不是翻译，而是一个助手模样的年轻日本人。奈川依然很爽快地切入正题，他仍以百分之十的涨幅为条件同蒋兴谈判。

"我不想降低涨幅跟蒋经理谈，因为岭北产品的质量是一流的，我仍很有诚意。"叶兰翻译了奈川的话。

"很感谢奈川先生对我们信任与赞誉，只是百分之十的涨幅是我们所不能接受的。"蒋兴虽然心中焦灼，但表面上仍保持着沉稳，他不能让对方看出一丝的破绽。

奈川是商界老手，这次他领的是他的儿子奈川一郎，看样子是带他出来见习的。他把眼睛睁得大大的，注视着蒋兴，似乎想从蒋兴的每一个动作、每一个言语中寻找到一个突破口。

"我很欣赏贵公司及您的品格，之所以来找您就是因为这一点，您是个有骨气的企业家，我们很愿意与贵公司合作。"奈川一脸的认真。

蒋兴笑了笑。

"在日本，协会的约定，会员们是否都会遵守，奈川先生？"

　　"一定会的！目前，贵公司的处境十分不利，请别误解，我不是乘人之危。如果我们这次合作成功，我想，您将有一种意外的收获。"

　　"奈川先生还能在涨幅上提高多少？我想我们不必再做重复的论证，上次的恳谈会都已算明了这笔账，只是贵方是否让一点儿利给我们。"

　　奈川笑着摇了摇头。"你希望我们的涨幅是多少？"他反问道。

　　"原则上当然是百分之二十。"蒋兴故意沉吟了一下，他知道这个数字已经是虚张声势了，"至少也要百分之十七八。"他补充道。

　　"许多厂主动找我们谈，涨幅都没有超百分之十五的，甚至百分之十的也有，蒋先生这样的话是逐客令吗？"奈川语言平缓但十分辛辣老到。

　　相持了很久，双方都没有太大的让步，叶兰就建议去喝点儿东西，这次由岭北做东，奈川显得很高兴。

　　他的儿子奈川一郎一直沉默着，在餐厅里他才同大家进行交谈，他似乎对叶兰十分感兴趣，两只不大的绿豆眼总是在叶兰的周围转来转去，时不时地用日语问叶兰这个那个。蒋兴不知道他们在说什么，但看得出奈川一郎的意图，他似乎对生意不感什么兴趣。

　　重新回到谈判桌上的蒋兴暗下决心，无论如何也不能低于百分之十七，谈成这笔交易，他已经看得出奈川的意图，他对岭北情有独钟，也许还有别的什么想法，他虽猜不出奈川谈的那意外的收获是什么，但这个信号给了他谈成这笔生意的信心。

　　谈判的结果令蒋兴很满意，奈川终于以百分之十六的涨幅同意了蒋兴的方案。他的条件是向岭北投资，这就是他所说的送给蒋兴意外的收获。

　　奈川得知岭北要进行股份制改造的消息，因此他调整了自己的战略，改贩卖者为投资者。这对于岭北的确也是一份飞来的福气。

　　因此蒋兴不再坚持百分之二十的涨幅，从奈川的意向性投资看，这比百分之二十的涨幅胜过十倍。所以他和奈川很愉快地谈成了这笔交易。

当晚，双方签了供销合同和奈川株式会社投资岭北的意向性合同。洽谈会降下帷幕之时，岭北成了少数几个取得成果的大公司，尽管奈川的订单仍不能满足岭北，但没有双手空空回去，足以让蒋兴交差了。

坚持协会涨价幅度的几个公司，一份订单也没拿到，他亲眼看到鸿业公司那个总经理喝得醉醺醺地在骂娘，骂这些不遵守协定的厂长经理。"怎么都这么没骨气！没骨气！"

蒋兴不敢再看下去，王经理所骂的人中，也包括了自己。但是自己也像他一样去骂娘吗？他心情既有喜也有悲，既有轻松也有沉重。

驻大连办事处的段明没有像蒋兴一样去计较那么多，他忙完展厅的业务就去订车票。他要订飞机票，蒋兴没同意，他从没有坐过飞机，但他更不愿给企业浪费钱，能省则省。

段明也算是半个大连人，各处都很熟，临走之前他陪蒋兴两人去买些东西，蒋兴本不打算逛街了，他自己不去，他俩也没有了兴致，所以就陪他们去逛逛。

大连的服装有名，大连的城市优雅，大连的人长得更水灵，特别是那些姑娘，一个个纤细修长的个子，穿着迷你裙，裸着腿，个个打扮得都像时装模特似的，让那些初到大连的外地人应接不暇，心里稍有一些不良想法的男人，肯定会看得呆呆的，连口水都要淌下来。

段明这次也要回大兴安岭探家，所以没少买东西，但叶兰买时，他就给她泼冷水。"你买这么多东西也没用，看人家大连姑娘穿着挺美的，你回去也穿不了，总不能下雪天还穿裙子吧，那真就是美丽冻人了。"

其实叶兰也没买什么，她自己买条裙子，给爱军买了套高档西装、一条金利来领带、一件红豆衬衫。

段明也给他老婆买了条裙子，又买了条奶白色的牛仔裤。蒋兴在他买这条牛仔裤时开玩笑说他那条白裤子不是给媳妇买的，他的女儿还小，又

没有小姨子。她媳妇是个胖子，身体高大，这条裤子买的肯定有文章。

段明就笑："我这是给情人买的，现在时兴这个，老婆不能丢，情人也得要，两边都得照顾好，免得她们打架。本来应该给老婆买裤子，可她那体形没法买！"

蒋兴说："你可悠着点儿，咱那儿不兴这潮流。"

段明就看了一眼叶兰。

"你怎么就买了一条裙子，不再买别的了？"接着就感叹起来，"我刚结婚那时，为了给老婆买条裙子，我硬是两个月没吃肉，你们看，我要不能这么瘦吗？不过，我那时也是心甘情愿的。"他这么一说，蒋兴和叶兰都笑了。

段明是个很风趣幽默的人，工作十分出色，也是蒋兴到筷子厂后起用的三大能人之一。谁都知道驻外办事处是个好地方，于诚在时，把他的小舅子安排在大连，负责办事处的工作。那时段明是销售员，一年四季跑销售，但于诚对于他的成绩视而不见，销售科长换了三个，就是不用段明，把段明的积极性给打消了。干了七八年连个科长也混不上，索性他不想干了，在家泡上了病号，后来当上了办事处主任，他才发挥出了才能，工作干得有声有色。

蒋兴起用的第三个能人是一位会计师，也就是现在的财务科长车云萍。她是后调入筷子厂的。因为坚持财务制度跟原来的领导闹翻了脸，被调入筷子厂，但于诚只让她当了记账员。

车云萍可是个财务高手，在全省的会计大赛中拿过第二名。她管的账目，哪一个检查部门查账时都竖大拇指，她当家理财蒋兴是十分放心的，所以点名聘用了她。

蒋兴心中明白，要搞好一个企业，必须有一支骨干队伍，把几个要害部门支撑起来。这样干一番事业才能有保证。他一直为自己聘用的这支队伍骄傲，更为岭北的良好机制而高兴。聘任制，可以调动人的积极性，比原来的铁椅子不知好上多少倍。当然也有他高兴不起来的地方，只是企业内部运作好了也不行，政府的行为也很重要。

他想起上次贷款时那个银行副行长那副嘴脸，简直气得他七窍生烟。他坐在沙发上听那个副行长讲困难，说什么银行也要进行改革，贷款问题更麻烦了，但无论怎么说，中心一个问题是不想给岭北贷款，蒋兴只好去找方局长。方局长打了个电话过去，问题就迎刃而解了，但蒋兴也搭上了一顿饭钱。方局长也无可奈何，贷点儿款还像求爷爷告奶奶似的，那钱也不知是谁的！

蒋兴带着一脑子的问题登上了返回的列车。叶兰和段明看他那么多心事，一路上，就想着办法逗他开心。但蒋兴说笑归说笑，眉头那个结总也展不开。除了公司的事情之外，他也正为自己和玉茹的关系发愁。这样下去总不是个办法。临上车前，他给玉茹打了电话，但玉茹的态度依然很冷淡，女人的变化真是太快了。他不知道这次回哈尔滨后该怎么面对她。

下了车，他又给玉茹打了电话，但她的手机没有开。蒋兴十分想见女儿，段明去订车票的时候，他和叶兰一起去了玉茹的公寓。玉茹租住的公寓是一套欧式建筑的楼房。楼前分布着两片环形的绿色植物带，清洁的水泥面连一片碎纸屑都看不到。花坛之中一组喷泉倾泻着阴凉，带着水珠的花朵分外娇艳。

这真是个好地方。这一次两人一起去见玉茹，已经不会再引起她的反感了，至少她不会再生醋意，叶兰和爱军定于八一建军节那天结婚，这次也是要专门告诉她这个姐姐的。对于叶兰的婚事，蒋兴的心情无法说清，索性也不去细想它。他之所以想同玉茹寻求一种重修旧好的途径，并不是仅仅因为感情上的失落，更多是他想到了女儿慧慧，家对于大人们来说，也许有时可以无足轻重，然而对于孩子，却是绝对重要的。他不想让孩子

受到伤害，所以他在努力说服自己发挥自己以往忍让、谦恭的优势，与玉茹重建家园，为慧慧提供一个良好的家庭环境，让孩子健康地成长。

来到公寓，玉茹和慧慧都不在，星期天她们也常常在外面过。自打那次绑票事件之后，玉茹就为慧慧雇了一个保姆，专门陪着慧慧，蒋兴打电话说回哈市看女儿的消息她并没有告诉慧慧，依然让保姆陪慧慧出去了。没找到玉茹，两人又回去找段明，段明建议去松花江边玩玩。三人就去了江边。

七月的松花江，碧波荡漾，一艘艘小渡轮往来穿梭，不时发出汽笛的声响。

江边游客如织，各种肤色，操着各种语言，来自五湖四海的人们都聚集到这里一睹松花江的风采、太阳岛的美丽。

沙滩上，赤膊裸腿的人们或单或双地徜徉着，一任阳光抚摸着肌肤。热恋中的情侣们，或在水中嬉戏，或手挽着手在沙滩漫步，或坐或卧，倾心地交流，不时传出阵阵开心的笑声。也有全家来玩耍的，携儿带女，指指点点，怡然自乐。看水中的游人如一尾尾黑头的鱼，不时激起白亮亮的水花。

虽有阳光，但天气并不十分炎热，一位油黑得泛光的胖子正摆弄着他的烧火腿肠、烤串，只是摆弄，但没有吆喝。他的近旁，一位父亲正在教自己十二三岁的儿子游泳。

对面的太阳岛上，不时腾起一架游览的小飞机，引起人们的仰视与叹赞。三人虽然不是第一次游松花江，但感觉十分新鲜。段明总是感叹，说这世界变化太快，快得让人应接不暇。这如果是在大学时代，蒋兴肯定能写出一首绝好的抒情诗来，但此时他惆怅的心情无法滋生那种带有冲动性的诗兴。

叶兰面对着烟波浩渺的松花江，心头也有一种别样的滋味，对于她来

357

说，饱经世事沧桑，而今又进入一个新的生活，她很激动。这么多年来，她一直在寻找父亲，但没想到找到的时候，却留下满腹的辛酸。命中多劫难，然而苦难却也锻炼了她，让她能够勇敢地面对生活。现在她有了爱军，有了事业，未来的路途中，她会更坚定地走下去。

她已同爱军商量好，要把养母梁秋娥接到大兴安岭，不再让她去做生意，她为自己操劳了一辈子，这个时候，也该享受一下天伦之乐了。爱军的母亲也十分想见到梁秋娥，这样一位善良伟大的母亲有谁不想见上一见呢。上次回家，叶兰已经劝梁秋娥把手中的货甩出去，但梁秋娥还有些舍不得，她觉得自己的身体还硬朗，还能动，所以还想接着干。鲁建民虽然失望于叶兰，但是他并没有因为此事而对梁秋娥产生不好的看法，而是依然像往常一样帮助她，这令叶兰十分感动。

此时的叶兰已没有了以往的漂泊感，一条小船终于找到了一个安全温暖的港湾，可以轻松入梦，可以惬意地去看山岗、雾霭、云卷云舒……

"咱们过去看看吗？"段明问蒋兴。

"就在这儿散散步吧！"叶兰见蒋兴仍很沉闷，但她在凭眺之时没有注意到是刚才过去的那对情侣触动了蒋兴，使他渐渐平静的心情，一下子又起了波澜。

刚刚走过的一双青年男女，女的要去做双眼皮切割手术，一个劲儿地征求意见。男的说："还是原装好，割它干什么，瞎赶时髦没有意思。"那女的就满脸的失望，不言语了，而且撒娇地使劲拉了拉男青年的胳膊。

蒋兴想起玉茹割双眼皮那次。玉茹割双眼皮并没有征求蒋兴的意见，那次她从哈尔滨回来就已经把手术做完了。一见面，蒋兴就觉得玉茹有些不自然，但一时间又找不出缘由。后来仔细一看才发现，玉茹多的不仅是女商人的气质，还多了一层眼皮。他对此很反感，但又无法表现出来，这是她的自由。

玉茹对蒋兴的反感置之不理，她也许早已接受了雅芬的观点，此时在她心里，雅芬在小店开业时的那些论述都成了真理。她现在有钱了，想干什么就干什么，即便是丈夫不同意，她照样可以干，这也是自由，更是妇女地位的提高。虽然雅芬终于和海俊离了婚，但雅芬没有表现出什么悲痛或愁怨，反而像获得了自由一般，把商店交给了雅纯经营，自己整天打麻将、聊天、旅游，似乎更幸福。

蒋兴也曾找过海俊，他同海俊交情也不错，当然是从雅芬和玉茹的关系上建立的感情。他去劝海俊时，海俊只是拍了拍他的肩说："我谢谢你对我的关心，我也是身不由己呀，她老是怀疑我，把我赶到这个份儿上，我只能这样选择了。如果换了你，可能不会拖到今天。"看样子，海俊也十分痛苦。蒋兴就不好再说什么，抽了根烟就回去了。回到家玉茹仍然站在雅芬的立场上责备海俊，蒋兴就为海俊鸣了几句不平，却引发了两人之间更大的分歧。

三人在江边走了一会儿，叶兰就在沙滩上蹲了下来。

江边的小细沙全是均匀的小颗粒，橙黄的，略显青黑，江水不时涌上沙滩，一次又一次地将人们的脚印擦去。

叶兰在水边挖沙修了个堡垒，高高地站在江边上，一个小男孩也在她的身边修着堡垒，一边看着她笑。直到段明喊她走时，她才站起身来，看着自己的堡垒被江水慢慢地冲毁，消失……

段明有些饿了，要找个地方吃饭，三个人就重新登上堤岸。

在江边的入口处，有几个卖各种各样小石块的摊贩。石头上刻着字，无论谁的名字都可以找到，小摊主一边摆弄一边吆喝着，叶兰就好奇地走上前去，找了找，果然找到了刻有自己名字的石块。她又找了爱军的，一起买了下来。蒋兴没注意叶兰去干什么，他想起了李可，他想李可会不会帮自己搞一些订单来？所以他就给李可打电话，接电话的人说，李可刚出去，让他一会儿再打来。

段明在那边已选好了饭店，荣江大酒店。蒋兴看了看招牌说："到小酒店去算了，到这里去要多花不少钱！"

段明说："花不了多少，花多了我付账。"蒋兴说："再等一下叶兰。"

叶兰来到酒店门口也看了看招牌，"荣江，是什么意思呀，该不是融到松花江里吧。"

三人正在门口说着，里面一个胖胖的身形走了出来。见他们在门口就大声喊起来："蒋经理！哎哟，蒋经理……"蒋兴扭头一看，黄玉江正咧着大嘴在冲他笑呢。

原来是黄玉江在这开的饭店，他恍然大悟。于是就快步迎了上去，同黄玉江热烈地握手。

黄玉江到哈尔滨后与朋友郑荣合开了这家大酒店，一开始他没那么多资金，后来他的朋友说你就负责经营就行，赢利算两人的，亏了全算我郑荣的，所以他就放手在这儿干开了。两年的工夫他就赚了三十万。这也算是发挥他的才能。

黄玉江十分热情地把三人让到酒店。这下不用蒋兴嫌花钱多了，黄玉江做了东，在酒店里，蒋兴又给李可打电话，把李可也约来了。

给玉茹打电话时，慧慧接了电话，她听出是爸爸的声音，高兴得不得了。玉茹还没回来，蒋兴说："等你妈妈回来，你们一起到江边的荣江大酒店来，我们在这儿等你们。"

慧慧就脆生生地答应了。

荣江大酒店装修得十分豪华考究。擦得可以照人的地面反射着棚顶五彩的光环，大厅正中，花篮锦簇，雍容典雅。李可来的时候，穿了一身休闲套装，一副女博士的样子。蒋兴几乎认不出来她了。

在酒桌之上，蒋兴就明确了他的意图，这次洽谈会，李可虽然没去，

但她已知结果，她还以为蒋兴两手空空回来的，没想到他多少有些订单，所以蒋兴请她帮忙再搞些订单时，她答应得很爽快。

"多了不能帮，但保证你公司明年吃得饱还是没问题的！"李可的话让蒋兴愁了许久的眉头放开了许多。

几个人开怀畅饮了起来，公司的事儿总算是前途充满光明，蒋兴三人不虚此行。但令蒋兴遗憾的是玉茹一直没有来，他又打了两次电话，却没有人接。段明说可能在路上了。黄玉江要派车去接，被蒋兴制止了，也许玉茹不愿意来。

蒋兴心情复杂得连自己也说不清了。喝了四杯酒之后，他觉得自己的胃钻心地疼了起来，他勉强支撑着，黄玉江还想再劝酒，见蒋兴的额上满是汗珠忙问："蒋总你怎么了？"

蒋兴用手按住胃部，痛得说不出话来，黄玉江赶紧叫车把他送进了医院。玉茹终于下决心来到荣江大酒店的时候，这里已人去店空。她没有想到蒋兴会突然得病，当她急急忙忙赶到医院的时候，等待她的却是病人家属的签字单。

蒋兴得的是胃癌，需立即手术。

她惊呆了，面对着医生她不知道怎样去拿起笔，写上自己的名字。

在这瞬间，她才真正觉得自己不能够离开蒋兴，她不能没有他，什么金钱、自由、潇洒，一切都是那么遥远、轻飘飘，甚至不及一片叶子。

她签了字。

她把坤包里的离婚协议书拿了出来，一下一下地撕成了碎片，扔进了垃圾桶。

叶兰、段明、黄玉江同她一起走了进去，蒋兴见到了玉茹，高兴地笑了。

"慧慧呢？"

"一会儿我就把她接来！"玉茹深情地望着他。

为蒋兴动手术的时候，太阳刚刚升起，哈尔滨上空的雾正在一点儿一点儿地消散。

　　玉茹看着蒋兴被推进手术室，泪水又一次地流了下来。慧慧紧紧拉着她的手，也止不住眼中的泪水。

　　"你们放心吧！手术的成功率一定是百分之百！"主刀的老教授挥了一下手走进了手术室。

　　大家都静候在手术室外，窗台上，一盆仙人掌的花苞已绽开了，洁白的花朵迎着阳光，显得十分朴实，却又那么高贵、执着……